ブルース・チャトウィン

黒ヶ丘の上で

栩木伸明訳

みすず書房

ON THE BLACK HILL

by

Bruce Chatwin

First published by Jonathan Cape, 1982

フランシス・ウィンダムとダイアナ・メリイに

「われらは日々居場所を変える民にして、われらが時代は飛び虫のそれにさも似たり。いかさまサイコロの時代に生まれあわせたるわれらは、この地にはとどまらず、他国に住まいを求めんとす……」

ジェレミー・テイラー

黒ヶ丘の上で

1

過去四十二年間、ルイスとベンジャミンのジョーンズ兄弟は、ひとつの寝台を使い続けてきた。ふたりが並んで眠るその寝台は両親から受け継いだもので、住まいの農場は〈面影《ザ・ヴィジョン》〉という屋号で知られている。

オークの柱を四隅に立てた寝台は一八九九年、ふたりの母親がここへ嫁いできたとき、ブリン＝ドレノグの実家から運ばれてきた。ヒエンソウとバラが浮き出したクレトン更紗の寝台カーテンはすっかり色あせたものの、夏には蚊を避け、冬にはすきま風を防いでくれる。リネンのシーツには、固い胼胝《たこ》ができたかかとのせいで穴が空いている。端布を寄せ集めて刺し縫いしたベッドカバーにはほつれが目立つ。ガチョウの羽根を詰め込んだマットレスの下にもう一枚、馬毛のマットレスが敷いてある。細長くへたった凹みが二列並び、真ん中が畝《うね》のように盛り上がっている。

室内はいつも暗くて、ラベンダーと虫除け玉の匂いがする。

匂いの元は、水差しと洗面器が載った洗面台の脇に、うずたかく積み上げられた帽子箱の山。ベッドテーブルの上に、ミセス・ジョーンズが愛用した婦人帽の留めピンがいくつも刺さったままの針山が見える。黒檀風に着色された手製の額縁に入れられて、突き当たりの壁に掛かっているのは、ホルマン・ハントの名画を銅版画で複製した「世の光」だ。

窓の外にはイングランドの緑の平野が広がっている。反対側の窓から見えるのはウェールズで、カラマツ林の向こうに黒ヶ丘がせり上がっている。

今では兄弟の髪は枕カバーよりも真っ白になった。

毎朝六時に目覚ましが鳴る。農事番組をラジオで聞いた後、ふたりはひげを剃って服を着替える。階下へ下りて、気圧計をぽんと叩いてから数字を読み、暖炉に火を入れ、やかんでお湯を沸かす。それから搾乳と家畜への飼い葉やりをすませ、戻ってきて朝食を摂る。

粗塗りの外壁に苔むした石瓦の屋根が載ったこの家は、敷地の隅にたたずむアカマツの古木に守られてうずくまっている。牛舎から下ったところに、強風のせいでいじけて育ったリンゴの木立がある。その下は畑。斜面を下りていくと、カバの木やハシバミの木が繁茂する狭い谷間へ続いている。

この農場は古くは〈カラクタクスの家《タイ＝クラドック》〉と呼ばれていた。族長カラクタクスの武勲は、この地域では今でもよく語られている。ところが一七三七年、屋号が変わる事件が起きた。当時この家で暮らしていたアリス・モーガンという娘は慢性病に悩んでいたが、ある日、ルバーブ畑の上に聖母マリアの面影が顕現するのを見て、一目散に家へ帰った。食堂兼居間《キッチン》でふと気がつくと病気は癒えていた。この奇跡を言祝《ことほ》ぐために、娘の父親が自宅の屋号を〈面影《ザ・ヴィジョン》〉と変え、玄関の頭上のまぐさ石に、A.M.というイニシャルと年月日と十字架を彫り込んだ。この家の階段の真ん中を、ウェールズのラドノーシャーとイングランドのヘレフォードシャーを分ける境界線が通っている。

兄弟は瓜ふたつの双子だった。

少年時代には、母親以外誰もふたりを見分けられなかった。だが今では老いや傷跡のせいで、双子の顔にはそれぞれ異なる年輪が刻まれている。

ルイスのほうが背が高く筋肉質で、肩のあたりががっしりしており、大股で歩く。八十歳になった今でさえ、一日中丘を歩き回ったり、斧を振るったりしても疲れを知らない。

彼は体臭が強い。空想に耽っているような灰色の目は乱視である。落ちくぼんだ眼窩にふたをかぶせるかのように、白い金属フレームに丸いレンズの眼鏡を掛けている。鼻の頭が下向きに曲がっているのは、自転車で転んだときの傷跡のせいだ。寒い日にはそこだけ紫色になる。

しゃべると頭がゆさゆさ揺れる。懐中時計の鎖を不器用にいじっているときを除けば、左右の手が所在なげに見える。誰かと同席すると、いつも途方に暮れたような表情になる。歯に衣着せぬ相手に対しては、「ありがとう!」とか、「ご親切さま!」と返す。彼が牧羊犬の扱いに抜きんでていることは誰もが認めている。

ベンジャミンは背が少し低く、肌のピンク色が濃くて、こざっぱりしている。口を開くとなかなかの毒舌だ。あごが首筋につながっている顔だけれど、鼻先は曲がっていないので、それを話題にして兄をとっちめる武器にする。髪は彼のほうが薄い。

料理をするのはいつもベンジャミンで、ほころびを繕うのも、出納簿をつけるのも彼の受け持ちである。家畜の値段交渉にかけては誰よりも猛者だった。相手が根負けするまで何時間でも値切り続け、「わかったよ、このドケチ」というセリフを聞いたら即座ににやりと笑い、「そりゃあどういう意味なんだね？」とうそぶいた。

近所数マイルにわたって、この兄弟は途方もないけちん坊であるという評判が知れわたっていた。ところが実際は、けちん坊も時と場合によりけりだった。

ふたりは決して、干し草を売って金儲けをしようとはしない。干し草は神が農夫にくれる贈り物だと信じているからだ。〈面　影《ザ・ヴィジョン》〉で干し草が余っている場合、近所に困っている農家があれば必要なだけ分け与えた。ある年、一月に荒天が続いたとき、助けを求める言づてが郵便配達人に託されて、〈小山〉の老いたミス・ファイフィールドから届いた。ルイスはすかさずトラクターを出し、干し草の梱《こり》を積めるだけ積んで、〈小山〉の農場をめざした。

ベンジャミンは羊の分娩を手伝うのが大好きである。長い冬の間じゅう彼は、シギが鳴き交わし、羊が子を産みはじめる三月末を待ち続ける。一睡もせずに雌羊を見守るのはルイスではなく、ベンジャミンのほうだ。難産のとき子羊を引っ張り出すのも彼である。ときによっては腕を肘まで子宮に突っ込み、双子の子羊がからんでいるのをほどかなければならなかった。無事子羊が産まれると、手を洗わないまま炉辺に腰掛けてひと休みした。彼の手についた胞衣《えな》を子猫たちが舐めた。

兄弟は冬でも夏でもおかまいなく、首元に銅のボタンがついたフランネルの縞柄シャツを着て作業をする。上着とチョッキは茶色の厚い生地《ウィップコード》で仕立ててあり、ズボンはもっと色の濃いコーデュロイ製。

ふたりとも縁を折りたたんだモールスキンの帽子をかぶっている。ルイスは、知らないひとと出会うたびに帽子をひょいと上げるくせがあるので、てっぺんのけばが指で擦れている。

ふたりはときどき、しかつめらしい顔でおのおのの銀時計を見る。時刻を知るのが目的ではなく、どちらの時計が進んでいるか見比べるためだ。毎週土曜日の晩、暖炉の前で順番に腰湯を使う。ふたりとも母親の思い出を宝物にしている。

お互いが何を考えているかよくわかっているので、彼らは口を開かずに口げんかができる。沈黙の口論をした後、仲直りを母親に助けてもらいたい場合には、刺し縫いのベッドカバーを並んで見下ろす。黒ビロードを星形に切り抜いたり、かつて母親の服だった更紗を六角形に切ったりして寄せ縫いしたパッチワークを眺めれば、言わず語らずとも母親と再会できた。ピンクの服を着て、オート麦の畑で働く麦の刈り手たちに、水差しを運んでいく母親。水差しには樽から汲み出したばかりのサイダー(リンゴ酒)が入っている。緑の服を着た母親が、羊毛刈り込み人たちと昼食を摂っている場面。青い縞模様のエプロンをした母親が暖炉に屈み込んでいるひとコマ。だが黒ビロードの星形を見るとどうしても父親の棺を連想してしまう。食堂兼居間《キッチン》のテーブル上に置かれた棺をとりかこんだ真っ白い顔の女たちが泣いている光景。

葬式の日以来、食堂兼居間《キッチン》は何ひとつ模様替えしていない。アイスランドポピーと朽ち葉色の羊歯《しだ》の模様がついた壁紙は、油煙で薄黒くなっている。真鍮のドアノブは輝きを失っていないけれど、ドアや壁の下端の幅木に塗られた茶色のペンキはところどころ剝げている。

双子の兄弟がおんぼろになった室内を模様替えせずにきたのは、かれこれ七十年以上も昔の、春の明るい朝の思い出を消してしまうのが怖かったからである。双子は、母親が鉢に小麦粉と水を入れ、錬り粉をこね上げるのを手伝いながら、母親のスカーフについた白いペーストを見つめていた。

ベンジャミンは母親から受け継いだ石床をきちんとこすり磨き、火格子は黒鉛で磨いてぴかぴかに保つのに余念がない。銅製のやかんはいつも、暖炉の側棚《ホブ》の上でしゅーしゅー音を立てている。

母親の習慣にならって、パンを焼くのは毎週金曜日である。金曜の午後、ベンジャミンは腕まくりして、ウェルシュケーキか重ねパン《コテージローフ》を焼いた。パン生地をたいそう勢いよく叩くので、下に敷いた油布には小麦粉の粉がほとんど残らない。

マントルピースの上に、スタッフォードシャーで焼かれた陶器のスパニエル犬の置物が一対、真鍮の燭台が五基、それからボトルシップと、中国の貴婦人が描かれた紅茶缶も見える。割れたガラスをスコッチテープで補修した戸棚には、陶器の飾り物、銀メッキのティーポット、歴代の戴冠式や記念祭《ジュビリー》を記念したマグなどが詰まっている。天井裏の垂木の間にしつらえた格子棚には、脇腹ベーコンの塊が押し込んである。ジョージ王朝時代につくられたフォルテピアノが一台。気楽な日々と過ぎ去った時代のたしなみを偲ばせる証拠物件である。

グランドファーザー時計の脇に立てかけた12口径散弾銃はルイスが管理している。双子は泥棒と骨董屋の到来を恐れている。

ふたりの父親は、絵や家族写真を入れるために、彫刻を施した額縁をこしらえるのが趣味だった。

それが唯一の趣味――というよりも、農作業と聖書以外に父親が関心を持っていたのは木彫だけだったので、手製の額縁が家中の壁を隙間なく覆い尽くしている。ミセス・ジョーンズの目から見ると、かんしゃく持ちで不器用な夫の内側に複雑な手仕事を仕上げる根気が潜んでいるのは、ひとつの奇跡だった。ノミを手に取り、その先から細かい削り屑が飛び散りはじめると、人柄の厄介な部分がたちまち消え失せた。

彼は、「広い道と細い道」と題された色刷り宗教版画のために〈ゴシック様式〉の額縁をつくった。ベテスダの池を描いた水彩画用の額に彫刻を施すさいには、〈聖書的〉モチーフをいくつも考案して彫り込んだ。カナダに住む兄から油絵風石版画が届いたときには、版画の表面に亜麻仁油を塗って、巨匠の油絵らしく見えるように加工した。それからひと冬をまるまる費やして、カエデの群葉を浮き彫りにした額縁を仕上げた。

赤い肌のアメリカ先住民、カバの樹皮でこしらえたカヌー、松の木々、深紅の空――遠い彼方に住まう伝説上の人物みたいなおじから届いた、一枚の油絵風石版画。ルイスが遠方のさまざまな土地にあこがれを抱くようになったのはこの絵がきっかけだった。

一九一〇年に海辺で休暇を過ごしたのを除けば、双子はヘレフォードより遠くへ行ったことがない。この見聞の狭さのせいで、ルイスの地理への情熱はますますかき立てられた。彼は客人が来るたびに、「アフリケーに住んどる蛮族」について意見を求め、相手を困らせた。シベリアやサロニカやスリランカの動向についても尋ねた。また誰かが、テヘランで人質となった大使館員たちをカーター大統領が救出しそこなった一件を話題にしたときには、腕組みをして決然と、「オデッサ経由で現地に入って救出すればよかったんだが」と言った。

ルイスが抱く世界像の原点は、二大植民地帝国の版図がピンクと藤色《モーヴ》に塗り分けられ、ソヴィエト連邦が灰緑色に塗られた、一九二五年刊のバーソロミュー版世界地図帳にもとづいている。それゆえ、どう発音したらいいのか皆目わからない名前がついた、ちっぽけな国々が小競り合いを繰り広げる世界の現状は、彼の秩序感覚を逆撫でするばかりなのだ。それゆえルイスは、本物の旅は空想の中にしかないと言いたげに――ごていねいにも――目を閉じて、母親から聞き覚えた詩の一節を歌うようにつぶやいてみせる。

西へ、西へと、ハイアワサは漕いだ
燃えたぎる夕陽の中へ
紫の煙霧の中へ
黄昏の闇の中へと、カヌーは進んだ

双子はかつてしばしば、跡継ぎがいないまま死んでいく自分たちの姿を想像して気を揉んだ。だが最悪のことを考えたがる心をまぎらわすには、壁に掛かった古写真を眺めて暮らす以外になかった。ふたりは、写真に写っているひとびとが誰なのかぜんぶ知っていた。百年を隔てて生きたひとびとの面差しに似通ったところを探して、彼らはいつまでも飽きなかった。

両親の結婚式の集合写真の左に、六歳のときの双子の写真が掛かっている。メンフクロウの雛鳥みたいに口をぽかんと開けたふたりは、ラーケンホープ屋敷の庭園でおこなわれたピクニック大会に参加するため、ページボーイ風の襟がついたお揃いの晴れ着を着ている。だが老いた双子に一番深い喜びを与えるのは、もうひとりの六歳の男の子を撮ったカラーのスナップ写真である。ケヴィンは妹の孫息子で、キリスト降誕劇でヨセフの役を演じたときの、タオルを頭にかぶった立ち姿で写っている。

それから十四年、ケヴィンは背が高い、黒髪の青年に成長した。ふさふさの眉は眉間でつながり、目はスレートを思わせる灰青色。あらかじめ決めた手はずにしたがい、二、三ヶ月後には、この農場は彼のものになる。

そして今、双子は色あせた結婚写真を眺め、セピア色の写真でもそれとわかる、父親の燃えるような赤毛のもみあげに目をとめる。母親が着ているドレスのマトンスリーブに目をやり、帽子につけたバラの花を味わい、ブーケの中のフランスギクを確かめる。彼らはそうやって、母親のやさしい微笑みとケヴィンの笑顔を見比べながら、自分たちの人生が無駄ではなかったと実感する。時の流れは救済の輪を描きつつ痛みと怒りをぬぐい去り、恥辱を消し、跡継ぎのない憂いを流し、新しい約束とともに未来へ突入したのだ、と。

2

フルレンの町、一八九九年八月のうだるような午後。〈レッドドラゴン〉亭を背にして、写真機に向かってポーズをとるひとびとの中で、新郎のエイモス・ジョーンズが誰よりも大きな笑みを浮かべているのは当然だった。彼は三つの念願のうちの二つを一週間のうちに達成した。美しい妻と結婚し、農場の賃貸契約書に署名したのである。

彼の父親はサイダー飲みのおしゃべりな酔っ払いで、ラドノーシャー近傍のパブでは、荷車のサムという名で通っていた。若い頃は家畜追い立て人として働き、後には荷馬車の御者になったがものにならず、今は妻とふたりで、フルレンの丘のちっぽけな田舎家で窮屈に暮らしていた。

ハンナ・ジョーンズは愛想のいい女ではなかった。若くして人妻となった彼女は夫を深く愛し、留守がちな夫の不貞に耐え、土性骨《どしょうぼね》に染みついたけちん坊精神のおかげで、いつも土地管理人の裏をかいてみせた。

やがていくつかの不幸にあいついでさいなまれた結果、彼女は救いようがないほど世をすねてしまい、口を開けば、ヒイラギの葉のように尖り、ねじ曲がったことしか言わない人間になった。

五人生んだ子どものうちで、娘ひとりは結核で死に、もうひとりはカトリック信徒と結婚した。長男はフロンダの炭坑で事故死した。一番のお気に入りだったエディは、ハンナの貯金を盗んでカナダへ逃げた。その結果ひとり残ったエイモスが、ハンナの老後の面倒を見ることになった。

エイモスは末っ子だったので、ハンナは他の子たちよりも手を掛けて世話をし、日曜学校へ通わせて読み書きと神を恐れることを学ばせた。エイモスは愚鈍な少年ではなかったけれど、彼が十五歳になったとき、母親はそれ以上学校へ行かせても無駄だと見切りをつけ、息子を家から追い出し、自活していくよう命じた。

毎年二回、五月と十一月におこなわれるフルレン共進会の会場で、人待ち顔のエイモスの姿が見られた。帽子の中に羊の毛をひとつかみ入れ、日曜用の清潔な上着をきちんとたたんで腕に掛けた彼は、人手が欲しい農場主から声が掛かるのを待ちわびていたのだ。

彼は、ラドノーシャーとモントゴメリー界隈の農場で雇われたおかげで犂の操作に慣れ、種蒔き、刈り取り、羊の毛刈りのしかたを覚え、豚の食肉処理と雪の吹きだまりにはまった羊の救助法にも習熟した。はき慣れた編み上げ靴が口を開けてしまい、足先をフェルトの細切れでくるんだこともあった。体じゅうの関節ががたがたになるほど働いた後、日暮れにねぐらへ戻ると、ベーコンスープとじゃがいもと干からびた二、三枚のパンの夕食が待っていた。雇い主がけちん坊だったのでお茶は出なかった。

夜は穀物倉か畜舎の屋根裏で、干し草の梱《こり》をベッド代わりに眠った。服を乾かす暖炉がないので、冬の深夜には毛布が湿りきって、ガチガチ震えて目を覚ました。ある月曜の朝、雇い主の家族がチャペルへ礼拝に出かけている間にコールドマトンを何枚か盗んだ罪を着せられ――本当は猫のしわざだったのだが――馬用の鞭で打たれた。

エイモスは三回逃亡をくわだて、給料を三回没収された。それでもめげずに、どこかの農場主のかわいい娘が振り向くのを期待して、帽子を斜めにかぶって威勢よく歩き、なけなしの小銭をはたいて派手な色のハンカチを買った。

最初の試みはあえなく失敗した。

娘の寝室の窓めがけて小枝を投げると、娘は気づいて玄関の鍵を投げて寄越した。ところが忍び足で食堂兼居間《キッチン》を抜けていくとき、むこうずねを腰掛けにひっかけてつまずいた。銅製のティーポットが床に転げ落ち、犬が吠え立て、男の太い声が叫ぶのが聞こえた。あわてて家から逃げ出すとき、娘の父親が階段に立っているのが見えた。

二十八歳になったエイモスは、土地も家もふんだんにあると聞くアルゼンチンへ移民したいと口に出した。するとハンナが大いに慌てて、息子に花嫁をあてがった。

器量が悪く頭も鈍い娘で、エイモスよりも十歳年上のその女は、一日じゅう自分の両手を見つめてばかりいたので、実家ですでにお荷物と見なされていた。

ハンナは女の父親と三日間かけて談判し、エイモスが女と結婚すべきだと相手に納得させ、三十頭の雌羊と、カムコイナナントと呼ばれている小自作農地の賃貸契約と、フルレンの丘の放牧権を持参金代わりにぶんどった。

だがその土地は不毛だった。日当たりが全くない斜面に農地がべったり広がっているばかりか、春先には雪融け水が小川になって住まいの真ん中を突っ切って流れた。エイモスはあちこちに小さな区画の土地を借り、他の農夫たちと家畜を共同購入してなんとか生計を立て、将来へ希望をつないだ。

ふたりの結婚生活には何の喜びもなかった。

レイチェル・ジョーンズは夫の求めに応じて、ベッドの上で自動人形みたいな往復運動を繰り返すだけだった。豚小屋を掃除するときにはぼろぼろのツイードコートをはおり、腰を麻ひもで結んだ。彼女は決して微笑まなかった。夫に殴られても泣きもしなかった。夫の問いかけにはうなり声か単音節の単語でしか答えなかった。出産の苦しみの真っ只中でさえ、彼女は口をへの字に結んで押し黙ったままだった。

赤ん坊は男の子だった。母乳が出なかったので乳母に預けているうちに死んでしまった。一八九八年十一月、彼女はものを食べるのをやめ、生者の世界にそっぽを向いた。彼女が埋葬されたとき、墓地にはスノードロップの花が咲き乱れていた。

エイモス・ジョーンズはその日以降、教会へきちんと通う人間になった。

3

葬式から一ヶ月も経っていない、ある日曜の朝の祈りで、フルレンの教区司祭が告げた。次の日曜日、わたくしはランダフ大聖堂の聖餐式に出なければならないので、ブリン＝ドレノグの教区主任司祭が説教をいたします、と。

やってきたラティマー牧師は旧約聖書学の研究者だった。インドで宣教活動をおこなった後、娘と書物だけを友として隠居暮らしをしようと、丘々が続くひなびた教区に住みついたのである。

エイモス・ジョーンズは以前からときおり、山の上でラティマー牧師を見かけていた。胸の落ちくぼんだ人影がワタスゲみたいな白髪を風になびかせて、ヒースの荒れ野を大股で歩きながら、何やら大声でひとりごとをつぶやくので、羊たちがおびえているようだった。娘は憂い顔の美しいひとだという噂だったけれど、エイモスはその姿を見たことがなかった。彼は一番後ろの信徒席に腰掛けた。

その朝、ラティマー牧師と娘は突然の豪雨に遭って雨宿りをしなければならなかったため、父娘の軽装二輪馬車は二十分遅れで教会に到着した。教区主任司祭は着替えをするために聖具室に入り、ミス・ラティマーは、会衆と目が合わないようワインレッドのじゅうたんに視線を落としたまま、聖歌隊席のほうへ向かった。彼女の肩がエイモスの肩をかすかにかすめた。彼女は半歩先へ進み、横へもう一歩移動してから腰を下ろした。彼よりも一列前の、通路を隔てた向こう側の席だった。

彼女の黒いビーバー帽の後ろと、栗色の髪をまとめたシニョンの表面で、水滴がきらきら輝いていた。灰色のサージのコートには雨水の筋がついていた。

ステンドグラスのひとつに、預言者エリヤと彼を養ったカラスが描かれていた。その外側の窓の下枠に二羽の鳩がやってきて、くちばしをふれあいながらクークーと鳴き交わし、窓ガラスをくちばしでコツコツつついていた。

最初の賛美歌は、「我を導きたまえ、おお我が大御神よ」だった。会衆の歌声が大きくなるにつれて、エイモスは彼女の澄んだソプラノがかすかに震えているのを聞き分けた。彼女のほうも、マルハナバチがぶんぶんいうみたいに、エイモスのバリトンが襟足あたりをくすぐるのを感じた。主の祈りをとなえる間じゅうずっと、エイモスは彼女の長く、白く、すっと先細になった手の指を見つめていた。第二日課の後、彼女がちらりと振り向くと、バクラム装の祈禱書の上に赤黒い彼の両手が載っているのが目に入った。彼女はふいに顔を赤らめ、あわてて手袋をつけた。

彼女の父親が説教壇に上がり、口を開いた——

「『たとえ、お前たちの罪が緋のようでも雪のように白くなることができる。たとえ、紅のようであっても羊の毛のようになることができる。お前たちが進んで従うなら……』」

彼女はひざ布団をじっと見下ろしながら心臓がばくばくしているのを感じた。聖餐式の後、エイモスは墓地の屋根付き門のところで彼女とすれ違った。相手はちらりと視線を投げかけただけで背を向け、イチイの木の枝の間を覗き込むようにしていた。

エイモスは彼女のことを忘れた――忘れようと努力した――のだが、それも、四月のある木曜日がくるまでの間に過ぎなかった。その日、フルレンで市が立つので、彼は飼育豚を売りがてら世間話をしに出かけた。

本通りの起点から終点まで、田園地帯からやってきた農夫たちがポニーをずらりと綱でつなぎとめて、数人ずつかたまっておしゃべりをしていた。荷物を下ろした荷車がながえを空に突き立てて止まっていた。パン屋から焼きたてのパンの匂いが漂ってきた。町役場の正面には、赤い縞模様の日除けをつけた屋台店がたくさん出て、黒帽子の人影が集まっていた。キャッスル通りは、ウェールズ産とヘレフォード産のさまざまな家畜を詳しく見ようとするひとびとでごったがえしていた。羊と豚は移動式編み垣の檻に入れられていた。きつい匂いが大気に混じり、家畜の横腹から白っぽい湯気が立ち上っていた。

〈レッドドラゴン〉亭の外で老人がふたりでサイダーを飲みながら、「議会にたむろするどえれえペテン師ども」について語り合っていた。鼻に掛かった声が、枝編み細工の椅子の値段を告げていた。紫がかった顔色の家畜商人が茶色い山高帽のやせた男と握手をして、その手を上下に強く振っていた。

「で、どうなんだい？」

「まあまあだよ」

「奥さんは?」

「だめだね」

町役場の大時計のすぐ脇には、わらを敷いた上に食肉処理が済んだ家禽の肉をうずたかく積み上げた、二台の青い大型荷馬車が止まっていた。荷主は格子柄のショールを巻いた女ふたりである。彼女たちは一所懸命、籐のステッキを片手に近くへ寄ってきているバーミンガムの買い付け人に気づかないふりを装っていた。

エイモスがそばを通りかかったとき、女の片方が「かわいそうったらないね! あの娘はひとりで残されちまったんだから!」と言うのを小耳にはさんだ。

この前の土曜日、馬で丘を通りかかった羊飼いが、顔を伏せて池に浮かんでいるラティマー牧師の死体を発見した。泥炭沼で足を滑らせて溺死したのだ。火曜日、遺体はブリン゠ドレノグに埋葬された。

エイモスの飼育豚は思いのほか高値で売れた。チョッキのポケットに売り上げのコインを入れながら、自分の手を見ると、ぶるぶる小刻みに震えていた。

翌朝、家畜に飼い葉を与えた後、彼はステッキをとり、ブリン゠ドレノグの丘をめざして、九マイルの道のりを歩いていった。丘のてっぺんを示す一列の岩に着くと風を除けて腰を下ろし、編み上げ靴のひもを結び直した。見上げればウェールズの方角からふわふわの雲がいくつか流れてきた。雲の影がハリエニシダとヒースの斜面を駆け下りていったかと思うと、秋まき小麦の畑を横切って、向こうの丘をゆっくり登っていくのが見えた。

彼の心もふわふわと和らぎ、ほとんど幸福に近いものに包まれて、人生を今一度新しくはじめられそうな気分になった。

東を眺めると、湿った牧草地を縫って銀のリボンがくねるようにワイ川が流れていて、白い農家や赤レンガの農家が田園地帯に点々と配置されている。泡立つ海を思わせる満開のリンゴの花に混じったわら葺き屋根は、黄色い継ぎを当てたようだ。郷紳《ジェントリー》の大屋敷はどこも陰気な針葉樹で覆われている。
二、三百ヤード下方にブリン＝ドレノグの司祭館がうずくまっている。スレート屋根に日射しが当たり、平行四辺形に切り取られた青空の照り返しが丘のてっぺんまで届いている。青空では二羽のノスリが旋回して急降下し、明るい緑の牧草地には子羊が数頭とカラスがいる。
墓地内の墓石の間で、黒服の女性が動いているのが見えた。彼女はやがてくぐり門を出て、草ぼうぼうの庭へ歩いていった。草地を半分ほど行ったところで小型犬が追いついてきてきゃんきゃん吠えつき、前足で彼女のスカートを引っ掻いた。彼女が枝を拾い、灌木の茂みへ投げ入れたのを犬が走って追いかけたが、枝はくわえずに戻ってきて、スカートにまたじゃれついている。何か理由があって、彼女は家へ入りたくなさそうに見えた。

エイモスが丘を駆け下りた。編み上げ靴のかかとに打った鉄金具がぐらついた石に当たって、カチカチ音を立てた。彼ははずんだ息を整えながら、塀から庭の内側へ身を乗り出した。女性は月桂樹の木の葉の向こうでじっとたたずんでいた。小型犬が足元でおとなしくしていた。

「あら！　あなたなのね！」彼女が振り向いて口を開いた。

「父上のこと」と彼がつぶやいた。「ご愁傷様です、ミス――」

「ありがとう」相手が口をはさんだ。「どうぞ中へいらしてください」

彼は編み上げ靴が泥だらけなのをわびた。

「泥なんて！」彼女が声を上げて笑った。「泥なんかで家は汚れたりしませんよ。それにわたし、じきにこの家を出て行かなくちゃならないんですから」

彼女はエイモスに父親の書斎を見せた。埃臭い部屋に大量の書物が並んでいた。窓の外にチリマツの包葉が茂っているせいで日射しが邪魔されていた。すり切れたトルコじゅうたんの上に、ソファーからはみ出した馬毛が散らばっていた。書き物机には黄ばんだ書類が積み上がり、回転式の書架には聖書と注釈書が各種詰めこんであった。黒大理石のマントルピースに、燧石《ひうちいし》の矢尻がふたつ三つと、ローマ陶器の破片がいくつか置かれていた。

彼女はピアノの上の花瓶に挿してあったものをごっそりつかんで、火格子の中へ投げ入れた。

「ああ恐ろしい！」と彼女が言った。「枯れない花なんて大嫌い！」

彼女はエイモスが、白いアーチとナツメヤシと水差しを持った女たちが描かれた水彩画を眺めているのに目をとめた。

「ベテスダの池です」と彼女がつぶやいた。「わたしたちはそこを訪れたんです。インドからの帰り道、聖地を巡礼しました。ナザレ、ベツレヘム。ガリラヤ湖も見ました。エルサレムも。父の夢でしたから」

「水を一杯いただけますか」と彼が言った。

彼女は廊下伝いに彼を食堂兼居間《キッチン》まで案内した。飾り気のないテーブルはよくこすり磨いてあった。だが食べ物はどこにも見あたらなかった。

「わたしったら、お茶を一杯差し上げることさえ思いつかなかったなんて！」と彼女が声を上げた。

外光が射す中で再び彼女の顔を見ると、髪には白髪が一筋交じり、頬のあたりに小じわが目立った。だが彼は彼女の微笑みを好ましく思い、上下の長い睫毛の間で輝いている茶色い瞳もいいと思った。

彼女は腰に黒いエナメル革のベルトをしていた。家畜の飼育に慣れた彼の視線は、彼女の両肩と尻のあたりをとりとめもなくさまよった。

「それに、あなたのお名前もお聞きしてなかったわね」彼女はそう言って手をさしのべた。

「エイモス・ジョーンズって素敵なお名前だわ」彼女は彼と並んで歩き、庭の門のところまで見送りながらそう言った。それから手を振って別れ、走って家へ戻った。エイモスが最後に振り向くと、彼女は書斎の窓辺に立っていた。黒くてイカの足そっくりなチリマツの枝の影が、白い顔を取り囲むように窓ガラスに映り込んでいたので、彼女はまるで囚人のように見えた。

エイモスは丘を登り、草で覆われた小山から小山へと飛び移るように帰り道を急ぎながら、あらん限りの声で叫んだ――「メアリー・ラティマー！　メアリー・ジョーンズ！　メアリー・ラティマー！　メアリー・ジョーンズ！　メアリー！……メアリー！……メアリー！」

二日後、エイモスは自分の手で羽毛をむしり、はらわたを取った鶏を一羽持って、司祭館を再び訪れた。

彼女は張り出し玄関で待っていた。丈が長い青いウールのドレスの上に、カシミール産のショールをはおり、ミネルヴァのカメオを茶色いビロードのリボンで首から下げている。

「昨日は来られませんでした」とエイモスが言った。

「でも今日はいらっしゃるとわかっていました」

そう言うと彼女はのけぞるように大笑いした。一方、犬が鶏の匂いを嗅ぎつけてぴょんぴょん跳ね上がり、エイモスのズボンに飛びついた。彼はナップザックから鶏を取り出した。ひんやりした鶏のつぶつぶだらけの皮を見たとたん、彼女の顔から微笑みが消えた。そして玄関口の階段で小刻みに震えながら立ちすくんでしまった。

ふたりは玄関ホールに入ってことばを交わそうとしたものの、彼女は両手を握りしめたまま床の赤いタイルを見つめていた。エイモスのほうも首筋から耳のあたりが赤くなっているのを自覚して、片方の足からもう片方へ重心を移動させながら、落ち着きなく突っ立っているだけだった。

ふたりとも相手に語りたいことがたくさんありすぎて、胸が張り裂けんばかりだった。だが同時に、何を言っても無駄なような気もした。ふたりの出会いからは何も生じない。ちぐはぐな口調が和合してひとつの声になることはない。ふたりはそれぞれの貝殻へ這い戻るしかない。教会で一瞬だけ互いを意識したような気がしたのは運命のいたずらか、さもなければふたりを破滅させようとたくらむ悪魔の誘惑だったのだ。ふたりはたどたどしくことばを交わしたが、次第に沈黙へと沈み込んだ。そして互いに目を合わせないまま、エイモスは後ずさりするように玄関から退出し、丘の彼方へ逃げ去った。

彼女は空腹だった。その晩、もらった鶏をローストして食べようとした。だが最初のひと口を口に入れただけでナイフとフォークを投げ出し、肉を皿ごと犬に与え、二階の寝室へ駆け上がった。狭い寝台にうつぶせになった彼女は、枕に顔を埋めてすすり泣いた。夜具の上に青いドレスが広がり、煙突伝いに風のうなり声が聞こえた。

夜半近く、砂利を踏みしめて歩いてくる足音を聞いたような気がした。「彼が戻ってきた」彼女は喜びに息を荒くしてそう叫んだ。だがふとわれに返ると、ツルバラのとげが窓ガラスをひっかいているだけだった。しかたなく彼女は、羊が柵を越えていくのを数えはじめた。ところが無害な動物を数えているうちに、眠るどころか、インドの埃っぽい町で経験した別の恋の記憶を思い出してしまった。

恋の相手は欧亜混血で目つきが甘ったるく、口を開けば謝ってばかりいる男だった。ふたりは男が勤めていた電報局ではじめて出会い、コレラの流行のせいで彼女が母を失い、男が若妻を失った後、聖公会の共同墓地でお悔やみのことばを掛けあった。それをきっかけにして、ふたりは夕刻に落ち合い、流れの遅い川沿いの道を散歩するようになった。彼は彼女を自宅に招き、水牛の乳と大量の砂糖を入れたお茶を飲ませた。それからシェイクスピアの芝居の長ゼリフを暗誦し、プラトニッククラブに望みを懸けるような話をした。彼の小さな娘は耳に金のイヤリングをして、鼻の穴を鼻汁で詰まらせていた。

「おまえは売春婦か！」娘の「無分別」に関する不名誉な報告を郵便局長から聞かされた父親が、彼女を怒鳴りつけた。それから三週間のあいだ、父親は彼女を狭い部屋に押し込めてパンと水しか与えず、悔い改めるよう促した。

夜中の二時頃風向きが変わり、哀訴するようにうなる風音の音程が変化した。木の枝が折れる音が聞こえた。木質がばりばりと裂ける響きを耳にした瞬間、彼女は寝台の上に起き上がった。

「まあなんてこと！　あの子がチキンの骨を喉に詰まらせたんだわ！」

彼女は手探りで階下へ下りていった。食堂兼居間《キッチン》の扉を開けると同時に、すきま風が手燭の火を消した。彼女は暗闇の中で震えながら立ち尽くした。泣き叫ぶ風音に混じって、籠の中ですやすや眠っている犬の寝息が聞こえた。

明け方、彼女は、寝台の横の壁に掛かったホルマン・ハントの「世の光」を見上げて考えた。「扉を叩きなさい。そうすれば開かれる」彼女はイエスのことば通りに扉を叩き、田舎家の扉の外で確かにランタンをかざして見せたのだ。ところがようやく眠りが訪れたとき、彼女がさ迷いこんだトンネルはかつてないほど長く、闇が濃いように思われた。

4

エイモスは怒りを隠し通した。いったんは希望を持たせておいて、彼を奈落の底へ突き落としたあの傲慢な女を忘れ去ろうとするかのように、その夏は仕事に明け暮れた。グレーのキッド革の手袋が心へ割り込んでくるたびに孤独な食卓をこぶしで叩いた。

干し草をつくる季節になり、エイモスは黒ヶ丘の一角にある農場へ手伝いに行った。彼はそこでライザ・ベヴァンという娘と出会った。

ふたりはいつも山あいの狭い谷間で会い、ハンノキの下に寝そべった。彼女は彼の額にキスを浴びせ、ずんぐりした指で彼の髪を梳いた。しかし彼がどんなにやっきになっても——彼女が何をしても——怒ったように眉をしかめた表情で心に居座っているメアリー・ラティマーの顔は消えてくれなかった。孤独で眠れぬ夜を過ごすとき、エイモスはいつも、自分の体と壁の間に彼女の白くて滑らかな体があったらどんなにいいだろうと思い焦がれた。

フルレンで夏のポニー品評会が開かれる日、エイモスは、ラティマー牧師の死体を発見した羊飼いと出会って立ち話になった。

「で、牧師先生の娘は？」おおげさに肩をすくめてみせながらエイモスが尋ねた。

「家財道具を整理して」と相手の男が答えた。「出ていくんだそうだ」

翌朝、エイモスがブリン＝ドレノグに着いたときには雨が降り出していた。雨粒が彼の頬を伝い落ち、ぱらぱら音を立てて月桂樹の葉に降り注いだ。司祭館の周りのブナ林ではミヤマガラスの若鳥がちょうど飛ぶ練習をはじめたところで、親鳥が旋回しながらカアカア鳴いて励ましていた。門から玄関にいたる馬車道に無蓋軽装二輪馬車《ティルバリー》が一台止まっていた。司祭館へ徒歩で向かう赤毛の男に、御者が馬櫛を振ってあいさつした。

メアリー・ラティマーは書斎でひとりの紳士に応対していた。髪が薄く、やつれた感じのその紳士は、鼻眼鏡を掛けて革装の書物のページをめくっていた。

「ゲシン＝ジョーンズ教授です」彼女は驚いたそぶりをまったく見せずに、エイモスにそう紹介した。

「こちらはミスター・ジョーンズ、気の置けないお友達です。散歩に誘いに来て下さったのです。ごめん遊ばせ。どうぞごゆっくり、ご本を読んでいらしてください！」

教授の歯の間からよく聞き取れないことばが漏れた。握手すると、手の平が革のようにこわばっていて湿り気がなかった。手の甲には灰色の血管が通っていて、岩に貼りついた木の根みたいだった。息は嫌な匂いがした。

彼女はいったん書斎を出た。戻ってきたときにはウェリントンブーツを履き、黄褐色の防水布製の肩マントをはおって、頬が上気していた。

「父のお友達なのだけれど」歩きはじめるとすぐ彼女がささやいた。「ちょっと困っていて。父の書物をぜんぶ——無料で——くれないかっておっしゃっているのよ！」

「売ればいい」とエイモスが言った。

ふたりは雨の中、羊道を登った。丘は雲に隠れていた。低く垂れ込めた雲から下がる真っ白な飾り房のように、雨が降り続けていた。ハリエニシダとシダの茂みをかきわけてエイモスが歩き、メアリーはそのすぐ後ろを、彼がつけた足跡に自分の足を入れるようにして歩いた。

ふたりは岩かげでひと息入れた後、腕を組んで、子どもの頃の友達の話をしながら、古くからある家畜追い立て道をたどった。エイモスのラドノー方言を聞き取るために、メアリーはときどき耳を澄まさなければならなかった。エイモスのほうも相手の言い回しが理解できなくてときどき聞き返した。だがふたりとも、お互いを隔てる壁がどんどん低くなっていくのを感じていた。

彼は人生の念願を語り、彼女は懸念を隠さず話した。彼が欲しいのは妻と農場で、やがて農場を継ぐ息子たちも欲しかった。彼女が恐れていたのは、親戚に頼ったり、他所へ働きに出ざるを得なくなる事態だった。インドで母親が死ぬまでは幸せだったと彼女は語り、宣教活動や、雨期がはじまる前の気候についても語った。

「酷暑！　死ぬかもしれないと思うほど暑くなるんだから！」

「こっちは凍えてたよ」と彼が言った。「ひと冬じゅう火がなくてね。雇い主が経営してるパブへ行かないと暖が取れなかったんだ」

「わたしはインドへ戻ったほうがいいかしら？」彼女はそう言ったが、エイモスはその声音にためらいを聞き取り、本心はそこにはないと感じた。

雲が切れ、その隙間から真鍮色の光の柱が、泥炭沼へ斜めに射し込んだ。

「ほら！」太陽にあいさつしようとするかのようにらせんを描きながら、ふたりが立っている真上の空へ昇っていくヒバリを指さして、エイモスが言った。「このあたりにヒバリの巣がある」

メアリーはぴしっというかすかな音を聞き、ブーツのかかとに黄色い汁がついたのを見た。

「まあ、なんてこと」彼女が声を上げた。「わたしったら、どうしよう！」

巣に入っていたいくつかの卵を片足で踏み抜いてしまったのだ。彼女は草地に座り込み、涙が左右の頬を伝った。エイモスが肩に腕を回すと、彼女はようやく泣き止んだ。

牧草地にできた池《モーン・プール》の暗い水面でふたりは水切り遊びをした。葦の湿原からユリカモメが何羽か飛んできて、悲しげな声で鳴いた。メアリーに手を貸して沼地を越えたとき、手応えがあまりに軽くかよわく思えたので、エイモスは、彼女の正体は霧かと思った。

司祭館へ戻ってきたふたりは、メアリーの父親の霊魂に気を遣うかのように、よそよそしくそっけない口調でことばを交わした。書物に没頭している教授はかまわずにおいた。

「売ればいい！」張り出し玄関で別れるときにエイモスが言った。

メアリーはうなずいた。そして手は振らなかった。彼がいつどんな用事で再びやってくるか、わかっていたからである。

エイモスは土曜の午後、鹿毛のウェルシュ・コブに乗ってやってきた。引き綱で白黒まだらの去勢馬を連れており、その馬は婦人用の鞍をつけていた。蹄の音が聞こえた瞬間、メアリーは寝室の窓から顔を出した。エイモスが叫んだ。「やあ、急いで！　黒ヶ丘の農場が一軒、賃貸で出ているんだ」「わかった、すぐに行きます」メアリーはそう返事を返し、紫がかった灰色のインド木綿の乗馬服を着て、階段を駆け下りた。彼女はバラの花の飾りがついた麦わら帽子をかぶり、ピンクのサテンのリボンをあご先で結んでいた。

エイモスは貯めておいた金をつぎ込んで新調した、編み上げ靴を履いていた。「まあ！　なんて素敵なブーツなの！」とメアリーが言った。

馬道のあちこちから夏の匂いがした。生け垣のイヌバラにスイカズラが絡まり、くすんだ青のフウロソウと紫色のジギタリスも咲いていた。農家の中庭ではアヒルたちがよちよち歩き回り、牧羊犬が吠えたて、雄のガチョウがシューッと鳴いて首を長く伸ばしていた。エイモスはニワトコの枝を折り取ってユスリカを振り払うのに使った。

玄関の周りにタチアオイを植え、道沿いの花壇に燃え立つようなキンレンカを咲かせた農家の前を通り過ぎた。ひだ飾りがついた帽子をかぶった老女が編み物の手を止めて、しわがれた声であいさつした。

「メアリー・プロッサー」エイモスがささやき、少し先まで進んだところでつけくわえた。「あの婆さん、噂では魔女だと言われているんだ」

ふたりは、〈フィドラーの肘〉亭がある四つ角でヘレフォード街道を渡り、汽車道も横切って、分水丘《ケフン・ヒル》の急斜面をジグザグに登る石切り工用の細道をたどった。

松の植林地の端までたどり着いたところで馬を休ませるために小休止し、振り返ってフルレンの町を見下ろした。家々のスレート葺きの屋根に混じって、崩れかけた城壁とビッカートン記念碑の尖塔が見え、青白い太陽の光が教会の風見鶏を輝かせているのが見えた。司祭館の庭では焚き火をしていた。木を燃やす煙がスカーフのように立ちのぼり、たくさんの煙突よりも高くたなびいて、川沿いの谷間を流れていった。

松林の中はひんやりして薄暗かった。馬たちは枯れた松葉を踏みしめて進んだ。ブヨがブンブンうなり、地面に落ちた枝を菌類が黄色いフリルで飾っていた。松の樹幹にはさまれた細道が教会の廊下のように長く続いているのを見て、メアリーが身震いした。そして、「陰気な場所ね」とつぶやいた。

やがて林を抜けて太陽の下へ出た。開けた斜面に出て足裏に芝土を感じると、二頭の馬は揃ってキャンターで走りはじめ、蹄が蹴り出す三角の芝土がツバメみたいに次々に空中へ飛んだ。

丘をキャンターで駆け抜けた後、トロットに速度を緩めて、農場が散在する谷間へ下り、遅咲きのサンザシの並木を通ってラーケンホープの馬道へ出た。門の前を通るたびに、エイモスは農場主について コメントした。「〈ザ・ベイリー〉のモーガン、すごく几帳面な男」「〈ヴロン〉のウィリアムズ、いとこ同士で結婚した」「〈カム・クリリン〉のグリフィス、おやじさんが飲み過ぎで死んだ」

牧草地で少年たちが干し草を積み上げて円錐形の山にしていた。道端では赤ら顔の男が、へそが見えるほどシャツをはだけて、長柄の大鎌を研いでいた。

「おっ、ご両人！」男がウインクしながらエイモスに呼びかけた。

ふたりは小川で馬に水を飲ませる間、橋の上に立って水草が揺れているのを眺めた。ブラウントラウトが一匹、上流めがけて泳いでいった。そこからさらに半マイル行ったところで、エイモスが苔むした門を開けた。でこぼこ道が上り坂になっていて、カラマツ林の中に家が見えた。

「〈面影《ザ・ヴィジョン》〉という屋号で」と彼が言った。「土地は一二〇エーカーある。半分はシダの茂みだけどね」

5

〈面影《ザ・ヴィジョン》〉はラーケンホープ屋敷の所領に含まれる農場である。領主のラーケンホープ家はカトリック信徒の旧家で、西インド諸島貿易で財を築いた。

農場の以前の借地人は一八九六年に死んで、未婚の妹がひとり残されたが、その妹も精神病院に収容されたので農場は空き家になった。中庭に放置された干し草用の荷馬車の台板を突き破って、トネリコの若木が育っている。建物の屋根にはマンネングサが生えて黄色くなっている。堆肥の山には草がぼうぼう生えている。庭の端にレンガでこしらえた野外便所がある。エイモスはまずイラクサを切り払って、張り出し玄関にいたる小道をつくった。

玄関扉の蝶番が壊れているため扉が正しく開かない。エイモスがしかたなく扉をはずすと、悪臭を放つ空気がふたりの顔にまっすぐ当たった。

食堂兼居間《キッチン》へ足を踏み入れる。老女の持ち物が部屋の片隅でひとまとめにされたまま、腐り果てている。漆喰は剝がれ落ち、床の板石の表面にはぬめりが生じている。暖炉の中は、煙突のてっぺんに営まれたコクマルガラスの巣から落ちた小枝がぎっしり詰まっている。食卓の上はふたり分のお膳立てがされたままになっているが、カップは蜘蛛の巣だらけで、テーブルクロスはぼろぼろに裂けている。

エイモスはそこにあったナプキンでネズミの糞を払い落とした。

「ネズミが住んでるわ！」梁のあたりを駆けずり回る音がきこえたので、メアリーが上機嫌で言った。「わたし、ネズミには慣れているのよ。びくびくしていてはインドでは暮らせなかったから」

彼女は寝室のひとつでぬいぐるみ人形を見つけて、笑いながらエイモスに手渡した。彼が窓から捨てようとするとメアリーがひきとめて、「これはとっておくわ」と言った。

ふたりは外に出て建物と果樹園の状態を点検した。ダムソンスモモはよく穫れそうだがリンゴの木は植え直さないといけない、とエイモスが言った。メアリーはイバラの奥を覗き込んで、ぼろぼろになった蜜蜂の巣箱がずらりと並んでいるのを見つけた。

「これから」と彼女が口を開いた。「蜜蜂の飼い方を勉強しなくちゃ！」

メアリーが石垣の踏み越し段を越えるときにはエイモスが手を貸しながら、ハリエニシダと黒サンザシが繁茂する牧草地を二区画横切って丘の上まで行った。太陽は急斜面の向こうに隠れ、渦を巻いた赤褐色の雲が崖っぷちのすぐ上あたりにたなびいていた。メアリーのくるぶしが棘に刺されて、白いストッキングに赤い血の点々が浮かんだ。おぶっていこうかと言うエイモスに、彼女は、「大丈夫よ」と答えた。

馬のところまで戻ってきたときには月が出ていた。月光が彼女の首筋の曲線をとらえ、闇の中でナイチンゲールが澄んだ声を聞かせた。エイモスはメアリーの腰に腕を回して、「ここに住めるかい？」と尋ねた。

「住めるわ」と彼女が答えて、エイモスのほうへ向き直った。彼は両手を彼女の小さな背中に回した。

その翌朝、メアリーはフルレンの教区司祭を訪ねて、結婚予告を出してくれるよう頼んだ。手の指には、草の茎を編んでこしらえた指輪をしていた。

たまたま朝食中だった司祭は法衣《カソック》に卵黄をこぼした。「父上のご遺志にそむくことにはなりませんか？」彼はメアリーに、せめて六ヶ月待ってから決めてはどうですかと助言した。彼女はきっぱりと答えた。「冬が近づいています。ぐずぐずしている時間はないのです」

同じ日の後刻、町の女たちが何人か、エイモスがメアリーを彼の二輪軽馬車に乗せているのを見た。服地店主の妻は針の穴に糸を通すときのように目を細めて、「まだ四ヶ月しかたってないのに」と怒りをぶちまけた。別の女は「恥さらしだよ！」と吐き捨てた。女たちはみな、エイモス・ジョーンズが「あのあばずれ」のどこを気に入ったのか不思議に思っていた。

月曜の明け方、まだ誰も起き出してこない時刻に、メアリーはラーケンホープ屋敷管理事務所の前にたたずんで待っていた。ビッカートン家の土地管理人と借地契約の条件を話し合うためだった。彼女はひとりでやってきた。エイモスは、郷紳《ジェントリー》の前に出たときどうふるまえばいいかわからなかったからである。

土地管理人は赤ワインみたいな顔色をした二重あごの男で、ビッカートン家の遠縁だが、何かの理由でイギリス領インド軍を懲戒免職処分になって年金をもらえなくなった。屋敷はこの男を助けて、安い給金を支払っているのだった。だが男は数字に強く、「生意気な」借地人を扱う手練手管にも長けていたおかげで、領地内のキジを撃ち、屋敷のポートワインを飲むことが許されていた。

彼はユーモアのセンスに自信を持っていたので、メアリーが用向きを述べると、両手の親指をチョッキのポケットに突っ込んで大笑いした。

「ということはつまり、農夫の仲間になりたいと？　はん！　わたしならまっぴらご免ですがねえ」

メアリーは顔を赤らめる。壁面の高いところに掛かった、虫食いだらけのキツネの頭が歯をむき出してにらんでいる。男は机の革張りの天板を指先で連打する。

〈面影《ザ・ヴィジョン》〉！」男が突然口を開いた。「あいにく〈面影《ザ・ヴィジョン》〉には行ったことがないもので、どこにあるか見当もつきません。地図で調べてみましょう」

男はよいしょとばかりに立ち上がり、メアリーの手を取って、部屋の片側の壁を覆っている領地の大地図の前へ案内した。彼の指はニコチンで染まっていた。

男はメアリーの脇に立ち、耳障りな低い音で息をした。「山の上は寒いでしょうな、どうです？」「平地よりも安全ですよ」彼女はそう言いながら手を引っ込めた。

男は再び腰を下ろす。メアリーには椅子を勧めなかった。そうして、「リストに掲載されている他の申込者」についてぼそぼそつぶやいた後、ビッカートン大佐の判断を仰ぐまで四ヶ月待つよう言い渡した。

「ずいぶん時間が掛かるのですね」彼女はそうつぶやいてにやりと微笑み、退出した。

メアリーはその足で屋敷の北門の門番小屋まで歩いて行き、門番の妻に紙を一枚もらった。そうしてミセス・ビッカートン宛てに伝言を書いた。当主の奥方には、父親と一緒のときに一度だけ会ったことがあった。同じ日の午後、下男のひとりがメアリーをお茶に招待するため、城館から馬車で迎えに出たと聞いて、土地管理人は癇癪を起こした。

ミセス・ビッカートンは三十代後半で、華奢で色白だった。娘時代は画家になろうと志して、しばらくフィレンツェに住んだ。その後、画才に見放されたのを自覚した彼女は、美男子だが知恵のない騎兵隊将校と結婚した。彼が巨匠の油絵をたくさん所有しているのは大きな魅力だっただろうし、画家友達をうらやましがらせることができるという計算もあったのだろう。

　大佐は、敵軍に一度も発砲した経験がないまま最近退役した。夫婦にはレジーという息子と、ナンシーとイゾベルというふたりの娘がいた。執事はメアリーを、バラ園の門から屋敷の構内へ案内した。

　ミセス・ビッカートンは日射しを避けてレバノンスギの下に腰掛け、すぐ脇には竹製のティーテーブルがあった。建物の南面にはピンクのツルバラが咲きこぼれ、窓にはすべてオランダ布の日除けが掛かっていたので、城館内には誰も住んでいないかのようだった。この屋敷は一八二〇年代に建てられた「模造」城郭である。向こうの芝生からクロッケーの球を叩く音と、若やいで裕福そうな笑い声が聞こえてきた。

「中国の、それともインドの?」ミセス・ビッカートンが質問を繰り返した。グレーのシフォンのブラウスのひだ飾りから、三連の真珠のネックレスが見え隠れしていた。

「あの、インドの」メアリーがおぼつかなげに答えると、相手が銀のティーポットからお茶を注いだ。それからメアリーは、「本気なのですか?」と尋ねる相手の声を聞いた。

「はい、本気です」メアリーはそう答えて唇を噛みしめた。

「わたしは、ウェールズ人は好きですが」とミセス・ビッカートンが続けた。「気心が知れてくると怒りっぽいところもありますよ。気候のせいでしょうけれど」

「はい」とメアリーは繰り返した。「本気です」

　ミセス・ビッカートンは悲しくひきつったような表情になり、手が震えていた。そして、子どもたちのためのガヴァネス（住み込み家庭教師）として、屋敷で働くつもりはないか説得してみようとしたが無駄だった。

「わかりました。夫に話しましょう」とミセス・ビッカートンが言った。「農場のことなら心配はいりません」

バラ園の門から出るとき、農場がある方角の山腹でもあのピンクのツルバラは育つかしら、と彼女は考えた。そしてその月が終わらぬうちに、彼女とエイモスはその後の人生設計を立て終えた。

メアリーの父親の書斎には稀覯本がたくさんあった。それらをオックスフォードから出張してきた専門業者に売却したところ、地代二年間分にくわえて荷車用の馬二頭、搾乳用の雌牛四頭、肉牛二十頭、犂、中古のまぐさ切り機の代金がまかなえた。賃貸契約書に署名し、家じゅうをこすり磨き、石灰水で壁を塗り、玄関扉は茶色に塗った。エイモスは、「邪眼を除けるため」にナナカマドの枝を掛け、鳩舎に住まわせる白鳩を一群れ購入した。

エイモスは父親に手伝ってもらって、ピアノと四柱式寝台を一日がかりでブリン＝ドレノグから農場へ運んだ。寝台を二階へ持って上がるのは「どえらい大仕事」だった。後に、サムじいは行きつけのパブで飲み仲間たちに、〈面影《ザ・ヴィジョン》〉は「とびっきりの愛の巣だ」と自慢した。

花嫁にはひとつだけ不安があった。チェルトナムから姉がやってきて結婚式を台無しにしてしまうのではないかという危惧である。式には欠席するという返信が届いたとき、メアリーは安堵のため息をついた。そして、「あなたの恥です」という文句まで読み進んだ彼女は、こみ上げた笑いを堪えきれずにひとりで声を上げ、父親が残した最後の書類とともに手紙を暖炉にくべた。

初霜が降りる季節に、新婚のミセス・ジョーンズは懐妊した。

6

新婚の数ヶ月、メアリーは家まわりの手入れに追われて過ごした。

冬は厳しかった。一月から四月までの間、丘に降った雪は決して融けず、ジギタリスの凍った葉は死んだロバの耳のようにぐったり垂れた。毎朝彼女は寝室の窓からカラマツ林を覗いて、黒く見えるか、白い霜で覆われているかを確かめた。厳冬の底で動物たちが静まりかえっていたので、メアリーが踏むミシンの音は、羊の出産用に柵で囲った牧草地のあたりまで響いた。

彼女はクレトン更紗を縫って四柱式寝台につけるカーテンをつくり、客間用には緑のフラシ天でカーテンを縫った。赤いフランネルの古いペチコートは引き裂いて端布織り《ラッグ・ラグ》の敷物をこしらえ、食堂兼居間《キッチン》の暖炉前に敷いた。夕食を終えるといつも背もたれつきの木製長椅子に腰掛けて、膝の上にかぎ針編みを広げた。エイモスはちっぽけな蜘蛛が巣を張るのを眺めた。

エイモスは雨の日も風の日も仕事をした。犂で耕し、柵を巡らし、溝を掘り、排水管を設置し、石垣を積んだ。泥だらけになり、くたくたに疲れて、毎日夕方六時に帰宅すると、マグカップ一杯の熱いお茶を飲み、ぬくまった室内履きに履き替えた。ときには体中びっしょり濡れそぼって帰宅することもあり、そんなときには梁に届くほど湯気が立ちのぼった。

メアリーは、本当のところ夫がどれほどたくましいのかわからなかった。

「服をぜんぶ脱いで」叱るように彼女が言った。「さもないと肺炎で死んでしまうわ」

「来るなら来いだよ」彼はそううそぶいてにやりと笑い、タバコの煙を輪にして妻の顔に吹きかけた。

エイモスはメアリーを、偶然手に入った壊れやすい品物のように、注意を怠って手の中で壊してしまわぬよう慎重に扱った。彼は彼女を傷つけるのを恐れ、熱情に身をまかせてしくじらないよう注意した。鯨骨のコルセットを見ただけで彼は意気阻喪した。

結婚前、彼は週に一度洗濯場で水を浴びるのがつねだった。今は繊細な妻に配慮して寝室で湯を使う。

ホルマン・ハントの「世の光」の下に洗面台があって、キヅタの格子垣のステンシル模様がついたミントンの水差しと水盤が載っている。エイモスはシャツ寝間着を着る前に上半身裸になり、胸と脇の下に石鹼の泡を塗る。石鹼皿のそばにロウソクが灯してある。メアリーは枕に身をまかせながら、エイモスのもみあげの背後に赤いロウソクの光がちらちら揺れ、肩の輪郭を金色に浮き立たせ、天井に大きな黒い影を投げかけるのを眺めていた。

一方、彼は、こんなふうにして体を洗うのはとてもきまりが悪いと思っていた。メアリーの視線にもし気づけば、即座にスポンジの水気を絞ってロウソクを消し、家畜の匂いとラベンダー石鹸の香りをいっしょくたに寝台へ持ち込んだに違いなかった。

日曜の朝は馬車でラーケンホープまで下り、教区教会で聖餐式にあずかった。メアリーはうやうやしく舌の上でパンを湿らせた。「われらの主イエス・キリストの御体なり」彼女はうやうやしく聖杯を上げた。「われらの主イエス・キリストの御血なり」それから彼女は視線を上げて、祭壇に掲げられた真鍮の十字架を見つめ、キリストの受難に精神を集中しようとするのだが、隣で息をしているがっしりした体のほうに気を取られてしまいがちだった。

近所の住民はそのほとんどがイングランド国教会の信徒ではなく、チャペルへ通うひとびとだった。イングランドに対するかれらの不信は、非国教主義が叫ばれるより数百年も昔から根強かった。国境地帯でウェールズの男爵たちが祖国を裏切った時代までさかのぼる、筋金入りの信条なのだ。女たちはとりわけメアリーを警戒したが、彼女はじきに女たちを味方につけてしまった。

メアリーが家事をこなす手際万端が、谷間の近隣で羨望の的になった。馬道に氷さえ張っていなければ、毎週日曜日、お茶の時間に間に合うように、ポニーに牽かせた五台か六台の二輪軽馬車が〈面影《ザ・ヴィジョン》〉へやってきた。常連は、ルーベン・ジョーンズ夫妻、〈ザ・ベイリー〉のモーガン家のルースとデイ夫妻、〈レッド・ダレン〉の若いヘインズ。棺のワトキンズもよくやってきた。この男はあばた面で陰気だが、内反足で足が不自由なのをものともせず、クレイギーフェドウから山を越えて歩いてくる強者だった。

客たちは聖書を抱えて神妙な顔つきでやってくる。しかし、メアリーのフルーツケーキや、指形のシナモントーストや、生クリームとイチゴジャムをつけたスコーンを食べはじめると、信心はじきに消え失せた。

メアリーはお茶会の主人役を毎週つとめているうちに、もう何年も前から農夫の妻であるような気がしてきて、牛乳を攪拌したり、子牛に水薬を飲ませたり、家禽に餌をやったりする毎日の作業が、意識的に習得した技能ではなく、自分の第二の天性であるように思えた。家畜の疥癬や疝痛や蹄葉炎について彼女はほがらかに語った。「ほんとにね」と彼女は言った。「今年は飼料ビートがどうしてあれほど育ちが悪いのか、わからないんです……干し草だってあれっぽっちしかなくて、いったいどうやって冬を越したらいいのやら」

テーブルの上座に座ったエイモスはときどきひどく困惑した。彼は賢い妻がばかなことをしゃべるのを聞くに堪えなかった。メアリーは、夫がむっとした表情をしているのに気づくと話題を変え、インドで描いた水彩画のスケッチブックをみんなに見せて楽しませた。

タージ・マハル。ヒンズー教徒が河岸で遺体を焼いている場面。針のむしろに端座したヨーガ行者。

「それで象ってのはどんくれえでかいのかね？」棺のワトキンズが尋ねた。

「荷馬車馬の三倍くらいありますね」ワトキンズは途方のなさに仰天して大笑いするしかなかった。

ウェールズ人の想像力に訴えるにはインドはあまりにも遠く、大きく、複雑すぎた。だがメアリーはイエス・キリストそのひとの足跡もたどった経験がある。エイモスは何度も飽きずにそのことを客たちに話して聞かせたのだが、メアリーはシャロンのバラを自分の目で見たし、カルメル山もタボル山もヘブロンもガリラヤも、彼女にとってはフルレンやグラスクームやフランフィアンジェル＝ナント＝ミランと同じくらい、現実味のある地名なのだ。

ラドノーシャーのほとんどの農夫は聖書の物語や詩句に親しんでいる。新約聖書よりも旧約聖書のほうを好むひとが多いのは、旧約のほうが羊の飼育にまつわる物語が多く入っているからだろう。メアリーは聖地のありさまを上手に語って聞かせたので、麦畑のルツ、ヤコブとエサウ、つぎはぎだらけのコートを着たヨセフ、荒れ野に追放され、イバラのやぶで水を求めるハガルといったなじみ深い登場人物の数々が、客たちの脳裏に次々とあらわれた。

メアリーを信用していないひともいるにはいた。義母のハンナ・ジョーンズがそのひとりだった。彼女とサムじいは招かれてもいないのにいつもやってきた。房飾りのある黒いショールをつけた義母は、テーブルにうつむいて腰掛けていたかと思うと、サンドウィッチをがつがつ食べて、同席したひとびとを気詰まりにさせた。

ある日曜日、彼女はメアリーが話しているのをさえぎって、「もしかして」あんたはバビロンへ行ったことはあるのかいと尋ねた。

「いいえ、ありません、お母様。バビロンはパレスチナにはないんです」

「そうだよ」〈レッド・ダレン〉のヘインズがオウム返しにした。「バビロンはパレスチナにはねえんです」

メアリーがどれほど感じよくしようとつとめても、義母は息子の嫁を目の敵にした。彼女は結婚披露宴の席上で花嫁に面と向かって「奥方様《ユア・レディシップ》」と呼びかけて、その場をぶちこわしにした。家族一同が揃ったはじめてのランチのときには、メアリーにおいでおいでをしてから冷笑を浮かべ、「はっきり言っちゃなんだけど、もう子どもは産めない年だよね」とつぶやいて嫁を泣かせた。

睡蓮の形に折りたたんだナプキン、マーマレードの容器、マトンに掛けるケッパーソースなど、義母は〈面影《ザ・ヴィジョン》〉へ来ると必ずあざわらう種を見つけた。ある日、彼女が銀のトースト立てを小馬鹿にしたとき、エイモスはメアリーに、「そいつはしまっとけ、さもないと物笑いの種を増やすばかりだ」と警告した。

彼は母親の来訪を恐れた。あるとき彼女はメアリーのテリアを雨傘の石突きで突いたので、その日以来、犬は彼女が来ると牙を剝くようになり、くるぶしに嚙みつこうとしてスカートの下をちょこまか走りまわるようになった。

義母が嫁の手からバターをひったくり、「パン菓子なんかにバターを無駄遣いするんじゃないよ！」と金切り声を上げたのにたいして、がまんしきれなくなったメアリーが「それでしたら、バターは何に無駄遣いしたらよろしいんですか？　お母様に無駄遣いしてさしあげましょうか？」と言い返したのが決定的な衝突になった。

エイモスはメアリーを愛していたし、彼女が正しいのはじゅうぶん承知していたが、母親のほうについた。彼は、「母さんが言ってることには道理がある」と言い、「ずっと苦労してきたんだから」とつけくわえた。息子を味方につけた義母がメアリーのぜいたく三昧と「思い上がった」やりかたにつっいてこきおろすのを、エイモスは最後まで言わせてからつい思わず賛同した。

それも無理はなかった。メアリーが家事を「改良」したせいで、エイモスの毎日の暮らしは以前よりかえって窮屈になっていたからだ。床の敷石がぴかぴかすぎて足跡をつけるのがはばかられたし、ダマスク織りのテーブルクロスは彼のテーブルマナーの悪さを叱りつけているように思われた。メアリーが食後に朗読する小説はどれも退屈だったし、彼女がつくる食事は正直なところ、まずくて食べられたものではなかったのである。

ミセス・ビッカートンが結婚祝いに『ビートン夫人の家政読本』をくれたので、メアリーは隅から隅まで熟読して、食事のメニューを事前に決めておくようになった。だがあいにく、この本に載っているレシピは農家の台所向きではなかった。

そういうわけで、ゆでベーコンや、ゆでだんごとポテトといったおなじみのメニューが繰り返し食卓に並ぶ代わりに、チキンのフリカッセ、野ウサギのシチュー、ナナカマドの実のソースを添えたマトンといった、エイモスが聞いたこともない料理が次々に供された。彼が便秘になったと訴えると、メアリーは「葉物野菜を植える必要があるわね」と答え、菜園に植える種をリストアップした。アスパラガスの畑もつくりましょうと彼女が言いだしたとき、エイモスの怒りが爆発した――おまえは何様だと思ってるんだ！　おまえの亭主は郷紳《ジェントリー》の大地主様か？

あまり辛くないインドカレーをつくってみたときも大変なことになった。エイモスはひと口食べようとして吐きだした。「こんなくそまずいインド料理なんか食いたくねえ」彼はそう怒鳴りつけて、皿ごと床にぶちまけた。

メアリーは床に落ちたものを片づけもせずに二階へ走って上がり、枕に顔を埋めた。彼は慰めに来なかった。翌朝になっても謝らなかった。彼は戸外で寝るようになり、酒瓶をポケットに入れて長い夜の散歩をするようになった。ある雨の晩、酔っぱらって帰宅した彼はいらだった様子でテーブルクロスをにらみつけ、両手のこぶしを握りしめたり開いたりしていた。そしてふと立ち上がり、よろめく足でメアリーのほうへ近づいてきた。

彼女はすくみあがり、肘をあげて自分をかばった。

「殴らないで」彼女が声を上げた。

「殴りゃしねえよ」彼はそう叫んだ後、暗闇の中へ走り出ていった。


四月末、果樹園ではピンクの蕾がふくらみ、山の上にひさしのような雲が掛かった。

メアリーは暖炉の火格子の前で寒さに震え、飽きもせずに降る雨音を聞いている。家は海綿のように湿気を吸い込んでいる。白壁にかびの輪が浮き出し、壁紙は波打っている。この湿気、この暗さ、ままならぬこの境遇で不機嫌な男と結婚したまま、もう何年間もこの部屋に腰掛けているような気持ちになって、何日も過ごしている。あかぎれと水ぶくれだらけの両手を見ると、一挙にぐっと老け込んで、ごわごわした醜いおばあさんになってしまいそうだった。父と母がいたという記憶が消え、インドの鮮やかな色もあせてしまった。彼女はこの頃、窓から見える急斜面の崖っぷちに生えた、風に打たれたイバラのやぶが自分の姿だと思うようになった。

7

そして晴天がやってきた。

五月十八日。日曜日でもないのに、鳴り響く教会の鐘の音が遠く離れた丘の中腹まで聞こえてきた。エイモスはポニーに馬車を牽かせて、夫婦でフルレンの町へ行った。家々の窓という窓からユニオンジャックが突き出してはためき、マフェキングの解放を祝っている。ブラスバンドが演奏し、女王様とベーデン＝パウエルの肖像を掲げた子どもたちのパレードが本通りを練り歩いている。犬たちまで、愛国を示すリボンを首輪につけていた。

行列を見送ったところで、彼女が肘でそっと彼の脇腹をつついた。彼が微笑んだ。

「冬のせいで自棄《やけ》になってた」エイモスはメアリーに弁解した。「冬ってのは、永久に終わらねえかと思えていけねえんだ」

「あらまあ、今度の冬は」と彼女が言った。「世話を焼かなくちゃならないひとがひとり増えるっていうのに」

エイモスがメアリーの額にキスをし、彼女は両腕を彼の首に回した。

翌朝彼女が目覚めたとき、そよ風がレースのカーテンを揺らしていた。ツグミが一羽、梨の木に止まって歌い、屋根の上では鳩たちがぺちゃくちゃおしゃべりをしていた。ベッドカバーの上にできた白い光の斑点がいくつか、ゆらゆら揺れていた。エイモスはキャラコのシャツ寝間着を着て、まだぐっすり眠っていた。ボタンがはずれて胸があらわになっている。メアリーが横目で、胸郭が規則的に波打つのを見た。乳頭に赤い胸毛が生え、肌には寝間着のボタンの跡がピンク色に残り、日焼けした首筋と乳白色の胸の境界線はくっきり線になっていた。

彼女は片手をエイモスの腕の力こぶができるあたりにかぶせて、すぐにどけた。

「このひとと別れてたかもしれないなんて」――メアリーはことばを呑み込んで顔を赤らめ、壁のほうへ寝返りを打った。

エイモスは今や、男の子が生まれてくることばかり考えていた。空想の中で、筋骨たくましい小柄な少年が牛舎をせっせと掃除していた。

メアリーも男の子が生まれるのを期待していて、生まれてくる子どもの人生設計まで早々と立てていた。なんとかがんばって寄宿学校へ入れて、奨学金をとってもらい、政治家か弁護士になってもらう。あるいは、外科医になればひとびとの命を救うことができるので、それもいいなと考えた。

メアリーはある日、馬道を歩きながらなにげなくトネリコの枝を引っ張った。黒っぽくくすんだ蕾がついた枝から、裏が透けて見えるちっぽけな葉が落ちるのを見て、彼女は、生まれてくる子どもも日光を欲しがっているのだと思った。

メアリーは、〈ザ・ベイリー〉のモーガン家のルースと親しくしていた。小柄で飾り気のない彼女はすっきりした面立ちで、亜麻色の髪をこぎれいにまとめていた。谷間の近傍ではいちばんの助産婦として知られている彼女に手伝ってもらって、メアリーは産着やおむつをこしらえた。

晴れた日にはふたり並んで前庭に腰を下ろし、綿ネルの肌着や産後腹帯を縫ったり、チョッキやペチコートやボンネットに縁飾りをつけたり、青い毛糸で幼児靴を編んでサテンのリボンをつけたりして過ごした。

メアリーはこわばった指をほぐすためにピアノでショパンを弾いた。長いこと調律してなかったので音は不安定だったけれど、彼女の指が鍵盤を上から下まで鳴らし、響きのいい和音を奏でると、窓から外へ音が飛び出して、鳩の群れがいるところまで届いた。ルース・モーガンは感激して、メアリーの演奏は世界で一番素敵な音楽だと言った。

産着やおむつやふとん一式ができあがると、ふたりはそれらを広げてエイモスに見せた。

「でもそれみんな、男の子用じゃねえだろう」とエイモスが怒ったように言った。

「よく見てくれなきゃ！」ふたりが声を揃えて反論した。「男の子用に決まってるでしょ！」

二週間後、荷車のサムがやってきて、羊の刈り込みを手伝った後、家へ帰らずにそのまま泊まり込んで、野菜畑の仕事を手伝った。畑を鋤で耕し、種を蒔き、芽生えたレタスを植えつけ、エンドウ豆を巻きつかせる支柱を準備した。また彼はある日、メアリーの協力を得て、案山子に宣教師らしい南国風の衣装を着せた。

サムは年老いた道化を思わせる、悲しげな顔をしていた。

殴り合いのけんかを五十年間もやり続けてきたので、鼻はぺしゃんこにつぶれていた。下あごの前歯は一本しか残っておらず、目玉は赤い毛細血管でびっしり覆われ、まばたきをするとまぶたがこすれて音を立てそうだった。彼は女性の前に出るとむやみにふざけてみせる癖があった。

メアリーは、義父が彼女を大事に扱うのを知って悪い気はしなかったし、彼の長話を聞けば大笑いできた。こう見えてサムじいも、「世の中をかけずり回ってきたひとりの男」だったからである。老人は毎朝、彼女の花壇から花を何本か摘んで彼女に差し出した。そして毎晩、エイモスが彼の脇を通って二階へ上がろうとするときに両手をもみ合わせながら、「おまえはラッキーな犬っころだぞ！まったく！　俺がもうちょっと若けりゃただじゃおかねえところだ……！」と大声で言って高笑いした。

サムじいは古いフィドルを持っていた。その楽器は家畜追い立て人をしていた頃を偲ばせる記念品で、ケースを開いて取り出すと、かすかに光る表板を女の体を慈しむようになでた。彼は本職の演奏家みたいに眉を寄せて、楽器を震え声で歌わせたり、むせび泣かせたりすることもできた――もっとも、高音を無理やり絞り出すと、メアリーのテリアが鼻先をつんと上げ、長く尾を引いて吠えはしたけれども。

エイモスが留守のとき、サムとメアリーはときおりデュエットを試みて、「ロード・トーマスと麗しのエレナー」や「騒がしい墓場」を演奏した。一度だけだが、エイモスが帰宅したときふたりが石敷きの床でポルカを踊っていた。

「こら、すぐにやめろ！」と彼が叫んだ。「お腹の子に何かあったらどうするつもりだ？」

ハンナは、はめをはずしすぎるサムに腹を立てているうちに体調を崩してしまった。

メアリーがあらわれる以前は、ハンナは亭主に向かって「サム！」とひとこと言えば足りた。しょげかえったサムは「おう、そうだな」とつぶやいて、どうでもいいような用を足しに姿をくらましたものだった。今ではフルレンの町のひとびとは、ハンナが喉をからして「サアアアアム！　サアアアアアアアム！」と叫びながら、天下の公道を〈レッドドラゴン〉亭へ突っ走っていく姿をよく見かけた。ところがハンナがパブに着く頃には、サムは丘の斜面へ雲隠れして、息子の嫁のためにキノコ狩りをしているのだった。

ある蒸し暑い日の夕刻――七月の最初の週だった――馬道をガタガタいわせながら、荷馬車屋のヒューズが、ハンナとふた抱えほどある荷物を乗せてやってきた。エイモスはちょうど、馬小屋の扉に新しい蝶番をネジ止めしている最中だった。彼はネジ回しを取り落とし、なんで来たんだいと母親に尋ねた。

ハンナは陰気な声で答えた。「この家で養生させてもらうよ」

一日か二日後、メアリーは吐き気とともに、背骨を走るずきずきした痛みを覚えて目を覚ました。彼女は寝室を出て行こうとするエイモスの腕にすがりついて、「帰ってくださいってお母様に頼んで。そうしたらこの痛みは治るわ。お願い。さもないとわたし……」

「だめだ」扉の掛けがねをはずしながら夫が答えた。「母さんは帰らない。この家にいてもらう」

その月はずっと熱波が続いた。東風が吹き、空は雲ひとつない鮮明な青だった。水が干上がって泥はひび割れ、イラクサの茂みでアブの大群がブンブンうなり、メアリーの背骨の痛みはひどくなるばかりだった。彼女は夜な夜な血とキンレンカが出てくる同じ夢を見続けた。

メアリーは力が徐々に抜けていくのがわかった。そうして体の内側で何かがぷつんと切れるのを感じた。赤ん坊は障害を持って生まれてくる。さもなければ死産。あるいは自分が死ぬと思った。こんなことになるくらいなら、インドで貧しいひとびとのために命を捧げてしまえばよかったのだと悔やんだ。枕に身をもたせかけて、イエス様、わたしの命をお取り下さいと祈った。でも赤ちゃんだけは生かしてください、と。お願い！　お願い！

年老いたハンナは暑い日中を食堂兼居間《キッチン》で過ごした。黒いショールをかぶって小刻みに震えながら、白い毛糸で長靴下をゆっくり——とてもゆっくり——編んでいた。張り出し玄関のところにあらわれたクサリヘビをエイモスが叩き殺したのを知ると、彼女は口元をゆがめて、「家族で死ぬ者が出るよ！」とつぶやいた。

七月十五日はメアリーの誕生日だった。彼女は少し具合がよかったので、階下へ下りて義母と話をしようとした。ハンナはなかば目を閉じたまま、「読んでおくれ！」と言った。

「何を読みましょう、お母様？」

「葬儀の献花欄」

メアリーは求めに応じて、『ヘレフォード・タイムズ』の葬儀記事を開いて読みはじめた。

「『先週木曜日、十七歳で悲劇的な死を遂げたミス・ヴァイオレット・グーチの葬儀が聖アサフ教会でおこなわれた……』」

「葬儀の献花欄と言ったはずだよ」

「はい、お母様」メアリーはページを開き直して読みはじめる。

「『アニー・ヴィーとアーサーおじさんからカラーの花輪――〈二度とない！〉。……黄色いバラの花輪――〈よい子ちゃんのウィニーとスタンレーから、永遠の思慕をこめて〉』。これはガラスケース入りの造花の花輪ですね。『〈フーサン百貨店より面影を偲んで〉……』こっちはグロワール・ド・ディジョン種のバラのブーケ。『〈親愛なるひと、静かにお眠り下さい。メイヴィスおばちゃん、モスティン・ホテル、ランドリンドッド〉……』これは野花のブーケ。『〈おやすみとだけ言っとくね、さよならは言わない！　あなたのかわいい妹シシー〉……』」

「もっと読んでおくれ！」ハンナは目を見開いていた。「どうかしたのかい？　もっと読んで。お終いまで読むんだよ！」

「はい、お母様……『プレスティーンのロイド・アンド・ロイド両名の手になる、磨きを入れたオーク材に真鍮金具付きの棺の蓋に、以下の文字が刻まれた――〈ハープ！　見事なハープ！　だが弦が切れたハープ！〉』」

「ああ！」ハンナがつぶやいた。

メアリーの出産準備をするうちにサムがたいそう神経過敏になったので、エイモスよりもサムのほうが、生まれてくる子どもの父親みたいだった。サムはいつも、メアリーを喜ばせる方法をあれこれ考えていた。事実、彼が顔を見せると、メアリーの顔に微笑みが灯った。彼は最後の貯金をはたいて、棺のワトキンズに揺りかごを注文した。赤と青と白の縞模様に塗られた揺りかごで、四隅の柱のてっぺんに、歌鳥をかたどった彫り物がついていた。

「まあお父様、こんなにしてくださらなくても……」食堂兼居間《キッチン》の石敷きの床で、サムが揺りかごを揺らすのを見て、メアリーが拍手した。

「揺りかごもいいけど、棺も必要になるよ」ハンナがぼそっとつぶやいて編み物を続けた。

彼女は五十年以上前に嫁入りしたときから一度も袖を通していない白木綿の寝間着を持っており、死ぬときにはそれを着て、白い靴下をはかせてもらうつもりだった。八月一日、彼女はふたつめの靴下の踵を丸く編み上げた。だがそこから先は編む速度がどんどんのろくなり、ひと目編むごとにため息をついて、「もう長くないよ」としわがれ声で言った。

ハンナの肌は体調がいいときでも紙のように血の気がなく、透き通って見えた。息づかいはひびが入ったパイプに空気を通すようで、思うように舌を動かせなかった。エイモスだけは気づいていなかったものの、彼女が死ぬために〈面影《ザ・ヴィジョン》〉へやってきたのは誰の目にも明らかだった。

八月八日、天気が崩れた。てっぺんだけ銀色で他はいぶしたような色の雲が、丘の後ろにうずたかく積み上がった。夕方六時、エイモスとデイ・モーガンが最後のオート麦を刈っていた。嵐の前の静けさの中で鳥たちは歌わなかった。アザミの冠毛がふわりと舞い上がった。谷間の片隅の空気を悲鳴が切り裂いた。

陣痛がはじまっていた。二階の寝室ではメアリーが身もだえし、うめき、シーツを蹴り、枕を咥えた。ルース・モーガンは彼女を落ち着かせようとした。サムは食堂兼居間《キッチン》でお湯を沸かしていた。ハンナは木製の長椅子に腰掛けて、編んだ目を数えていた。

エイモスはコブ種の馬に鞍をつけて丘を越え、石切り工用の細道を駆け下りてフルレンの町へ行った。

「勇気だ、いいかね！」ゾルマー医師はそう言うと、鉗子を分解して左右の乗馬ブーツに半分ずつ差し込んだ。さらに、麦角を入れた小瓶をポケットにねじ込み、別のポケットにはクロロホルムの瓶を入れ、ゴム引き雨外套のボタンをしっかりとめた。こうしてふたりの男たちは嵐の中へ出ていった。

庭の柵に馬をつないだとき、雨水が屋根を伝ってごうごうと流れていた。

エイモスは二階へついていこうとしたが、医師に止められたので揺り椅子に腰を下ろし、胸を殴られたみたいにうなだれていた。

「神様、男の子をください」彼がうめくように言った。「そしたら二度と妻には手を触れません」ルース・モーガンが水差しを持って通りかかると、彼は彼女のエプロンをぎゅっとつかんだ。「うちのはだいじょぶかな？」彼女はエイモスの手を振り払い、ばかなことを言ってる場合じゃないでしょうと告げた。

二十分後、寝室の扉が開き、声が響き渡った。

「もう少し新聞紙を持ってきて。油布でもいいですよ。何かそういうものを！」

「男の子かい？」

「双子ですよ」

ハンナはその晩、靴下をつま先まで編み上げた。それから三日後に彼女は死んだ。

8

双子の最初の記憶——ふたりがともにはっきり覚えていること——は、ふたりして蜂に刺された日の思い出である。

彼らはティーテーブルを前にして子ども用の食事椅子に座っていた。射し込んだ西日がテーブルクロスに跳ね返って、まばゆい光の溜まりをこしらえていたので、お茶の時間だったに違いない。寒くなって蜂が不活発になる時期、たぶん十月の後半頃である。窓の外ではカササギが空から見下ろし、ナナカマドの実が強い風に翻弄されていた。室内では厚切りのパンに塗られたバターが、サクラソウの色に輝いていた。メアリーが卵の黄身をスプーンですくってルイスの口へ入れようとした瞬間、ベンジャミンがやきもちをやいて両手をばたつかせた。ベンジャミンの左手が蜂に当たってチクリと刺されたのだ。

メアリーは薬戸棚を探して脱脂綿とアンモニアを取り出し、ベンジャミンの左手をぱたぱた叩いた。患部がみるみる膨れてまっ赤になるとメアリーがなだめた。「強いね、男の子だよ！　ほんとに強い！」

ベンジャミンは泣かなかった。彼は口をぐっと結んで、悲しそうな灰色の目をルイスに向けただけだった。というのも痛みを感じて泣いたのはルイスのほうで、傷ついた鳥のように左手を振り回したのもルイスだったからだ。ルイスはその日、夜遅くまでぐずっていた。ふたりはお互いの腕で抱き合ってようやく寝ついた。その日以降双子は卵を見ると蜂を連想し、黄色いものすべてを警戒するようになった。

ルイスが弟の痛みを吸い取り、自分の痛みとして引き受ける力を発揮したのはこれがはじめてだった。

ふたりのうちでは彼のほうが強く、彼が最初に生まれてきた。ルイスが兄であることを示すために、ブルマー医師はルイスの手首に十字の印を描いた。揺りかごの中でもルイスは活発で、暗闇や見知らぬひとを決して恐れなかった。彼は好んで牧羊犬と取っ組み合いをした。ある日、みんなが出払っている間に、ルイスは扉の隙間から家畜小屋へ侵入した。数時間後、メアリーが彼を見つけたとき、彼は雄牛とおしゃべりをしていた。

それにひきかえベンジャミンはとても臆病で、親指をしゃぶる癖があり、兄と引き離されると甲高い声を上げて泣いた。彼はいつも、まぐさ切り機にはさまるとか、荷馬車引きの馬に踏みつぶされるとかの悪夢に悩まされていた。ところが、イラクサのやぶに引っかかったり、向こうずねを強打するなどの痛い目を見たときには、ルイスが代わりに泣くのだった。

ふたりは一緒に脚輪つきのベッドに寝た。天井の低い部屋は、階段を上りつめたところにあった。ある朝ふたりが目覚めたとき、天井が見たこともない灰色に染まっていたのを鮮明に覚えている。窓から外を覗くとカラマツ林が真っ白で、雪片が渦を巻きながらはらはらと降り注いでいた。

メアリーが起こしに来ると、ふたりは頭からつま先まで毛布の山にくるまって、ベッドの隅で丸くなっていた。

「いいかげんにしなさい」と彼女が言った。「ただの雪ですよ」

「違うよ、ママ」毛布の下からふたりの声がくぐもって聞こえた。「神様がつばを吐いたんだよ」

毎週日曜日にラーケンホープの教会へ通ったのを除けば、双子が外の世界へ遠乗りしたのは、一九〇三年のフラワーショウ見物が最初だった。その日は、ポニーが馬道にころがっていたハリネズミの死骸に驚いて後ずさりした日で、メアリーがサヤインゲンの品評会で一等賞を獲得した日でもあった。

ふたりは大勢の人間をはじめて目にし、叫び声や笑い声や、ばたばたはためく帆布や、がちゃがちゃ音を立てる馬具に仰天して、知らないひとたちに肩車してもらい、あちこち見物して目を丸くした。

ふたりはお揃いのセーラー服を着ていた。くすんだグレーの瞳を輝かせて黒髪を坊っちゃん刈りにした双子はひとびとの注目を浴びた。ビッカートン大佐までふたりを見に来た。

「ほう！　ほう！　かわいい水兵さんだね！」彼はそう言って、子どもたちのあごの下を軽くなでた。少ししてから大佐は、双子を軽四輪馬車《フェートン》に乗せて遠乗りに連れ出した。名前を聞かれたので、ルイスがベンジャミンですと答え、ベンジャミンがルイスだと答えた。

ふたりは混乱を楽しんだ。

午後四時、エイモスはフルレン・チームの一員として綱引きに出場し、メアリーは女性による卵運び競走に出場したので、双子は〈カム・クリリン〉のミセス・グリフィスに預けられた。

ミセス・グリフィスは大柄の親分肌で、顔がてかてかしていて、姪にも双子がいるので双子を見分けるのはベテランなのだと自慢していた。ふたりを並ばせてじろじろ見比べた末に、彼女はベンジャミンの右耳の後ろに小さなほくろがあるのを見つけた。

「ほらね！」と彼女が大声を上げた。「違いを見つけたわよ！」それを聞いたベンジャミンががっかりしたまなざしをルイスに送ると、ルイスはベンジャミンの手をぎゅっとつかみ、ふたりは見物客の脚の間を走り抜けて大テントへ逃げ込んだ。

そしてふたりは、品評会で入賞したペポカボチャを陳列した、布をかぶせた架台の下に身を潜めた。大人たちの脚がぞろぞろ動いていくのを眺めるのがとても楽しかったのでいつまでも隠れていたら、母親が不安のあまり、雌羊よりしわがれた声で、彼らの名前を呼んでいるのが聞こえた。

フラワーショウからの帰り道は軽装二輪馬車の後部座席にふたりでうずくまり、ふたりだけに通じる秘密のことばで今日の冒険を語りあった。「ばかなお遊びはいいかげんにしろ!」とエイモスが怒鳴りつけると、ルイスが甲高い声で、「パパ、ばかなお遊びをしてるわけじゃないよ。これは天使のことばなの。僕たちは生まれたときからこれがしゃべれるんだ」と言い返した。

メアリーは必死になって、「あなたの」と「わたしの」の違いを双子に教え込もうとした。それから日曜日に教会へ着ていくスーツ——ルイスのはグレーのツイード、ベンジャミンのは青いサージ——を買い与えた。ふたりは三十分ばかりの間、あてがわれたスーツを着ていたが、こっそり家を抜け出し、互いの上着を着替えて戻ってきた。彼らはあらゆるものを共有すると言ってきかなかった。サンドウィッチを食べるときにも自分にあてがわれたものを半分にして、その半分を交換しあって食べた。

その年のクリスマスに、ふたりはふわふわのテディーベアとフェルト製のハンプティ・ダンプティを贈られたが、十二月二十六日《ボクシングデー》の午後、ふたりはテディーベアを大かがり火にくべ、「ダンプくん」

のほうを集中的にかわいがることに決めた。

ダンプくんはふたりの枕の上で眠り、ふたりとともに散歩に出かけた。ところが木の枝に花穂がつき、馬道が半融けの雪でぬかるむ三月の、ある風が強い日、双子はダンプくんが兄弟の仲を引き裂いたと判断した。そしてメアリーが背中を向けている隙に、橋の欄干に座らせたダンプくんを突いて小川へ落とした。

「ママ、見て！」黒いものがヒョイヒョイ動きながら流されていくのを、無表情で見つめながら双子が叫んだ。

メアリーは、ダンプくんが小さな渦に巻き込まれて、枝に引っかかったのを確認した。

「そこにいて！」とふたりに命じてから、彼女は大急ぎでぬいぐるみを救おうとした。ところが足がかりが不安定だったため、増水して浮きかすができた川に落ちそうになっただけで、ダンプくんを救えなかった。

「ママ、気にしないで」と双子が言った。「僕たち、ダンプくんのことぜんぜん好きじゃなかったから」

翌年の秋、ふたりにレベッカという新しい妹ができた。だが彼らはレベッカのことも好きにならなかった。

双子はいつも、妹が欲しいと母親にねだっていたので、いよいよ望みがかなったときにはエッグカップに水を入れ、赤褐色の菊の花を挿したものをそれぞれが手に持って、階上の寝室へやってきた。ふたりがそこで目にしたのは、母親の胸にかじりついている不機嫌なピンク色の生き物だった。ふたりは思わず贈り物を床に落とし、階下へ走り去った。

「妹はいらない」と言ってふたりは泣いた。それ以後まるまる一ヶ月、彼らは自分たちだけに通じることばでしゃべり続け、妹の存在を大目に見られるようになるまでに一年間かかった。ある日、〈カム・クリリン〉のミセス・グリフィスがやってきてふと見ると、双子が食堂兼居間《キッチン》の床にころがってもだえ苦しんでいた。

「どうしたの、この子たち？」驚いて彼女が尋ねた。

「無視してください」とメアリーが答えた。「出産ごっこをしてるんです」

五歳になると双子はパン生地をこねたり、バターの塊を成型したり、スポンジケーキに砂糖衣を振りかけたりして、家事を手伝うようになった。メアリーはごほうびに、ふたりが眠るとき、グリム兄弟やアンデルセンの童話を読み聞かせた。双子の一番のお気に入りは、人魚が海の底にある海の大王様の御殿へ行って暮らす物語だった。

六歳の頃にはふたりとも自分で本を読めるようになった。

エイモス・ジョーンズは書物から得る知識をまるで信用していなかったので、メアリーに「子どもたちを甘やかさねえでくれよ」と釘を刺していた。

彼は双子に鳥おどしを与え、ふたりだけでオート麦の畑へ行かせて、モリバトを追い払わせた。また鶏の飼料の調合や、家禽の羽をむしり血や内臓を抜いて市場向けに整える作業もやらせた。晴れの日も雨の日も、彼は息子たちをポニーの鞍の前と後ろに乗せて、家畜がいる丘の周囲を見回りに行った。秋には雌雄の羊を交尾させるところを見せた。そうして五ヶ月後には子羊の誕生にも立ち会わせた。

彼らは双子で生まれてくる子羊に親近感を持った。子羊たちの真似をして、彼らも〈お山の大将ごっこ〉をした。そよ風が吹くある朝、メアリーが洗濯物を干していると双子がやってきて、彼女のエプロンの下に隠れ、彼女の太ももに頭をぴったりくっつけて、家畜が母親の乳房から乳を飲んでいるような擬音を立てた。

「ふたりともそんなことしてないで」彼女が笑いながら双子に声を掛けた。「じーじがどこにいるか見つけてきてちょうだい！」

9

サムじいは〈面　影《ザ・ヴィジョン》〉に住みはじめて以来、老いが目立つようになった。

彼はモールスキンのチョッキを着て、へなへなの黒帽子を頭に載せて、どこへ行くにも黒サンザシのステッキを手放さなかった。夜は食器棚ほどの大きさしかない、蜘蛛の巣が張った屋根裏部屋で眠った。枕元のわずかな所持品はフィドル、パイプ、タバコ入れにくわえて、どこかの旅先で見つけた磁器人形がひとつあるだけだった。その人形は太った紳士が旅行かばんを携えた姿で、〈長旅にでかけてきます〉という文字が台座に書いてあった。

エイモスが飼っている豚の世話をするのが、サムじいの主な仕事だった。「豚は生半可な人間よりも頭がいいぞ」というのが口癖だった。じっさい六頭の雌豚はサムじいを敬慕しているようで、彼が残飯を入れた容器を持ち込むとそろって鼻を鳴らし、各々自分の名前を呼ばれればちゃんと受け答えした。

いちばんのお気に入りはハンナという名前のラージブラックで、リンゴの木の下でハンナが食物を食べている間、サムじいは耳の後ろをコリコリかいてやりながら、妻と過ごした幸せな頃の思い出を噛みしめていた。

ハンナは母親としては劣等生だった。最初の出産では、産んだ一腹の子たちを押しつぶしてしまい、巨大に太った状態でおこなった二度目の出産では、雄一匹しか産まれなかった。双子はこの雄豚をホゲッジと呼んで、自分たちの豚として育てた。

ホゲッジが生後三ヶ月になったある日、双子は豚に洗礼を授けようと決めた。

「僕が牧師をする」とルイスが言った。

「牧師は僕がやる」とベンジャミンも言った。

「わかったよ！　じゃあそっちが牧師だ！」

七月のうだるように暑い日だった。犬たちが納屋の日陰であえぐように息をし、蝿が音を立てて飛び回り、黒い雌牛たちが母屋の下の斜面で草を食んでいた。サンザシが花をつけ、畑は一面、黒と白と緑に塗り分けられたように見えた。

双子は、袖広白衣《サープリス》代わりにつけるエプロンと、洗礼式用のローブ代わりに使う縞々のタオルを持って、食堂兼居間《キッチン》を出た。果樹園で大捕物を繰り広げた後、ふたりはホゲッジを鶏小屋の脇まで追い詰め、キーキー鳴く相手を抱いて、木が茂った谷間へ下りていった。ベンジャミンが濡らした指でホゲッジの鼻面に十字を描く間、ルイスが豚を押さえていた。

双子はホゲッジに駆虫剤を飲ませ、とってきたパンを食べさせた。ホゲッジのほうは小さい体を御しやすい性格で埋め合わせし、双子が背中に乗っても暴れたりしなかった。にもかかわらずホゲッジが発育不全であることには変わりがなく、エイモスは発育不全の家畜を容赦しなかった。十一月のある朝、サムじいが大麦を取るために粗挽き粉の収納小屋へ行くと、エイモスが大包丁を研いでいた。サムは抗議しようとしたが、エイモスは顔をしかめ、研ぐ手にいっそう力を込めた。

「発育不全の豚を飼う意味はないよ」と彼が言った。

「でも、ホゲッジは特別だろ？」ことばを詰まらせながらサムが反論した。

「発育不全の豚を生かしておく意味はないんだよ」

双子の耳に恐ろしい音が聞こえないよう、サムはふたりを連れ出して丘へ行き、キノコ狩りをした。

夕方家へ帰ってきたとき、粗挽き粉の収納小屋の脇に血だまりができているのを、ベンジャミンが見つけた。扉の隙間から中を覗くと、ホゲッジの胴体がフックに吊るされているのが見えた。

双子は眠る時間がくるまで涙を我慢した。それからふたりで枕をびしょ濡れにした。

メアリーはやがて、エイモスがホゲッジを殺したのを双子が根に持ち続けているのを知った。ふたりは、父親が農場で作業の手順を教えても聞こえないふりをした。父親がなでようとすると後ずさりした。父親がレベッカをかわいがるのを見て、ふたりはエイモスをますます憎んだ。そして家出を企てた。ふたりは父親に聞こえないように、低い声で陰謀をささやきあった。ついにはメアリーも黙って見ていられなくなって、「少しはパパにやさしくしてよ」とふたりに言った。だが双子の目には恨みが宿っていて、「だってパパは、僕たちのホゲッジを殺したんだ」という返事しか返ってこなかった。

10

双子はサムじいと散歩に出るのを好んだ。お気に入りのコースはふたつあって、山を登っていくコースは「ウェールズ散歩」、ラーケンホープ屋敷をめざすコースは「イングランド散歩」と呼んでいた。

「ウェールズ散歩」の醍醐味はよほど天候に恵まれないと味わえなかった。出発するときは晴れていても帰宅時にはしばしばびしょ濡れになっていた。ラーケンホープ屋敷をめざして下っていく散歩のときには、見上げれば真っ白い雲がちぎれて青空が覗き、日射しを浴びたノラニンジンの周囲に蝶々が舞っているのに、振り向いて西の空を見ると灰色の雨のベールが迫ってきている、というような空模様になることが同じくらいひんぱんにあった。

　ラーケンホープ村の半マイルほど手前までたどりつくと、マサーフェリンの粉挽き場があり、すぐ隣に会衆派教会のチャペルがあった。その先に屋敷で働くひとびとが住む小家が二列に並んでいて、どの家にもひょろ長いレンガの煙突と、キャベツやウチワマメがびっしり植わった菜園があった。村の緑地を横切って進むと、国教会の教会堂と司祭館と〈ペルシャグルミの木〉亭があり、それらを横目で見る位置にバプテスト教会のチャペルがあった。国教会墓地の周囲にはイチイの古木が衝立のように立ち並んでいた。鐘塔が木骨造りなのは、ゴルゴタの丘の三つの十字架をあらわしているのだと言われていた。

　サムじいはいつも〈ペルシャグルミの木〉亭に立ち寄り、サイダーを一パイント飲みながら、店主のミスター・ガドバーと九柱戯《スキットルズ》をするのを楽しんだ。ゲームが長引いたときには、待たされている双子のために、老いたミセス・ガドバーがマグカップに入れたレモネードをふたつ運んできた。双子は彼女のラッパ形補聴器に向かって大きな声で話した。話が気に入るとミセス・ガドバーは、この硬貨で甘い物を買っちゃだめだよ、と言い聞かせながら、ふたりに三ペニーずつお小遣いを与えた。双子はお金をもらうが早いか、郵便局を兼ねた食料雑貨店へ走って行った。ふたりが走って戻ってくるといつもあごに茶色いチョコレートがついていた。

そこから五分も歩けば屋敷の西門の門番小屋である。その先は、下り坂の馬車道がオークや栗の木立を縫ってゆるやかな弧を描くように続いていた。ダマジカが何頭か、尻尾を振って蠅を追いながら木陰で草を食べていた。深くよどんだ緑陰でかれらの腹が銀色に光っていた。だが鹿は人声におびえる。白い尻尾の残影を残して、鹿たちは一瞬のうちにシダの茂みへ消えた。

双子は、庭師親方のミスター・アーンショウの良い友達だった。小柄で筋骨たくましく、青磁色の目をした親方は、メアリーのお茶会にやってくる常連客のひとりだった。双子はたいてい鉢植えの作業小屋で、革のエプロンをつけた親方の姿を見つけた。爪の先がいつも三日月形に黒かったのは、黒土がはさまっていたせいである。

彼らは温室のかぐわしい熱帯の空気を吸い込んだり、ホワイトピーチの表面についた白粉をなでたり、絵本に出てくるサルの顔みたいな形のランの花をしげしげと眺めたりするのが大好きだった。帰りには必ず、シラネリアや光沢のある赤いベゴニアなどをおみやげにもらった。ベンジャミンは七十年もたってから、自分の庭の一角に咲いたピンクのゼラニウムを指さして、「あれはミスター・アーンショウがくれた切り枝を挿し木した株だよ」と言った。

城館の芝生は湖へ向かってひな壇式に下っていき、湖岸には松の丸太でこしらえたボートハウスが建っていた。ある日、シャクナゲの陰に隠れていた双子は、ボートがやってくるのを目撃した。

睡蓮をさわさわとかき分けてワニスを塗ったボートの船体が近づいてきた。櫛で梳いた髪のように、オールから水が流れ落ちた。漕ぎ手は赤いストライプのブレザーを着た少年である。船尾に、白いパラソルに半ば隠れるようにして、ライラック色のドレスを着た少女が腰掛けている。ブロンドの髪を豊かに垂らした彼女は、ぱしゃぱしゃと騒ぐさざ波を指先でなでていた。

〈面影《ザ・ヴィジョン》〉へ戻った双子はメアリーのもとへ飛んでいった。

「ミス・ビッカートンを見たよ」ふたりは声を合わせて叫んだ。おやすみのキスをするときルイスは、「ママ、僕は大きくなったらミス・ビッカートンと結婚するよ」とささやいた。ベンジャミンはそれを聞いて泣き出した。


「ウェールズ散歩」に出かける場合はまず、牧草地を歩いてコッカロフティーまで行く。ここには、土地の囲い込みがおこなわれた時代にうち捨てられた羊飼いの家が、廃墟になって残っている。そこから石垣の踏み越し段を越えて荒れ地へ出て、ポニーの踏み分け道を北へたどれば、左手にそびえる山のひだにガレ場が食い込んでいる。カバノキの小さな林を過ぎると、石垣が崩れて岩屑の山になった真ん中に、納屋と細長い母屋が見えてくる。煙突から出た煙がたなびいている。ねじれたトネリコとネコヤナギが二、三本ずつ生え、ぬかるんだ池の畔のところどころにガチョウの綿毛がかたまって落ちている。

これがワトキンズ家の農場で、クレイギーフェドウ――「カバノキの岩」――が正式名だが、地元では〈岩〉の屋号で通っている。

双子がはじめてここを訪れたとき、牧羊犬たちが鎖をいっぱいに引っ張って吠え立てたので、やせた赤毛の少年が母屋へ駆けていった。すると玄関にアギー・ワトキンズがあらわれた。黒いロングスカートに麻袋でこしらえたエプロンをした立ち姿で、戸口を塞いでいるように見えた。日射しが強いのでまぶしそうに目を細めた彼女は、三人がやってくるのを見てにっこり微笑んだ。

「おや！　サムじゃないの」と彼女が口を開いた。「寄っていきなよ。お茶でも淹れるから」

彼女はやせて猫背で、青みがかった顔にいぼがいくつかあり、薄い髪がほぐれかけたひもみたいに垂れて、そよ風に揺れていた。

戸口の外にはトム・ワトキンズが棺をつくるのに使う厚板がたくさん積んであった。

「トムが留守してて会ってもらえねえのは残念だけど」と彼女が続けた。「クリンゴイドのミセス・ウィリアムズがかわいそうに肺を病んで亡くなったもんで、トムはラバに棺積んで出かけたんだ」

トム・ワトキンズは州内で一番安価な棺をつくる職人で、ちゃんとした葬式ができない貧しいひとびとや、葬式に費用を掛けたくないけちん坊なひとびとに棺を売りさばいていた。

「あら、双子も来たんだね！」彼女は腕組みをしてそう言った。「エイモスとメアリーのことだから、国教会の教会へ通わせてるんだろうね？」

「もちろんだ」とサムが答えた。

「そうだね、神様のお恵みを！　さあ、ふたりも中へ入っておくれ！」

食堂兼居間《キッチン》の壁面は真っ白な石灰水を塗ったばかりだったけれど、梁は煤で真っ黒く燻され、土間には乾いた家禽の糞がこびりついていた。灰白色のバンタム鶏が食卓から落ちた食べ物をつつきながら、あちこち歩き回っていた。奥の部屋に据えられた箱寝台に毛布や外套がうずたかく積んであるのが見えた。その上の壁に、「呼びかける声がある。主のために、荒れ野に道を備え、わたしたちの神のために、荒れ地に広い道を通せ……」という聖句が額に入れて掛けてあった。

かつて客間として使われていたもうひとつの部屋では、雌牛が二頭、干し草を食んでいた。食堂兼居間《キッチン》の扉あたりには鼻を刺す匂いがよどんでいて、泥炭と凝乳の匂いに混ざり合っていた。アギー・ワトキンズは両手をエプロンで拭いてから、茶葉をひとつまみポットに入れた。

「天候って言えば」と彼女が口を開いた。「六月だっていうのにどえれえ寒さだねえ」

「どえれえ寒さだ！」サムが和した。

ルイスとベンジャミンがひとつの椅子を分け合って腰掛けている間、赤毛の少年はやかんの前に屈み込んでガチョウの羽根で炎を扇いでいた。

少年の名前はジムという。舌を突き出してつばを吐いた。「あああ！　なんてことをするんだい！」アギー・ワトキンズがこぶしを振り上げると、少年はあわてて外へ逃げ出した。「気にせんでね」と言いながら、彼女は清潔な白いリネンのテーブルクロスを広げてお茶の準備をした。

彼女は、みんながやかましく言うほど世界がひどい場所にならなければいいのに、と願う善良な人間である。貧困と働き過ぎのせいで心臓が悪い。彼女はときどきつむぎ車を山の上まで持っていって、ハリエニシダやヒースに引っかかった羊毛の小さな塊を集めて糸を紡いだ。

侮辱されれば決して忘れず、受けた恩も忘れない。いっぺんしばらく寝込んだときに、メアリーがサムに、オレンジをいくつかとトルコ産干しイチジクを一袋持たせて、見舞いに来させたことがあった。イチジクをはじめて食べたアギーは、これこそ神から恵まれた食物《マナ》だと思った。

その日以来彼女は、「ブラックベリーのジャムをメアリーに持ってっておくれよ」とか、「ウェルシュケーキがあるんだ。メアリーはウェルシュケーキ好きだったよね?」とか、「今日はアヒルがいい卵を産んだんで、持って行っておくれよ」などと言いながら、サムがやってくると必ず何かみやげを持たせて帰すようになった。貧弱な株のライラックが咲く季節には、サムの目の前に切り枝を山ほど積み上げて、世界広しと言えどもライラックはここでしか穫れないんだと言わんばかりに持って帰らせた。

ワトキンズ夫妻は国教会の信徒ではなく、チャペルへ通うひとびとで、子どもはいなかった。魂の救いをつねに求めたがったのは子どもがいないせいもあっただろう。第一次世界大戦後、アギーは何人かの子どもたちを「救う」ことになる。地元の人間が、「あいつは〈岩〉育ちだ」とか「あの娘は〈岩〉で大きくなった」と言えば、私生児か間抜けという意味である。だがそれより以前にワトキンズ夫妻が「救って」いたのはジムともうひとり、エセルという名前の娘だけだった。エセルは十歳くらいの体格がいい少女である。双子の目の前に仁王立ちになり、興奮を秘めたまなざしでふたりをじっと見つめながら、左右の目を交互に手で押さえて、生者と生き霊を目の当たりにしているような表情を浮かべた。

〈岩〉から先は家畜商人の踏み分け道が上り坂になって、黒ヶ丘北面の肩まで続いていたが、ところどころとても急坂だったので、サムじいは立ち止まって息を整えなければならなかった。

ルイスとベンジャミンは先に立ってはしゃぎまわった。ライチョウを追い立て、ウサギの糞をボールに見立てて手の指でフットボールをして遊び、崖越しにチョウゲンボウやオオガラスの背中を追い、シダの茂みに這いずり込んで隠れたりもした。

ふたりはグリム童話に出てくる双子みたいに、森の中で迷子になったふりを装い、ごっこ遊びをするのを好んだ。彼らにとってはシダの茎一本一本が森の木立だった。シダの緑陰は静かで、湿っていて、涼しかった。前の年の枯葉の層を貫いて傘状のキノコがあちこちに生えていた。頭上はるか彼方から風の口笛が聞こえた。

ふたりは仰向けに横たわり、ひと雨来そうな空を横切っていく雲を見つめた。ジグザグに動く点みたいな蠅を目で追い、もっとずっと上空で弧を描く黒点――ツバメだった――も目で追いかけた。

アワフキムシの泡を見つけると、そこをめがけて、ふたりしてつばを長く垂らした。口の中が乾くと額どうしを突き合わせて、相手の灰色の目をいつまでも覗き込んだ。そうやってじっとしていると、やがてサムじいがふたりを見つけて、瞑想から解いてくれた。ふたりは隠れんぼや瞑想のことなど忘れたかのように、細道伝いにぴょんぴょん飛んでいった。

日が長い夏の夕刻には、サムは双子を連れて鷲岩まで足を伸ばした。鷲岩はオレンジ色の地衣が生えて大きな斑点がついた灰色花崗岩の立石《メンヒル》で、斜めから光が当たると止まっている鷲そっくりに見えた。

サムに言わせれば、ここは「昔の人間」の墓場である。とはいえ馬の埋葬地かもしれず、「パリサイ人」が踊った場所かもしれなかった。サムの父親は一度妖精たちに出会ったことがあり、「その連中にはトンボみたいな翅が生えておった」が、どこで会ったのかはついに思い出せなかったという。

サムは双子を岩の上に登らせて、農場やチャペルや、アンブロシウス神父の修道院がひっそりたたずむ谷間の位置を教えた。日によっては夕刻、谷間に霧が掛かった。だが視線を上に向けると、彼方にラドノーの丘々が盛り上がり、こぶを連ねたシルエットが灰色の上に灰色を重ねて、世界の果てまで続いていた。

サムじいは農場の名前をぜんぶそらんじていた。〈ウィンブル〉、〈バーク〉、〈肥やしの黒山〉——「あっちが〈スマッチャー〉だよ、じーじはあの近所で生まれたんだ」。サムはウェールズ公ルウェリンと愛犬の話を語り、もっと怪しげなアーサー王や魔法使いマーリンや黒いヴォーンの伝説も話して聞かせた。彼の頭の中ではどういうわけか、征服王ウィリアムとナポレオン・ボナパルトが混同されていた。

双子は鷲岩にいたる細道を自分たちが個人的に所有していると考えており、道中でハイカーに出会うと、「家んちの道だよ！」と大声で警告した。ふたりは泥道に靴の足跡がついているのを見つけただけでたいそう憤慨し、小枝で足跡をかき消した。

ある日の夕暮れ時、丘のてっぺんまで登ってくると、見慣れた鷲岩のシルエットに麦わら帽子がふたつ紛れ込んでいるのに気がついた。若い娘がふたり、腰に手を当てたポーズをとって鷲岩の上に座っている。少し離れたところに三脚を立てて、グレーのフランネルを着た若い男がカメラを操作している。

「じっとしてて」黒い布の下から男が呼びかけた。「声を掛けたら笑ってくれよ！　イチ……ニイノ……サン……笑って！」

サムに止める隙を与えず、ルイスがステッキをひっつかみ、写真を撮っている男の膝の裏側を力いっぱい叩いた。

三脚がぐらりと揺れてカメラが落ちた。娘たちはくすくす笑いで身もだえしたせいで、危うく岩から落ちそうになった。

若い男――城館の若様、レジー・ビッカートンだった――は顔をみるみるまっ赤にして、「この野郎、ただじゃおかないぞ！」と叫びながら、ヒースの中を逃げ回るルイスを追いかけた。そして姉妹が「レジー、やめて！　だめ、だめ！　子どもに怪我させないで！」と大声をあげているにもかかわらず、レジーはルイスをつかまえて膝に乗せ、尻をパンパン叩いた。

帰り道でサムは双子に、「ズルであくどいイングランド人」という意味のウェールズ語を教えた。

メアリーは大立ち回りの報告を聞いて肩を落とした。

彼女は恥じ入って元気を失った。息子たちがしたことを恥じ、それを恥じている自分自身をも恥ずかしく思った。ミセス・ビッカートンに宛てて謝罪の手紙を書こうとしたが、ペン先が紙に引っかかるばかりで、ことばが少しも出てこなかった。

11

その年の秋、近づく冬の重みにはやくも疲れはてたメアリーは、教区司祭をひんぱんに訪ねた。独立独歩の古典学者でもあるトマス・チューク牧師がラーケンホープで暮らすのを選んだ理由は、この地の大地主がカトリック信徒であったことにくわえて、司祭館の庭の土が緑砂だったからだ。緑砂は、希少なヒマラヤ産の低木類を育てるのに最適だった。

チューク牧師は巻き毛の白髪を頭に載せた、背が高くてやせた人物だった。彼は輝かしい自分の横顔を教区民に見せる前に、琥珀色の瞳で相手をじっと見つめる癖があった。

司祭館の部屋べやは、住人が秩序ある精神の持ち主であることを証明していた。また、家政婦がたまたま耳の不自由なひとだったので、師は世間話をする義務感にかられる心配もなかった。書斎には古典文学の全集がいくつも揃っていた。ホメロスは全文を暗記していた。毎朝、冷水を浴びてから朝食を摂るまでの間に、ホメロス風の六歩格で二、三行、詩をこしらえるのが日課だった。階段の壁に、数本のオールが扇状に掛けてあった。彼はケンブリッジ大学時代、対抗競技に出場する代表選手だったのだ。玄関ホールにはペンギンの群れみたいに、乗馬ブーツが何足か並んでいた。師はフルレン谷狩猟クラブのジョイント・マスターでもあった。

村人たちにとって、かれらの教区司祭は神秘的な存在だった。女たちのほとんどは彼の魅力に夢中になり、その美声にうっとりした。ところが本人は、村人たちの宗教的な要求にいちいち応えていられないほど多忙で、その行動はしばしば村人たちをあきれさせた。

ある日曜日、聖餐式がもうじきはじまる時刻に、花飾りがついた帽子をかぶった婦人たちが数人、式に臨むにふさわしい敬虔な面持ちで教会の扉に向かって歩いていた。すると突然、司祭館の窓がばたんと開き、「頭に気をつけて!」と叫ぶ教区司祭の大声が響いた。そして、ニレの木でクークー鳴いているモリバトをめがけて猟銃を発砲した。散弾がパラパラ音を立てて、墓石の間に散らばった。エイモスは「どえれえ異教徒だ」とつぶやき、メアリーはくすくす笑いを隠そうとしなかった。

メアリーは、チューク牧師の諧謔のセンスとたくみな言い回しを好ましいと思った。彼女はチューク牧師に——というより彼だけに——農場で暮らしていると憂鬱になると述懐し、ときどき無性に真剣な会話や議論が恋しくなるとこぼした。

「そう思っているのはあなただけではありませんよ」メアリーの手をぎゅっと握って相手が答えた。

「できることからはじめてみましょう」

彼は彼女に書物を貸した。シェイクスピア、エウリピデス、ウパニシャッド、ゾラ——メアリーの心は古今東西の文学世界を自由にさまよった。チューク牧師は、あたかも矛盾を承知で口にするかのように、あなたほど知的な女性に会ったのははじめてだと言った。

彼は、司祭になる道を選んだ若き日の決断を悔やんだ。さらに聖書にたいする不満を述べ、『オデュッセイア』の翻訳版を村人に配布したいくらいだと語った。

「つまるところ、古代ヘブライ人とはどういうひとたちだったのでしょう? なんと羊泥棒ですよ! 羊を盗む流浪の民だったのです!」

牧師は趣味で蜜蜂を育てていた。そして庭の隅に、花粉が豊かな花々を植えた花壇を設けていた。

「やあ、いるいる!」彼は巣箱を開いて大声を上げた。「昆虫界のアテネです!」それから身振り手振りをまじえて蜜房の構造を説明しながら、文明というものの基本を解き明かし、支配者と被支配者について、戦争と征服について、都市と郊外について、さらには都市の生命線である労働力の補充についても語った。

「そして雄蜂がいます」と彼が言った。「雄蜂についてわたしたちはどれほどのことを知っているでしょうか?」

「わたしは」とメアリーが返した。「雄蜂のことは知っているつもりです」

彼はメアリーに、巣箱の位置を置き換えるよう勧めた。彼女が養蜂をはじめた年、シーズンの半ば頃に巣箱のひとつがハチミツガにやられたせいで、蜜蜂が巣分かれしていたのだ。

エイモスが食堂兼居間《キッチン》へ入ってきてにやにやしながら、「おまえの蜜蜂たちがいっせいにダムソンスモモの木にたかってるぞ」と言った。

相談しようにもエイモスでは全然頼りにならなかったので、メアリーは蜜蜂の大群が逃げてしまわないよう双子を見張りに立ててから、ラーケンホープへ飛んでいき、チューク牧師を連れてきた。ベンジャミンは、ブンブンうなる茶色い蜜蜂が腕にも胸にも首筋にもびっしりたかった老司祭が木に掛けた梯子を下りてきたときの姿を、絶対に忘れないと思った。

「怖くないんですか?」老司祭が蜜蜂を素手で掬うようにして布袋へ入れるのを見て、エイモスが尋ねた。

「怖くなどありませんよ! 蜜蜂は臆病者しか刺さぬのですから!」

司祭館の庭の別の一角には岩石庭園がしつらえてあり、老司祭がギリシアの旅から持ち帰った花々の球根が植わっていた。二月にはクロッカスとツルボが咲き、四月にはシクラメン、チューリップ、カタクリが咲いた。痛みかけた肉のような悪臭を放つ、巨大な濃い紫のアラムも咲いた。

メアリーは、こうした花々が彼方の山を一色に染めて咲き誇っている情景を思い浮かべて楽しんだ。そして、岩石庭園で異郷暮らしをさせられている花々を気の毒に思った。

風が強いある日の午後、双子が芝生でフットボール遊びをしている間、チューク牧師はメアリーに、クレタ島のイーダ山の山腹から採ってきたフリティラリアを見せた。「球根の半数を王立植物園《キューガーデン》へ送らなくてはなりません！」

「栽培されている例はきわめて稀ですので」と彼がつぶやいた。

ルイスがふいにボールを高く蹴り上げ、空中のボールが強風にあおられて岩石庭園に落ち、繊細な鐘形の花を押しつぶした。

メアリーはひざまずいて折れた茎を直そうとし、あふれようとする涙をこらえた。花よりも息子たちの将来を思う涙だった。

「田舎者！」吐き捨てるように彼女が言った。「大きくなったら田舎者です！ 父親のやり方にまかせておいたら田舎者に育つんです、この子たちは！」

「わたしがなんとかしましょう」老司祭はそう言いながら、手を貸してメアリーを立たせた。

次の日曜日、朝の聖餐式の終了後、司祭は教会の南側の扉口で教区民ひとりひとりと握手した。エイモスの番がくると、「少しだけ待っていてくれませんか、ジョーンズさん？ ひとことふたことお話ししたいことがあるので」

「はい、確かに！」エイモスはそう答えて聖水盤の脇にたたずみ、落ち着かない目で鐘を鳴らすひもを見上げた。

老司祭は彼を、聖具室へ来るよう呼んだ。「お宅の息子さんたちのことですが」袖広白衣《サープリス》を脱ぎながら司祭が口を開いた。「ふたりともじつに利発です。学校へ行かせなくてはなりませんね」

「はい、確かに！」エイモスは口ごもった。「はい」と「確かに」は本心から出た返答ではない。司祭の不意打ちを受けて、思わずそう返してしまったのだ。

「よろしい！　話は決まった！　月曜から新学期です」

「はい、確かに！」エイモスはまた同じことばを繰り返したが、今度は皮肉がこもっていた。あるいはむしろ、心中の怒りを映したことばだったと言うべきかもしれない。彼は帽子をぎゅっとかぶり、陽にさらされた墓石の間を大股で歩いていった。

コクマルガラスが鐘塔の周りを旋回し、ニレの木立が風に揺れてきしんでいた。メアリーと子どもたちは二輪軽馬車で待っていた。エイモスがポニーの尻に鞭を当てると、馬車は揺れながら公道に出た。そして、バプテストの信徒たちを蹴散らすように通りを走りはじめた。

レベッカが怖がって泣き出した。

「どうしてそんなに飛ばすの？」メアリーがエイモスの袖を引っ張った。

「おまえが俺を怒らせたからだ！」

エイモスは黙りこくったまま昼食を終えて、丘へ散歩に出た。畑仕事をしたかったが安息日なので、黒ヶ丘の周辺をひとりでぐるぐる歩き回った。日没後に帰宅した後も、彼はメアリーと司祭を槍玉に挙げてぐずぐず悪態をついた。

12

双子はとにかく学校へ通うことになった。

朝七時、黒いノーフォークジャケットにニッカーボッカーズをつけ、首筋がすりむけるほど硬く糊付けしたイートンカラーに厚地畝織り《グログラン》の蝶ネクタイをしめて、ふたりは登校した。じめじめした日にはメアリーがふたりにタラ肝油を与え、スカーフを首に巻かせた。耐油紙にくるんだサンドウィッチは教科書と一緒に学生かばんに入れた。

双子はすきま風が吹き込み、黒い時計が毎時時を告げる教室に座った。地理と歴史と英語はミスター・バーズの担当で、算数と理科と聖書はミス・クリフトンが教えた。

ふたりはミスター・バーズが嫌いだった。

紫がかった顔色、こめかみに浮かぶ血管、口臭、嗅ぎタバコ用のハンカチにつばを吐く癖——どれをとっても不愉快なので、ふたりはミスター・バーズが近づいてくるたびにすくみ上がった。

とはいえふたりは、シェリーの詩「ヒバリに寄せて」を暗誦することを習い、チチカカとポポカテペトルの綴り方を覚え、考え得る帝国のうちで大英帝国が最高であり、フランスは弱虫でアメリカは反逆者であり、スペインはいたいけなプロテスタントの少年たちを火あぶりにした、と教わった。その一方、胸が豊かで肌が乳白色で、髪がレモンピール色をしたミス・クリフトンの授業は楽しく受けた。

ベンジャミンは先生のお気に入りだった。双子をどうやって見分けるのかはわからなかったけれど、彼が気に入られているのは確かだった。先生が屈み込んで算数の計算を直してくれるとき、ベンジャミンは母親を思わせる匂いを嗅ぎながら、ビロードのボディスと十字架がぶらさがった金鎖の間に頭をすり寄せた。彼がビジョナデシコをひとつかみ先生にあげると、先生は大喜びして顔を赤らめた。そして、午前の休憩時間に双子を先生の部屋に呼んで、「あなたたちは小さいけれど本物のジェントルマンです」と言った。

ミス・クリフトンにえこひいきされたせいで双子は妬まれた。ガキ大将で、土地管理人の息子のジョージ・マッジは、自分の支配力にたいする挑戦と受け止め、ことあるごとに双子をばらばらにしようと試みた。

フットボールでは敵同士となるチームに入れられたが、ふたりはゲームの最中に目くばせしあって、愉快そうに無言のことばを交わした。さらにルールを無視して、ふたりの間だけでボールをパスしあい、ドリブルし続けてピッチを縦断し、騒々しい野次を浴びた。

教室ではときどき、ふたりはまったく同じ答えを出した。「シャロット姫」の暗誦テストでは同じところでつまずいたので、ミスター・バーズはカンニングの疑いをかけた。そして双子を黒板の前へ呼び出し、尻を突き出すよう命じ、カバの枝の鞭を強くたわめて、ふたりの尻に六つずつお揃いのミミズ腫れをこしらえた。

「僕たち悪くなかったのに」メアリーがお話を聞かせて寝つかせようとしたとき、ふたりが泣き言をいった。

「ほんとにね、ふたりとも悪くなかったのにね」メアリーはロウソクを消し、抜き足差し足で寝室を出た。

その後じきにミスター・バーズは、「語るのがはばかられる」理由により免職となった。

クリスマスの二週間ほど前に、カナダに住むエディおじさんから小包が届いた。開いてみると、アメリカインディアンを描いた油絵風石版画が出てきた。

エイモスの兄は木材切り出し作業員からたたき上げた人物で、今ではサスカチェワンのムースジョーで商事会社を経営している。毛皮帽子をかぶってハイイログマの死体に片足を乗せたおじさんの写真を見たときには、双子は大騒ぎした。メアリーはふたりにロングフェローの詩集を与えた。ふたりともじきに、ハイアワサとミネハハが活躍する物語詩を暗誦できるようになった。

双子は他の子どもたちと一緒に、校舎の裏の雑木林でコマンチとアパッチごっこをして遊んだ。ルイスは「小さいオオガラス」と名乗り、古いブリキのバケツを叩きながらコマンチのいくさ歌を歌った。ベンジャミンは、アパッチのテント小屋を死守するのが役目だった。ふたりは胸に十字架を切って、永遠に敵同士として生きることを誓った。

ところがある日の昼休み、アパッチの酋長のジョージ・マッジが、イバラの茂みに隠れて双子が協議《パウワウ》しているのを発見し、大声で「裏切り者！」と叫んだ。

彼は子分を集めて、ベンジャミンを「イラクサの刑」にしようとしたが、子分たちの行く手にルイスが立ちはだかった。こうしてはじまった大げんかの末にアパッチは敗走し、ひとり残された酋長は双子のなすがままに身を任せるほかなかった。双子は彼の片腕をひねり、顔を泥んこに押しつけた。

「生きたままあいつの皮を剝いでやったよ」食堂兼居間《キッチン》へ入ってくるなりベンジャミンが鼻をふくらませた。

「あら、そうなの？」メアリーはふたりの服の汚れを見てうんざりした声を上げた。

エイモスはこのときとばかりに大喜びした。「さすがは俺の息子たちだ！　どこを殴ったんだ、教えてくれ！　いてえ！　あはは！　おまえたちは小さいが本物のけんか好きだ！　もういっぺん殴れ！　そうだ、そうだ！　あいつの腕をひねったって？　いてて！　そうやってあいつをやっつけたわけだな……！」

一九〇九年の干し草づくりのとき撮った写真には、荷馬車の前でみんなが幸せそうに微笑んで写っていた。エイモスは大鎌を肩から吊るしている。サムじいはおなじみのモールスキンのチョッキを着ている。メアリーはギンガムのドレスを着て、干し草用フォークに手を載せている。子どもたちは、小遣い稼ぎのために手伝いに来ていた〈岩〉のジムと一緒に、地面にあぐらをかいている。

双子はそっくりすぎてまだ見分けがつかなかった。ずっと後になってルイスが回想したところによれば、牧羊犬をつかまえているのがルイスで、妹がじっとするよう押さえているほうがベンジャミンだが、ベンジャミンの努力もむなしく、レベッカは白っぽくブレて写っていた。

同じ年の夏の後半、エイモスは二頭のマウンテンポニーを調教した。双子はその馬たちを乗り回して田園地帯を駆けめぐり、しばしばラーケンホープ製材所まで遠乗りした。

製材所はレンガ造りで、水車用の用水路と峡谷の切り立った岩壁の間の、細長い土地に立っていた。屋根のスレート瓦は強風で飛ばされ、雨樋にはシダが生えていたけれど、丸鋸台を回転させる水車はいまだに現役で、扉口の外には樹脂の匂いがするおがくずが盛り上がり、黄色い厚板が山積みになっていた。

双子は、木挽きのボビー・ファイフィールドが、ウィーンとうなる丸鋸に幹の丸太をあてがって、板に切り分けていくのを見るのが好きだった。だが本当のお目当ては、彼の娘のロージーのほうだった。十歳のいたずら娘なのに、頭を反らせてブロンドの巻き毛を揺すってみせるしぐさがへんに大人びていた。母親はイチゴのように赤いワンピースを娘に着せて、「絵のようにかわいいわよ」と誉めた。

ロージーは双子を、森の中にある秘密の隠れ場所へ連れて行った。彼女はいつも完璧に双子を見分けることができ、ルイスのほうが好きらしかった。彼女はルイスににじり寄り、彼の耳元で他愛のないことばをささやいた。

デイジーの花びらをむしりながら、「好き！　嫌い！　好き！　嫌い！」と繰り返すのだが、最後はいつも「嫌い！」だった。

「でも君のこと好きだよ、ロージー！」

「証拠は？」

「どうすりゃいい？」

「あそこのイラクサの中を歩いて。もし歩けたらわたしの手にキスさせてあげる」ある日の午後、彼女がルイスの耳に両手をあててささやいた。「わたし、マツヨイグサが咲いてるところを知ってるんだ。ベンジャミンを置いてきぼりにしちゃおうよ」

「そうしよう」とルイスが答えた。

ハシバミの木々の間を縫って進むと、やがて日の当たる空き地へ出た。ロージーはそこでワンピースのホックをはずし、腰のところまで下ろした。

「触っていいよ」と彼女が言った。

ルイスがおそるおそる二本の指でロージーの左の乳首に触れたとたん、彼女は全速力で走り去った。ゆらめく木の葉ごしに赤色と金色がちらちら見え隠れした。

「つかまえて！」と彼女が叫んだ。「つかまえてよ！　できないんでしょ！」ルイスは走り出し、木の根につまずいてころび、起き上がってまた走った。

「ロージー！」

「ロージー！」

「ロージー！」

ルイスの叫び声が森に響いた。彼女の姿は確かに見えた。だが見失った。ルイスはまたつまずき、ばったり倒れた。脇腹が刺すように痛んだ。哀れを誘うように泣き叫ぶベンジャミンの声が、斜面のはるか下から聞こえてきたので、ルイスは声がするほうへ下りていった。

「あの子は豚だよ」しばらく後に、愛を傷つけられたベンジャミンが目を細くしてつぶやいた。

「あの子は豚じゃない。豚は素敵だもの」

「そんなら、あの子はイボガエルだ」

双子はクレイギーフェドウから下った狭い谷間に隠れ家を持っていた。そこはナナカマドとカバノキの陰になったくぼ地で、岩を舐めてささやくせせらぎのほとりに、羊が好む草の生える斜面があった。

ふたりは泥炭と木の枝を組み合わせて流れを堰き止めた。暑い日には草の斜面に服を脱いで、その冷たいプールに滑り込んだ。茶色い水がかれらの白い体を洗った。水面にはナナカマドのまっ赤な実の房ぶさが映っていた。

ふたりは体を乾かすために草の上で寝転んだ。黙ったままでいると、たがいにふれあったくるぶしの下を流れていく、せせらぎの音だけが聞こえた。そのとき突然、背後の木の枝ががさっと動いたのでふたりは立ち上がった。

「見ーいつけた」

ロージー・ファイフィールドだった。

ふたりはとっさに衣服をつかんだが、彼女はすごい速さで走り去った。最後に見えたのはシダの葉の間を縫って駆け抜けていくブロンドの髪だった。

「あいつは言いふらす」とルイスが言った。

「黙ってるよ」

「いや、言いふらす」ルイスが陰気につけくわえた。「だってイボガエルだから」

13

収穫感謝祭の後、カモメが内陸へ飛来するようになり、〈岩〉のジム・ワトキンズは〈面影《ザ・ヴィジョン》〉に住み込んで、農作業の手伝いをするようになった。

彼はやせているにもかかわらず、両手の力がたいそう強く、左右の耳がギシギシの葉のように帽子の下に突き出していた。年齢は十四歳で、少年なりの口ひげをはやしてはいるものの、鼻の頭にはにきびがあった。最近洗礼を受けたばかりで、家を出て働けるのを喜んでいた。

エイモスはジムに犂の扱い方を教えた。農耕馬はとても大きく、ジムはまだ小さかった。少年はやきもきするメアリーをよそに、じきに生け垣のところで馬たちに向きを変えさせ、畑にまっすぐあぜ溝をつけていく操作法を習得した。ジムは年齢のわりには賢かったが、馬具の手入れをする段になるといたって手際が悪かったので、エイモスは彼を「のろまなちび助」と呼んだ。

ジムは納屋の屋根裏の干し草置き場で、わらのベッドに寝た。

「俺だって若い頃は屋根裏に寝たんだから、あいつもあそこで寝てもらうさ」とエイモスは言った。

ジムが好きな暇つぶしはモグラ捕りだった。彼はラドノーなまりで、モグラを「ウーンツ」と呼び、モグラ塚は「ウンティタンプス」と呼んで、双子がこざっぱりした身なりで登校するのを見送るときには、門にもたれ、意地悪な表情を顔に浮かべて、「おおっ！　ふたりとも、ウーンツみたいにすべすべな服装でキメてるじゃねえか」と言った。

ジムは双子を、さまざまな〈もの拾い遠征〉に連れ出した。

ある土曜日、三人がラーケンホープ屋敷の林でクリ拾いをしていたとき、灰色の霧を鞭が切り裂く音が聞こえ、ミス・ナンシー・ビッカートンが黒い狩猟馬に乗ってあらわれた。三人はとっさに木の幹の陰に隠れた。至近距離から見上げたので、束ねた金髪にかぶせたヘアネットの編み目まで見えた。次の瞬間、濃い霧が馬の後ろ脚を隠してしまったので、後に残ったのは枯れた草の上で湯気を立てている馬糞だけだった。

ベンジャミンはしばしば、ジムはどうして臭い匂いがするのか不思議に思っていたので、あるとき思い切って、「ジムは臭いね」と言ってみた。

すると相手は「臭いのは俺じゃねえ」と答え、「見せてやるよ」といわくありげにつけくわえた。ジムは双子を梯子で屋根裏へ案内し、わらをかき分けて布袋を探し出した。中でなにかがのたくっていた。彼がひもを解くと、ちっぽけなピンクの鼻面が飛び出した。

「俺のフェレット」と彼が言った。

双子は、フェレットのことは内緒にすると約束した。やがて学期中の中間休暇になり、エイモスとメアリーが市場へ行って留守のとき、三人はこっそり家を抜け出して〈下《ロウアー》ブレフヴァ〉へ行き、繁殖地のウサギを網で密猟した。首尾良く三匹つかまえたのだが、三人とも興奮のあまり、丘の上空で黒雲が渦巻いているのに気づかなかった。天候が急変して雹が降った。びしょ濡れになった少年たちはがたがた震えながら帰宅し、暖炉のそばに駆け寄った。

「ばか！」びしょ濡れの少年たちを見たメアリーが言った。彼女は彼らにオートミール粥とアヘン吐根散を与え、ベッドへ追いやった。

夜半頃、メアリーはロウソクに火を点けて子ども部屋の様子を見に行った。幼いレベッカは枕の上に人形を乗せ、親指をしゃぶったまま熟睡していた。大きいほうのベッドでは双子が安定した寝息を立てていた。

「子どもたちは大丈夫か？」エイモスが寝返りを打って、ベッドの隣に戻ってきたメアリーに尋ねた。

「大丈夫」と彼女が言った。「みんな大丈夫よ」

ところが一夜明けるとベンジャミンが熱っぽく見えた。そして胸が痛いと言いだした。

夜には痛みがひどくなった。翌日、彼はひきつけを起こし、咳とともにさび色をした粘液の固まりを吐いた。聖餐式のパンのように顔色が白くなり、頬のあたりだけへんに紅潮していた。ベンジャミンは母親のスカートのきぬずれと、ルイスが階段を上り下りする足音だけを聞きながら、でこぼこのあるベッドに寝ていた。双子が別々のベッドに寝るのは生まれてはじめてだった。

ブルマー医師がやってきて肺炎と診断した。

二週間のあいだ、メアリーはベッドのそばを離れずに看病した。カンゾウとニワトコの実を大さじで与え続け、回復の兆しが見えはじめるとカスタードに切り替えた。それから細切りにしたバタートーストも食べさせた。

ベンジャミンは、「僕はいつ死ぬの、ママ？」と繰り返し尋ねた。

「そのときが来たらママが教えてあげる」とメアリーが答えた。「でもまだ、ずっと先のことよ」

「わかった、ママ」ベンジャミンはそうつぶやいて眠りに落ちた。

サムじいがときどき様子を見に来て、自分が代わりに死ねればいいんだがとつぶやいた。

十二月一日、ベンジャミンが突然起き上がり、とてもとてもお腹が空いたと言った。彼はクリスマスまでに体調を取り戻したが、性格は別人のように変わってしまった。

「ああ、ベンジャミンは気の毒だね」と近所のひとたちが言った。「ずいぶんやせてしまったからなあ」肩が落ち、あばら骨がコンサーティーナのように浮き出し、目の下に隈ができた彼は、教会で二度失神した。そして、死についていつも考え込むようになった。

ベンジャミンは、寒すぎない天気の日には生け垣の周囲を散歩して鳥や動物の死骸を拾い、キリスト教の作法にのっとって埋葬した。彼はキャベツ畑の向こう側に小さな共同墓地をつくり、墓所ひとつひとつに木の枝でこしらえた十字架を立てた。

彼はルイスと並んで歩くよりも、ルイスの足跡をなぞり、ルイスが吸った息を吸うようにして、一歩後ろに下がって歩くのを好むようになった。気分がすぐれず、学校を何日か休まなくてはならないときには、ベッドの、ルイスが使っている半分に横たわり、ルイスが枕に残した凹みに自分の頭を載せた。

　霧雨が降ったある朝、家の中はふだんよりも静かだった。二階の床板がきしむのが聞こえたのでメアリーは階段を上がった。そして自分の寝室の扉を開けてみると、お気に入りの息子が、彼女の緑のビロードのスカートを脇の下までずりあげて履いていた。頭には結婚式のときにかぶった帽子をつけて、顔が半分隠れていた。

「まあ！　なんてことを」声を殺して彼女がつぶやいた。「パパに絶対見せちゃだめよ」ついさっきまで食堂兼居間《キッチン》の床に鋲革靴の音がごつごつと聞こえていた。「脱ぎなさい！　今すぐ！」彼女はコロンの香りをスポンジと水でぬぐい落とした。

「二度としないと約束しなさい」

「約束する」ベンジャミンはそう答え、ルイスのためにケーキをつくるのを手伝っていいか尋ねた。

　彼はバターをかき回してクリーム状にし、卵を強くかき混ぜ、小麦粉をふるいに掛け、生地の表面が茶色くふくらんでくるのを見守った。それから二層にしたスポンジケーキの間にラズベリージャムをはさんで、てっぺんから粉砂糖を振りかけた。やがて腹をぺこぺこに空かせたルイスが学校から帰ってくると、ベンジャミンはケーキを誇らしげにテーブルに出した。

　ベンジャミンは固唾を呑んで、ルイスが最初のひと口を味わうのを見つめた。「うまい」とルイスが言った。「すごくうまいケーキだ」

メアリーは、ベンジャミンの体調がすぐれない今こそ彼を教育するチャンスだと思いつき、息子に個人指導をしてやろうと考えた。まずはふたりでシェイクスピアとディケンズを読んだ。彼女はラテン語の初歩しか知らなかったので、文法書と辞書をチューク牧師から借りて語学にみがきを掛け、カエサル、タキトゥス、キケロ、ウェルギリウスを含む初学者用読本を息子とふたりで読んだ。だがさすがに、ホラティウスの頌歌までは手が届かなかった。

ある日、文句を言おうとしたエイモスにたいしてメアリーが反撃した。「ちょっと聞くけど、この屋根の下に本の虫がひとりくらいいたっていいわよね？」相手は肩をすくめて、「いいことなんぞ、なんにもありゃしねえと思うがね」と返した。彼は妻の個人指導そのものを目の敵にしているわけではなかった。エイモスが心配していたのは、息子がやがて学のあるしゃべり方をするようになり、農場を継ぐのを嫌がるのではないかということだった。

「ベンジャミン、今すぐ行ってパパの手伝いをしなさい！」メアリーは息子を甘やかさないためにしばしば叱りつけた。そして息子が、「ママ、お願い！　今僕は本を読んでるの、わかるでしょ？」と口答えするのを目を伏せたまま聞いて、密かに誇らしい気分を味わった。ベンジャミンの勉強がどこまで進んでいるかを確認したチューク牧師が、「わたしたちの目の前にはひとりの学者がおりますぞ」とつぶやいたのは、メアリーにとってうれしいことこの上ない驚きだった。

その一方で、ルイスは誰も予想していなかった反応を見せた。彼はすねて、自分にあてがわれた仕事の手を抜いたのだ。ある日の明け方、食堂兼居間《キッチン》で物音がしたのでメアリーが様子を見に行ってみると、目をまっ赤にしたルイスがロウソクの灯を頼りに、ベンジャミンの書物を解読しようと必死になっていた。困ったことに、双子はお金の問題について口論するようにさえなった。

彼らは豚の形をした陶器の貯金箱にお金を貯めていた。当然、中のコインは双子の共有財産だったのだが、ルイスが貯金箱を割りたいと言いだしたとき、ベンジャミンが首を横に振った。

二、三ヶ月前、フットボール試合に出る直前に、ルイスがポケットに入れていた小遣いをベンジャミンに預けた。体調が本調子でない弟は試合には出られなかったからである。そのとき以来、ルイスの小遣いをベンジャミンが管理するようになった。水鉄砲を買いたいというルイスの要望は却下され、折々小銭を使いたいときにも、滅多に財布を開けてもらえなくなった。

そんな時期、ルイスは降って湧いたように飛行機に興味を持った。

ミス・クリフトンが理科の時間に、ムッシュー・ブレリオが英仏海峡を飛行機で横断した話をした。そのとき先生が黒板に描いた単発飛行機の図から双子が連想したのは、機械仕掛けのトンボみたいなものに過ぎなかった。

ところが一九一〇年六月のある月曜日、アルフィー・バフトンという生徒が、週末に見聞した大ニュースを教室にもたらした。土曜日、両親に連れられてウースターとヘレフォードの合同農産物品評会を見物に行ったさい、飛行実演を見たというのだ。ムッシュー・ブレリオが乗った単発飛行機の実物を見たばかりか、墜落事故まで目撃したという話だった。

ルイスはそれからの一週間、『ヘレフォード・タイムズ』の最新号が届くのをわくわくしながら待った。だが父親がまず目を通すまでは、子どもが読むことは許されなかった。エイモスが夕食後、記事を順々に音読しはじめた。墜落事故のニュースにたどりつくまでに気が遠くなりそうだった。

飛行士が試みた最初の離陸は失敗に終わった。飛行機はわずか二、三フィート浮き上がっただけで着地した。観衆から野次が飛び、観覧料を返せという声が上がった。飛行士のディアボロ機長は警備隊に命じて滑走路の安全を確保した後、二度目の離陸を試みた。飛行機は再び地面を離れ、前回よりも高く上がった。その後右へ旋回して、各種の花を展示していたテントのそばに墜落した。「プロペラは」、とエイモスが一呼吸置いて読み続けた。「毎分二千七百回転の性能を持っていたが、左右に振れが生じた」観客数人が負傷し、重傷を負ったヒンドリップのミセス・ピットがウースター病院で死去した。

「事故の四十五分後」エイモスが声の調子を一オクターブ下げて続けた。「一羽の白鳥が飛行実演現場を低空飛行していくのが目撃された。白鳥の飛行は、不幸な結果に終わった飛行士の試みを滑稽な真似事と思わせるほど優雅であった」

繊細な線で製版された挿絵入りのその記事を切り取ってよいとお許しが出るまで、ルイスは一週間待たなければならなかった。ルイスは切り抜きをスクラップブックに貼りつけた。それはやがて、航空事故の記事ばかりを集めた切り抜き帖へと成長していき、冊数が徐々に増え、ルイスの死の数ヶ月前まで切り抜き作業が続けられていくことになる。後年、ひとびとが、五〇年代のコメットの連続墜落事故や、カナリア諸島におけるジャンボ機同士の衝突事故を話題にすると、ルイスは決まって首を傾げ、「俺が一番忘れられないのはウースターの事故だな」と暗い目をしてつぶやいた。

一九一〇年を忘れがたくするもうひとつのできごとは、海への旅であった。

14

春から夏にかけてベンジャミンはずっと咳が抜けず、緑がかった痰を吐き続けた。咳き込んだときに血が二筋ほど出たのを見たブルマー医師が、彼に転地を勧めた。

チューク牧師には妹がいて、ペンブロークシャーのセントデイヴィッズの町に住んでいた。毎年恒例のスケッチ休暇に出る時期になったので、チューク牧師が、若い友人ふたりに同行してもらっても差し支えありませんかと持ちかけた。

メアリーが話を切り出すとエイモスはぷりぷり怒った。「おまえの同類だな、わかってるよ。気取ったおしゃべり三昧で、休暇を海辺で過ごそうってわけだ！」

「だから何？」と彼女が返した。「あなたは大事な息子が結核になって欲しいのね」

「ふん！」エイモスは首筋のしわを掻いた。

「まだ何か言い足りないの？」

八月五日、副牧師のミスター・フォガーティが馬車で一行をフルレンの駅まで送った。駅舎は真新しい茶色のペンキを塗ったばかりで、プラットホームの柱間に、つる性のゼラニウムを植えた金網のかごがいくつもぶら下げてあった。駅長は酒に酔った男の対応に手を焼いている最中だった。

男はウェールズ人で、下車した汽車の運賃が未払いだったうえに赤帽に殴りかかった。ところが逆に、赤帽にあごを殴られて転んだ。男は顔を伏せ、くたびれたツイードの外套にくるまって倒れている。口の端から血が流れ、懐中時計のガラスが割れていた。野次馬たちがガラスの破片を踏みにじっていた。

赤帽が酔っぱらいの耳元に口を寄せて大声で怒鳴った。「起きろ、ウェールズ野郎《タフィー》！」

「うぇえい！　うぇえーい！」怪我をした男がうなり声を上げた。

「ママ、どうして寄ってたかってあのひとをいじめてるの？」つやつやした茶革のオーバーシューズを履いた群衆の間から覗き込んだベンジャミンが、甲高い声で言った。

酔っ払いは立ち上がろうとしたがうまくいかず、よろよろ崩れて膝をついた。そこでふたりの赤帽が男の両脇に手を回し、持ち上げて両脚で立たせた。男の顔は灰色で白目を剥いていた。しかもその白目はまっ赤に充血していた。

「あのひとは何をしたの？」ベンジャミンがまた尋ねた。

「俺が何をしたかって？」しわがれ声で男が返した。「何もしちゃいねえよ！」男は洞穴のような口を開いて、きたないことばを吐き散らかした。

野次馬たちはあとずさりした。「警官を呼べ！」と誰かが叫んだ。赤帽が男の顔を再び殴り、新たな血が一筋あごを伝って流れた。

「ズルであくどいイングランド人」ベンジャミンが金切り声を上げた。「ズルであくどい……」メアリーが慌てて息子の口を手でふさぎ、「黙っていないと家へ連れて帰るからね！」とささやいた。

彼女は子どもたちをプラットホームの端まで引っ張っていって、機関車が止まるところを見せることにした。暑い日で、空はとても濃い青だった。松林のはずれに沿ってカーブしていく線路がぎらぎら光っていた。双子は汽車に乗るのははじめてだった。

「でも僕は、あのひとがどうなったか知りたいな」ぴょんぴょんジャンプしながらベンジャミンが言った。

「シーッ、黙っていなさい！」ちょうどそのとき、信号機の腕木がガツンと音を立てて下がり、汽車がカーブを曲がってこちらへやってきた。赤い車輪の機関車が近づいてくるにつれて、ピストンの動きがゆっくりになり、汽車はついにあえぐような音を立てて停止した。

メアリーとミスター・フォガーティはチューク牧師に手を貸して、荷物をコンパートメントへ運び込んだ。汽笛が鳴り、ばたんと音を立ててドアが閉じられた。双子が窓辺に立って手を振り、メアリーがハンカチを振って答えた。彼女は笑顔を見せつつ、ベンジャミンの大胆さに感じ入って密かに涙を流した。

汽車は曲がりくねった谷間を縫い、丘また丘に白い農家が点在する風景の中を走った。窓の外を電線が上下しながら何本も疾走した。交差し、十字模様を描き、ヒューッと音を立てて屋根の向こうに消えた。駅もトンネルも、橋も教会も、ガス工場も、水路橋も疾走した。コンパートメントのシートはガマの穂みたいな感触だった。川面近くを低く飛ぶサギが見えた。

汽車が定刻より遅れたせいでカマーゼンでの乗り継ぎを逃し、ようやくハヴァーフォードウェストへたどりついたときには、セントデイヴィッズ行きの最終バスが出た後だった。幸運にもチューク牧師が、軽四輪遊覧馬車《ワゴネット》に乗せてくれるという農夫を見つけた。

キーストン丘の頂上までやってきたときには日が暮れていた。片方の引き綱がはずれたので、農夫が馬車を下りて綱をつなぎなおすあいだ、双子はたたずんでセントブライズ湾を眺めた。

柔らかな海風が皆の顔をなでた。黒い海面で満月がきらめいた。漁船が一艘、コウモリの翼みたいな帆を上げて滑っていき、じきに消えた。浜を洗う波のざわめきと打鐘浮標《ベルブイ》の悲しげな音が聞こえた。スコーマーとラムジー島のふたつの灯台が、それぞれのペースで光を点滅させていた。丸石舗装を低く鳴らしながら、馬車はセントデイヴィッズの町へ入っていったが、通りには人っ子ひとり見あたらなかった。大聖堂の先の大きな白い門の前で農夫が馬車を止めた。

最初の二、三日、双子はここに住んでいる女性たちの存在と、屋敷の「芸術的な」しつらえに畏れを抱いた。

ミス・キャサリン・チュークは芸術家である。美しいが情味のない女性で、白っぽい灰色の髪を切り下げにし、花模様の着物を着て、部屋から部屋へとふわふわ浮くように歩いていく。微笑みはめったに見せない。目はロシアンブルーの猫の色。アトリエには流木とハアザミがセットされていた。

彼女は冬場はナポリ湾で過ごし、ヴェスヴィオ山をめぐる風景や神話物語の場面などを絵に描いた。夏はここで海の景色を描いたり、巨匠の作品を模写したりする。食事の最中に「あっ！」とつぶやいたかと思うと席を立ち、描きかけの絵に手を入れることもあった。ベンジャミンが一番引きつけられたのは、青い空を背景に若くて美しい男が描かれたキャンバスだった。その男は何本もの矢に貫かれているにもかかわらず、微笑んでいた。

ミス・キャサリン・チュークの同居人はミス・アデラ・ハートである。

彼女はたいそう大柄で憂い顔をしていて、ひどく神経質だった。一日の大半を台所で過ごし、イタリアで習い覚えた料理をこしらえた。着ているのはいつもヘリオトロープ色の服で、ドレスとショールの中間みたいな形だった。琥珀玉のネックレスもつけていた。彼女はよく泣いた。

台所で泣き、食事中にも泣いた。いつもレースのハンカチを手に持って泣きじゃくり、ミス・キャサリンのことを「最愛のひと」とか「わたしの子猫ちゃん」とか「お嬢ちゃん」と呼んだ。ミス・キャサリンはそれを聞くたび、「お客様の前では自重して！」と言わんばかりに顔をしかめた。だがその反応はかえって逆効果で、相手は大泣きをはじめてしまう。彼女は、「だってどうしようもない」と涙声で返すのだ。「泣かずにいられないの！」ミス・キャサリンは彼女の口を閉じさせて、「お部屋で静かにしてるといいわ」と言った。

ベンジャミンはチューク牧師に、「なぜミス・ハートはミス・キャサリンを子猫ちゃんと呼ぶのですか?」と尋ねた。

「さあ、わたしにはわかりませんね」

「ミス・ハートのほうこそ子猫ちゃんだと思うんです。だってあのひと、うっすらおひげがあるから」

「ミス・ハートの悪口はいけませんよ」

「あのひとは僕たちが嫌いなんです」

「そんなことはありません。家に少年たちを迎えるのに慣れていないだけです」

「でも僕は、子猫ちゃんなんて呼ばれたくないな」

「誰もおまえのことを子猫ちゃんなんて呼ばないよ」ルイスが助け船を出した。

三人で白い道を歩いて海へ行った。湾内のあちこちに白い波頭が見え、畑では大麦の金の穂が風に揺れてざわざわ音を立てていた。チューク牧師はパナマ帽とイーゼルをしっかり押さえて歩いた。ベンジャミンは絵の具箱を運んだ。ルイスはエビ捕りの網の柄を引きずって歩いたので、白い道の上にヤマカガシが通ったような跡が残った。

入り江に着くと老牧師はイーゼルを立て、双子は潮だまりで遊ぶために飛んでいった。

ふたりは小エビとイソギンポを捕り、イソギンチャクに指を突っ込んだ。海草をなでるとぬるぬるの羊毛みたいだった。大波が次々に寄せる石浜で、ロブスターを捕る漁師たちが漁船に防水加工を施していた。

ちょうど引き潮だったのでミヤコドリが飛来して、炎のようなまっ赤なくちばしで貝をついばんだ。座礁したスクーナー船を見に行った。クリッパー型船首の下部が露呈した船体に、花綱で飾ったみたいに海草がまといつき、ごりごりしたカラスガイやフジツボも貼りついていた。

双子はロブスター漁師のひとりと親しくなった。彼は白い屋根の家に住んでいて、かつてはスクーナー船の乗組員だった。

若い頃はホーン岬を回る船に乗り組んで、とても背が高いパタゴニア人やタヒチ島の娘たちを見たことがあるという。話を聞いているうちに、ルイスは驚嘆のあまり口をあんぐりと開け、ひとりで白昼夢の世界へ入っていった。

全ての帆を開いた大船の檣上見張り台に立つルイスは、水平線を見渡して、ヤシの木で縁取られた陸地を探している。あるいはまた、ハマカンザシの間に寝転んで、陽光の斑点みたいなカモメたちがところどころに止まっている岩小島を眺めている。すぐ下の岩場に緑色の巻き波が押し寄せて、水しぶきのカーテンをこしらえている——。

海が静かな日には、親しくなった老漁師が双子を小帆船《ラガー》に乗せて鯖釣りに連れ出した。ウミガラス岩の沖まで船を進め、カゲロウの成虫に似せた毛針をつけた糸を垂らす。するとすぐに糸の向こう側に手応えを感じ、海面すれすれにきらめく銀色が見えた。釣り針から魚を外そうとする漁師の指先が赤い血で染まった。

午前中も半ばになると、船底が魚でいっぱいになった。魚たちは虹のように色を変えながらぴちぴち撥ね、苦しそうにのたうった。まっ赤なえらを見た双子はミスター・アーンショウの温室で見たカーネーションを思い出した。ミス・ハートは夕食に鯖料理をつくってくれた。それからは全員が仲良しになった。

海を後にする日、老漁師がボトルシップをおみやげにくれた。桁端《ヤーダーム》をマッチ棒で、帆をハンカチでこしらえた模型である。汽車がフルレン駅に入って止まると、ベンジャミンはプラットホームへ下りて駆けだした。そして、「見て、見て、僕たちこんなのもらったよ！　ボトルの中に船が入ってるんだ！」と叫んだ。

メアリーは日焼け顔をにこにこさせているこの少年が、自分が送り出した病気の子と同一人物だとは信じられなかった。彼女もエイモスも、エビ捕りの網を持って下りてきたルイスにはほとんど目がいかなかった。彼は静かに、しかし断固とした声音で、「俺、大きくなったら船乗りになる」と言った。

15

秋は天候不順だった。十一月五日《ガイ・フォークス・デー》、メアリーは丘を覆う黄色っぽい陰鬱な光を見て、「雪が降りそう」と言った。

「雪はまだ早すぎるだろう」とエイモスが返したが、本当に雪が来た。

雪は夜降って融け、ガレ場に白ペンキをなすりつけたような筋を残した。それからもう一度降り、今度は大雪になった。羊の群れが吹きだまりに足を取られた。その大半は助け出したものの、雪が融けた後、オオガラスたちにごちそうを与える結果になった。

そしてサムじいが体調を崩した。

最初は目だった。朝目覚めたとき、目やにが固まって目が開けられないので、メアリーがぬるま湯でしめらせてようやく開けた。次に心がおぼつかなくなった。ロスゴッホのサイダー酒場の娘の話や、その店の暖炉の脇の壁の凹みに角製のカップを隠した話を、なんべんも繰り返すようになったのだ。

「あのカップが欲しいな」と彼が言った。

「まだきっとそこにありますよ」とメアリーが返した。「いつかみんなで取りに行きましょう」

十一月の月末が近づいた頃から、鶏が盗まれるようになった。

ルイスはめんどりを一羽ペットにしていて、彼の手から餌を食べるほどなついていた。ところがある朝、鶏小屋のくぐり戸を開けるとそのめんどりが消えていた。一週間後、メアリーが数を調べ、鶏が六羽いなくなっているのを確認した。その夜、さらに二羽消えた。彼女が手がかりを探したところ、血痕や羽根は見つからなかったが、ぬかるみに少年の足跡があるのを見つけた。

「あらまあ」彼女はため息をつき、卵をきれいに拭いて容器に並べながらつぶやいた。「キツネじゃなくて人間のしわざだわ」だが彼女は、確固たる証拠をつかむまでエイモスには言わずにおいた。彼の機嫌はすでにかなり険悪だった。

雪の後、エイモスは羊の群れの半分を山から下ろし、オート麦の刈り株を食べさせた。オート麦畑のてっぺんに、イバラの茂みで成長が妨害され、アナグマの巣穴があちこちにできた細長い雑木林があった。雑木林よりさらに上に、伸び放題の生け垣があり、そこが〈面影《ザ・ヴィジョン》〉と〈岩〉の境界線だった。ある日の午後、黒サンザシの実を取りに行って戻ったメアリーが、ワトキンズ家の羊がこちら側へ越境して来て、わが家の羊に混じって草を食べていると報告した。

エイモスは、ワトキンズ家ではめったに羊を消毒液に浸さないのを知っていたので、牧草地の草を食べられてしまうことよりも、羊たちが疥癬にかかるリスクのほうを心配した。彼はただちに迷い羊を集めて、馬道沿いに〈岩〉へ追い返すようジムに命じた。

「いいかね、ジム」とエイモスが言った。「羊が迷い出ねえように気をつけてくれ、とおまえのおやじさんに伝えるんだ」

一週間後、羊の群れが再び境界線を越えた。今回、エイモスが雑木林の中を詳しく点検したところ、誰かが低木を刈り払って小道をこしらえた切り跡が、白く残っているのが見つかった。

「謎が解けた」と彼が言った。

エイモスは斧と二本のなた鎌を用意し、双子を呼び集めて、生け垣の破れを直すために家を出た。

地面は固く乾いていて空は青い。黄白色の切り株畑のところどころにオレンジ色の飼料ビートが山と積まれ、半分くらいはすでに食べられており、餌山の周囲には白い毛が薄汚れた羊たちが集まっている。センニンソウが煙幕のようにはびこってイバラのやぶを覆っている。エイモスたちは手はじめに、とげのある低木を一本切り倒しにかかった。するとそこへショットガンを抱えたワトキンズ本人が、足を引きずりながらあらわれた。

怒りで口をへの字に結び、太陽を背にして立ったワトキンズの人差し指が用心鉄《トリガーガード》に触れて、ぶるぶる震えていた。

「そこから立ち去れ、エイモス・ジョーンズ」ワトキンズが口を開いた。「この土地はうちのもんだ」こう告げた後、罵詈雑言が長々と続いた。

何を言うかとエイモスが反論した。ここはラーケンホープ屋敷の所有地で、それを証明する地図も持っている、と。

「いや、そいつは違う」ワトキンズが怒鳴った。「ここはうちの私有地だ」

ふたりはさらに口論を続けたが、エイモスは、相手がこれ以上興奮すると危険だと考えた。そこでこの場は穏便におさめ、市が立つ日にフルレンの〈レッドドラゴン〉亭で落ち合う約束をして別れた。

〈レッドドラゴン〉亭の酒場は少々暑すぎた。エイモスは暖炉から離れた席に腰掛け、汚れたレースのカーテン越しに通りを眺めた。バーマンがカウンターを拭いた。ふたり組の馬商人が上機嫌で大ジョッキをぐいぐいあおり、おがくずを敷き詰めた床につばを吐いた。他のテーブルからはドミノ牌がカタカタふれあう音と、酔っぱらった男たちの高笑いが聞こえてきた。外は空が灰色で、凍えるほど寒い険悪な天気だった。掛け時計は、ワトキンズが約束の時間に二十分遅れているのを示していた。酒場の窓の外側を黒い帽子が上下しながら行き過ぎていった。

「あと十分だけチャンスをやろう」エイモスがもう一度壁の時計を見た。

七分後、ドアが開いてワトキンズが姿をあらわし、エイモスのほうへやってきた。そうして祈禱会の参加者を思わせる高ぶった空気を振りまきながら会釈した。だが帽子はとらず、腰も下ろさない。

「何を飲む？」エイモスが尋ねた。

「何もいらん」ワトキンズが腕組みしたまま答えた。頰をすぼめているので、飛び出した頰骨が目立つ。

エイモスがポケットから〈面影《ザ・ヴィジョン》〉の借地契約書を取り出した。ビールのグラスがテーブルに濡れた輪をこしらえている。彼はその輪を袖で拭き、地図を広げた。手指の爪が「二分の一エーカー」と書かれたちっぽけなピンク色の区画を指さした。

「ここだ！」と彼が言った。「見てみろ」

問題の雑木林は法的に明らかに、ラーケンホープ屋敷の所有地なのだ。

ワトキンズは線と文字と数字がつくりだす迷路模様をよく見極めようとして目を細めた。歯の間から空気が漏れた。彼は体をふらりと揺らし、地図をもみくちゃに丸め、部屋の向こう端の暖炉めがけて放り投げた。

「そいつを押さえてくれ！」エイモスが叫んだ。だが焦げかけた地図を救い出したときには、ワトキンズはすでに店から消えていた。その晩ジムもどこかへ消え失せた。

翌朝、家畜に飼い葉を与えた後、エイモスはいつも日曜に着るスーツに着替えて、ビッカートン家の土地管理人を訪ねた。土地管理人は両手のこぶしをあごに当てて、ときどき眉を上げながらエイモスの話をぜんぶ聞いた。屋敷の所有地の保全が問われている以上、すぐに行動を起こさないわけにはいかなかった。

四人の作業員が派遣されて、ふたつの農場の境界線上に仕切りの石垣を築いた。それから巡査がクレイギーフェドウへ出向き、石垣にふれることまかりならんとワトキンズ家の者たちに警告した。

〈面影《ザ・ヴィジョン》〉では毎年、クリスマス前の一週間を、アヒルとガチョウの毛羽取りに充てることにしていた。

エイモスが鳥の首をひねり、両足を束ねて、ずらりと並べて納屋の梁から吊るしておく。夕刻には納屋の中が吹雪の真っ只中みたいな状態になる。幼いレベッカが羽毛を集めて袋に入れようとして、くしゃみをする。ルイスは鳥の胴をロウソクであぶって毛羽焼きをする。ベンジャミンは臓物を抜く。彼はこの作業をするときだけは、潔癖症のかけらも見せなかった。

調理できる状態に整えた鳥は搾乳場に保管するのだが、この場所はネズミが侵入できないようになっていた。エイモスは荷馬車にわらを敷き詰めて準備が完了すると、子どもたちを寝室へ追いやった。

バーミンガムからやってくる買い付け人をつかまえるためには、翌朝四時に起きなければならなかったからだ。

その夜は雲がなくて月明かりが明るすぎたので、メアリーは寝つけなかった。真夜中を過ぎて少しした頃、中庭に動物が来ているような気配を感じたので、忍び足で窓辺へ行き、下を覗いた。月を背景にカラマツが黒髪をなびかせていた。飛ぶように走る少年の姿が牛舎の陰に入った。掛けがねがガタリと音を立てた。犬たちは吠えなかった。

「これよ」メアリーが息を継いだ。「キツネの正体だわ」

彼女は夫を起こし、夫は外套を着て牛舎へ行き、搾乳場でジムを捕らえた。彼はすでに五羽の鳥を袋に詰め込んでいた。悲鳴を聞いて、荷馬車馬たちがいなないた。

「手荒なことはしなかったでしょうね」エイモスが寝台へ戻ってきたのでメアリーが尋ねた。

「きたねえ泥棒だ！」エイモスはそうつぶやいて寝返りを打った。

フルレンではクリスマスイブの夕暮れにまた雪が降り出した。本通りの肉屋の軒先でウサギ、七面鳥、キジが突風にあおられて揺れていた。ヒイラギとキヅタでこしらえたリースの上で雪片が輝いていた。ガス灯のぎらつく輝きの下を買い物客たちが歩いていた。扉が開くと、いっそう明るい輝きが帯のように舗道に漏れて、「クリスマスおめでとう！　お湯割り《グロッグ》のお酒を飲みに寄ってくださいな」という声が響いた。

子どもたちの合唱隊がクリスマスキャロルを歌っていた。合唱隊のカンテラに雪片が当たってチリチリ音を立てた。

「見て！」ベンジャミンが肘で母親をそっと突いた。「ミセス・ワトキンズだよ！」

アギー・ワトキンズが黒いリボンをつけた帽子をかぶり、茶色い格子柄のショールをまとって通りを歩いていた。腕には鶏卵を入れた籠を下げている。

「卵！　卵はいらんかね！」

メアリーは自分の籠を地面に置いて、微笑をつくりながら彼女に近づいていった。

「アギー、ジムのことはごめんなさいね、でも……」

アギーがつばを吐きかけるのをメアリーは避けようとしたが、避けきれず、つばがスカートにかかった。

「卵！　卵はいらんかね！」アギーはしゃがれ声をいっそう大きく張り上げた。彼女は足を引きずりながら、町役場の大時計の周りを行ったり来たりした。「卵！　卵はいらんかね！」男がひとりアギーを呼び止めたが、彼女はどんよりした目でガス灯をにらみつけて、「卵！　卵はいらんかね！」と繰り返すだけだった。ヘレフォードの買い付け人が彼女の正面に立ちはだかって、「ワトキンズの奥さん、大丈夫かい！　クリスマスが来るんだよ！　バスケットごと買ったらいくらだい？」と話しかけた。彼女は、相手が自分の赤ん坊を盗もうとしているとでも言わんばかりに、怒って片手を振り上げた。「卵！　卵はいらんかね！」小雪は吹雪になり、夜が深くなっていった。

「かわいそうに」とメアリーがつぶやいた。それから軽装二輪馬車に乗り込み、子どもたちの上にひざ掛けを掛けた。「あのひとはちょっと、あっち側へ行ってしまったみたいだよ」

16

三年が過ぎた。左目の上に大きなあざをこしらえたメアリーはチェルトナムに住む姉に手紙を書いて、エイモス・ジョーンズと別れる理由を説明した。

言い訳は書かなかった。同情も求めなかった。ただ単純に、仕事が見つかるまで仮住まいさせて欲しいと頼んだ。ところが書いていくうちに、便せんに涙の染みがいくつもできた。わたしたちの結婚生活は破綻する運命を背負っていたわけじゃない、と彼女は心の中でつぶやいた。ずっと一緒に暮らせたかもしれないし、第一、昔も今もお互いに愛し合っている。悪いことはすべてあの火事からはじまったのよ、と。

一九一一年十月二日、夜の十一時頃、エイモスは彫刻刀をしまい、メアリーが刺繍見本《サンプラー》の最後のステッチを仕上げるところを眺めていた。そこへルイスが階段を駆け下りてきて、「火事だ、火事だよ！」と叫んだ。

カーテンを開くと、牛舎の屋根が描く水平線の上部が赤く輝いているのが見えた。同じ瞬間、火花と炎の柱が暗闇の中へまっすぐに立ちのぼった。

「干し草の山だ」とエイモスがつぶやいて、外へ飛び出した。

干し草の山は、農場の建物群とその向こうの平地の間に二山こしらえてあった。

東風が炎をあおりたてていた。燃えさかる干し草の小片がもうもうたる煙に混じって吹き上げられ、やがて落下した。ぎらぎら光る炎とパチパチいう音に驚いた家畜たちがパニックに陥った。雄牛が吠え、馬たちが馬房で足を踏みならし、炎の光でピンクに染まった白鳩の群れは、不安定な輪を描いて上空を旋回した。

メアリーはポンプで井戸水を汲み上げた。双子は水をはね散らしながらバケツを運んで、父親に渡した。父親は梯子に上り、ふたつ目の干し草の山に必死で水を掛けた。だが見る間に火が燃え広がり、干し草は炎のるつぼと化した。

火事は何マイルも遠くから見えた。デイ・モーガンが農場の使用人を連れて駆けつけたときには、ふたつの干し草山はどちらも側面が崩れ落ちていた。

「消えてなくなれ」エイモスが怒鳴った。彼は、彼の腕をつかもうとしたメアリーの手を振り払った。明け方には灰色の煙が農場をすっぽり覆い尽くし、エイモスの姿はどこにも見えなかった。メアリーは煙で息を詰まらせながら恐る恐る叫んだ。「エイモス？　エイモス？　答えて！　どこにいるの？」彼女はエイモスを見つけた。彼は顔を真っ黒にして肩を落とし、ぬかるみに足を突っ込んだまま、豚小屋の壁に寄りかかっていた。

「家へ戻って」と彼女が言った。「もう眠らなくちゃ。今できることは何もないわ」エイモスは歯をきしらせてつぶやいた。「あいつを殺してやる」

彼は、火事は明らかに放火だと信じていた。そして犯人は明らかにワトキンズだ、と。ところが、この事件の担当になった巡査のミスター・ハドソンは顔色が良く人当たりがいいだけの男で、近所同士のいさかいに深入りはしなかった。彼は、干し草が湿っていたのを重く見た。

「遅延燃焼です、おそらくは」帽子のつばをちょっと上げ、自転車のペダルに足を載せながら巡査が言った。

「あいつにも遅延燃焼をくらわしてやる！」エイモスはそうつぶやいて足をふらつかせ、食堂兼居間《キッチン》の床一面についた泥を踏みつけた。ティーカップが空中を飛んで、メアリーの背後の陶磁器戸棚に当たって割れた。彼女は、人生には悪いことも起きると達観していた。

エイモスの髪の毛がごそっと抜けた。両頬に鉛色の血管が浮き出し、優しかった青い目は落ちくぼんで、暗がりから無常な世界を凝視するような目つきになった。

剃刀を研ぐとき、彼の顔をふとよぎる残忍な表情を目にするたびに、メアリーは息を呑み、後ずさりして逃げ出したくなった。だからやがて、彼が体を洗わなくなり、ひげもめったに剃らなくなると、メアリーはほっとした。

エイモスはベッドで彼女を手荒に扱った。うめき声がもれないよう、メアリーの口を手で押さえた。彼女がもがく気配は、階段を上りつめたところにある双子の寝室まで伝わった。ふたりは抱き合って耳をそばだてた。

　エイモスはささいなことで息子たちを殴った。お上品なしゃべり方をしたという理由で殴られて以降、ふたりは頭の中にある事柄をラドノーシャー方言に置き換えることを学ぶようになった。

　今や、エイモスが大事に思っているのは娘だけのようであった。レベッカは強情で意地悪な子どもで、ガガンボの足をちぎって遊ぶのが好きだった。髪は、燃えるような赤毛を長く垂らしていた。エイモスはレベッカを膝に載せて、「おまえだけは俺を愛してる。そうだろ？　だよな？」とささやいた。一方、母親がじゅうぶんな愛を注いでくれないと感じているレベッカは、メアリーと双子の兄たちを、まるで敵対する部族であるかのようににらみつけた。

〈岩〉とのいさかいはしだいに、襲撃と報復が儀式的に繰り返される戦争へと発展していった。双方とも、法に訴えるのは品性に欠けると考えており、熟慮した戦法で対峙し合ったわけではない。皮を剝がれた子羊がこちらで見つかった後に、あちら側で死んだ子牛が見つかるとか、ガチョウの雌が木からぶら下がっているとかいう事件の連続が、不和の存在をきわだたせる証拠になった。

　メアリーはとうの昔に、季節とともに来ては去る夫の怒りには慣れっこになっていた。雷の到来を喜ぶように、怒りの爆発を歓迎しさえした。雷の後にはなつかしい愛の波が戻ってくる、とわかっていたからである。

　去年までは夫婦の間に暗黙の了解があった。激怒の嵐は復活祭《イースター》までに過ぎ去ることになっていたので、エイモスは受難週間のあいだずっと悪魔と戦い続けるのがつねだった。聖土曜日になると夫婦は森へ散歩に行き、サクラソウやスミレを摘んでバスケットに入れ、その花でラーケンホープ教会の祭壇を飾る花十字をこしらえたのだ。

夕食後、メアリーは摘んできた花を食卓に広げた。スミレだけを選り分けてＩＮＲＩ（ユダヤびとの王ナザレのイエス）の文字を描き、サクラソウの茎を銅線にからめて十字架をこしらえた。エイモスは彼女の後ろにたたずみ、彼女の首筋をやさしくなでた。そうして彼女が最後の文字をつくり終えると、エイモスは彼女を両腕で抱き上げ、寝室へ行くのが決まり事になっていた。

ところがこの年――この〈火事〉の年――に限って、彼は森へ散歩に行かなかった。夕食も食べなかった。そしてメアリーが不安げにサクラソウを食卓に広げると、エイモスはまるで蠅を叩こうとでもするかのように花に当たり散らし、見る影もない残骸に変えてしまった。

メアリーは悲鳴を押し殺し、夜の中へ走り出た。

その夏は干し草が腐り、羊毛も刈らないまま終わった。

エイモスは、メアリーが数少ない友人と会うのを禁じた。彼女がティーポットにお茶をひとつまみよけいに入れたと言って、彼女を叩いた。刺繡用の絹糸を買って散財するといけないという理由で、アルビオン服地店へ行くのを禁じた。チューク牧師の訃報が届いたときでさえ――鮭の養殖池に落ちたのがきっかけで肺炎になって死去したのだった――葬式に花を贈るのを禁じた。

「とてもお世話になったのよ」と彼女が言った。

「あいつは異教徒だ」と彼が返した。

「わたしは出て行きます」彼女はそう言ったものの行くところはなかった。おまけに、彼女のもうひとりの味方であるサムも死にかけていた。

春のあいだずっとサムは、左の脇腹にできた「はれもの」を痛がって、屋根裏部屋から出られないほど弱っていた。脂じみたキルトをかぶったまま蜘蛛の巣を見つめたり、うとうとしたりしていたのだ。あるとき、トレイに載せた食事を持って上がったベンジャミンに彼が言った。

「あのカップが欲しいな。おまえひとつ頼みを聞いてくれねえか？　ロスゴッホの酒場へひとっ走り行って、あのカップをとってきてもらいてえんだ」

六月になるとサムは日々の心労に耐えられなくなった。彼はメアリーのために心を痛め、ちょうど良い頃合いにエイモスに道理を説こうとした。

「自分にたかる蠅を追うほうが先だろう」とエイモスが反撃した。「このもうろくじじいが！」

市が立つ日、サムとメアリーだけが家に居残っていたとき、アギー・ワトキンズのところへ使いに行ってくれないかとサムが頼んだ。

「俺がさよならを言ってるって伝えて欲しいんだよ。あいつは悪い人間じゃない。悪意のひとかけらもない、きれい好きできちんとした女なんだ」

メアリーはゴム製のオーバーシューズをガボガボいわせながら、低湿な牧草地を突っ切って行った。風が吹きぬけると草の葉先が小魚の大群みたいにちらちら光った。紫のランとギシギシの赤い花穂も揺れた。千鳥が二羽、甲高い声を上げながら舞い上がった。葦原に舞い降りた母千鳥が、折れたように見せかけた翼を広げた。クレイギーフェドウの門を入るとき、メアリーは無言で祈りを捧げた。犬たちが吠え、アギー・ワトキンズが戸口へ出てきた。顔には感情も表情も何もなかった。少し屈み込んだのは、天水桶につないであった黒い雑種犬を放すためだった。

「やっちまえ」と彼女が言った。

犬は飛びかかろうとして身を屈め、歯をむき出しにした。そしてメアリーが背を向けて門のほうへ戻ろうとした瞬間、飛んできて手に噛みついた。

エイモスは手の包帯を見て一部始終を呑み込んだ。そうして、「ざまあねえな!」と肩をすくめた。日曜日に傷が化膿した。月曜日には脇の下のリンパ腺が腫れた。エイモスは午後遅くしぶしぶ馬車を出して、喉が痛いと訴えるレベッカと一緒に、メアリーを診療所へ連れて行くことにした。

双子が学校から帰ってきたとき、エイモスがちょうど二輪軽馬車の車輪に潤滑油を塗っているところだった。片腕を三角巾で吊ったメアリーは、食堂兼居間《キッチン》で青い顔に微笑みを浮かべていた。「帰ってくるのを待ってたのよ」と彼女が言った。「わたしは大丈夫だから、宿題をきちんとやって、おじいさんをちゃんと見ててね」

日没の二時間前には双子は悲しみで声も出なくなった。サムじいが息を引き取ったからである。まだ陽が高かった五時頃、ふたりが食堂兼居間《キッチン》のテーブルで計算問題を解いていたとき、階段がきしむ音がしたので手を止めた。サムじいが手探りするように階段を下りてきたのだ。

「シーッ！」ベンジャミンがルイスの袖を引っ張りながら口を尖らせた。

「ベッドにいなくちゃいけないのに」ルイスがつぶやいた。

「シーッ！」ベンジャミンがまた口を尖らせた。それから老人に手を貸した。サムじいは食堂兼居間《キッチン》を横切って外へ出た。風が強く空が高い日で、細くたなびく巻き雲がカラマツの木々とダンスしているように見えた。サムじいはフロックコートに揃いのズボンをつけ、ぴかぴかのエナメル靴を履いていた。結婚式に出るような恰好である。首に赤いハンカチを巻いているので若やいで見える。手にはフィドルと弓を持っている。

双子はカーテン越しに外を見つめる。

「ベッドに戻らないとまずいよな」ルイスがささやく。

「シーッ！」ベンジャミンがまた口を尖らせる。「演奏がはじまるんだ」

古色蒼然たるフィドルがざらざらしたしわがれ声を一音出す。二音目は少し甘く和らぎ、三音目以降はとろけるような音楽になった。サムじいは顔を上げる。あごがフィドルの胴を激しくくわえ込んでいる。両足は敷石の上で完璧なリズムを刻んでいる。

やがてサムじいが咳き込み、音楽が止まった。そうして一歩一歩、自分自身を引きずり上げるようにして老人は階段を上っていった。それからまた咳。さらにもうひとつ咳が聞こえて、その後は静かになった。

双子が屋根裏部屋を覗いてみると、老人はキルトの上に大の字になり、フィドルの上で両手を組むような恰好をしていた。血の気が抜けた顔には力みから解放されたような微笑みが浮かんでいた。マルハナバチが一匹、窓の内側に迷い込んで、窓ガラスに何度も体当たりしながらブンブン音をたてていた。

「泣いちゃだめよ、ふたりとも！」双子がおいおい泣きながら報告するのを聞いて、メアリーは怪我していないほうの腕をさしのべた。「泣かないで、お願いだから。亡くなったのはしかたがないの。サムじいはすごくいい死に方をしたのよ」

エイモスは葬式費用を出し惜しみして、プレスティーンのロイズに真鍮金具で補強した棺を注文した。

葬式馬車はぴかぴか光る二頭の黒馬が牽いていった。屋根の四隅には黒い花瓶がついていて、黄色いバラがぎっしり挿してあった。会葬者たちは水たまりやわだちを避けながら、馬車の後ろについて行った。メアリーはおばから遺贈された黒玉のネックレスをつけていた。

棺の上に置くアルムの花束は、ミスター・アーンショウからの贈り物だった。棺が担がれて教会の内陣に安置されると、その花束の周りにたくさんの花束が積み上げられた。

メアリーは花束をくれたひとたちのほとんどを知らなかった。サムじいは知己が多かったのである。彼女は会葬者にも知った顔が見あたらなかった。教会の中を見渡すと、ハンカチを手にすすり泣いている老年女性が大勢いたが、知らないひとばかりだった。まさかこんなにたくさん女友達がいたはずはないわよね、と彼女は思った。

　エイモスはレベッカを信徒席に立たせて、式の様子を見せてやった。

「『死よ、おごるなかれ……』」新任の教区司祭が話しはじめた。説教のことばは美しく、司祭の声は朗々として耳に心地よかったけれど、メアリーの心は脇に座っている双子のことをあれこれ思い巡らしていた。

　ふたりともずいぶん大きくなったこと！　そろそろひげを剃らなくちゃならないわね、と彼女は考えた。でもふたりともやせっぽちで疲れている。学校から帰ってきてすぐ農場の仕事を手伝っているのだからくたびれるに違いない！　服がぼろぼろでみっともないわ！　お金さえあれば新しい晴れ着だって編み上げ靴だって買ってあげられるのに！　ふたつも小さいサイズの靴をいまだに履かせてるのは不憫だわ！　もう何年も海岸へ連れて行っていないのも不憫。去年の夏はふたりともたいそう元気で幸せそうにしていたのに。ベンジャミンがまた咳をしている！　冬がくるまえにマフラーをもう一本編んであげなくちゃいけない。でも毛糸はどうやって手に入れたらいいだろう？

「『灰は灰に、塵は塵に……』」棺のふたに土の塊がどさりと掛かった。彼女は墓掘り人にソブリン金貨を手渡し、墓地の屋根付き門の脇まで歩いていき、エイモスと並んで会葬者たちを見送った。

「ご列席くださいましてありがとうございました」と彼女が言った。「ありがとうございます……いいえ。たいそう安らかな最期でした……神様のお恵みですわ……はい、ミセス・ウィリアムズ、主の御名がほめたたえられますように！　いいえ。今年はまいりません。あれこれすべきことがございますので……」うなずき、ため息をつき、微笑みを浮かべながら、親切なひとびとの弔意に応えてひとりずつ握手をしていくうちに、彼女は手の指が痛くなった。

やがて帰宅して留めピンをはずし、婦人帽を無造作に食堂兼居間《キッチン》のテーブルの上に置いた彼女は、エイモスのほうに向き直り、心からの思いがこもった表情を見せた。ところがエイモスは背を向けたまま冷笑を返した。「おまえ、今日はずいぶん悲しそうじゃねえか。血がつながってるわけでもねえのに。」

17

その年の十月、〈面影《ザ・ヴィジョン》〉を新しい客が訪れた。

ミスター・オーエン・ガマー・デイヴィーズは最近バラからフルレンへ移ってきた会衆派教会の牧師で、マサーフェリンのチャペルを受け持つようになった。彼は姉と一緒にジュビリー・テラス三番地の家に暮らしており、庭には小鳥用水盤《バードバス》とユッカの木が一本あった。

恰幅がよく、気味が悪いくらい肌が白く、カラーの上に脂肪がぐるりとはみだしていて、目鼻立ちのバランスがギリシア十字そっくりだった。にっこり笑うと、尖った口がよけいに尖って見えた。握手のしかたが堅苦しく、歌うとなかなかいい声だった。

彼はこの土地へやってきていきなり、棺の値段をめぐってトム・ワトキンズと口論になった。メアリーの目にはグロテスクな人物に映ったけれど、この口論の一件だけで、エイモスの気が入るにはじゅうぶんだった。

ミスター・ガマー・デイヴィーズの聖書観は子どもじみたもので、字句の意味に囚われた彼の頭では、化体説は難しすぎて理解できなかった。メアリーは、彼がサッカリンをティーカップに入れるしぐさを見て、このひとはたぶんケーキに目がないと思った。

ある日のティータイムに、彼は両手のこぶしをテーブルに置き、おごそかに口を開いて、地獄というところは「エジリプトやジャマイコよりもあっつい場所なのです」と言った。その週ずっと微笑みさえ浮かべなかったメアリーは、顔をナプキンで覆わなければならなかった。

彼女は装身具をつけすぎていたせいで彼を憤慨させた。「ああ！」と彼は言った。「イゼベルの罪です！」

彼は、メアリーが口を開くたびに、彼女のイングランドことばが永遠の断罪に値すると言わんばかりにしかめ面をした。彼はエイモスを宗旨替えさせようとして心を砕いているように見えたが、そうするまでもなく、エイモスはいともたやすく説き落とされた。

ワトキンズとの不和が長い間エイモスの心を苦しめてきた。彼はかねがね、自分を導いてくれるよう神に祈りを捧げてきた。ここへ来てようやく、彼の肩を持ってくれる聖職者があらわれたのだ。エイモスは、ミスター・ガマー・デイヴィーズがティーテーブルに山と積み上げていったパンフレットを猛烈な集中力で熟読した。彼はイングランド国教会を離れ、双子に学校を中途退学させた。それからベンジャミンが兄と同じベッドで寝るのをやめさせ、納屋の屋根裏の干し草置き場で寝るよう命じた。その後、ボトルシップを抱えて梯子をこっそり上っていこうとしたベンジャミンをつかまえて、ボトルシップを没収した。

双子は毎日十時間から十二時間、倒れるまで働かされた。日曜日はもちろん休みだったが、祈ること以外何をすることも許されなかった。

マサーフェリンのチャペルはウェールズでも指折りの古さを持つ、非国教会信徒のための礼拝堂である。

扉の上部に日時計がある以外は飾り気がまったくない、細長い石造りの建築で、馬道と小川の間に立っており、周囲にはポルトガル月桂樹の防風林がめぐらしてあった。隣には緑色に塗った仮ごしらえの信徒会館があった。

チャペルの内壁は石灰水で白く塗られ、オーク材でこしらえた箱形信徒席とベンチが置かれていた。説教壇には歴代の聖職者名がすべて書いてあり、パリー、ウィリアムズ、ボーン、ジョーンズとたどっていけば、イングランド共和国の時代まで遡ることができた。堂内の東端には一六八二年の銘が刻まれた聖餐台があった。

メアリーはインドで、非国教会系の宣教師たちのやり方を見ていたので、「チャペル」という単語は彼女の耳には苛酷で、窮屈で、非寛容なあらゆるものと同義だった。だが彼女はそんな感情はおくびにも出さずに、新しい教会へ一緒に行くことにした。ミスター・ガマー・デイヴィーズは誰の目にも明らかなニセモノだったので、やりたい放題にさせておいても、やがてはエイモス本人が気づくと思ったのだ。メアリーは国教会の教区司祭にあてて、礼拝をしばらく休む理由を説明する手紙を書いた。追伸に「一時的なことです」と書いたのは、到底今回のことを真剣に受け止めることなどできなかったからである。

ミセス・ルーベン・ジョーンズがぜいぜいいう足踏みオルガンの鍵盤を叩いて、ウィリアム・ウィリアムズ作の賛美歌を演奏している前で、真顔を保つのは至難の業だった。さえずるように声を震わせて歌い、羽根飾りつきの帽子をぷるぷる震わせているひとびとを目の当たりにして、どうすれば噴き出さずにいられるというのだろう？　月曜日から土曜日までは分別ある農夫として通っている男が大汗をかき、体を揺らして、フクロウみたいな声で、「ハレルヤ！」「アーメン！」「イェイ、主よ！イェイ！」などと歌っているのだ。とりわけ賛美歌第一五〇番を歌っている最中に、〈カム・クリリン〉のミセス・グリフィスがハンドバッグからタンバリンを持ち出したときには、メアリーは目を閉じて必死に笑いをこらえなければならなかった。

さて次に説教である。この教会の説教ははたして正真正銘のたわごとだったのだろうか？

ある日曜日、ミスター・ガマー・デイヴィーズはノアの箱舟に乗船した動物の名前を列挙したが、夕方の説教では朝よりも上手に列挙ができた。彼は説教壇の縁にロウソクを五本立てて点灯した。こうしておけば、彼が立ち上がって会衆に向かって指を指すと、前腕の影が五つできて、それらが天井まで届くのだ。この演出の下、彼は張りのある低い声で、「わたしにはあなたがたの罪が、夜光る猫の目のように見えます……」と語りはじめた。

わざとらしさが多々あるとはいえ、説教を聞いているうちに、謹厳な儀式を侮ったことをメアリーに反省させる瞬間があり、聖書のことばが聖堂の壁を揺るがす瞬間もあった。とりわけ、別の日曜日によそからやってきた説教者が語った話はあまりにも雄弁だったので、メアリーは圧倒された。「彼は黒い羊、わたしが愛する羊、オオガラスのように黒く、千頭の羊のかしらです。白い羊、わたしが愛する羊、こちらは血色が良く、一万頭の羊のかしらです。さて、エドムからやってきたこの羊は誰でしょう。赤い衣をつけています。ボツラからやってきたのでしょうか？　皆さん、この羊はすばらしいと思いませんか？　おお、わが兄弟であるところの皆さん、この羊をつかまえてください！　がんばって！　がんばってこの羊をつかまえてください……！」

この説教の後、説教者が信徒たちに声を掛けて聖餐式に誘った。長テーブルに洗いたてのリネンのテーブルクロスが掛けられ、夫と妻が向かいあうようにベンチに腰掛けた。

説教者がパンを分厚く切り分け、祝福してから錫合金《ピューター》の皿に載せて一同に回した。次に錫合金《ピューター》のカップに入ったワインを祝福した。メアリーはそのカップを隣のひとから受け取り、縁に口をつけた。その瞬間彼女は啓示を受けたかのようにこれこそが主の宴だと悟った。この場所こそ使徒たちが集まって祈った二階の部屋だ、と。世の中にある華麗な大聖堂などは、神の栄光を讃えるためにではなく人間の虚栄の産物として建てられたのだ、と。教皇や司教は皇帝や王子となんら変わらない、と。彼女はさらに考えた。今日以後、イングランド国教会をなぜ捨てたのかと誰かに問われたら、頭を垂れて、「チャペルが大きな慰めを与えてくれたから」とひとこと答えればいい、と。

一方、エイモスのほうはとりとめもなく怒鳴り散らし、偏頭痛と不眠症に悩まされ続けた。メアリーは、ヒンズー教の行者や自己に鞭打つ苦行者なら見た経験があったけれど、エイモスほど狂信的な姿は見たことがなかった。彼は毎晩ランプの光を頼りに目を凝らし、聖書の本文をしらみつぶしに読んで、自分の権利を主張する根拠となる文章を探した。ヨブ記には、「夜、わたしの骨は刺すように痛み、わたしをさいなむ病は休むことがない……」という文章があった。

エイモスは、ウェールズ中心部のカマーゼンシャーに農場を買って引っ越そうとまで思い詰めたが、銀行口座が空っぽな上に復讐したい気持ちは募るばかりだったので、この土地に留まることにした。

一九一三年三月、エイモスはワトキンズが斧で門を叩き切っている現場を取り押さえた。当然けんかになり、彼はこめかみに深い切り傷を負ってふらつく足で帰宅した。その一週間後、郵便配達人が、ワトキンズ家のラバが馬道の脇で虫の息になっているのを発見した。ラバの腸がどっさり草地の上にはみ出していた。エイプリルフールの日、エイモスが朝目覚めると、お気に入りの犬が堆肥の山の上で死んでいた。彼はこらえきれずに赤ん坊のようにおいおい泣いた。

この耐えがたい悲しみがいつ終わるのかメアリーには見当もつかなかった。彼女は鏡を覗き込んで自分の顔を見た。虫食いのような穴が点在する鏡の表面よりも灰色が濃く、ひび割れが目立つ顔だった。死にたくなったが、双子のために生きなければならないのは承知していた。気晴らしをしようと思い、娘時代に好んだ小説を読み返した。エイモスに見つかると焼き捨てられそうだったので、隠して読んだ。ある冬の日の午後、暖炉が暖かくて気持ちよかったせいで、『嵐が丘』を膝の上に開いたままうとうとした。そこへエイモスが入って来てメアリーを乱暴に起こそうとしたとき、表紙の角が彼女の目に当たった。

彼女はびっくりして飛び起きた。我慢は限界を超えていた。恐怖は消え失せ、メアリーは強さを取り戻した。彼女は背筋をぴんと伸ばして「低能の乱暴者!」と言った。

エイモスは体じゅうをがたがた震わせ、口を半開きにしたままピアノの脇に突っ立っていた。そしてぷいっと出て行った。

メアリーの目の前に一本の道筋が開けていた。チェルトナムに住む姉である。姉には家があり、収入もある。メアリーは文房具箱から便せんを二枚取り出した。彼女は書き上げた手紙の最後を、「結婚しているのに孤独です。これほどの孤独はないでしょう……」としめくくった。

翌朝、朝食の前に、エイモスは大型ミルク缶を転がして搾乳場から運び出していた。ちょうどそこへ郵便配達人がやってきた。エイモスは、メアリーが配達人に封書を渡すのを見た。彼は妻が書いた手紙の文面を一字一句知っているかのようだった。双子に愛想まで振りまこうとしたが、双子は父親が出してくるちょっかいに対して冷たい視線を返した。

目の周りの青黒いあざが癒えて、黄色っぽい紫に変わっていくにつれて、メアリーはますます元気を取り戻した。ラッパ水仙が咲く頃には夫を許してもいいと思いはじめ、後ろめたそうな相手の視線から判断して、彼女は自分の言い分が受け入れられたと感じた。そうしてほくそ笑みたいのを我慢した。チェルトナムから返信が届いた。彼女が封筒を開くのを横目で見ながら、エイモスはひどく緊張していた。

メアリーは、いかにも未婚女性らしい筆跡を目で追いながら、頭をのけぞらせて大笑いした。

「……父さんはいつも、あなたは頑固で直情的だと言っていました……わたしの口からも警告しましたよね……でも結婚は厳粛なものです……神様が認めた結びつきですから……あなたはあなたのだんな様と添い遂げなくてはなりません……」

メアリーは、「手紙の中味は教えないわよ」と言って投げキスをした。手紙が暖炉の中でめらめら燃えはじめたとき、彼女の唇はぴりぴり震えていた。

18

六ヶ月後、ベンジャミンは急に身長が伸びて、ルイスよりも三インチ背が高くなった。

最初はかすみのように薄黒いものが口の周りに生え、綿毛みたいなものが頬とあごに生えた。それから顔中ににきびができて、見ていて心地良い顔ではなくなった。彼は自分だけ背が伸びたのを恥ずかしく思い、困惑していた。

他方、ルイスは嫉妬していた。声変わりした太い声を妬み、にきびさえ妬み、自分はいつまでも背が伸びないのではないかと気に病んだ。ふたりは目を合わせないようにし、食事のときも黙りこくった。ベンジャミンがはじめてひげを剃る日の朝、ルイスはわざと足を踏みならして家の外へ出た。

メアリーは食堂兼居間《キッチン》のテーブルに化粧鏡を立て、お湯を入れた洗面器を置いた。エイモスは革砥で剃刀を研ぎ、息子に剃刀の持ち方を教えた。ベンジャミンはたいそう緊張していて、手元がぐらぐら揺れたせいで、石鹼の泡を拭き取った後には切り傷が残って血が出ていた。

十日後、彼は再び——今回はひとりで——ひげを剃ることにした。

ベンジャミンとルイスは、鏡や窓や水面に映った自分の顔を見て、しばしば兄弟の顔が映っていると勘違いした。ベンジャミンは今、剃刀を構えた自分の顔が鏡に映っているのを見て、ルイスの喉を掻ききろうとしているような錯覚を覚えた。

この日以降、ベンジャミンは、ルイスの背とひげが伸びるまでは自分もひげを剃らないと決めて、頑なにそれを守った。メアリーは息子たちを見ていて、この子たちはそのうちまた以前のように、お互いに頼りあう暮らしに戻るに違いないと思った。ところがじきに、ルイスが娘たちと遊び歩くようになった。ベンジャミンほど堅物でないルイスには愛敬があるので、娘たちは彼をちやほやしたのだ。

彼はロージー・ファイフィールドとつきあいはじめた。干し草の山の背後で息もつけないようなキスを交わし、聖歌隊コンサートの晩には二十分間も手をつないだままでいた。ある月のない晩、ラーケンホープの馬道を散歩していたルイスは、生け垣につくホタルを探し歩いている白い服の娘たちを追い越した。その拍子にロージーの笑い声が聞こえた。暗闇にさざ波を立てるような、ひんやりと澄んだ笑い声だった。彼女のサテンの飾り帯に彼が片手を伸ばしたのを見て、彼女はその手をぴしゃりと叩いた。

「やめてよ、ルイス・ジョーンズ！　その大きい鼻をわたしの目の前からどかしてちょうだい！」

ベンジャミンは自分の母親と兄を愛していて、娘には全然興味がなかった。ベンジャミンは、ルイスが出て行った後も部屋の扉をぐずぐず見続け、目の色はグレーがいっそう濃くなった。やがてルイスが帰ってくると、ベンジャミンの瞳は輝きを取り戻した。

ふたりとも学校へは戻らなかった。彼らはもっぱら農場で働き、協力し合って作業をすれば四人分の力を出せた。じゃがいもを掘ったり、ルタバガをマッシュしたりするさい、ベンジャミンはひとりぼっちにされるととたんに力が衰えて、ぜいぜいしたり、咳き込んだり、ふらふらしたりした。父親はそれを見て知っていたので、効率を優先する農夫的な発想から、ふたりをいつも一緒に作業させた。双子が別々に作業できるようになるまで、このときから十年かかった。

ルイスは遠洋航海の夢を捨ててはいなかったものの、興味の中心は飛行船に移っていた。ツェッペリン飛行船の写真が新聞に出ると――あるいはツェッペリン伯爵の名前が出ただけでも――彼は記事を切り抜いて、スクラップブックに貼り込んだ。

ベンジャミンは、ツェッペリン飛行船はキュウリに似ているとつぶやいた。

彼は外国へ行きたいなどとは考えたこともなかった。ルイスといつまでも一緒に暮らしたいと思っていた。同じものを食べて、同じ服を着て、同じベッドに寝て、同じ弧を描いて斧を振り下ろせれば満足だった。〈面影《ザ・ヴィジョン》〉には四つの門があったが、それらはベンジャミンにとって楽園の四つの門に等しかった。

彼は羊たちを愛し、戸外へ出ると力が回復する気がした。羊の腎臓疾患や子宮脱をめざとく見つけ出すのも得意だった。羊が出産する季節には羊飼い用の杖を持って群れの中へ入り、雌羊の乳首をよく点検して、乳が出ているのを確かめた。

ベンジャミンはまた、とても信心深かった。

ある日の夕刻、牧草地を通りかかった彼は、タンポポ坊主の上をツバメが低く、矢のように飛んでいくのを見つめ、日没を背にして羊たちが立っているのを見つめた。そのとき一頭一頭の羊たちに金色の光輪が見えたので、神の子羊の絵に光輪が描かれる理由を納得した。

彼は罪と報いについて長々と思索をめぐらし、頭の中で巨大な神学にまとめ上げて、いつの日か世界を救う役に立てたいと考えた。聖書の細字を追うのに疲れたときには——双子はふたりとも少々乱視だった——エイモスが所有している「広い道と細い道」の色刷り石版画を眺めた。

この絵はミスター・ガマー・デイヴィーズがくれたものだ。エイモスがゴシックの壁龕に似せた額縁をこしらえて暖炉の脇の壁に掛けた。

絵の左側では紳士淑女が連れだって「永遠の滅びへの道」をたどっていた。門の左右にはヴィーナスと酔っぱらったバッカスの像があり、その奥には身なりの良いひとびとがもっとたくさんいて、飲み、踊り、賭け事をし、劇場に出かけ、財産を質に入れて日曜日に汽車に乗っていた。

さらに道を先までたどると、同じようなひとびとが盗みをはたらき、人を殺し、奴隷になり、戦場へ行った。そして最後に、燃え上がる城壁——ウィンザー城にとてもよく似ていた——の上空に魔王の従者たちが浮かび、罪人たちの魂の目方を量っていた。

絵の右半分には「救いへの道」があり、描かれた建物が明らかにウェールズの特徴を示していた。チャペル、日曜学校、婦人奉仕団、どれもが急傾斜の破風にスレート葺きの屋根がついた建物なので、ベンジャミンはランドリンドッドウェルズの絵入りパンフレットを思い出した。

こちら側の細い、骨が折れる道筋をたどっているのは、慎ましい階級のひとびとばかりだった。彼らは祈りながら重い足取りを進め、黒ヶ丘そっくりの山の斜面にたどりつく。山頂には新しきエルサレムの聖都があらわれ、シオン山の子羊とトランペットを吹き鳴らす天使たちが見えた……!

このイメージがベンジャミンの脳裏につきまとった。彼は本気で、地獄への道はヘレフォードに通じる街道であり、天国への道はラドノーの丘また丘にいたる道であると信じていた。

19

戦争がやってきた。

フルレンの商人たちは何年も前から、やがてドイツと戦争になると話しあっていた。だが戦争が何を意味するのか、本当は誰ひとりわかってはいなかった。ワーテルロー以来、本物の戦争は起こっていなかったのだ。汽車と進歩した銃砲を使うとなれば、戦争はひどく恐ろしいものになるかすぐに終わるかのどちらかだろう、ということで皆の意見が一致していた。

一九一四年八月七日、エイモス・ジョーンズと息子たちが草刈り鎌でアザミを刈っていたとき、生け垣の向こうから男が大声で、ドイツ軍がベルギーに侵攻して、イングランドの最後通牒を無視したと告げた。それから募兵事務所が町役場にできて、地元の若者がすでに二十人ほど入隊したと言った。

「ばか者どもが」エイモスは肩をすくめて丘の下のヘレフォード方面をにらみつけた。

三人はずっと草刈りを続けた。夕食をとるために帰宅したとき、双子はとても落ち着かないように見えた。

メアリーはビートの根のピクルスづくりをしていたので、紫色の染みがエプロンについて縞模様になっていた。

「心配しなくて大丈夫」と彼女が言った。「あなたたちはまだ若いから戦地へ行かなくてすむわよ。それにたぶん、戦争はクリスマス前に終わるから」

だが冬になっても戦争が終わる気配はなかった。ミスター・ガマー・デイヴィーズは愛国的な説教をするようになった。ある金曜日、午後五時から信徒会館で幻灯つき講演会《ランタン・レクチャー》があるのでご出席ください、という伝言が〈面影《ザ・ヴィジョン》〉に届いた。

空の色はだんだん濃くなり、深紅から暗灰色に変わった。箱形乗用車が二台、馬道に止まっていた。日曜日用の晴れ着を着た農家の少年たちが鈴なりになって運転手に話しかけたり、窓から車内を覗き込んで毛皮の敷物や革張りのシートに目を見張ったりしていた。こういう形の自動車を近くで見るのは、皆生まれてはじめてだったのだ。すぐ脇の仮小屋では発電機がうなり声をあげていた。

ミスター・ガマー・デイヴィーズは控え室に立ち、握手と曖昧な微笑みで来訪者ひとりひとりを出迎えた。彼は、この戦争はキリストのための十字軍ですと言った。

信徒会館のホールではストーブでコークスがごんごん燃え、窓ガラスが白く曇っていた。横一列に灯った電球の黄色い光が、厚板にニスを塗った壁面に帯のように照り映えていた。ひもでつながったたくさんのユニオンジャックが掲げられ、キッチナー卿が描かれたポスターが貼られていた。

幻灯機は通路の真ん中に据え付けてあった。スクリーン代わりの白いシーツが壁に鋲で留められ、女性の映写技師が、カーキ色の軍服を着て片腕を三角巾で吊った少佐から託された一箱分のガラス板スライドを準備していた。

今夜基調講演をおこなうビッカートン大佐はすでに舞台上の椅子に腰掛け、葉巻をくゆらせながら、カーキ色の軍服を着た少佐と談笑していた。少佐はボーア戦争の経験者で、負傷した足を聴衆の目の前に広げていた。緑色のベーズ布を掛けたテーブルの上にシルクハットがあり、その脇に水差しとタンブラーが置かれていた。

愛国心の発揚をめぐる姿勢の違いを不問に付して、さまざまな宗派の聖職者たちが同席し、ビッカートン大佐が満足しているかどうか気を揉んでいた。

「はい、万事申し分ありませんぞ、ご苦労様です」大佐が一語ずつ完璧な発音で告げた。「みなさんのご配慮に心から感謝いたします。たいへんな数の出席者ですな。頼もしいではありませんか?」

ホールは満席だった。日に焼けた元気な顔の若者たちがすきまなくベンチに腰掛け、ビッカートン家の令嬢ミス・イゾベルの姿を少しでもよく見ようとして身を乗り出していた。ブルネットの髪に濡れた唇とハシバミ色のうるんだ瞳を持ち、演壇のすぐ下に腰掛けた彼女は、銀色をしたキツネの毛皮のケープをはおり、落ち着いた様子で微笑んでいた。グリセリン処理した灰ピンク色のダチョウの羽根飾りが、優美な帽子からつんつん突き出していた。ミス・イゾベルの隣で、ニンジンのような赤毛の若い男が腰を屈めるように座って、ぽかんと口を開けていた。

〈岩〉のジムである。

ジョーンズ一家はホール後方のベンチに腰掛けていた。メアリーは隣に座っている夫がぴりぴり怒っている気配を痛いほど感じて、一騒動起こしやしないかとひやひやしていた。

フルレンの教区司祭が「信徒会館を会場として提供し、電気の使用も可能にしてくださったミスター・ガマー・デイヴィーズに皆様拍手を！」と呼びかけ、講演会の開会を宣言した。

「聞こう！　聞こう！」という声がホールのあちこちから上がった。教区司祭がまず、戦争がはじまった経緯について概要を述べた。

この土地で暮らす農夫たちのほとんどは、バルカン半島で殺された大公がなぜベルギー侵攻の引き金となったのかを理解していなかった。だが教区司祭が「われらが愛する帝国に迫る危機」について語りはじめると、聴衆は背筋を伸ばした。

「ヨーロッパ社会から病根が摘出されるまで」、と教区司祭が声を上げた。「安らぎは訪れません。ドイツ人は追い詰められれば、暴れ者のように悲鳴を上げるでしょう。しかし、妥協の余地は皆無です。悪魔と握手はできないのですから。ワニに道を説いても無駄であります。殺すしかないのです！」

聴衆は拍手で答え、司祭は席に腰掛けた。

次の講演者は少佐であった。本人の説明によればモンスでの戦いで負傷したのだという。「ライン川をギャフンと言わせてやりましょう」というジョークで講演がはじまると、大佐がいちはやく反応して口をはさんだ。「ラインワインは昔から口に合わんのですよ。甘ったるくていけません」

少佐はしゃれたステッキを振り上げた。

「消灯を！」そのひと声でホールの明かりが消えた。

スクリーンに、ぼやけた光景が次々に浮かび上がった。野営地の英国陸軍兵士たち。英国陸軍兵士による行進風景。英仏海峡を渡る船上の英国陸軍兵士たち。フランスのカフェでくつろぐ英国陸軍兵士たち。塹壕内の英国陸軍兵士たち。銃剣の手入れをしている英国陸軍兵士たち。英国陸軍兵士たちの〈猛攻撃〉。スライドの中には画像が不鮮明なものが混じっており、ミス・イゾベルの帽子の羽根飾りの影が映っているのか、砲弾が破裂したシーンなのか判然としない場合もあった。

最後のスライドは目を剝いた男の顔のアップで、カラスが翼を広げたような口ひげを生やし、金色の鷲が描かれた鉄兜をかぶっていた。

「これが」と少佐が言った。「みなさんの敵。ドイツ皇帝ヴィルヘルム二世です」

「縛り首にしろ！」とか「撃ち殺せ！」という声が上がる中、少佐が着席した。

次に彼は、ビッカートン大佐が悠然と立ち上がり、妻が軽い病気のために欠席していることを詫びた。息子は目下フランドルで戦っておりますと述べた。そして、感動的なスライドをたくさん拝見した後でありますから、当地域においては兵役逃れをする者が出ないよう希望しますと言った。

「この戦争が終わったとき」と大佐が語りはじめた。「わが国には二種類の人間が存在することになりましょう。軍隊に入隊する資格を有しているにもかかわらず入隊を忌避した者たち……」

「恥さらし！」青い帽子の女性が金切り声を上げた。

「俺が一番乗りだ！」若い男が声を上げ、高々と手を上げた。

大佐が両腕を上げて聴衆を制すると、一同は水を打ったようになった。

「……もう一種類のひとびとは、栄えある有資格者として王に、国家に……そしてご婦人方にたいして、義務をはたす者たち……」

「はい！　はい！」大佐は再び、流れるようなしぐさで両腕を高く上げた。するとまた聴衆は静まりかえった。

「申すまでもなく、二番目に述べたひとびとこそがこの国の貴族となるのであります。この国の、唯一真実の貴族であります。彼らは毎日、一日の終わりに、イングランドがひとりひとりに期待することを成就したゆえの満足を知るでありましょう。これこそ義務をはたすということでありまして……」

「ウェールズはどうなんだい？」ミス・ビッカートンの右隣で、歌うような声がつぶやいた。だがジムの声はホール全体を揺るがす大騒ぎにかき消されてしまった。

兵役を志願する者たちが少佐の前に殺到して、自分たちの名前を告げた。「行け！　行け！　がんばれ！」というかけ声が上がった。たくさんの声が唱和して、「みんなほんとにいい奴だから……」の歌になった。

青い帽子の女性が息子の顔をひっぱたいて、「ああ！　そうなの、おまえ、行ってくれるんだね！」と金切り声を上げた。大佐の顔に幼児のような満足の表情が浮かんだ。

彼は叫ぶような声音でさらに続けた。「キッチナー卿が〈君を必要としている〉とおっしゃっておられるのは、今ここにいる君たちに呼びかけておられるのです。若く勇敢な君たちひとりひとりが、無比にして必須の人材であります。つい今しがた、『ウェールズはどうなんだい？』という声が聞こえましたが……」

この瞬間、ピンが落ちても聞こえるほどホールが静まりかえった。

「信じていただきたい。『ウェールズはどうなんだい？』というあの叫びは、わたしの胸に真っ直ぐ突き刺さりました。と申しますのもわが体内には、ウェールズの血潮とイングランドの血潮が等分に流れておるからです。それゆえ……それゆえ、わが娘とわたしは今夕、二台の自動車をこの場へ走らせてきたのであります。われらが愛するヘレフォードシャー連隊に入隊を志願される諸君はわたしとともにまいりましょう……他方、最も勇敢なる南ウェールズ境界地方連隊への入隊を希望する、忠実なるウェールズ人の諸君は、わが娘とルウェリン＝スマイズ少佐とともに、ブレコンを目指して出発していただきたい……」

こうして、〈岩〉のジムは戦場へ行った——ひとつには故郷を出たいがため、もうひとつには、濡れた唇とハシバミ色のうるんだ瞳を持つ女性のために。

20

メアリーはインドで一度だけ、槍騎兵隊が国境警備に出動するところを見た。召集ラッパの音を聞いて背筋がぞくぞくした。彼女は連合国の大義と勝利を信じていたので、ミセス・ビッカートンが唱導する〈ニット衣料に関する呼びかけ〉に協力して、レベッカとふたりで空いた時間を使って手袋とバラクラバ帽を編み、前線で戦う兵士たちに送ることにした。

エイモスは戦争を憎んでおり、すすんで戦争に関わり合うつもりはなかった。

彼は、騎兵隊に新馬を供給する担当将校の目に留まらぬところへ持ち馬を隠し、北側の斜面には小麦を植えるよう命じた役所の通達を無視した。さらに、息子たちをイングランド人のために戦わせないことは人間として、さらにはウェールズ人として誇りを守ることであると考えた。

彼は聖書を読み込んで、自分の考えに裏付けを与えてくれそうな文章を探した。戦争というものはそもそも神がソドムとゴモラに下した裁きではないか？　新聞記事に出てくる砲撃、爆撃、Uボート、マスタードガスといったものはすべて神が用いる復讐の道具ではないか？　ドイツ皇帝とはたぶん第二のネブカドネザルではないか？　イングランド人にもおそらく七十年間の捕囚が降りかかるのではないか？　そしてきっと、容赦されて生き残る者たちも出るのではないか――酒を飲まず、都市に住まわず、偽りの偶像を崇拝せず、万軍の主である神のみに仕えたレカブ人のような生き残りが？

エイモスはこうした考えをミスター・ガマー・デイヴィーズに詳しく語って聞かせた。すると相手は狂人を見るような目つきでエイモスを見つめ、反逆者と呼んだ。エイモスは牧師に向かって、あなたは第六の戒律〈殺してはならない〉をごまかしていると詰め寄り、それ以後チャペルへ行くのをやめた。

一九一六年一月に徴兵制が導入された後、エイモスはフルレンの町でレカブ禁酒者の会という団体が定期的に会合を持っているのを知り、良心的参戦拒否者の会とも連絡を取るようになった。

彼は双子を、サウス通りにある靴修理屋の上階の、すきま風が入る屋根裏部屋で開かれているレカブの会の会合へ連れて行った。

職人や労働者ばかりの会員の中に、ひとりだけ紳士が混じっていた。やせて骨張った若者で、のどぼとけが大きく、くたびれたツイードを着たその男は、高ぶった調子の文章で議事録を清書していた。レカブの会ではお茶は罪深い刺激物とみなされていたので、茶菓の代わりにクロフサスグリの果汁とクズウコンのビスケットが供された。参加者は順番に、平和な世の中を願う信念を告白し、獄中にいる同士たちの悲運について意見を述べた。多くの会員が、軍法会議の判決により収監されていたのである。会員のひとりの採石工は配属された連隊でラム酒の調達係を命じられたのを拒否したため、ヘレフォードの営倉に拘置された。彼は営倉内でハンストをしたが、無理矢理食物を与えられたのが原因で死亡した。死因は肺炎だった。ミルクとココアの混合物を鼻の穴から強引に注入され、それが肺に入ったのだった。

「かわいそうなトム！」靴修理人がそう言い、全員で三分間の黙禱を捧げた。

そして一同が立ち上がった。ランプの光を囲んで禿頭が混じる円陣が組まれ、全員が腕を組んで歌を歌った。エイモスと双子は歌詞だけは知っていたが、曲は初耳の歌だった。

国民と国民、国土と国土
武器を持たない者たちが叫ぶ
同士たちに自由を
ひとびとの胸と頭脳に友愛の脈動を

最初のうちメアリーは、激しい気性の夫が平和主義を掲げているのがどうしても理解できなかった。だがソンムの戦いの様子が報じられた後は、彼の正しさを認めざるを得ない気持ちになった。

週に二度、メアリーはラーケンホープの村まで歩いて行き、ベティ・パーマーのために食事をこしらえた。未亡人の彼女は、ひとり息子が戦死したせいで食欲を失っていたのである。その後、一九一七年五月、メアリーはアギー・ワトキンズと仲直りした。

メアリーはある日、袖で涙を拭き拭き、足を引きずりながら、屋台店が並ぶ市場を歩いている黒い人影を見つけた。

「ジムのことだと思うんだよ」アギー・ワトキンズが大声で言った。

泣きはらした顔がむくみ、ボンネットは捻れていた。小ぬか雨が降り出したので、行商人たちは売り物を片づけ、町役場のアーチの下に雨宿りした。

「ジムはね」泣きながらアギーが言った。「フランスでラバを受け持ってるんだ。けど、このハガキが来たってことは、ジムは死んだんだよ」

彼女は関節炎になった手の指を鶏卵の籠に突っ込み、しわになったハガキを取り出してメアリーに手渡した。

前線で戦う兵士たちが戦闘の後、故郷へ書き送ることが許可されている、野戦郵便の普通ハガキだった。

メアリーは文面を判読しようとしてしかめ面になったが、じきに和んだ微笑みが浮かんだ。

「死んでなんかいないわ、アギー。ジムは元気よ。見て！　このバッテンはそういう意味。〈ぼくはとても元気です〉って言ってるの」

老女の顔にひきつりが走った。そして、信じないよと言わんばかりの怖い目でメアリーをにらみつけ、ハガキをひったくった。ところがメアリーの広げた両手と、彼女の目に浮かんだ涙に気づいたアギーは、籠をその場に取り落とした。そしてふたりは抱き合ってキスを交わした。

「まあ、大変よ、見て」メアリーが、濡れて光っている敷石に当たってつぶれた卵の黄身を指さした。

「卵なんて！」ミセス・ワトキンズは意に介さなかった。

「ちょっとこれ！」メアリーがハガキを取り返してつぶやいた。「ここに小包受け取り用の住所が書いてある。ジムにケーキを送りましょう！」

その日の午後、彼女はさっそく、レーズンとナッツと砂糖漬けのチェリーをふんだんに入れた、大きなケーキを焼いた。表面にはゆがいて皮を剝いたアーモンドで「〈岩〉のジム」と書き、エイモスに見せるためにテーブルの上に置いた。

彼は肩をすくめて「うまそうだな」と言った。一日か二日後、彼は馬道でトム・ワトキンズとすれ違った。ふたりはお互いにうなずきあい、停戦協定が確認された。

刻々と入ってくる大戦のニュースは、悪くなるばかりだった。

どこの農家の食堂兼居間《キッチン》でも、途方に暮れた母親たちが郵便配達人のノックを待っていた。国王からの手紙が届いた家では、黒枠のカードが窓に貼り出された。フルレンへ向かう馬道を歩いていたとき、メアリーは、レースのカーテンが掛かった農家の窓に、二枚のカードが貼り出されているのを見つけた。パッシェンデールの戦いの後、三枚目のカードが貼り出された。

「わたしだったら耐えられない」その家の前を馬車で通りかかったとき、メアリーはエイモスの袖をつかんでことばを詰まらせた。「三人も逝ってしまうなんて！」双子は八月に十八歳になるので、声が掛かっても不思議はなかった。冬の間じゅう、彼女は同じ夢を何度も見た。リンゴの木の下に、額にまっ赤な穴を開けたベンジャミンがたたずんで、責めるような微笑みを浮かべている夢だった。

二月二十一日――その日を思い出すたびにメアリーはぞっとするのだったが――フルレンの事務弁護士ミスター・アークライトが、自家用車で〈面　影〉《ザ・ヴィジョン》を訪れた。彼はこの地域の兵役免除審査局を構成する、五人の委員のうちのひとりだった。冷ややかな目をした、小柄できびきびしたこの男は、ワックスで固めた大きな口ひげをたくわえ、グレーのホンブルグ帽をかぶり、グレーのサージのトップコートをはおっていた。助手席には赤毛の雌のセッターが乗っていた。

彼はまずきつい調子で、双子の名前がなぜ国民基本台帳に登録されていないのか問い詰めた。未登録は法律違反ですが、そのことは承知しておられたのでしょうか、と。それから彼は、スパッツと靴を泥で汚さないよう細心の注意を払いながら、農地と家畜と建物の詳細を記録紙に書き留めた後、裁判官が判決を言い渡すときのような威厳を込めて、〈面　影〉《ザ・ヴィジョン》程度の小規模農場の場合には、兵役義務の免除は息子さん一名に限られます、と告げた。

「もちろん」と彼は続けた。「わたしどもとしても、若い働き手を農地から引き離して喜んでいるわけではないのです。食料不足その他の懸念もありますのでね。とはいえ法律は法律ですから！」

「うちの息子たちは双子なんで」エイモスが口ごもった。

「双子なのはわかっていますよ、お父さん。でも例外を認めたらきりがありませんから……」

「ばらばらにしたら死んでしまう……」

「何を言うかと思えば！　あんなに健康な若者たちですよ。そんなナンセンスは聞いたことがない！

……モーディ！……モーディ！」赤毛のセッターが生け垣の下にウサギ穴を見つけて吠えていた。犬は呼ばれると走って戻ってきて、車の助手席に飛び乗った。自家用車が中庭で方向転換するとき、タイヤが水たまりに張った氷をバリバリと割った。

「ケチな暴君だ！」排気ガスの青い靄の中にぽつんとたたずんで、エイモスがこぶしを振り上げた。

21

次回の市が立った日に、エイモスは、フリドスペンスの近くにある大規模農場の土地管理人に話を持ちかけた。働き手を探していると聞いたからだ。相手はルイスを農場労働者として雇うことに同意し、兵役免除審査局で彼の事案が検討されるさいには、ルイスの保証人になると明言した。

ベンジャミンはその話を聞いて卒倒しそうになった。

「心配いらないわ」メアリーが彼を慰めようとした。「戦争さえ終わればルイスは戻ってくるんだもの。それに、たった一〇マイルしか離れていないし、毎週日曜日にはみんなに会いに帰ってくるんだから」

「ママはわかってないんだ」とベンジャミンがつぶやいた。

旅立つ日、ルイスは凜々しく見えた。着替えを二、三枚束ねた荷物を抱え、母親と弟にキスをしてから二輪軽馬車に乗り込み、エイモスの隣に腰掛けた。ベンジャミンは馬道の彼方に馬車が消えて行くのを見送った。彼のコートの袖を引き裂かんばかりの勢いで、強風が吹きつけた。

ベンジャミンはしだいにやつれた。

彼はものを食べはしたものの、ルイスが違う食物を違う皿から、違うテーブルで食べていると考えただけで、悲しい気持ちに押しやられ、やせ細り衰えていった。夜、兄がいるかもしれないと思って片手を伸ばしたが、手に触れたのは冷たくてしわくちゃになっていない枕だけだった。顔を洗っている最中、今この瞬間にもルイスが、誰か他の人間と一本のタオルを共用しているかもしれないと思い当たったときには、洗うのを中途でやめた。

「元気出さなくちゃ！」とメアリーが言った。彼女は、別れて暮らすことがベンジャミンの我慢の限界を超えているのを承知していた。

ベンジャミンは子どもの頃ルイスと遊びに行った場所を再訪した。牧羊犬に声を掛けて、「モット！　モット！　さあ、ご主人を探しに行くよ。彼はどこ？　彼はどこだい？」と誘ったりもした。犬は跳び上がって尻尾を振り、ベンジャミンと一緒に黒ヶ丘のガレ場を登った。やがて、冬の日射しを受けて輝くワイ川が見えてきて、ルイスが働いているフリドスペンス周辺の、掘り返したばかりの茶色い畑も見えた。

別の日にはひとりで狭い谷間を訪れ、泥炭地から流れ出した茶色い水が、昔ふたりで水浴びしたプールへ流れ込んでいるのを眺めた。飼い葉桶、牛乳用バケツ、ゆるい糞が混じる水たまり――何を見てもルイスの顔が思い浮かんだ。

ベンジャミンは、ルイスが去ったことに耐えられず、彼に魂を持ち逃げされたのではないかと思った。ある日、ひげ剃り用の鏡を覗き込んでいたとき、自分の顔の存在感がどんどん薄れている気がした。鏡に鏡像を食い尽くされ、しまいには水晶のように澄んだ霧になってしまうのかもしれなかった。

ベンジャミンは生まれてはじめて自殺を考えた。

ルイスは毎週、日曜の昼食を家族ととるため、一〇マイルの田舎道をてくてく歩いてやってきた。オーバーシューズを泥だらけにし、ズボンの尻にイガイガをつけて、ピンクに上気した顔を見せた。

彼は大きな農場で日々起きたことを話して聞かせて、家族を楽しませた。仕事は気に入っていた。新しく考案された機械を使ってみるのはおもしろかったし、トラクターも運転できるようになった。ヘレフォード純血種の食用牛を世話するのも好きだった。血統台帳の読み方を懇切に教えてくれるので、土地管理人には親近感が持てた。乳搾りにやってくる娘のひとりと親しくなった。アイルランド人の牧夫を大嫌いになったのは、そいつが「べらぼうな飲み助で乱暴者」だったからだ。

四月後半のある水曜日、ルイスは土地管理人の命令を受け、競り市で売る肥育牛の群れを連れて、汽車でヘレフォードまで行った。肥育牛を午前十一時に引き渡してしまえば、あとはずっと自由時間だった。

たいそう陰鬱な日で、大聖堂の塔をかすめるほど雲が低くたれこめていた。灰色のみぞれが舗道に斜めに降りかかり、辻馬車に掛けた油布のフードがびしゃびしゃ音を立てた。旧市街《ハイタウン》ではみじめな馬車馬たちが、水かさの増した排水溝の脇に一列に並ばされていた。緑色に塗った張り出し庇の下で、御者たちが火鉢に手をかざしていた。

「おい、若いの、当たっていきな！」御者のひとりが手招きしたのでルイスは火鉢の近くへ寄った。

軍用車が一台、通りを走り抜けていった。ゴム引き防水布《マッキントッシュ》の肩マントを着た軍曹がふたり、肩を怒らせて歩いて行った。

「葬式にはつらい日だな」チーズのような色つやの男がつぶやいた。

「つらいわな」別の男がうなずいた。

「ときにおめえはいくつだい、若いの？」火かき棒で石炭をつつきながら、最初の男が尋ねた。

「十七歳です」とルイスが答えた。

「誕生日は？」

「八月」

「気をつけろよ、若いの！　兵隊にとられるから気をつけなきゃいけねえぞ、ホントの話」

ルイスは、ベンチに腰掛けた尻がむずむずした。みぞれが上がった後は、ワトキンズ醸造所の裏手の、迷路みたいな路地を散策した。樽職人の作業場の戸口に立って中を覗くと、黄色いかんなくずが山になったあたりに、真新しい樽がいくつも見えた。別の通りからブラスバンドが演奏する音が聞こえてきたので、そちらのほうへ歩いて行った。

グリーンドラゴン・ホテルの前にたくさんの見物人が集まって、葬式の行列が通るのを眺めていた。死んだのは地元の連隊の大佐で、戦闘による負傷がもとで命を落とした。抜き身のサーベルの先端に視線を据えた儀仗兵が行進していく。ドラム奏者はヒョウの毛皮をまとっている。彼らが演奏しているのはヘンデルの『サウル』の葬送行進曲だった。

砲架車の車輪が舗装した路面でぎしぎし音を立て、ユニオンジャックを掛けた棺が真っ直ぐ見つめる女性たちの目の前を静々と移動していった。未亡人と市長と会葬者を乗せた四台の黒い自動車が続いた。鐘が鳴りはじめると、コクマルガラスが鐘塔からいっせいに急降下した。キツネの毛皮のコートを着た女性がルイスの腕をつかんで、やかましく言い立てた。

「あなたは何をやってるの？　若いのに戦争に行きもしないで、恥ずかしいと思わないのかしら？」

ルイスはこっそり逃げだし、横丁を縫って市場とおぼしき方角を目指した。

コーヒー豆の香りに引き寄せられて、彼は弓形張り出し窓の正面で立ち止まった。店内の棚には枝編み細工の小さな籠が並んでおり、さまざまな茶葉がこんもりと山になっていた。ラベルに書かれたダージリン、キーマン、ラプサンスーチョン、ウーロンという名前が、彼の空想を神秘的な東洋へ誘った。下のほうの棚には各種のコーヒーが並んでいた。暖かさを感じさせる茶色い豆のひと粒ひと粒が、黒人娘の茶色い唇のぬくもりを思わせた。

籐で編んだ小屋と眠気を誘う海を夢想していたら肉屋の荷馬車が通りかかった。そして、「ぼやぼやすんな！」という御者の怒鳴り声とともに泥水が跳ね上がり、ルイスの尻をびしょ濡れにした。

エイン通りへやってきた彼は、パーベリー・アンド・ウィリアムズ紳士用品店の前で立ち止まり、ショウウィンドウに飾ってあった千鳥格子のツイード帽子に見惚れた。

ミスター・パーベリー本人が扉口に立っていた。振り子を思わせる物腰の人物で、油で固めた黒髪がいく房か頭にまとわりついていた。

「店内をご覧ください、お坊ちゃま！」笛を吹くような声が響いた。「見るのはただですから。よく晴れた春のこの朝、何かお気に召した品はございましたか？」

「あの帽子」とルイスがつぶやいた。

店内は油布と灯油の匂いがした。ミスター・パーベリーはショウウィンドウから帽子を取り、値札に五シリング六ペンスと書いてあるのを確かめてから、「六ペンスお引きしますよ！」と言った。

ルイスはポケットを手探りして、フロリン銀貨のぎざぎざの縁を親指でなぞった。給料をもらったばかりなので、一ポンド相当の銀貨を持っていたのだ。

ミスター・パーベリーは帽子をルイスの頭に載せて、姿見の正面に案内した。サイズはぴったりだった。とてもしゃれた帽子である。

「この帽子をふたつください」とルイスが言った。「ひとつは弟にあげたいんで」

「いいお兄さんですね！」ミスター・パーベリーはそう言うと、店員に楕円形の帽子箱を取り下ろしてくるよう命じた。彼は店にある帽子をぜんぶカウンターに並べたが、同じ色柄の品はなかった。ところがルイスは、「いや、どうしても同じ帽子じゃないとだめなんで」とあくまで言い張ったので、店主はついに業を煮やした。そうして「ずいぶん生意気なことを言ってくれるじゃないか、この若造め！　おまえなんかにつきあってる時間はないんだ。出て行ってくれ！」とまくしたてた。

午後一時。ルイスはお腹が空いたので、シティー・アンド・カントリー食堂を覗き込んだ。「お席はすぐに用意できるわ、五分だけ待ってね」とウェイトレスが言った。彼はメニューボードを見て、ステーキとキドニープディングがうまそうだな、デザートにはジャム入りのローリーポーリーも注文しよう、と思った。

あごに無精ひげを生やした農夫たちが、大量の脂肪《スエット》を使ったブラックプディングをもりもり食べていた。ひとりの紳士が、注文した品がこないと言ってウェイトレスをからかった。おしゃべりのざわめきに混じって食器がガチャガチャふれあう音が響き、調理場とホールをつなぐ窓口では悪態が飛び交った。揚げ油とタバコの匂いがホールを満たしていた。一匹のぶち猫が客たちの足元を縫うように歩き回った。床に敷き詰められたおがくずには、ところどころビールが染みこんだ跡があった。

さっきの、だらしない感じのウェイトレスが戻ってきた。そして、にやにやしながら両手を尻に当てて、「さあ坊や、こっちよ！」と言ったので、ルイスは恐れをなして店を飛び出した。

彼は結局、街頭の物売りから肉入りの菓子パンを買い、ひどく憂鬱な気分に襲われて、婦人服店の軒下で雨宿りした。

ティーガウンを着たマネキンが青いガラスの目で雨の街路を見つめていた。奥には、王と王妃とともにクレマンソーが写っている写真が掛かっていた。

菓子パンにかじりつこうとした瞬間、震えが来た。自分の指先がみるみる白くなっていくのがわかった。弟が危ない、と気づいた彼は駅を目指して走った。

フルレン行きの汽車が一番線に止まっていた。

コンパートメントの中は暑くて風通しがなく、窓ガラスが曇っていた。彼は歯がガチガチいうのを止められなかった。シャツの中で鳥肌が立っているのがわかった。

頬を輝かせた娘が入ってきて籠を置き、反対側の席に腰を下ろした。ホームスパンのショールをとり、帽子も脱いで脇に置いた。とても暗い午後だったので電灯が点いていた。汽笛が鳴り、汽車がごつんと動き出した。

ルイスは曇った窓ガラスを袖で拭き、娘の血色の良い顔が映ったガラスの向こうを飛び去っていく電信柱を数えた。

「熱があるんじゃないですか?」と娘が言った。

「いいえ」とルイスが答えた。「弟が凍えているんです」彼は振り返らずにそう言った。

彼はもう一度窓ガラスを拭いた。犂で耕された畑のあぜ溝が車輪のスポークさながら、次から次へと飛び去った。分水丘《ケフン・ヒル》の植林地が見え、雪に覆われた黒ヶ丘が見えた。ルイスはドアを開け、いつでも飛び降りられる体勢で、汽車がフルレン駅に入り、完全に止まるのを待った。

「何かお手伝いしましょうか?」背中から娘が声を掛けた。

「いいえ」ルイスは振り向いて答え、プラットホームへ駆けだしていった。

〈面　影《ザ・ヴィジョン》〉に着いたのは四時過ぎだった。食堂兼居間《キッチン》にはレベッカがひとりぽつんといて、心ここにあらずといったふぜいで靴下をつくろっていた。

「ベンジャミンを探しに行ってるのよ」と彼女が言った。

「あいつならどこにいるかわかってる」とルイスがつぶやいた。

彼は玄関へ行って濡れた肩マントを脱ぎ、乾いた雨具に着替えた。それから暴風雨帽を深くかぶり、雪の中へ出ていった。


同じ日の朝十一時頃、エイモスは西の方角に目を遣り、「あの雲が怪しい。雌羊たちを丘から下ろしたほうがよさそうだ」とつぶやいた。

羊の出産シーズンは大詰めで、早めに生まれた子羊と雌羊たちは山の上で草を食んでいた。ここ十日ばかり天気はずっと良好だった。ツグミが巣作りをし、狭い谷間のカバノキ林は緑を振りかけたようになった。この時期になって雪が降るとは誰も予想しなかった。

「やっぱり」とエイモスが繰り返した。「あの雲は険悪だぞ」

彼は胸に寒気を覚え、両脚と背中がこわばっていた。メアリーは彼の編み上げ靴とオーバーシューズを準備した。そしてふと、夫は年老いたと感じた。彼は屈み込んで靴ひもを締めた。その拍子に背筋がぐりっとずれて、エイモスは仰向けに椅子に身を投げた。

「ぼくが行くよ」とベンジャミンが言った。

「急いだほうがいい」と父親が言った。「雪が降り出す前に」

ベンジャミンは口笛で犬を呼び寄せ、牧草地を歩いてコッカロフティーまで行った。そこからは急斜面を登る険しい小道をたどった。岩山の頂上までたどりつくと、オオガラスがひと声鳴いて、とげのある低木から舞い上がった。

雲が低く下りてきた。ようやく見つけた羊の群れは、煙霧を梱包した荷物があちこちに放置されているみたいに見えた。それからじきに雪が舞いはじめた。

雪片は大きい毛玉のようだった。強風が巻き起こり、羊の群れに吹きつけて、道を失わせようとした。ベンジャミンは何か黒っぽいものが近くに来たのを感じた。犬が背中に積もった雪を振り払った。首筋に冷たいしずくが垂れてきたと思ったら、帽子が飛ばされていた。ポケットに突っ込んだ両手には感覚がない。足が重くなって一歩も先へ踏み出せそうにない。そう思った瞬間、雪が色を変えた。

雪はもはや白くなく、なめらかな金色を帯びたバラ色になった。もはや冷たくもない。葦の茂みはとがっておらず、ふわふわと柔らかい。ベンジャミンは無性に、この暖かくて肌触りの良さそうな雪にくるまって眠りたいと思った。

膝がぐらついた。兄が耳元で怒鳴っている声が聞こえた。

「歩き続けろ。止まっちゃだめだ。おまえが眠ったら俺は死ぬ」

そう言われたベンジャミンは片足ずつひきずって歩き続け、崖っ縁の岩場まで戻ってきた。ここならば風を除けられる場所があった。犬と一緒に、脚を曲げて横になって眠ることができた。

目覚めると真っ白だった。それが雪の白さではなく、シーツの白さだと気づくまでにしばらくかかった。ベッドの脇にルイスがいた。窓からは春のまぶしい光が降り注いでいた。

「気分はどうだい?」と兄が言った。

「ぼくを置いてけぼりにした」と弟がつぶやいた。

22

ベンジャミンの右手は凍傷になり、しばらくの間、指が一、二本壊死する危険があった。ルイスは弟が完全に治るまでそばにいた。彼は一週間無断で仕事を休んだ。その後、フリドスペンスへ戻ったときには土地管理人がかんしゃくを起こし、この農場は怠け者のたまり場ではないぞと告げて、ルイスをクビにした。

ルイスは恥を忍び、足を痛めて、夕食時に家へたどり着いた。そして食卓の自分の席に腰掛けると、両手で頭を抱えた。

「父さん、すまなかった」一部始終を話し終えてルイスが謝った。

「ふーむ」エイモスがチーズ皿のふたを閉じた。

食器の音と、グランドファーザー時計が時を刻む音以外、静まりかえったまま二十分が過ぎた。「おまえは悪くない」とエイモスがつぶやき、タバコ入れに手を伸ばした。彼はテーブルを立ち、息子の肩に片手を置き、それから火のそばに座った。

次の週のあいだずっと、エイモスは兵役免除審査局のことで思い悩んだ。心中で自分を責め、ルイスを責め、どんな手を打てばいいか考えた。そうして結局、ミスター・アークライトにすべてを打ち明けようと決心した。

アークライト事務弁護士は自分の出自についてはあまり多くを語らなかったが、一九一二年にフルレンで開業する以前は、チェスターに住んでいたことが知られている。郷紳《ジェントリー》の前では快活だが、「下層階級」にたいしては断固とした態度を取る男だった。病身の妻とふたりで〈杉の家〉と呼ばれる擬チューダー様式の一戸建てに住み、芝生にはタンポポが一本も生えていないのを誇りにしていた。彼は、「あの男には少しいかがわしいところがある」と陰口を言われる人物でもあった。

本通り十四番地の事務所の外壁には、彼の名前をローマン体の大文字で彫りつけた真鍮の表札が出ていた。

エイモスは実務研修生に案内されて、模様を浮き出させた壁紙を貼った二階の部屋へ通された。黒い錫製の証書保存箱が縦横に並んだ棚と、『法学会年報』がぎっしり詰まった書架があった。じゅうたんは青い花柄で、灰色のスレート製のマントルピースには旅行用携帯時計が置かれていた。

エイモスは緊張で顔をまっ赤にして、息子たちがいかにふたりではなくひとりの人間であるかを説明した。ミスター・アークライトはその話を聞きながら、革張りの椅子に腰掛けたまま、後ろに手を伸ばしてパイプを取った。

「なるほど!」ミスター・アークライトはあごの先をなでた。そして、吹雪のときの話を聞き終えるとはじかれたように立ち上がり、エイモスの背中をどんと叩いた。

「くよくよ心配することはありません!」と彼が言った。「単純なことです! 同僚と相談してわたしがなんとかしましょう」

さらに彼は、「ご承知かとは思いますが、わたしどもは人食い鬼ではないのです」と言い、冷たくて乾いた手をエイモスにさしのべた。それから彼を表の通りまで見送った。

兵役免除審査がおこなわれる当日は、輝かしい夏の晴天が広がった。五人いる審査委員のうちの四人は意気盛んだった。朝刊各紙は、フランスにおける連合軍の「大勝利」を報じていた。陸軍代表のガッティ少佐が「特段に豪勢な祝勝昼食会」を提案すると、農業用品を扱う商社を経営するミスター・イヴンジョブが賛成し、教区司祭も賛同した。ミスター・アークライトも、じつは「かなりの空腹」を感じていたのだと告白した。

そういうわけで委員たちは〈レッドドラゴン〉亭で上等な午餐を奮発し、クラレットを三本空けて、眠たい気分を抱えて町役場の会議室へ行き、委員長のビッカートン大佐が到着するのを待った。

清掃殺菌剤《ジェイズフルイド》の匂いが充満した会議室には蒸し暑い空気がこもっていたので、天窓の周辺でブンブンいっていた蠅さえも飛ぶのをやめた。ミスター・イヴンジョブは居眠りをはじめた。パイル牧師は若者と犠牲という観念にあれこれ思いを巡らせて、気分を浮き立たせていた。一方、ドアの外の緑に塗られた薄暗い廊下では、兵役免除を願う徴集兵たちが腰掛けて待機し、その周りを巡査が警備していた。

大佐は、ラーケンホープ屋敷でみずからが主催する昼食会をおこなっていた関係で、定刻に少し遅れて到着した。赤らんだ顔をして、上着のボタンホールにバラの蕾を挿した大佐は、前回の委員会で彼自身の狩猟要員をふたり、さらに従者もひとり兵役免除していたので、今回は免除を与えない心づもりだった。

「兵役免除審査は公平でなければなりません」彼は開口一番そう宣言した。「地域共同体における農業の維持に必要な要件は考慮すべきです。ですが、強大で野蛮な敵を殲滅しなければならないのです。そのために軍隊は人員を必要としております！」

「支持します」自分の手の爪を仔細に眺めながらガッティ少佐が言った。最初に呼び出されたのはマウスキャッスル在住の牧大トム・フィリップスで、母親が病気なのと、自分以外に羊の面倒を見る者がいないことについて、低い声で不明瞭に説明した。

「大きな声で話したまえ！」大佐が口をはさんだ。「君の話は一語も聞き取れない」

ところが若者の話しぶりが依然として要領を得なかったので、大佐はついに業を煮やした。「ヘレフォード兵舎に、五日以内に出頭すること」

「はは、はい！」若者が答えた。

その次に審査委員たちの前へ出たのは、青ざめた顔色の若者で、自分は社会主義者でクエーカー教徒だと大きな声で述べた。それから、軍事訓練と自分の良心の間に妥協点を見いだすことが決してできない、とも語った。

「その場合は」と大佐が口を開いた。「早寝早起きを励行するよう、君に強く助言します。そうすればじきに君の良心は出しゃばらなくなる。審査終了。ヘレフォード兵舎に、五日以内に出頭すること」

双子は大佐が微笑んでくれるのを期待していた。彼はふたりが三歳のときから知っているのだから。ところがふたりが扉口に顔を見せても、大佐の顔は無表情のままだった。

「ひとりずつ入室してください！　ふたり一緒に入ってはいけない。左側の君がまず入ってください。もうひとりは後ろへ下がって！」

ルイスが審査委員の前に歩み寄ろうとすると床板がぎしぎし鳴った。彼が口を開く前にミスター・アークライトが立ち上がり、大佐の耳元に何かささやいた。大佐は「ああ！」とうなずき、祝福の気持ちを込めて、「免除を許可します！　次の方、どうぞ！」と言った。

ベンジャミンが恐る恐る入室すると、ガッティ少佐が上から下までじろじろ見て、「この男は必要です！」とおごそかな調子で告げた。

後々思い出してみると、その先は大筋しか頭に残らなかった。しかし彼は、教区牧師が身を乗り出して、連合軍が掲げる大義の神聖さを君は信じますか、と尋ねてきたことだけは鮮明に記憶していた。ベンジャミンは自分の声が、「あなたは神を信じているのですか?」と反問したのを覚えている。

教区牧師の頭が、驚いためんどりみたいにきゅっと伸びた。

「何を言うかと思えば、無礼もはなはだしい! わたしは聖職者ですぞ。わかっているんですか、君は?」

「でしたら、第六の戒律を信じていますか?」

「第六の戒律?」

「『殺してはならない』!」

「何を生意気な!」ガッティ少佐が眉を上げた。

「無礼にもほどがある!」ミスター・アークライトが尻馬に乗った。大佐が決まり文句を告げたときには、ミスター・イヴンジョブがついに居眠りから目を覚ました。

「本審査委員会は君の申し立てについて慎重に審査した結果、国王陛下の軍隊における兵役免除を与えることはできないと判断しました。ヘレフォード兵舎に、五日以内に出頭すること!」


メアリーは、クロフサスグリのジャムを入れた広口瓶を密封するために蜜蠟を温めていた。食堂兼居間《キッチン》には果物が煮詰まった香りが溢れていた。中庭に馬のひずめの音が聞こえた。彼女はルイスのむくんだ顔を見て、彼の弟に起きたことを知った。

「ぼくは行くよ、ママ」ベンジャミンが静かに言った。「戦争はほとんど終わったようなものだから」

「そうでもなさそうよ」と彼女が言った。

その日の夜は蒸し暑く、風がそよとも吹かなかった。若い雌牛の周囲にユスリカの蚊柱がいくつも立った。牛糞が落ちる音が聞こえ、果樹園のあたりでガチョウが騒がしく鳴く声が聞こえた。牧羊犬が尻尾を垂れて、音を立てずに小道を歩いた。テンニンギク、フクシア、バラ——庭の花々はそれぞれに、紫や黄色や赤い花を咲かせていた。メアリーにはどうしても、ベンジャミンが生きて帰ってくるとは思えなかった。

彼女は、エイモスが弱いほうの息子——彼女のお気に入りの息子——を犠牲にしたのだと信じ込んだ。ミスター・アークライトがエイモスに選択権を与え、エイモスが、ひとりで生き残る力があるルイスのほうを選んだ、と信じ込んだのだ。

エイモスが玄関へ入ってきて帽子を掛けた。彼は口ごもりながら何か説明しようとしたが、メアリーは取り乱して金切り声を上げた。「嘘を言わないで、人でなし!」

彼女はエイモスを殴りたかった。顔につばを掛けてやりたかった。エイモスは彼女の剣幕に圧倒されて、日射しが翳っていく部屋の中に突っ立っていた。

メアリーが小ロウソクでランプに火を灯した。芯が燃え上がった。緑のガラスの笠を戻すと、ランプの光が結婚写真を明るく映し出した。彼女は壁からその写真をはずして、額縁ごと床にたたきつけた。そしてそのまま二階へ上がってしまった。

エイモスはしゃがみ込んだ。

額縁がばらばらに壊れ、ガラスは砕け、台紙が歪んだが、写真そのものは無傷だった。彼はガラスの破片をちり取りに掃き集めた。それから額縁の破片を拾い集め、元の形に直せないか試みた。

メアリーは服を着たまま、かつてサムじいが使っていたわらぶとんの上で眠れぬ一夜を過ごした。月の手前を群雲がいくつも横切っていった。朝食の時間が来る頃には、彼女は搾乳場に閉じこもった。エイモスと顔を合わせずにすむならどこでもよかったのだ。ベンジャミンがやってきて、母親がバター製造用の攪乳器のクランクを所在なげに回しているのを見つけた。

「パパにつらく当たらないで」彼女の袖に触りながらベンジャミンが言った。「パパのせいじゃない。ぼくが悪かったんだ」

メアリーはクランクを回し続けた。「あなたは何もわかってないのよ」

ルイスは、自分が代わりに行くと言い出した。誰にもわかりゃしないんだから、と。

「だめだ」とベンジャミンが言った。「ぼくがひとりで行く」

彼は勇敢だった。手荷物をまとめ、きちんと整頓してズック製の袋に入れた。兵営へ出頭する日の朝、彼は朝日に目を細めながら、「迎えが来るまで行かないことにした」と言った。

エイモスは、ふたりの息子たちをラドノーの森の奥に隠したらどうだろうと言った。メアリーはあざわらうように、「あなたは警察犬《ブラッドハウンド》というものを知らないみたいね」と言った。

九月二日、クリンプとバニスターという名前の巡査ふたりが〈面影《ザ・ヴィジョン》〉に車で乗りつけ、納屋の大規模な捜索を開始した。まもなくベンジャミンが母屋から歩いて出てきたので、ふたりは大いに拍子抜けしたようだった。ベンジャミンは青ざめた顔にかすかな微笑をたたえ、手錠を受けるつもりで両手首を差し出した。

一晩独房で過ごした後、彼はフルレンの下級判事の前に出た。判事はベンジャミンを兵士と「見なして」、出勤不履行の罰金として二ポンドの支払いを命じた。それから下士官が彼の身柄を受け取り、汽車でヘレフォードへ連れて行った。

〈面影《ザ・ヴィジョン》〉では皆がベンジャミンの消息を知りたがったが、一通の手紙も届かなかった。一ヶ月後、ルイスが体感した兆候から判断すると、軍隊は彼の弟を訓練しようとする努力を放棄して、暴力を使いはじめたようだった。

ルイスの尾てい骨が痛むと、兵営の下士官たちがベンジャミンを後ろ手に縛り上げて練兵場を歩かせているのだとわかった。両手首が痛むと、ベンジャミンがベッドの枠に縛りつけられているのだと知れた。胸に湿疹ができると、ベンジャミンの乳首に焼灼薬が塗られているのだとわかった。ある朝、ルイスが鼻血を出し、日没まで出血が止まらなかった。その日、ベンジャミンはボクシングのリング上に立たされ、左からのストレートパンチを顔に連発で浴びせられたのだった。

やがて、十一月の小ぬか雨が降る朝、戦争が終わった。ドイツ皇帝とその一味が「九柱戯《スキットルズ》の木柱のように倒れた」のだ。かくして世界の民主主義は安泰になった。

ヘレフォードの通りではスコットランド人たちがバグパイプを演奏し、ジャム工場がサイレンを鳴らし、機関車は汽笛を鳴らした。ウェールズ人たちは町を練り歩いてハーモニカを吹き鳴らし、「わが父祖の土地」を合唱した。ダーダネルス海峡侵攻作戦以来耳が聞こえず、声も出なくなった兵士が、新聞社の屋根の上にユニオンジャックがはためいているのを見て、声が出るようになった。だが聴覚のほうはついに元に戻らなかった。

大聖堂では錦繍の大外衣《コープ》をまとった主教が祭壇に立ち、第一日課を読み上げた。「主に向かってわたしは歌おう。主は大いなる威光をあらわし、馬と乗り手を海へ投げ込まれた」

はるか彼方のロンドンでは、国王が黒貂の毛皮の外衣をつけたメアリー王妃とともに、バッキンガム宮殿のバルコニーに立った。

その頃、ベンジャミン・ジョーンズはヘレフォード兵舎の営倉の病室で苦しんでいた。

彼はスペイン風邪をひいていた。

門の外でルイス・ジョーンズが、中へ入れろとわめいていた。彼の目の前に銃剣を持った歩哨が立ちはだかっていた。

23

「不名誉な除隊」以後三ヶ月間、ベンジャミンは農場から出るのを拒んだ。朝遅く起き、屋内に留まって、家の周りの雑多な仕事を少しだけけした。額に鋭い線が幾筋も刻まれ、目の下には黒い隈があった。おまけに顔がチックで引きつった。彼は子ども時代に戻ったようになって、兄のためにケーキを焼くことともものを読むこと以外、何もしたがらなかった。

メアリーは、ベンジャミンがひげも剃らないまま、背もたれつきの木製長椅子にぐったり腰掛けているのを見て、ため息を漏らした。「今日は外へ出て仕事を手伝ってみたら？　いいお天気だし、今頃は羊が出産してるよ、きっと」

「わかってるよ、母さん」

「あなたは羊の出産を手伝うのが好きだったのに」

「そうだったね」

「お願いだから、そこに座ったまま何もしないでいるのはやめて」

「母さん、ぼくはものを読んでるんだ」――だが彼は『ヘレフォード・タイムズ』の広告欄を眺めているに過ぎなかった。

メアリーは、彼が不機嫌なのは自分のせいだと思っていた。息子がこんなふうになってしまったことに罪悪感を覚えるようになったのは、そもそも彼が帰ってきた日に失敗をしでかしたのが発端だった。

その日の朝は霧が濃くて、ヘレフォードからやってくる汽車は到着が遅れた。張り出し庇からつららがずらりと下がり、融けた水滴が板石をぴしゃぴしゃ打った。メアリーは冬用のコートを着込み、両手を毛皮のマフに入れて、駅長の隣で待っていた。汽車が入って来たとき、後ろの二両は霧に隠れて見えなかった。客車のドアが開き、やがて音を立てて閉じた。乗客たちが灰色の人影になってプラットホームに浮かび上がり、改札で切符を手渡し、ぞろぞろと駅を出て行った。メアリーははやる心で微笑みながら、ベンジャミンが出てきたら抱いてやろうと待ち構えて、右手をマフから抜き出していた。ルイスがやにわに飛び出して、ひどくやせた、いがぐり頭の男めがけて走って行った。男は背嚢を引きずっていた。

彼女は大声で、「そのひとは人違いよ、ベンジ……!」と叫んだ。だが彼はまさしく本人だった。ベンジャミンはメアリーのことばを確かに聞いた。彼女はベンジャミンに抱きついた。「あらまあ、かわいそうに!」

ベンジャミンは営倉で起きたことを忘れたかった。そして、なんとしても忘れるよう自分自身に命じていた。ところがベッドのスプリングがきしむのを耳にすると、共同寝室の記憶がよみがえった。

エイモスの鋲革靴がごつごつ音を立てるのを聞いただけで、起床ラッパとともに彼を「連行」しにやってくる伍長を思い出した。

彼は他人の目にさらされるのを嫌って、家族がみなチャペルへ行くときにも家に残った。聖金曜日だけはメアリーがようやく説得して一緒に行った。彼はルイスとメアリーの間に腰掛けたまま、賛美歌には唱和せず、前列の信者席よりも目線を決して上げなかった。

幸い、ミスター・ガマー・デイヴィーズはバラへ戻り、新しくやってきたミスター・オーエン・ナントリス・ウィリアムズははるかにいい人物だった。リムニー谷から移ってきた彼は平和主義者だった。礼拝集会が終わるとすぐ、彼はベンジャミンの腕をとって奥の部屋へ行った。

「聞きましたよ」と彼が言った。「あなたはたいそう勇敢な若者だ。われわれすべての模範です！あの連中のことはもう許してやらなくてはなりません。あの連中は、自分たちが何をしているかわかっていなかったのです」

春が来た。リンゴの花が満開になった。ベンジャミンは散歩に出歩くようになり、顔色も良くなった。ところがある日の夕暮れ、パセリを少し摘みに出たメアリーは、彼がイラクサの茂みに覆いかぶさるように大の字になって、石垣に頭を打ちつけているのを目撃した。

最初彼女は、息子が何かの発作を起こしたのかと思い、しゃがみ込んで瞳孔と舌を調べたが異状はなかった。そこで息子の頭を膝に載せて、低い声でささやいてみた。

「どうしたの。何があったの。母さんにならなんでも話せるでしょう」

ベンジャミンは起き上がり、服についた汚れを払ってつぶやいた。「なんでもない」

「なんでもない?」母親の嘆願するような声を尻目に彼は歩き去った。

メアリーは少し前から、ルイスが農作業から帰宅するたびにベンジャミンが怒ったような顔を見せるのに気がついていた。夕食後、彼女はルイスに肉皿を裏の炊事場へ持っていくよう命じ、その背中に鋭く問いかけた――「ベンジャミンとの間に何かあったんでしょう? 言いなさい」

「え、知らないよ」ルイスが口ごもった。

わかった、と彼女は思った。女の子だわ!

エイモスは隣接する二区画の牧草地を賃借した。そうして肉牛の頭数を増やす前に、ヘレフォード種の種馬を見てくるようルイスに命じて、グラン・イソンに近い農場に付設された種馬飼育場へ行かせた。

その帰り道、ルイスはラーケンホープ屋敷の所有地を突っ切って近道をした。湖に沿って歩いた後、両側が絶壁になった峡谷へ入り、粉挽き場があるところまで川岸を遡った。空は霞み、ブナの木立から緑の葉が萌え出していた。小道から見上げると、コウモリの悪臭がする装飾岩屋《グロット》があった。伝説によれば、ビッカートン家の先祖が隠者を雇ってこの岩屋に住まわせ、日々髑髏を見つめさせたのだという。

目を下に向けると、流れの中程の岩にしぶきが上がり、深緑色のよどみの中で大きなマスが悠然とひれを翻していた。鳩がクークー鳴いた。キツツキがたてるトクトクという音も聞こえた。

ところどころ冬場の増水によって小道が流されていたので、気をつけて足場を選ばなければならなかった。両岸の灌木に小枝や枯れ枝がたくさんひっかかっていた。断崖をよじ登った。少し下流の斜面には、一面の苔を押し上げてスズランが何株か生えていた。彼は腰を下ろして、木の枝越しに川を見下ろした。

上流にはトネリコの若木がたくさん生えていたが、まだ葉は出ていなかった。木々の根元にはブルーベル、広葉ニンニク、そして、緑の尖った花をつけたトウダイグサが密生していた。

川の流れの音に混じって、突然女の歌声が聞こえてきた。声は若く、歌はゆっくりと悲しげだった。灰色の服を着た娘がブルーベルの下生えを踏んで下ってきた。その娘が断崖をよじ登りはじめるまで、ルイスは金縛りに遭ったように動けなかった。娘の頭が彼の足のところまで登ってきたところで声を掛けた。「ロージー！」

「わあ、びっくりした！」息を切らした彼女はルイスの隣に腰を下ろした。ルイスは湿った苔の上に上着を広げた。彼は黒いズボン吊りをつけて、ウールの縞地のシャツを着ていた。

「仕事帰り。歩いて通ってるのよ」彼女は悲しみで眉をしかめたような顔をしていた。ルイスは、この二年ほどの間に彼女を襲った悲しい出来事を知っていた。

一七年の冬、彼女の母親が結核で死んだ。兄はエジプトで熱病で死んだ。その後、戦争が終わろうというときに、ボビー・ファイフィールドがスペイン風邪で命を落としたのだった。ロージーがひとりぼっちになってしまったのを知ったミセス・ビッカートンは、彼女を屋敷の小間使いとして雇った。だが大きな屋敷は恐ろしいところだった。階段の踊り場にライオンがいたばかりではない。他の召使いたちが彼女をいじめ、執事は食料室で彼女を手込めにしようとした。

ミセス・Bは悪くないひと、と彼女が言った。あのひとはレディだよ。でも大佐はほんとに嫌な奴……それにあの、ミセス・ナンシーときたら！　だんなさんに死なれて、やけに取り乱してるけど、してることは他人のあら探しばっかり。あら、あら、あら探し！　あのひとってば犬を何匹も飼っててね。これがまた最低最悪の生き物なの。きゃん、きゃん、きゃんって！

彼女は恨みで目を輝かせながらしゃべり続けた。そうこうするうちに日が傾いて、トネリコの影が川面を覆った。

ミスター・レジナルドもひどい奴！　ミスター・レジーにはほとほと手を焼いてるんだ。目のやり場がないんだもの。戦争で片脚をなくしてるんだけど……あっちの虫がおさまらないの！　朝食のときでもおかまいなし。あたしが朝食のトレイを持って上がると、ベッドに引きずり込もうとするんだから……。

「シーッ！」ルイスが唇に指を当てた。ふたりがいる真下にマガモのつがいが舞い降りた。岩陰のよどみで雄が雌に背乗りしている。雄の頭部はつやつやした緑色だ。

「わあ！　なんてきれいなんだろう！」ロージーが拍手をすると鳥たちが驚いて、上流に向かって飛んでいってしまった。

彼女はルイスに、子どもの頃、ここで一緒に遊んだよねと言った。

彼は歯を見せて笑った。「谷間のプールの脇にいたのを見つけられちまった。覚えてるかい?」

彼女は急にのけぞってしわがれた笑い声を上げげた。「マツヨイグサ、覚えてる?」

「もういっぺん探しに行ってもいいよ、ロージー!」

彼女は一瞬、ルイスの困惑して張りつめた顔を見つめた。「行けないよ」彼女は彼の手をぎゅっとつかんだ。「まだだめ、行けないよ」

ロージーは立ち上がって、スカートについた枯葉を払い落とした。それから、金曜日なら会ってもいいとつぶやいた。彼女は頬で彼の頬にさっと触れて立ち去った。

それ以後、ふたりは毎週一回装飾岩屋《グロット》の前で待ち合わせて、森の中を歩き回るようになった。ベンジャミンは兄の挙動を見ているだけで何も言わなかったけれど、すべてを理解していた。

七月の半ば、ルイスとロージーはフルレンで落ち合って国民平和祝賀会を見に行くことにした。教区教会で感謝の礼拝があり、ラーケンホープ屋敷ではスポーツ大会がおこなわれるのだ。

「行きたくなかったら行かなくてもいいぞ」ルイスがネクタイを締めながら、鏡に向かって言った。

「行くよ」とベンジャミンが返した。

24

祝賀会の日は朝から日射しが強かった。町のひとびとは早起きして玄関の石段を洗い、ドアノッカーを磨き、ロープでつないだ多数の国旗で窓を飾った。九時までには、今回の祝祭を実務面で推し進めてきたミスター・アークライトがやってきて、あちこちの段取りが予定通り進んでいるかチェックした。硬く糊付けしたカラーをつけているせいで首をひねる動きが鳥みたいだった。彼はホンブルグ帽の縁に指を当てて、見ず知らずのひとすべてに向かって、楽しい休日をとあいさつした。

彼の「ゆきとどいた目配り」の下で、町役場の正面は戦勝記念品やたくさんの小旗で趣味よく飾られた。大時計の基部にサルビア、ロベリア、リトルドリットの花々を植え込んで、愛国心をあらわした花壇をこしらえようと思いついたのはわずか一週間前だった。できばえはやや不揃いなようにも見えたが、ミスター・イヴンジョブは「天才的なひらめき」の賜物だと誉めたたえた。

本通りの向こう側の端――そこは戦没者記念碑を建てるために空けてあった――に木製の簡素な十字架が立てられ、基部の盛り土にはフランドルのケシが植えられた。ガラスをはめ込んだケースが設置され、「至高の犠牲」を捧げた〈三十二勇士〉の名前が記された、羊皮紙の巻物が収められた。

ジョーンズ家の双子が教会に到着したときには、感謝の礼拝はすでに終わっていた。元兵士たちのバンドが『山の乙女』から選んだ曲を演奏し、ラーケンホープ屋敷をめざす祝勝行進の隊列がしだいに整いつつあった。

ビッカートン家のひとびとと従者たちの一行は、一足早く自動車で教会を出発して屋敷へ戻った。「自然に生じた寛大な行為」——ということばはミスター・アークライトの表現だったが——によってビッカートン家は「門戸と心を一般大衆に開放」し、帰還した英雄たちとその妻や恋人たちのために、そして、七十歳を越えた教区の住民たちのために、特別な昼食会を催すことになった。その他すべての来訪者のためには無料食堂が開設される。スポーツ大会と山車行列《ページェント》は三時に開始される予定である。

午前中の時間、農夫たちとその家族が三々五々町へやってきた。復員した兵士たちが胸に勲章をつけ、娘たちと腕を組んで、気取って歩いていた。「奔放な種類の女性たち」——これもまたミスター・アークライトの表現だ——が「不体裁なドレスを着用して」いた。農家の婦人たちは花飾りがついた帽子をかぶり、小さな娘たちはケイト・グリーナウェイの絵に出てくるようなボンネットをつけ、男の子たちはセーラー服と縁なし帽をかぶっていた。

大人の男たちはもっとさえない外見で、黒い上着に山高帽といういでたちがほとんどだが、パナマ帽やストライプのブレザーを着たひとがときどき混じっていた。

双子はお揃いのブルーのサージのスーツを着ていた。

薬局の店先に悪童たちがたむろして、ベルギー難民の男に豆鉄砲を飛ばしていた——「めるしーぼーく、むっしゅー！　ぼんじゅーあ、むっしゅー！」

「あんなふうにおもしろがってますが」男がこぶしを振り回した。「じきにあの子たち泣きを見ることなりますよ！」

ベンジャミンは公の場所へ出てきたのは間違いだったと後悔し、人目につかないようにしようとしたが、無駄な抵抗に終わった。ルイスが人混みをかき分けてずんずん前へ進み、ロージー・ファイフィールドを探し回っていたからである。だがさすがに、クリンプ巡査が群衆を離れて近寄ってきたときには、ふたりは隠れようとした。

「やあやあ！　ジョーンズ家の双子君ですな！」彼は太い声でそう言いながら額の汗をぬぐい、ルイスの肩を手でつかんだ。

「ベンジャミンはどっちかね？」

「俺です」とルイスが言った。

「わたしから逃げられると思ってはいかんよ、山猿君！」制服の銀ボタンにルイスをぎゅうぎゅう押しつけながら、巡査がからから笑った。「大いに元気そうでなによりだ！　悪く思うなよ、な？　ヘレフォードにはどえらいならず者がたんといるからなあ！」

すぐ近くでミスター・アークライトが、陸軍婦人補助部隊のカーキ色の制服を着た、人目を引く女性士官と話し込んでいた。彼女は行進をおこなうさいの順序について苦情を述べていた。「違います、ミスター・アークライト！　赤十字の看護師をこきおろしたいわけではないのです。わたくしはただ、わが国軍の一体性を主張しているわけで……」

「あのふたり、わかりますか？」と事務弁護士が口をはさんだ。「兵役逃れです！　この場に顔を出すとは厚かましい！　鉄面皮とはあの連中のことです……！」

「いいえ」彼女は相手の言うことを聞いていなかった。「うちの女性隊員が、陸軍の男性部隊の後ろか前を行進するのが問題であるとおっしゃるなら……いっそのこと、並んで行進すればいいのですよ！」

「おっしゃるとおりです！」事務弁護士はあいまいにうなずいた。「ですが、われわれの後援者であるところのミスター・ビッカートンは、赤十字社フルレン支部の支部長でいらっしゃるので……」

「ミスター・アークライト、要点はそこではありませんよ。わたくしは……」

「ちょっと失礼します」彼は、教会の中庭を取り囲む塀を背に、松葉杖を支えにしてたたずむ老人を見つけた。そして、「ロークス・ドリフトの戦いの生存者だ！」とつぶやいた。「失礼させてください。ひとことご挨拶しなければならない方がお見えになったので……」

その生存者はゴズリング特務曹長、ヴィクトリア十字勲章の受勲者である。彼は地元の名士で、今日のような式典の場にはいつも南ウェールズ境界地方連隊の緋色の礼装軍服を着用して姿を見せた。

ミスター・アークライトは人混みを縫ってゴズリング特務曹長の前まで行き、ひげを生やした口を相手の耳元へ近づけて、「フランドルの野にて」を話題にして陳腐なことばを聞かせた。

「えっ、何ですと？」

「『フランドルの野にて』という詩がありましたね、と申し上げたんです」

「ああ、兵士が戦って死ぬのはたいてい野原じゃよ！」

「じいさん、ぼけたかな」彼はつぶやき、陸軍婦人補助部隊の女性士官の背後へ回り込んだ。

一方、ルイスは誰彼となく出会う相手に、「ロージー・ファイフィールドを見ませんでしたか？」と尋ねた。彼女はどこにもいなかった。水兵と腕を組んで歩いている娘が彼女そっくりに見えたのだが、振り返った顔を確認したら〈ブナの木〉のシシー・パントルだった。

「あら人違いよ、ミスター・ジョーンズ」シシーが驚いた声で言ったが、ルイスの目はむしろ、水兵のあごのブルドッグみたいな垂れ肉に釘付けになった。


十二時二十分、ミスター・アークライトがホイッスルを三回吹いた。それを合図に、平坦なほうの道を経由してラーケンホープ屋敷へ向かう祝勝行進が出発した。

少年聖歌隊を先頭にボーイスカウト、ガールガイド、勤労少年の家の入居者たちが歩きだした。次に消防士と鉄道作業員が続き、鋤を担いだ農業支援婦人会の会員と、ユニオンジャックを海賊みたいに髪に巻いた資材調達婦人会の女性たちが行進した。オッドフェロー共済組合も少人数の代表団を参加させた。赤十字のリーダーは、イーディス・キャベル看護師と愛犬を刺繍で描いた旗を掲げていた。その後ろに——激論のあげくこの順番に納まったのだ——陸軍婦人補助部隊が続いた。その次にブラスバンド、さらに後ろに名誉ある勇士たちが行進した。

最後尾には恩給受給者や傷痍軍人を十人あまり乗せた大型の無蓋車がやってきた。スカイブルーのスーツに深紅のネクタイをしめた彼らは、群衆に向かって松葉杖を振って見せた。アイパッチをしているひとが何人かいた。眉毛やまぶたを失ったひとや、手や足を失ったひとも混じっていた。大型無蓋車がキャッスル通りをゆっくり移動していく後ろには、見物人が押し合いへし合いして続いた。

無蓋車がビッカートン記念碑まで来たとき、誰かがミスター・アークライトの耳元で、「砲手がいませんね？」と叫んだ。

「ああ、なんたること。次から次へと」と彼が声を上げた。「砲手を乗せるのを忘れたぞ！」

そのことばが発せられるやいなや、房つき帽子をかぶった男子生徒がふたり、教会へ向かって突っ走っていくのが見えた。

その二分後、同じ生徒たちが柳枝製の車椅子を猛スピードで押しながら戻ってきた。車椅子には制服を着て背中を丸めた人影が乗っていた。

「砲手のために道をあけてください！」生徒の片方が叫んだ。

「砲手のために道をあけろ！」――パッシェンデールの戦いにおいて部隊長の命を救ったフルレンの英雄を通すために、群衆が道をあけた。

「砲手バンザイ！」

砲手の唇は紫色で、灰白色の顔は太鼓の皮のように張りつめていた。子どもたちが紙吹雪を投げると、左右の目が恐怖におびえてぐるぐる回った。

「ふるるる！　ふるるる！」車椅子から下りようとして身もだえしながら、砲手が喉の奥でごろごろいう音を立てた。

「かわいそうに！」ベンジャミンが誰かの声を小耳にはさんだ。「まだ戦争が続いてると思っているんだ」


一時を少し過ぎた頃、行列のリーダーたちは、屋敷の北門の門番小屋からあたりをにらみすえる、ライオンの石像を通過した。

ミセス・ビッカートンは当初、昼食会をダイニングルームで開くつもりでいた。ところが執事が強硬に反対したので、今は使っていない室内高等馬術訓練所に会場を変更した。戦争経済に協力するため、大佐はしばらく前にアラブ種の馬の繁殖を中止していたのである。

彼女はまた、家族一同にくわえて屋敷の滞在客とともに、昼食会に出席しようと決めていた。ところが主賓のヴァーノン＝マレー准将がこの日の夕刻、アンバースレイドへ帰らなくてはならないと言い張っていた。貴重な時間を一日無駄にして庶民とともに過ごすのは我慢ならない、というのが理由だった。

ビッカートン家が欠席とはいえ、申し分なくすばらしい昼食会になるのは間違いなかった。

訓練所内部の長さを一杯に使って、架台式テーブルが二連設置され、輝くばかりの真っ白なテーブルクロスが掛けられた。そのどちらにもスイートピーのブーケが飾られ、甘党向けにチョコレート各種とプラムのシロップ漬けが載った皿が用意された。ところどころに置かれたえくぼつきのタンカードには、セロリのスティックがぎっしり挿してあった。一ヤードおきにマヨネーズ、ピクルス入りの広口瓶、ケチャップのボトル、それからオレンジとリンゴを積み上げたピラミッドが配置されていた。第三のテーブルはビュッフェ台である。重さで天板がしなうほど料理が並び、肉を切り分け、料理を取り分ける係の者たちが大勢待ち構えていた。フリルにした紙できれいに飾った、骨付きモモ肉の生ハムが二本。香ばしいビーフの薄切りロール。冷ましたローストターキー。ボローニャソーセージ、豚肉煮《ブローン》、ポークパイ。グリッサンド記号のように並んだキュウリのスライスを添え、レタスの芯の上に載せた、ワイ川で獲れた鮭も二尾鎮座していた。

子牛足のゼリーは一鉢分、砲手のためにすでに取り分けてあった。

背後の壁面には、アラブ種の種馬の肖像画がずらりと掛かっていた。ハッサン、モフタール、マフムト、オマール。ラーケンホープ種馬飼育場が誇りとした、いずれ劣らぬ馬たちである。天井に近いところに、〈ありがとう、英雄たち〉と赤く書いた横断幕が掲げられていた。

エールとサイダーのピッチャーを持った娘たちが、英雄たちのグラスを常に満たしておくよう奉仕した。一同の笑い声は湖まで届いた。

ルイスとベンジャミンはセルフサービスの無料食堂で鶏肉カレースープを食べてから、低木の植え込みがあるあたりをぶらぶら歩き、ときどき立ち止まっては他の連中とおしゃべりした。天気が肌寒く変わりつつあった。女性たちはショールを掛けて震え上がり、黒ヶ丘を覆い尽くそうとする真っ黒な雲を見ていた。

ルイスは庭師のひとりをつかまえて、ロージー・ファイフィールドを見なかったか尋ねた。

「ロージー？」男は頭皮を掻いた。「ロージーなら昼食会の給仕をやってるんでねえかな」

ルイスは馬術訓練所の建物まで戻り、両開きの扉に殺到しているひとびとをかき分けてホール内に入った。スピーチがちょうどはじまるところだった。ポートワインのデカンタが卓上でみるみるうちに空になっていった。

テーブルの中央に座を占めたミスター・アークライトは開口一番、この場に列席していないビッカートン家のひとびとのために乾杯を捧げてから、自分の式辞をはじめたところである。

「今や剣は鞘に収められたのでありますから」と彼は語りはじめた。「一九一四年の夏、ヨーロッパ政治の青空に人間の手の平よりも小さな雲があらわれたのを、何人の方が記憶しておられるかわかりません……」

「雲」ということばを聞いて天窓を見上げたひとが二、三人いた。天窓からはついいましがたまで光が射し込んでいた。

「雲はどんどん大きくなり、ヨーロッパのほぼ全土、いや、世界の至るところにまで、死と破壊を雨のように降らせました……」

「ぼくは帰るよ」ベンジャミンがルイスを肘でそっと突いた。

ヘレフォードの兵舎でベンジャミンに暴行を加えた下士官のひとりが、タバコの煙の向こうから横目でじろじろ見ていたのだ。

「まだだ!」とルイスがささやいた。ミスター・アークライトが声を上げて、わななくようなバリトンで続けた。

「巨大な軍事力で権力を掌握し、軍事力に乏しい国々の国境侵犯はしないという誓いを忘れ果てて、ベルギーの国を引き裂いたのであります……」

「あのベルゲー人はどこへいった?」誰かが声を上げた。

「……都市を、町を、村を焼き払い、勇敢なる彼の地の住民を迫害したのです……」

「でもこの男は生き残ったぞ!」誰かがベルギー難民の男を前に押し出した。彼はベレー帽をかぶり、疲れ切ったようにぼんやりと突っ立っていた。

「ベルゲー、バンザイ!」

「ところがドイツ兵は、英国人の属性として知られる正義と節操において高く評価されているわけではない……かくして高潔なる英国の腕力が天秤をぐいと傾けて、彼らを倒したのであります……」

下士官の目がぎゅっと細められて、一対の危険な裂け目と化した。

「ぼくは帰るよ」ベンジャミンはそう言って、扉口のほうへじりじり後ずさりした。

演説者は咳払いをして話を続けた。「今は、わたしのような一市民に過ぎない者が戦争の経過を得々と語るべき時ではありません。輝かしい少数者である派遣軍の功績については申すまでもないでしょう。彼らは戦地へ飛び込んでいき、凶悪なる敵に立ち向かいました。生きるとはまさに死について学ぶことでありました……」

ミスター・アークライトはメガネ越しに聴衆を見て、自分が繰り出す名文句の数々に彼らが感じ入っているのを確認しようとした。ところが皆があまりにも無表情なので失望した。そして再び原稿に目を落とした。

「キッチナー卿の募兵ポスターが声高に告げた、〈英国は君を必要としている〉というメッセージの功績についても申すまでもないでしょう。たくさんの、実にたくさんの諸君が……」

グレーの服を着た給仕係の娘がサイダーのピッチャーを持ってルイスの近くに立っていたので、彼は彼女に、ロージーを見なかったか尋ねてみた。

「午前中ずっと見なかったわね」と娘がささやき返した。「たぶんミスター・レジーと一緒なんじゃないかしら」

「あ、そう」

「失望を記録する必要はないでしょうが、月が重なり年となっても敵方の甲冑にはひびひとつ見つかりませんでした……」

「傾聴！　傾聴！」例の下士官が声を上げた。

「ここにおられるすべての皆さんが記憶しておられるでしょう。戦争という悪魔が、最も前途有望な青年諸君をいかにして呑み込んでいったかを。怪物はますます勢いを増したのでありました……」

最後のひとことが下士官の夢想をくすぐった。彼は身を震わせ、歯茎を見せて高笑いし、ベンジャミンの顔から目をそらさなかった。雷鳴がとどろいて建物を揺るがした。天窓に雨粒がバタバタと当たり、野外にいたひとびとがホールへ殺到したので、双子はどんどん前に押しやられて、演説者から数フィートのところまで近づいた。

ミスター・アークライトは嵐を無視してしゃべり続けた。「〈英国は君を必要としている〉のスローガンが叫ばれる一方で、Uボートによる商船攻撃は銃後のひとびとの暮らしを飢餓と欠乏に陥れました……」

「当のご本人は何ひとつ困らなかったくせに」そばに立っていた女性がつぶやいた。彼女はおそらく、ミスター・アークライトが闇取引で微罪を重ねていたのを知っていたのだろう。

「シーッ！」――女性はそれ以上何も言わなかった。演説はしめくくりにさしかかろうとしていた。

「かくして正義と高潔が勝利を収め、神の助けを受けて、不誠実で冷酷な敵は打ち負かされたのであります」

雨は屋根をバタバタと叩き続けた。演説者は両手を掲げて拍手に感謝した。だが彼の話はまだ終わりではなかった。「この栄光ある達成において、ここにいるすべてのひとびとが名誉ある役割を果たしました。あるいは、正確を期すならば」と言いさして、彼はメガネを外して冷酷な視線を双子に投げた。そしてその後、「ここにいるほとんどのひとびとが、名誉ある役割を果たしたのであります」とつけくわえた。

ベンジャミンは即座に状況を把握し、兄の手首をぎゅっと握って、扉口へ向かって人混みをかき分けた。ミスター・アークライトは双子が逃げていくのを目で追いながら、たくみに話題を変えて、戦没者記念基金への寄付を呼びかけた。

双子はふたりきりでレバノンスギの根元に立って雨宿りした。

「来るべきじゃなかったんだ」とベンジャミンがつぶやいた。

ふたりは嵐が過ぎ去るまでそこにいた。ベンジャミンは帰りたがったが、ルイスには未練があったので、結局ふたりは山車行列《ページェント》がはじまるまで居残った。

ミスター・アークライトが座長を務める実行委員会は丸四日間かけて、この日の午後の催し物のために「ありとあらゆる手を尽くして」下準備をおこなった。ハードルを設置し、草地に白線を引き、ゴールの正面には帆布製の日除けを設けて、演壇に居並ぶお歴々が直射日光やにわか雨に当たらないようにした。庭園内の座席は復員軍人と恩給受給者のためにとっておくよう段取りし、一般のひとびとはどこにでも腰を下ろせばよいと考えた。

混沌とした雲の塊を涌して、日射しが断続的に輝きを見せた。牧草地の奥のセコイアが小さな森をつくっているそばに、山車行列《ページェント》の参加者たちが集まって、何台もの山車《フロート》に最後の飾り付けを施していた。ミスター・アークライトは落ち着かない顔で時計と空を見比べ、イタリア庭園の門のあたりにもちらちら目を遣っていた。

「もう出てきてもいいはずだがな」ビッカートン家のひとびとがなぜもたもたしているのかわからないので、彼はやきもきしていた。

手持ち無沙汰を紛らわすために、彼はあちこち走り回ったり、ホイッスルを吹いたり、恩給受給者たちを案内したり、砲手の車椅子をこれ見よがしに貴賓席へ押していったりした。

ついに門が開いた。屋敷で昼食をすませた家族と来賓一行が、トピアリー（装飾的に刈り込んだ植木）の間を縫って、珍しい動物たちの群れのように姿をあらわした。

群衆は、赤十字の制服を着た一団の先頭に立って歩いてくるミセス・ビッカートンのために道をあけた。ジョーンズ家の双子を目に留めた彼女は足を止めた。「お母様によろしく伝えてくださいね。今日お会いできたらよかったのだけれど」

ビッカートン大佐は、ふくよかなヴァーノン＝マレー夫人の腕に支えられて、足を引きずりながら歩いてきた。彼女の帽子を飾る極楽鳥の羽根は下向きにカールして、唇の端をくすぐりそうになっていた。青い霧を思わせる、くるぶし丈の薄織物《ボイル》のドレスを着た彼女は、たいそう機嫌が悪そうだった。准将は紫色の顔をした巨漢で、磨き上げた茶色い革帯でがんじがらめに締めつけられているように見えた。地域の名士が何人か後について歩いてきた。最後に出てきたのは、深紅のドレスをまとったビッカートン家の戦争未亡人、ミセス・ナンシーだった。ロンドンからやってきている若者が隣に付き添っていた。

演壇の手前半分あたりまで進んだところで彼女は足を止めた。そうして顔をしかめ、どもりながら

「レ、ジー！　レ、ジー！」と呼んだ。「ど、こへ行ったのかしら？　たった今まで、こ、ここにいたのに」

「今行く！」クジャクの形に刈り込んだ植木の後ろから声がして、濃紺のブレザーに白いズボンを履いた若い男が松葉杖を突いてあらわれた。左足の膝から下がなかった。

男の脇には両肩にひだ飾りのあるメイド服を着た娘が付き添ってきた。娘はまるで常緑樹を背景にしたカササギみたいに目立っていた。

ロージー・ファイフィールドだった。

「だから言ったのに」とベンジャミンが言った。ルイスは小刻みに震えはじめた。

双子は演壇の近くまで行った。壇上では進行役のミスター・アークライトが、来賓たちを座席へ案内しているところだった。

「何かおもしろいことでもあればいいけど」籐製の座がついた椅子を尻の下にあてがってもらいながら、ヴァーノン＝マレー夫人がつぶやいた。

「ございますよ、もちろんです」とミスター・アークライトが答えた。「楽しい出し物をいろいろ用意してございますので」

「それにしてもずいぶんと寒いこと」夫人がまた不愉快そうにつぶやいた。

レジーは演壇の左端の椅子に腰掛けた。ロージーはすぐ目の前の地面に立った。レジーは靴のつま先でロージーの背中にちょっかいを出した。

「紳士淑女の皆さん」ミスター・アークライトが聴衆を静粛にさせた。「本日の栄えあるお客様をご紹介させてください。ヴィミーリッジの戦いの英雄と、令夫人です……」

「ほんとに、寒いったらありゃしないわ」准将が歓呼に答えている間に夫人がまた文句を言った。

准将が口を開こうとしているところへ厩番の少年がふたり、ドイツ皇帝とループレヒト王太子の彫像にさるぐつわをかませ、台所用の椅子にしばりつけたのを運んできた。皇帝の鉄兜のてっぺんには、金色のペンキを塗りたくったカナリアの剝製が取り付けてあった。

准将はわざと怖い顔をして敵をにらみつけた。

「紳士淑女の皆さん」ミスター・アークライトがまた言った。「そして国王の兵士の皆さん。わたしたちは後ほど、これら恥ずべき人間のふたつの典型を焚き火にゆだねる喜びを味わうことになりますのでご期待ください……」

聴衆から喝采が上がった。

「さて冗談はほろほろにいたしまして……」准将がおごそかな身振りで片手を上げて話しはじめた。「本日は記念すべき日れあります。わたくしたちの歴史に末永く残る日れあります……」

「スピーチはなしにする約束じゃなかったかしら?」ミセス・ビッカートンがミスター・アークライトに向かって冷たく言った。

「悲しいかな、大切なひとを亡くされたために、わたくしたちと共に喜ぶわけにはいかないとお考えになる方々が、この場にもおられます。わたくしはそれらの方々に申し上げたい。今やすべて終わったのれすから、一緒に喜んれいたらきたい、と。皆さんの夫君、父上、兄、弟、恋人は皆よき大義を果たして亡くなられた、と記憶していたらきたいのれす」

今度の喝采は小さかった。ミセス・ビッカートンは唇を噛んで山を見つめた。彼女の顔はかぶっている看護帽と同じくらい血の気が失せていた。

「わ…わ…」准将は自分のことばに興奮しているようだった。「わたくしは幸運にも生き延びました。ヴィミーにいました。ワイパーズにも。パッシェンデールにも。恐ろしい毒ガス弾も見ました……」

群衆の目はいっせいに、毒ガスの後遺症に苦しむ五人の元兵士に注がれた。彼らがベンチに並んで腰掛け、咳をしたり苦しそうに息をしているさまは、戦争の恐怖を実演しているかのようだった。

「わたくしたちは不潔きわまる状況下れ戦いました。何日も服を着たきりれ、何週間も風呂に入らぬまま。死傷者の中れも砲兵隊員はとくに悲惨きわまりなく……」

「聞いていられないわ」ミセス・ビッカートンは手で顔を覆った。

「わたくしは負傷して入院していたときのことをよく思い出します。ランス近郊れ大きな戦闘をおこないました。連隊にひとり……詩を書く者がおりました。その男が書き残した二、三行を紹介させてくらさい。わたくしにとっては大きな慰めとなったことばれす」

　ぼくがもし死んだらこれだけは覚えておいてくれ
　異国の野の片隅にそこだけは未来永劫

イングランドである土地が存在する、と

「かわいそうなルパート」ミセス・ビッカートンは夫にもたれかかった。「お墓の中できっと嘆いているわ」

「なんてこった、こいつの話は退屈だぞ！」

「誰かその演説をやめさせてくれ！」

「わたくしたちが愛する国の将来はろうなるのれしょう？」准将は話題を変えた。「いやむしろ、愛する州の将来は？　わたくしたちにとっての急務は、この国のひとびとに食料を与えるのみならず、外国へ純血種を輸出することとれあります。ヘレフォード種の肉牛は今や地球上あらゆるところに広まっています。白人のいるところに白い顔の肉牛あり。皆さんもラーケンホープのヘレフォード種を大いに誇りに思っておられることとれしょう……」

「くだらんことばかりべらべらしゃべりおって」大佐が顔を赤らめてつぶやいた。

「不思議に思いますのは、国中を眺めてみますと劣った動物が実にたくさんいるのれあります……雑種のもの……病気のもの……醜いもの……」

硬いベンチに腰掛けた傷痍軍人たちはもうすでに体がきつそうで、いらいらと落ち着かない様子を見せている。

「唯一の改善策は今日を限りに、劣った動物を除去することとれありましょう。アルゼンチンやオーストラリアれは現在……」

ミセス・ビッカートンは途方に暮れて周囲を見回した。結局、窮地を救ったのはミスター・アークライトだった。山車行列《ページェント》を出発させる時刻が来ていた。山の上空では、嵐の再来を予告する黒いブドウ色の雲が成長しつつあった。

ミスター・アークライトは勇気を振り絞って、ヴァーノン＝マレー夫人の耳元にささやきかけた。彼女はうなずき、夫の上着の後ろ裾を引っ張って告げた。「ヘンリー！　時間よ！」

「何、なんらって？」

「持ち時間終了！」

彼はそそくさと聴衆にしめくくりのあいさつをし、「猟場で近いうちに」皆さんとお目に掛かりましょうと告げて着席した。

引き続いてヴァーノン＝マレー夫人から、「大戦より帰還された皆様全員」に銀のシガレットケースが手渡される贈呈式がはじまった。夫人が演壇から下りていくと会場から大きな喝采が起きた。彼女が砲手に手をさしのべると、車椅子からかぎ爪のような手が伸びてシガレットケースをつかんだ。

「ふるるる！　ふるるる！」砲手が喉の奥でごろごろいう音を立てた。

「ああ、痛ましすぎるわ」ミセス・ビッカートンがため息をついた。

「紳士淑女の皆さん」ミスター・アークライトがメガホンで呼びかけた。「いよいよ本日の午後最大のアトラクションがはじまります。飾り山車《カーニバル・フロート》の趣向比べをご覧いただく時間がやってまいりました。

さっそく第一番の山車《フロート》をご紹介いたします……」彼は手元のプログラムを見た。「ラーケンホープ厩務員有志一同による出し物は……〈オムドゥルマンの戦い〉です!」

額が白いシャイア種の馬が数頭、干し草用の荷馬車を引いて登場した。荷馬車の上では、鉢植えのヤシの木と六人の青年に囲まれたキッチナー卿の活人画が演じられている。青年達は頭のてっぺんからつま先まで墨を塗り、腰にヒョウの皮を巻いたり、パンツ一丁の姿で、銛や投げ槍を振り回したり、大声で叫んだり、胴長太鼓《トムトム》を叩いたりしていた。

観客は叫び返し、折り紙ヒコーキを投げた。ロークス・ドリフトの戦いに生き残った老兵は松葉杖を振り、去って行こうとする山車《フロート》に向かって、「おおい、サンボたち、握手したいぞ!」と大声で叫んだ。

第二番の山車《フロート》には〈ロビンフッドと陽気な仲間たち〉が乗っていた。次にやってきたのは〈自治領〉で、フロゲンドのミス・ベッセルがブリタニアに扮していた。四番目の山車《フロート》は〈働く青年たちによる道化一座〉であった。

ラグタイムピアノの伴奏にあわせて合唱する青年たちが、「ドイツのソーセージ」と「日々のお通じ」で脚韻を踏んでみせると、聴衆は水を打ったように静まりかえった。だがその恐ろしい静寂の中で、レジー・ビッカートンだけはからからと高い声を上げていつまでも笑い続けた。ロージーはエプロンに顔を埋めて忍び笑いを覆い隠した。

一方、ルイス・ジョーンズは彼女にじりじりと近づいていった。彼が彼女の注意を引くために指笛を吹くと、彼女は気づいてにっこり微笑んだ。

最後から二番目の山車《フロート》が〈ウェールズ大公ルウェリンの死〉の活人画を見せると、ウェールズ人のナショナリストたちが声を合わせて歌を歌いだした。

「そこまでにしましょう、紳士の皆さん！」ミスター・アークライトが声を上げた。「歌はそこまで！ありがとうございました」次の瞬間、会場から歓呼の声がわきあがり、全員が起立した。

男たちは口笛を吹いた。女たちは首を伸ばしてもっとよく見ようとしながら、感じ入ったようにつぶやいた。「彼女、きれいじゃない？……きれいよね！……わあ！　小さな天使たちも見て！……なんて素敵なんでしょう！……ほんとにかわいいと思わない？……あら、シシー……見てよ！　あれ、シシーだわ……すごい！　すごい！　どうしてあんなに美しいの？」

「〈ブナの木〉のミス・シシー・パントルが」ミスター・アークライトが感極まったような声音で続けた。「なんとありがたいことに〈平和〉の女神として、今日ここに来臨してくれました！　紳士淑女の皆さん、ご紹介いたします……〈平和〉です！」

真っ白なキャラコの流れるようなひだが、荷馬車の床と側面を覆っている。月桂樹の葉でこしらえた輪が馬車の車輪の上に掛かり、床の四隅を鉢植えのカラーが飾っている。

天使たちの合唱隊が円陣を組み、中心の玉座には純白のチュニックを着た大柄なブロンドの娘が腰掛けて、クジャクバトが入った柳細工の鳥かごを抱えている。彼女の髪は羊毛のように肩に垂れかかり、白い歯は寒さのせいでカチカチ音を立てていた。

特別席の女性たちは黒ヶ丘方面で降り出した滝のような雨を見て、手近に傘がないか探しはじめた。

「もう帰ろう」とベンジャミンが言った。

ミスター・アークライトはヴァーノン＝マレー夫人とふたこと三こと相談して、わかりきった結論を出した。優勝は〈ブナの木〉のミス・パントルの上に輝いた。大喜びの父親は馬車馬たちが円を描くように集合させ、シシーが壇上に上がってトロフィーを受け取った。

観衆の喝采と近づいてくる雷鳴に驚いた平和の鳩は鳥かごの中で大暴れして、翼がずたずたになってしまった。抜けた羽根が風に乗ってロージー・ファイフィールドの足元まで飛んだ。彼女は身を屈めて羽根を二本拾った。顔を赤らめ、微笑みをたたえて、彼女はルイス・ジョーンズの目の前に挑むように立った。

「会えて良かった！」と彼女が言った。「プレゼントがあるんだ」彼女は羽根を一本、ルイスに手渡した。

「どうもありがとう」困惑した微笑みを浮かべてルイスがつぶやいた。そして、弟に止める隙を与えずに羽根を受け取った。彼は、「白い羽根を贈る（＝臆病者の烙印を押す）」という言い回しを聞いたことがなかったのだ。

「兵役逃れ！」と彼女がからかった。レジー・ビッカートンが声を上げて笑い、周辺にいた兵士たちも大笑いした。弱い者いじめの下士官も混じっていた。ルイスは羽根を手から落とした。雨が降り出した。

「スポーツ大会は延期にいたします」ミスター・アークライトがメガホンで告知し、観客はちりぢりになって木々の下へ逃げ込んだ。

シャクナゲの木の下にしゃがみこんだルイスとベンジャミンの首筋に、雨水がぼたぼた落ちた。雨が小止みになったのを見計らって、ふたりは灌木帯の縁づたいに、馬車道めがけてこっそり逃げた。四、五人の兵士がふたりの行く手に立ちふさがった。皆びしょ濡れで、おまけに酔っていた。

「地元でのうのうと暮らしてたのか、おめえは?」例の下士官がルイスに殴りかかってきたが、彼はひょいと身をかわした。

「走れ!」とルイスが声を掛け、双子は灌木帯のほうへ走って戻った。だが小道は滑りやすかった。ルイスは木の根につまずいて泥の中にまともに転んだ。下士官が彼にまたがり、片腕をひねった。別の兵士が、「そいつらのいまいましい鼻面を泥んこで拭いてやれ!」と叫んだ。ベンジャミンがそいつの膝裏を蹴飛ばして、足をぐらつかせた。次の瞬間、世界が回りはじめた。その次にベンジャミンの耳に入ったのは、「自業自得だから放っておけ」とあざわらう声だった。

双子がふたりきりで取り残されたとき、まぶたは腫れあがり、唇に血の味がした。

その晩、分水丘《ケフン・ヒル》に登った彼らは、クロフト・アンブリーでかがり火が燃えているのを見た。クリーでも燃えていた。はるか彼方のモールバーン丘陵にも、かがり火のぼんやりした輝きがかすかに見えた。スペイン無敵艦隊《アルマダ》を敗北させたときに燃やされたのと同じかがり火だった。

砲手は祝賀会が終わるまで生きられなかった。屋敷の作業員が後片づけをしていたとき、柳枝製の車椅子に身を沈めたままの彼を見つけた。誰もが雨宿りしようと必死になっていたとき、彼の存在は忘れられていたのだ。砲手はもう息をしていなかった。指をこじ開けて銀のシガレットケースを取ろうとしたが、あまりにも強い力で握りしめていたので、作業員は恐ろしくなった。

25

国民平和祝賀会の当日、〈岩〉のジムはサウサンプトン・ウォーターに面した軍隊病院に入院していた。

南ウェールズ境界地方連隊でラバ追い人として勤務した彼は、二度にわたるイーペルの戦いを生き残り、ソンムの戦いからも生還した。ずっと無傷で過ごした彼は戦争が終わる最後の週、両脚の膝頭の裏に榴散弾の破片弾をふたつ受けた。その結果敗血症を併発し、医師たちは両脚の切断も考えた。数ヶ月にわたる治療を終えてようやく帰宅したとき、足元はまだかなりふらついていた。顔には黒くくぼんだ傷跡がぽつぽつ残り、急に怒り出す人間になっていた。

ジムはラバたちを大切に世話し、眼炎や疥癬の治療をしてやり、けづめの深さまでぬかるみにはまったときには引っ張り出してやった。大怪我を負った場合でも、生かせる道が少しでも残っていれば決して射殺はしなかった。

死んだ人間を見るよりも死んだラバを見るほうがはるかに心が痛んだ。「道路にずらっと」彼はパブでよくそんなふうに語り出した。「ほっぽり出されて、すげえ臭いんだ。何も悪いことしてねえのに不憫なもんだった」

彼は、ラバが毒ガス被害を受けるのを最も嫌がった。ある日、ガス攻撃を受けたとき、彼だけが助かり、ラバの群れは全滅した。猛烈な怒りをおぼえた彼は、中尉のところへ乗り込んで不満をぶちまけた。「俺ひとりガスマスクしてるのは気がとがめてしかたがねえから、ラバたちにもマスクを支給してもらえませんか？」

中尉はこの訴えを聞いてもっともだと思ったので、将軍に報告した。将軍はその報告を黙殺せず、提言を誉めた返信をよこした。

一九一八年までには、ほとんどの英国部隊に所属する馬とラバにガスマスクが支給された。その一方で、ドイツ軍の軍需品はしだいに底を突いた。馬用マスクを思いついたのが〈岩〉のジムであると書いた軍事史家はひとりもいないが、本人だけは、戦争に勝てたのは自分のおかげだという幻想を抱いていた。

それゆえ、フルレンの〈レッドドラゴン〉亭や、ラーケンホープの〈ペルシャグルミの木〉亭や、〈上《アッパー》ブレフヴァ〉の〈羊飼いの憩い〉亭で酒量が進むと、彼はいつも仲間の飲み助たちを偉そうに見渡して、「誰かみんなにもう一ラウンドおごれよ。俺が戦争を勝たせたんだからな、嘘は言わねえ！」

と宣言した。飲み助たちが冷やかすと彼は、「黙れ、このウスバカトンチキ」と言い返し、ポケットを引っかき回して、将軍の手紙か、自分と二頭のラバが揃ってガスマスクをつけて写っている写真のどちらかを取り出した。

ジムの妹分のエセルは、ぴかぴかのメダルをいくつももらった兄がたいそう自慢の種で、彼には「しばらくの休養」が必要なのだといつも語った。

エセルは力強い骨太な女に成長し、陸軍放出の厚地の外套を着てどこへでも出かけていき、苔のような眉の下から世の中をじっと眺めた。やりかけた作業をジムが中途で放り出すと、エセルは「気にしないでいいよ」と言い、「あとはあたしがやっておくから」と請け合った。そして彼がパブへ繰り出していくときには、満足げな微笑みを浮かべて、「ジムはこうでなくちゃ」と言った。「みんなに好かれているんだから」

アギーもジムを、まるで墓から復活してきた者のように溺愛した。だが棺のトム・ワトキンズだけは、そもそもジムが兵役に志願したことに憤慨しており、帰還したせいで怒りはさらに増した。トムは今では、ごわごわの靴ぬぐいみたいなあごひげを生やし、鋭い眼光を放つ老人になっていた。彼はジムがひなたぼっこをしているのを見つけるたびに、しわがれた恐ろしい声で怒鳴った。「だから言っただろう。もうなんべんも言ったぞ。これが最後だ。働け！　さもないとぶっとばして、ぼこぼこにしてやる。この役立たずめ！　お前の太った顔を泥まみれにしてやるからな……」

ある日の夕方、トムは、ジムが馬のくつわのはみを盗んだと言って、頬をタンバリンのように何度も殴った。見ていたアギーは苦い顔をして、「もういいよ、それぐらいでやめとくれ」とつぶやいた。夕食の時間に戻ってきたトムは締め出しを食わされた。玄関扉の閂《かんぬき》が閉じていて、どうしても開かなかった。素手で何度も叩いたが、オークの一枚板でできた扉はびくともしなかった。彼は指関節を痛めたままどこかへ去っていった。真夜中の頃、家畜小屋からすさまじい馬のいななきが聞こえた。翌朝になってもトムは戻らず、ジムの雌馬が、頭蓋骨に釘を打ち込まれて死んでいるのが見つかった。

やがてトムの消息が聞こえてきた。イソン谷で農夫の後家さんと暮らしていて、すでに子どもまで生まれているという話だった。噂によれば彼は、死んだ農夫のための棺を届けに行ったとき、めざとくその妻に「目をつけた」のだという。

棺を売って入るはずの収入がなくなったので、アギーは家を「ちゃんとしたしつらえ」で維持することができなくなった。彼女は収入の手立てをあれこれ考えたあげく、家々で邪魔にされている子どもたちを有料で住まわせるという方法を思いついた。

最初の「人助け」はセアラという名前の赤ん坊だった。母親はブリナリアンの製粉業者の妻で、季節雇いの羊毛刈りの男に口説かれた結果、この子を生むにいたった。夫は自宅の屋根の下でこの子を育てるのを拒否する代わりに、毎週二ポンドの扶養費を支払ったのである。

この取り決めのおかげで、アギーの懐には一ポンドの純利益が入ることになった。彼女は勢いに乗ってブレニーとリジーという名前の私生児二名も預かり、生活を何とか維持できるようになった。お茶の缶には茶葉が一杯に詰まり、週に一度は塩漬けのラム肉が食卓に上った。彼女は白いテーブルクロスを新しく買い、日曜のティーテーブルには、パイナップルの缶詰が誇らしく置かれた。

一方ジムは新入りの妹たちに向かって大きな顔をし、仕事を怠け、丘の中腹に陣取ってはペニーホイッスルを吹いて、ノビタキやハシグロビタキに聞かせてばかりいた。

彼はいかなる動物であろうとも、苦しんでいるのを見るのが嫌だった。罠に掛かったウサギや翼を怪我したカモメを見つけると家へ連れ帰り、傷に包帯を当てたり、翼に枝で添え木を当てたりして治療した。だが箱に入れて暖炉のそばで養生させた動物の傷が悪化して、死んでしまうこともあった。彼はそんなときには、「おお、かわいそうに！　俺が墓を掘って埋めてやるから」とつぶやいた。

彼は何年たっても、戦争のことばかりくどくど語った。そして〈面影《ザ・ヴィジョン》〉へやってきては、双子に威張り散らした。

ある日の日暮れどき、双子がシャツ姿で草刈りをしていると、ジムが足を引きずりながらあらわれて、いつものように退屈な説教をはじめた。「それでな、戦車が何台も攻めてきたんだ、わかるか……ドカーン、ドカーンってな！」ふたりはときどき大鎌の刃を研ぎながら、草を刈り続けた。作業中、ベンジャミンの口の中に蠅が一匹飛び込んだので、彼はぺっと吐きだした。「あっ！　こいつ、蠅を殺したな！」

双子がジムをいつまでも無視し続けていると、相手はついに業を煮やして叫んだ。「おい、おまえ！　本物の戦争じゃ、そうやって一秒もしないうちにおまえなんか死んじまうんだぞ。おまえは農場を守るために戦うんだろ！　俺は……俺には自分しか守るものはねえんだ！」

国民平和祝賀会以後、双子が暮らす生活圏は、マサーフェリンのチャペルと黒ヶ丘にはさまれた二、三マイル四方にまで縮小した。今やフルレンとラーケンホープは敵の土地だった。

無垢だった子ども時代へ戻ろうとするかのように、ふたりは現代に背を向けた。近隣の農場はどこでも、新しい農業機械を導入するために大金をはたくご時世なのに、双子は父親を説き伏せて資金を無駄遣いさせないようにした。

彼らはシャベルで肥料を畑に投入し、かご編みの「ロ」から種を蒔いた。馬で牽く旧式の結束機を活用し、単連の犂で土を掘り返して、脱穀にはあいかわらずからざおを使った。だがエイモスがしぶしぶ認めたように、生け垣はかつてないほど手入れが行き届き、牧草地は見事な緑で、家畜たちは申し分なく健康だった。農場は順調に収益を上げてさえいた。エイモスが銀行に姿を見せると、支店長がわざわざカウンターの向こうから出てきて握手を求めた。

ルイスがした唯一のぜいたくは、『ニュース・オブ・ザ・ワールド』紙の定期購読だった。彼は毎週日曜日の昼食後、週刊紙のページをぱらぱらめくり、スクラップブックに貼るために、航空事故の記事が載っていないか探した。

「ほんとにもう」メアリーが小言を言うふりをした。「気味が悪い趣味だこと！」息子たちはまだ二十二歳だというのに、はやくも、つむじ曲がりの年老いた独身者みたいにふるまっていた。だが母親をいっそう心配させたのは娘のほうだった。

レベッカは何年にもわたって、父親の盲目的な愛情に浴して大きくなった。ところが最近はお互いにほとんどことばを交わさなくなっていた。彼女はいつも、こっそり家を抜け出してフルレンへ出かけ、帰宅するとタバコ臭い息を吐き、唇にはルージュを拭き取った跡が残っていた。現金はエイモスの銭箱から盗んで使った。エイモスはレベッカを「あばずれ」と呼び、メアリーはふたりを仲直りさせるのは絶望的だとあきらめていた。

娘を家から離すために、メアリーはかつてのアルビオン服地店――戦後のフランス・ブームに乗って今は「パリ・ハウス」と改称した――の、売り子の仕事を見つけてやった。レベッカは店の屋根裏部屋に下宿するようになり、実家へは週末にだけ戻ってきた。ある土曜日の午後、双子が大型ミルク缶を洗っていたとき、食堂兼居間《キッチン》からひどい口げんかの怒鳴り声と悲鳴が聞こえてきた。

レベッカは妊娠したと告白した。こともあろうに相手の男はアイルランド人で、鉄道工事の現場で働くカトリック信徒だった。レベッカは口の端に血を滲ませ、ソブリン金貨十五枚を財布に入れて家を出て行った。ずるそうな笑いを浮かべ、あまりにも冷めた態度だったので、家族は驚かされた。

「あいつに金をくれてやるのはこれが最後だ」エイモスがいきまいた。

レベッカはそれきり消息を絶った。服地店の店主に届いたハガキには女の赤ん坊が生まれたという報告があり、カーディフの住所が書いてあった。メアリーは汽車に乗って孫に会いに行った。すると家主の女性が、あのひとたちはアメリカへ移民しましたよと告げて、目の前で玄関扉をばしゃんと閉めた。

エイモスは娘が去ったショックから立ち直れなかった。眠っている最中に「レベッカ!」と叫ぶことがあった。帯状疱疹《ヘルペス》にかかったときには錯乱に近いほど荒れた。おまけに借地料が値上がりしたので泣きっ面に蜂だった。

ビッカートン家は経済的に困っていた。

一家の財産管理を請け負っていた男がロシアの公債で大損を出し、種馬の飼育事業は投資者に償還し損なう事態に陥っていた。巨匠作の絵画をまとめて売却したがたいした金額にならず、顧問弁護士たちがついに大佐の相続税を話題にしはじめると、本人がかっとなり、「相続税の相談はやめてくれ!わたしはまだ死んでおらんぞ!」と声を上げた。

大佐の新しい代理人からすべての借地人に回覧状が届き、翌年には借地料がかなり値上げされるという予告がなされた。エイモスは土地を少し買いたいと考えていたので、間が悪い値上げだった。

エイモスは怒りの頂点にあるときでさえ、双子はそれぞれに結婚して、農場を続けていくだろうと考えていた。〈面影《ザ・ヴィジョン》〉は二家族を養うには小規模すぎるので、土地を増やしておく必要があったのだ。

エイモスは何年も前から、〈小山〉に目をつけていた。〈小山〉は、フルレンへ向かう馬道から一マイル離れたところに位置する三三エーカーの小区分農地で、ブナの林に囲まれていた。〈小山〉の所有者は年寄りの隠遁者で、噂によれば聖職を剝奪された司祭だと言われていた。その老人は書物に囲まれてむさ苦しい生活をしていたが、雪が降ったある朝、〈岩〉のエセルが、〈小山〉の母屋の煙突から煙が出ていないのに気がついた。彼女が行ってみると、老人が手にクリスマスローズをつかんだまま庭で大の字に倒れていた。

情報を集めたところ、農場はたぶん競売に掛けられるだろうという話だった。ところがある木曜日の夜、エイモスがルイスを呼んで、不機嫌な声で告げた。

「〈小山〉だがね、あそこにおまえの古なじみの、ロージー・ファイフィールドが引っ越したぞ」

26

ロージーがラーケンホープ屋敷で働いていたときのお役目のひとつは、レジー・ビッカートンの寝室へ浴槽の湯を運ぶことだった。

非常に限られたひとしか入ったことのないこの寝室は西の塔内にあって、独身者の私室としては申し分ない造りだった。壁紙は濃い青だった。タペストリーに似せたカーテンと天蓋式寝台の周囲に垂らしたカーテンはどちらも緑色で、動物の紋章図案が使われていた。木綿更紗で布張りした椅子と長椅子《オットマン》が点在する床にはペルシアじゅうたんが敷かれ、暖炉の前には白熊の毛皮が敷いてあった。マントルピースにはめっき黄銅《オルゼル》の置き時計があり、文字盤をはさんでカストールとポリュデウケースが並ぶ双子座の像がついていた。部屋に掛かっている絵はほとんどが東方風俗で、バザールやモスクや、ラクダや隊商や、格子がついた部屋にいる女たちが描かれていた。イートン校時代の写真には、落ち着いた微笑みを浮かべた若いスポーツ選手たちが写っていた。夕方の光がステンドグラスの丸い小窓から射し込んで、絵や写真の額縁に深紅の光の斑点を映していた。

ロージーは毎回バスマットを広げ、椅子の上にタオルを掛け、石鹸とスポンジを並べた。それから温度計を湯の中に入れ、若様の足をやけどさせるほど熱くないのを確認してから、呼び戻されずに退出できるようこころがけた。

若様は夜はたいてい、黄色いシルクのガウンでゆったりと身を包み、長椅子《オットマン》に身を預けていた。本を読むふりや、使えるほうの手で書き物をするふりをしながら、ロージーの一挙手一投足を眼の端で追いかけていた。

「ありがとう、ロージー」彼女が扉のノブに手を掛けると彼は必ず口を開いた。「ああ……ちょっと……ロージー！」

「はい、だんな様！」彼女はいつも扉を半開きにしたまま、ほとんど気をつけの姿勢で答えた。

「いや！　忘れてくれ！　大事なことじゃないんだ！」そうして彼女が扉を閉めて退出すると彼は松葉杖に手を伸ばすのだった。

ある晩、上半身裸になった彼が、風呂に入るのを手伝ってくれるようロージーに頼んだ。

「できません」彼女は息が止まりそうになって、あわてて廊下へ走り出た。

一九一四年、レジーは自分が属する階級と国にたいする騎士道的な義務意識に駆られて戦争へ行った。やがて帰還した彼は足を引きずって歩き、生え際が後退し、右手の指が三本失われ、隠れて酒を飲み続けたのがたたって涙目になっていた。彼は最初のうち、平然を装う上流階級特有の癖のせいで、自分の怪我を軽んじていた。一九一九年までには当初の共感の波が消え失せ、レジーは単なる「保護・救済の対象者」になった。

婚約していた相手は彼の親友と結婚した。他の友人たちは、南ウェールズ境界地方はロンドンからたびたび訪れるには遠すぎることに気づいた。かわいがっていた妹のイゾベルは結婚してインドへ行ってしまった。彼はこの巨大で陰気な城館に取り残されて、つまらない口論ばかり繰り返す両親と、悲しげで吃音症で、欲しくもない情愛を押しつけてくる姉のナンシーと一緒に、暮らさなければならなくなっていた。

彼は戦争中の体験を小説に書いてみようと試みたが、ものを書くときの強い緊張が極度の疲労をもたらした。左手で二十分間ほど文字を書いた後は、窓の外の芝生や雨や丘をぼんやり見つめるばかりだった。どこか熱帯の国に住みたいと思い、ウイスキーのタンブラーが恋しくなった。

ある五月の週末、屋敷は滞在客でいっぱいだった。ロージーが使用人部屋で夕食を食べていたとき、第三寝室のベルが鳴りはじめた。レジーの浴槽の湯の世話はすでに終わっていた。

彼女は扉をノックした。

「お入り」

レジーは長椅子《オットマン》に腰掛けて、ディナーのための着替えを半分すませたところだった。彼は傷ついたほうの手で、シャツの金ボタンをとめようとしていた。

「やあ、ロージー。ちょっと手伝ってもらえないかな?」

彼女は親指でボタンの裏側をさぐり、硬く糊付けされた穴を通してパチンととめた。だがその瞬間、彼が不意にロージーを引っ張ったので、彼女は彼にのしかかる形になった。

ロージーはもがくようにレジーの手をほどき、彼から自分の体を離した。彼女は自分の首筋が紅潮するのがわかった。彼女はどもりながら、「すみません、わざとしたわけでは……」と謝った。

「ぼくはわざとやったんだよ、ロージー」彼はそう返して愛を告白した。

彼は以前彼女をからかったことがあったので、ロージーは、ひとを笑いものにするのは意地悪ですと言った。

「でもぼくは君を笑いものにはしてないよ」彼は深い憂鬱を込めてそう言った。

彼女は彼が本気だとわかった。そしてばたんと扉を閉めて部屋を出た。

日曜日は一日中、彼女は仮病を使った。翌月曜日、滞在客たちの接待が終わると、レジーは自分の魅力を総動員してロージーに謝罪した。

レジーは客たちの個人的な生活にまつわる裏話を語って彼女を笑わせ、地中海地方やギリシアの島々をめぐる旅の話も語って聞かせた。彼は彼女に小説本を数冊与え、彼女はロウソクの光でそれらを読んだ。彼女がマントルピースの上の置き時計を誉めると、彼は、「そのふたりの像は双子座だよ」と教えた。

「あげるよ。持って帰っていい。ここにあるものはなんでも君にあげる」

さらに一週間のあいだ、ロージーはレジーを寄せつけなかった。彼は、ライバルがいるのかと疑心暗鬼にかられた。あまりにじらされたので、レジーはロージーにプロポーズした。

「まあ！」

ロージーはゆっくりと静かに、鉛で枠囲いした窓辺へ歩いて行き、トピアリーやその奥の森を眺めた。クジャクがギーギー鳴いた。彼女は、執事が朝食のトレーを運んでくるところや、深まりゆく闇の中でシーツの間に体を滑り込ませる自分自身の姿を空想した。

その日以後、ふたりは屋敷中のひとびとをだますための決まり事をしはじめた。彼女は、彼と一緒に夜を過ごした後はいつも、使用人たちが起きはじめる前の朝五時に部屋を出なければならないので、屈辱を感じた。周囲が噂をしはじめると、ふたりはいっそう注意深くふるまわざるをえなかった。ある晩、ナンシーが弟にいいかげんにしなさいと説教している間、ロージーは洋服ダンスの中に隠れていなくてはならなかった。

「じ、冗談、じゃないのよ、レ、ジー！」と彼女は抗議した。「下の村で悪い噂が立っって、るんだから！」

ロージーは、ご両親に話してくださいとレジーに迫った。彼は、国民平和祝賀会が終わったら話すと約束した。だがその後さらに一ヶ月が過ぎた。生理がなかったというロージーの報告を聞いて、レジーは分別ある行動をする覚悟ができたようだった。

「両親に話をする」と彼が言った。「明日、朝食の後で」

その三日後、彼の母親は南フランスへ出かけてしまった。「ごめん、ごめん、ごめん、お願いだからあと少しだけぼくに時間をくれないか?」

庭園の木々の葉が黄色く色づき、ロンドンから遊猟家たちがやってきて城館に滞在する季節になった。キジ撃ちがはじまって二週目の土曜日、ロージーは執事に命じられて、タンハウス・ウッドまでピクニックに出かける大佐の一行に同行した。ロージーと食物入りの詰めかごを乗せた馬車の御者は厩番がつとめ、庭園を回り込むように走った。彼女は、西門の門番小屋のほうへ飛ばしていく一台の青い自動車を見た。

レジーが荷物をまとめて外国へ逃げたのである。

ロージーは泣かなかった。泣き崩れたりしないどころか、たいして驚きさえしなかった。いかにも臆病者らしくこそこそ逃げ出したレジーは、彼女の男性観に裏付けを与えたに過ぎなかった。ベッドに残されていた置き手紙を、彼女はびりびりに引き裂いた。二通目の手紙が届き、フルレンのアークライト事務弁護士に会うように、という指示が書いてあった。

事務弁護士に会いに行った。相手は五百ポンドで話を収めようと提案した。

「六百にしてください」ロージーはミスター・アークライトよりもいっそう冷淡な目つきでにらみ返

した。

「六百ポンド」彼は合意した。「でもそれ以上はびた一文出せませんよ！」彼女は小切手を持って事務所を後にした。

その冬、彼女はある酪農場に下宿し、チーズづくりを手伝った給料で宿賃を支払った。男の子が生まれるとすぐに乳母に預け、自分は働きに出た。

ロージーはいつも気管支炎に悩まされていたので、山のきれいな空気にあこがれていた。ある夏の日、アマツバメが頭の上をヒューヒュー飛び交う夕刻に散歩をした。鷲岩まで歩いた後、尾根伝いに戻ってくると、ひとりの老人が赤っぽく盛り上がった大岩に腰掛けていたので、少し話をした。

老人は彼女に、その周辺にある断崖の名前をあれこれ教えた。彼女は、自分たちが今腰掛けている岩に名前はついているのかと尋ねた。

「ビッカートンの前こぶだよ」と老人が教えた。するとロージーがあざわらうような笑い声を上げたので、老人は驚いた顔を見せた。

その老いた世捨て人は足が不自由で、体もこわばっていた。彼が指さした自分の住まいは谷底にうずくまり、ブナの木立に囲まれていた。彼女は老人に手を貸して坂道を下り、彼の家まで行った。彼女はそこで日が暮れるまで、老人が書いた詩の朗読を聞いて過ごした。彼女は老人の家に、必要な食料雑貨類を買って届けるようになった。老人はその後、ふた冬生き延びてから死んだ。彼女には老人の家と土地を買い取れる資金があった。

彼女は羊の小さな群れを買い、ポニーも一頭購入した。それから息子を引き取って、世間から引きこもった。老詩人が残したガラクタは燃やしたが、書類や蔵書は残した。彼女の家を守るのは、きいきいきしる玄関扉と一匹の犬だけだった。ある日、逃げた雄羊を追いかけてルイス・ジョーンズがやってきた。彼はハシバミの森の中で、岩の表面をくしけずるように水が流れている小川を見つけた。岩のてっぺんには冬季の増水で流れ着いた流木がからみ、風雨にさらされて真っ白になっていた。木々の葉の奥に目をこらすと、小峡谷の向こう岸に、青いドレスを着て腰を下ろしたロージー・ファイフィールドが見えた。ハリエニシダの藪の上に洗濯物を掛けて乾かしながら、何かの本を読みふけっていた。小さな男の子が駆け寄ってきてキンポウゲの花を彼女に差し出した。

「あら、ビリー！」彼女は男の子の髪をなでた。「それ以上お花は摘まないこと」子どもはそこに腰を下ろしてヒナギクの花綱を編みはじめた。

ルイスはまるで、雌ギツネが子ギツネと遊んでいるのを見たような気分になり、十分間ほど目をそらせなかった。それから彼は家へ帰った。

27

一九二四年の十二月二十六日《ボクシングデー》、〈フィドラーの肘〉亭の前に猟犬の群れを集合させて、分水森《ケフン・ウッド》の茂みから獲物を狩り出す狩猟がはじまった。午前十一時半頃、ビッカートン大佐が狩猟馬から落ち、後ろから走ってきた馬に背骨を蹴られた。葬儀の当日は学校が休みになり、子どもたちは皆葬式に参列した。パブでは飲んべえ達が老いた名士の思い出に乾杯を捧げ、「あのひとは望み通りの死に方をしたね」と語り合った。

大佐の未亡人は三日間だけ戻ってきた後、グラースへ帰っていった。

家族ともめた末に彼女はフランスに住むことを選び、プロヴァンスの小さな家で絵を描いたり、ガーデニングをしたりして暮らしている。ミセス・ナンシーはラーケンホープ屋敷に住み続け、ケニアのコーヒー農園で暮らすレジーが留守の間、「砦を守って」いる。ほぼすべての使用人たちに解雇予告が伝えられていた。翌年七月、エイモス・ジョーンズは、大佐の相続税を支払うために、丘に点在する農場がいっせいに売却されそうだという噂を耳にした。

これこそ彼が心待ちにしていた、絶好の機会だった。

土地管理人に尋ねてみたところ、十年以上賃貸を続けている借地人は「公正な査定額」で農場買い取りの提案を受けるだろう、と言ってくれた。

「公正な査定額ってのはどれくらいになりますかね？」

「〈面影《ザ・ヴィジョン》〉の場合ですか？　正確な数字を言うのは難しいですね。たぶん、二千から三千の間だろうと思いますよ」

エイモスは次に銀行の支店長を訪ねた。ローンを組むのは問題ないという話だった。

自分自身の農場を持てる見込みがついたので、エイモスは若返ったような気分になった。そうして娘のことはようやく忘れたように見えた。彼は新たな愛がこもった目で農地を眺め、新式の農業機械を買うことを夢見、郷紳階級《ジェントリー》の凋落について教訓的な長談義をした。

神の手が自分とその子孫《たね》に土地をくださったのだ、とエイモスは言った。彼が「子孫《たね》」ということばを使うのを聞いて、双子はふたりとも顔を赤らめて床を見つめた。ライチョウの猟期中のある日、エイモスがカラマツ林に隠れて見張っていたとき、ミセス・ナンシーが狩猟隊と勢子を引き連れて牧草地を我が物顔に闊歩しているのを見た。

「来年は」夕食の食卓でエイモスが声を上げた。「来年こそは、あの連中がもしも再び、わが私有地内に太った顔を見せるようなことがあれば、即刻追い出す……俺はあの連中に犬をけしかけてやる……」

「まあなんてことを！」シェパーズパイを食卓に出しながらメアリーが言った。「あのひとたちがあなたに何をしたというの?」

秋が過ぎ去った。そして十月の末、不動産鑑定士がヘレフォードからふたり連れでやってきて、農地と建物をつぶさに検分した。

「それで、おたくたちの眼力ではこの農場の価値をどれくらいに見積もっておられるんでしょうか?」客間の扉をうやうやしく開けながらエイモスが尋ねた。

年配のほうの男があごをなでながら答えた。「公開市場に出せば三千というところでしょう。ですがわたしがあなたなら、その数字は秘密にしておくでしょうな」

「公開市場? 公開市場に出るわけではなかったと思いますが?」

「たぶんおっしゃるとおりでしょう」鑑定士は肩をすくめて自動車のスターターを引いた。

エイモスは何かがおかしいと感じた。だが不安が猛烈に募ったときでさえ、『ヘレフォード・タイムズ』に載った記事のような事態は想定していなかった。その記事によれば、農場は六週間後、フルレンの〈レッドドラゴン〉亭で公開の競売に掛けられることになったという。ラーケンホープ屋敷の管財人は、労働党新政府の先行きに不安があるのにくわえて、新しい法律も地主層に不利になるとみて、少しでも多く収益が上がるよう、借地人たちを外部からやってくる買い手と競わせることに決めたのだ。

〈レッド・ダレン〉のヘインズが、マサーフェリンの信徒会館で借地人集会を開こうと提案した。その場で借地人たちは、「この途方もなく陰険な仕打ち」に異口同音に抗議し、当日は競売を混乱させてやろうと申し合わせた。

競売は予告通りにおこなわれた。

当日はみぞれが降ったので、メアリーは暖かいウールのグレーのドレスに冬用のコートを重ね、葬式用の帽子をかぶって出ることにした。雨傘を手に取り、振り向いて双子に言った。「一緒にいらっしゃい！　父さんがあなたたちを必要としてるの。今日だけはあなたたちに一緒にいて欲しいのよ」

ルイスとベンジャミンが首を横に振って答えた。「行かないよ、母さん。町へは行きたくないんだ」


〈レッドドラゴン〉亭の宴会場はテーブルが片づけられてがらんとしていた。寄せ木貼りの床が心配な支配人は、底に鋲を打った編み上げ靴で入ってくる者がないよう、入り口付近でにらみをきかせていた。入札者専用の座席には、競売業者の事務係が特別な紙片を置いていた。メアリーは友達や知り合いに会釈して、三列目に腰を下ろした。エイモスは、脱いだ雨具を腕に掛けた他の借地人たち――全員がウェールズ人だった――と一緒に円陣を組んで、これからの段取りについて小声で話し合っていた。

中心人物は〈レッド・ダレン〉のヘインズである。骨と皮だらけの筋張った男で頭髪は灰色の巻き毛、歯並びがとても悪く、五十を過ぎている。彼は最近妻を亡くしていた。

「よし！」と彼が言った。「借地人を妨害して値をつける奴がいたら、俺がこの靴で蹴飛ばして、この部屋から追い出してやる」

宴会場は入札者と見物人で混み合ってきた。緑の羽根飾りが雨でびしょ濡れの帽子をかぶった、だらしない風采の女が入ってきた。まだ若いその女の隣に、老いた棺のトム・ワトキンズが立っていた。

エイモスは仲間たちの輪から離れて旧敵に声を掛けたが、相手は背中を向けて、壁に掛かった狩猟場面の版画を見るふりをした。

二時二十分、売り主の事務弁護士を務めるミスター・アークライトが、狩猟のときに履く格子柄のツイード長半ズボン《プラスフォーズ》姿で現れた。彼も近頃妻に先立たれたばかりだった。ところが、デイヴィッド・パウエル＝デイヴィーズが「農業者組合の全員を代表して」お悔やみのあいさつを述べると、彼は相手を怯ませるような微笑を返してきた。

「悲しかったのは確かです。でも妻にとって死は救いでした！　ミスター・パウエル＝デイヴィーズ、信じて下さい。大きな救いだったのですよ」

ミセス・アークライトは最後の一年間、ウェールズ中部地区精神病院に入退院を繰り返していたのだという。事務弁護士は歩き去り、競売人と打ち合わせをはじめた。

競売人のミスター・ホイッティカーは背が高く柔和で、砂色の髪をした男である。血色がよく、目はオイスター色だった。黒い上着にストライプ入りのズボンという専門職特有の服装に身を包んだ彼は、ウイングカラーのV字のところでのどぼとけが上下していた。

二時半きっかりに彼が壇上へ上がって告知した。「ラーケンホープ屋敷の管財人の命によりまして、農場十五箇所、土地五区画、森林二〇〇エーカーの競売をこれより開始いたします」

「俺は生まれた農場で死ねねえのかなあ?」皮肉たっぷりな太い声が後ろのほうから聞こえてきた。

「もちろん死ねますよ」ミスター・ホイッティカーが愛想良く答えた。「適正な入札さえしてくださればこそ! 最低売却価格は低く設定されておりますから。それではじめてよろしいでしょうか? 第一番は……ロウアー・ペン=ラン・コート……」

「ちょっと待った!」〈レッド・ダレン〉のヘインズが声を上げた。「はじめる準備はまだできてませんよ。このたわけた真似を終わらせる準備ならできていますがね。借地人に購入の機会を与えないまま、この種の不動産を売りに出すってのは正しいことなんでしょうかねえ?」

ミスター・ホイッティカーはざわざわしはじめたひとびとに背を向けて、ミスター・アークライトの顔色をうかがった。ふたりともこの場でひと騒動持ち上がりそうだということは予想していた。彼は象牙製の小槌を置き、シャンデリアに向かって口を開いた。

「皆さん、今になって申し上げるのも遅いかとは存じますが、あえて申し上げます。皆さんは農業者として、家畜の売買においては公開市場を支持されておいでですね。にもかかわらず本日この場で、皆さんの地主にたいして非公開市場をお求めになるのでしょうか?」

「土地の値段について政府による統制はあるんでしょうか?」ヘインズがまた口を開き、歌うような声が怒りを帯びて大きく聞こえた。「家畜の価格には政府の縛りが掛かっていますがねえ」

「聞こう! 聞こう!」ウェールズ人たちがぱらぱらと拍手をした。

「皆さん!」ミスター・ホイッティカーの唇が震えて両端が下がった。「ここは公開の競売の場です。

政治集会ではございません」

「じきに政治集会になりますよ」ヘインズはそうつぶやいてこぶしを振り上げた。「聞くがいい、イングランド人よ！　君たちはアイルランドで思う存分面倒を起こしてきた。言っておきますが、今日、この広間には、君たちにじゅうぶん対抗できるだけのウェールズ人が集まっているんですよ」

「皆さん！」小槌がタン、タン、タンと音を立てた。「この場は、大英帝国の諸問題を議論する場ではございません。わたくしどもの目の前にありますのは、たったひとつの問題のみです！　本日の競売をすすめるのか、すすめないのか、どうしたらよろしいのでしょう？」

あちこちから声が飛んだ。「やめろ！……すすめろ！」……「その野郎を追い出せ！」……「ボルシェヴィキは引っ込め！」……「国王陛下バンザイ！」そうこうするうちに、ウェールズ人の一部が互いの手を取り合って歌いはじめた――「ヘン・ウラド・ヴァ・ナハダイ（＝おお、わが父祖の土地）」

タン、タン、タン、タン、タン、タン、タン！

「あいにくですが、わたくしには皆さんのお歌を誉め称えることができません！」競売人は真っ青な顔になった。「もうひとことだけ申し上げます。妨害行為がこれ以上続いた場合には、競売品目はすべて取り下げとなり、全体が一括されて私的売却に付されることになります」

「はったり屋！……そいつを蹴り出せ！……」今回は応援の野次に力がなく、じきに静寂が広がった。

ミスター・ホイッティカーは腕組みをして、自分が発したセリフの威力にほくそ笑んだ。広間の隅で、デイヴィッド・パウエル＝デイヴィーズが〈レッド・ダレン〉のヘインズを諭していた。

「わかった！　わかりましたよ！」ヘインズが指先で頬をこすりながら言った。「だがな、もし借地人に競り勝とうとする男か女がいたら——いや、たとえ犬だって容赦はしないぞ——俺が蹴り飛ばすから覚えておくがいい！」

「それではよろしいですね」自己本位の顔また顔が緊張して、ずらりと居並んでいるのを競売人が眺め回した。「そちらの紳士がわたくしどもに続行の許可を下さいました。第一番からはじめます……ロウアー・ペン＝ラン・コート……いくらの値がつきますか？　まずは五百ポンド……」それから二十五分の間に土地、森林、十四箇所の農場がすべて現在の借地人に売却された。

デイ・モーガンは二千五百ポンドで〈ザ・ベイリー〉を手に入れた。〈ギリフェノグ〉のやせた農地は、わずか二千ポンドでエヴァン・ベヴァンの手に落ちた。グリフィス夫妻は〈カム・クリリン〉を入手するために三千五十ポンドを支払った。ヘインズは〈レッド・ダレン〉を、見積もりを四百ポンドも下回る値段で手に入れた。

ヘインズは上機嫌になった。順々に仲間たちをつかまえては固い握手を交わし、パブが開いたらみんなに一杯おごると約束した。

「第十五番……」

「さあ、わが家の番よ」メアリーが深呼吸した。そして小刻みに震えるエイモスの手に、手袋をした自分の手を重ねた。

「第十五番、〈面影《ザ・ヴィジョン》〉農場。母屋および付属の建物、一二〇エーカーの土地と黒ヶ丘の放牧権を含みます……いくらの値がつきますか？　まずは五百ポンド……！」

エイモスは入札価格を最低売却価格まで押し上げていく。荷馬車を操って丘を登っていくような気がして思わずこぶしを握りしめ、吐く息が鋭くなった。

二千七百五十ポンドのところで彼は目を上げ、持ち上げられた小槌が振り下ろされそうになる瞬間を見た。

「そちらのビッドです！」とミスター・ホイッティカーが言った。エイモスは雲ひとつなく、日がさんさんと降り注ぐ山頂へたどりついた気分がした。彼のゆるんだこぶしの上にメアリーの手が重ねられた。エイモスは、草ぼうぼうの中庭にはじめてふたりで足を踏み入れた夕方のことを思い出していた。

「それではこれにて」ミスター・ホイッティカーは競売を締めくくる口上を述べはじめた。「借地人に売却されました。価格は二千七……」

「三千！」

その声はエイモスの頭蓋骨の付け根に振り下ろされた戦斧のように響いた。

突然あらわれた入札者を見ようとして、見物人たちがいっせいに振り向いたので、あちこちで椅子がきしんだ。エイモスはその人物が誰かわかっていたので、あえて振り向かなかった。

「三千ポンド！」ミスター・ホイッティカーの顔が輝いた。「広間の後ろから三千という声が掛かりました」

「三千百」エイモスが声を詰まらせながら言った。

「三千五百！」

入札者は棺のワトキンズだった。

「手前から、三千六百の声が掛かりました！」

〈レッド・ダレン〉のやつはどこにいるんだ、とエイモスは思った。蹴っ飛ばしてくれるんじゃないのか？　彼はビッドを重ねるうちに自分自身が張り裂けてしまうのではないかと思った。息がどんどん苦しくなった。毎回最後のひと息のつもりで百ポンドを積み上げたが、背後の敵は冷たい声音で価格を吊り上げていく。

エイモスは両眼をかっと見開いて、競売人の顔に広がった満足そうな微笑みを見つめた。

「後ろの方に」と競売人の声が告げていた。「後ろの方に五千二百ポンドで売却されました。よろしいですか？　はい、そちら！」

ミスター・ホイッティカーは楽しんでいた。舌先で下唇をしめらせるしぐさを見れば、この男がいかに楽しんでいるかがわかった。

「五千三百！」そう叫んだエイモスの両眼は茫然自失したように大きく見開かれていた。

競売人は、まるで飛んできた花を受け止めたかのように口の中で金額を転がした。

「近くの方のお声で、五千三百！」

「やめて！」メアリーの指が夫のシャツの袖口をつかんだ。「あのひとは狂ってるわ」と彼女がささやいた。「これ以上はだめ」

「ありがとうございます！　後ろの方から、五千四百！」

「五千五百」エイモスが吠えた。

「近くの方のお声です。五千五百！」ミスター・ホイッティカーは再び視線をシャンデリアの彼方へ泳がせて、目をしばたいた。彼の顔を当惑がよぎった。もうひとりの入札者はすでに立ち去っていた。ひとびとが席を立ち、思い思いにコートをはおろうとしていた。

「これにて決着いたしました！」オイルスキンがたてるガサガサ音に負けないよう、競売人が声を張り上げた。「借地人の方に五千五百ポンドで売却されました」次の瞬間、小槌が有頂天に達したような音を立てた。

28

翌日の午後、またみぞれが降った。メアリーは軽装二輪馬車で事務弁護士の事務所へ向かっていた。牧草地では濡れそぼった羊の群れが草を食み、馬道は一面の水たまりだった。エイモスは寝込んでいた。

事務員がメアリーを事務所に招き入れた。暖炉には石炭が燃えていた。

「ありがとう。少しの間、ここに立っていさせてください」両手を火にかざしながら、彼女は考えをまとめた。

ミスター・アークライトが部屋に入ってきて、机の上の書類を整理した。「奥様、よくおいでくださいました。しかもこんなにはやく!」彼はそう言うが早いか、さっそく手付け金や契約書の話をはじめた。

「必要事項はすぐにまとめますよ」

「契約の話をしに来たわけではありません」と彼女が言った。「競売でついた不当な価格のことでご相談があって」

「不当な、ですか、奥様?」片メガネが眼窩からはずれて、黒いシルクのリボンにぶらさがって揺れた。「どのような意味で不当だとおっしゃるのですか? 公開の競売でついた価格ですよ」

「あれは私的な復讐だったんです」

メアリーがエイモスと棺のワトキンズの不和について説明するあいだ、彼女のスカートから湿気の渦が巻き上がった。

ミスター・アークライトはペーパーナイフをいじくり、ネクタイピンを直し、雑誌をぱらぱらめくりながら話を聞いた。それからベルを鳴らして秘書を呼び、あからさまな当てつけを意図して、「お客様にティーを」持ってこさせた。

「はい、ミセス・ジョーンズ、お話はちゃんと聞いております」メアリーの話が締めくくりにたどりついたところで事務弁護士が言った。「まだ他にもお話しになりたいことはありますか？」

「わたしが考えていましたのは……なんとかして……管財人の方たちが価格の引き下げに同意してくださる道はないものかと……」

「価格の引き下げですと？　これは驚きですな！」

「なんとかならないものでしょうか……？」

「無理ですよ」

「希望はないと……？」

「希望、ですか、奥様？　いささか厚かましいのでは、としかご返答できませんなあ」

彼女は背筋をぐっと伸ばして唇をゆがめた。「あんな価格じゃ他の誰も買いませんよ、当たり前でしょう？」

「奥様、そうおっしゃいますが、現実はその正反対ですよ！　じつはミスター・ワトキンズが今朝、ここへいらっしゃいました。そして、購入者がもし棄権するなら、自分はただちに手付け金を支払う用意があるとおっしゃって行かれたのです」

「そんなこと、信じられないわ」とメアリーがつぶやいた。

「どうぞご自由に」と相手が返し、ドアを指さした。「意志をご決定いただくまでに二十八日間の猶予がございます」

リノリウム貼りの床を踏んでいく彼女の足音を聞きながら、事務弁護士は残念だなと思った。かつては品のある女性だっただろうに、このわたしを嘘つき呼ばわりするとは！　身分違いの結婚をしたせいだよ。そうに決まってる。秘書がお茶を持って上がってきたとき、彼の顔はぴくぴく引きつっていた。

夕暮れの雲は丘よりも黒い。ムクドリの大群が分水森《ケフン・ウッド》の空低く飛んでいた。円弧や楕円を広げたり縮めたりしていたかと思えば、つむじ風みたいに移動して、木々の枝めがけていっせいに舞い降りた。メアリーの行く手に自宅の明かりが見えてきたが、彼女は家へ帰りたくなかった。

双子が迎えに出て馬車を屋根の下まで引いていき、ポニーの馬具を取り外した。

「父さんは？」身震いしながら彼女が尋ねた。

「様子がおかしいよ」

エイモスは一日中、思い上がった自分の罪を罰してくれるよう神に祈り続けていた。

「彼にどう説明したらいいんだろう？」メアリーが暖炉の前の足のせ台に屈み込んでつぶやいた。ベンジャミンがマグカップにココアを入れて持ってきた。炎を正面に見ながら目を閉じると、赤い血球がまぶたの裏側の血管を流れていくのが見える気がした。

「わたしたちにできることはあるかしら？」炎に向かって彼女が問いかけた。すると驚いたことに、炎が答えを返した。

彼女は立ち上がった。そしてピアノのところへ行って、来信を保管してある寄せ木細工の箱を開けた。去年届いたミセス・ビッカートンからのクリスマスカードはすぐに見つかった。署名の脇にグラース近郊の住所が書いてあった。

双子は夕食を食べ終えて寝室へ引き上げた。突風が屋根を煽った。夫婦の寝室ではエイモスがうめき声を上げていた。暖炉の炎がパチパチ音をたて、ペン先が紙を引っ掻いた。メアリーは書きかけた便せんを何枚も破り捨てた末に満足のいく文章を書き上げた。それから封筒に切手を貼り、郵便配達人に手紙を託した。

彼女は返信を待った。一週間が二週間になり、二十日が過ぎた。二十一日目の朝はよく晴れて肌寒かった。彼女は自分自身に、郵便配達人が来る気配がしても走って出るのははしたないので、ノックがあるまで待つことと言い聞かせた。

ついに返信が届いた。

封筒を開くと、ひよこみたいな色の黄色いものが、暖炉の前の敷物の上にぽとりと落ちて、ころころ転がった。彼女は息を詰めて、ミセス・ビッカートンの堂々たる走り書きを目で追った。

「気の毒なこと！　なんたる苦難！　あなたの言うとおりよ……世の中には完全に気が狂ったひとたちがいるのよ！　幸い、わたしにはまだ、管財人に言うことを聞かせられる力が残っているはず！

そう思いたいわ！……電話っていう便利なものがあるから……十分もあればロンドンとつながるの

よ！……ヴィヴィアン卿はとても物わかりがいいひとで……〈面　影《ザ・ヴィジョン》〉の、競売時の最低価格を即座に思い出すことはできなかったけれど……三千ポンド以下だと思う、とおっしゃって……正確な金額はさておき、とにかくその最低価格であなたにお譲りすることを確約しますよ！」

メアリーが伏せた目を上げてエイモスを見た拍子に、彼女の目からこぼれた涙が便せんを濡らした。

メアリーは手紙を音読し続けた。

「……こっちの庭は素敵！……ミモザの季節……アーモンドの花も……楽園です！　一度あなたにも見てもらいたいわ……性悪なアークライトのやつに、チケットを手配しなさいと頼んでくださいね……」

メアリーは突然どうしたらいいかわからなくなった。そしてエイモスを再び見た。

「偉そうに！」彼は歯をむき出してうなった。「偉そうなことばかり言いおってからに！」――彼はそう言い放ち、どかどか足音を立てて張り出し玄関の外まで出た。

メアリーは封筒から落ちた黄色いものをようやく拾った。ミモザの頭状花だった。つぶれてはいたものの、まだふわふわと柔らかかった。鼻先へ持っていくと南の香りがした。

一八八〇年代後半のある年、彼女は母親とともに、宣教師たちが乗った船がナポリへ入港するのを出迎えたことがある。彼女たちもその船に乗り込んで、春の地中海を遊覧した。

海原と、風に煽られたオリーブの白い葉と、雨後に香ったタイムとロックローズの匂いを彼女は覚えていた。ポジリッポから登ったあたりの野原にルピナスとケシの花が咲いていたのも、ぽかぽかした日射しを浴びた自分の体の解放感も、忘れてはいなかった。暖かい日射しの下で新しい人生をはじめることができるなら彼女は何を差し出しただろう？　日射しの下でしぼんで、やがて死んでいけるのならなんだってあげる、と彼女は思った。ところが彼女が待ちに待った手紙は、彼女が残りの人生を、丘の麓のこの陰気な家に縛られて過ごさなければならない旨を申し渡す、宣告書でもあったのだ。

エイモスの反応はどうだったか？　微笑むか感謝するか、せめて事情を理解するそぶりを見せるかと思いきや、そんなことは全然なかった。彼は陶器を叩きつけ、踏みつけ、壊し、イングランド人に悪罵を浴びせた。とりわけビッカートン家のことをこき下ろした。そうしてこんな農場は燃やしてやるとまで言い放った。

管財人からの手紙がようやく届き、〈面影《ザ・ヴィジョン》〉が二千七百ポンドで購入できる段取りが整ったとき、長年にわたってくすぶり続けていたエイモスの怒りが爆発した。

そもそもこの農場の借地契約を結んだのはメアリーの縁故によるものだ。農場の家畜を購入したのはメアリーが資金を持っていたからで、家具だってすべて彼女が持ち込んだものである。娘がアイルランド人と駆け落ちしたのもメアリーのせいで、双子が間抜けなのも彼女のせいだ。おまけに今回、すべてがおじゃんになったのを救ったのは、メアリーの階級と、利口で機転が利く彼女の手紙だった。人間として、農夫として、ウェールズ人として働き、貯金し、体を壊しまでしてすべてを捧げてきた農場が、またしてもメアリーのおかげで手に入るのである。そんなものは欲しくねえ！

メアリーは聞いただろうか？　いらねえよ！　いらねえ！　そんな値段で買いやしねえよ！　どん

な値段だって買いやしねえ！　そんなら何が欲しいんだ？　欲しいもんならわかってる。娘だ！　レベッカだよ。レベッカを返せ！　帰ってこい！　帰ってこいよ！　ダンナも連れてこい！　いまいましいアイルランド人を！　あのふたりの低能ぶりときたら最悪だ！　なんとしても見つけ出さにゃならん！　娘を帰らせろ！　夫婦ともに帰ってこさせるんだ！　連れてこい。帰ってこい。来い。来い。来い！

「わかってるわ……わかってる」メアリーが後ろに立っていた。そして背後から両手で、エイモスの頭を抱きしめた。彼は安楽椅子に崩れ落ち、肩をふるわせてすすり泣いた。

「わかったわ、レベッカを探しましょう」とメアリーが言った。「きっと見つかるわ。アメリカへ行ってでも見つけ出して、連れ帰るのよ」

「なんで俺はあいつを追い出しちまったんだろう？」エイモスが泣きごとを言った。

おびえた子どもが人形にすがりつくように、彼はメアリーにすがりついた。だがメアリーは夫の問いかけにどう答えたらいいかわからなかった。

29

春のカラマツ林が埃まみれの色になった。クリーム分離器の中でクリームが濃厚になり、黄色くなっていった。ベンジャミンが呼ぶ声がしたので、メアリーはハンドルを回す手を止めて、食堂兼居間《キッチン》へ走った。暖炉の前の敷物の上にエイモスが大の字になり、口をぽかんと開けて、魚のような目を見開いて天井裏を見つめていた。

脳卒中だった。五十五歳の誕生日を迎えたばかりの彼は、靴のひもを結ぼうとしている最中だった。食卓の上のマグカップにはサクラソウが生けてあった。

開業医を最近引き継いだガルブレイス医師は、若くて陽気なアイルランド人である。お父様は「雄牛顔負けの強さ」をお持ちですから、じきにまた立って歩けるようになりますよ、と彼が請け合った。だがメアリーにだけは内緒で、二度目の発作に気をつけてくださいと言い添えた。

エイモスは片手に麻痺を残しながらじゅうぶん回復し、足を引きずって中庭を歩き回ったり、ステッキを振り回したり、双子をどやしつけたり、馬の作業を邪魔したりできるようになった。ただ、思いがレベッカに立ち戻ると、彼はたいそう気難しくなった。

「それで消息はつかめたのか？」郵便配達人が手紙を持ってくるたびに彼はぴしゃりと問うた。

「まだよ」メアリーはいつもそう答えた。「これからも探し続けますから」

アイルランド人の名前がモイニハンだということはわかっていたので、彼女は警察や内務省や、男が過去に勤めていた鉄道会社に手紙を書いた。ダブリンの新聞に広告も出した。返事は来なかったものの、アメリカの入国管理局にまで問い合わせの手紙を出した。

カップルの行方は依然としてつかめなかった。

その年の秋、メアリーはあきらめをこめて、「できることはすべてやったと思う」と言った。

それ以後、双子は外出しなくなり、ベンジャミンは金銭の管理をしなくなった。〈面　影《ザ・ヴィジョン》〉の管理はメアリーが一手に引き受けるようになった。金銭の管理も、植えつける品種を選ぶのも、すべて彼女がおこなった。彼女は、取り引きや人物を評価するさいにはなかなか手厳しく、買い時と売り時を心得ており、家畜商人を懐柔したり突き放したりする頃合いを見計らうのも巧みだった。

「やれやれ！」メアリーが商談を有利に運んでまとめた後には、相手方が必ず、「ジョーンズのかみさんはここいらの丘じゃあケチの女王だね」とこぼした。

そういった不平が耳に入ると、彼女は大いに喜んだ。

いざというときに相続税の問題が起きないよう、彼女は〈面　影《ザ・ヴィジョン》〉を双子の共同名義に書き換えた。彼女が勝ち誇ったまなざしでにらみつけると、ミスター・アークライトは通りを急ぎ足で逃げ去った。彼が殺人容疑で逮捕されたと聞いたとき、彼女は声を上げて笑った。

「母さん、あのひとは人殺しで捕まったの？」

「そう、人殺し！」

当初、ミセス・アークライトの死因は、精神障害に起因する諸疾患と急性腎炎であると判定されていた。ところが彼女の死後、ミスター・アークライトと仕事を競い合う間柄の事務弁護士ミスター・ヴァヴァサー・ヒューズが、ある依頼人の意志をめぐって、ミスター・アークライトに厄介な質問をいくつかふっかけた。ミスター・アークライトはミスター・ヒューズの疑念を晴らすためにティーパーティーを開いたのだが、その席上、ミスター・アークライトがミスター・ヒューズに、くんせいニシンのペーストを挟んだサンドウィッチを食べるようしつこくすすめた。すすめられるままにサンドウィッチを食べたミスター・ヒューズはその晩、あやうく死にかけた。その二週間後、ミスター・ヒューズのもとに、「ファンより」と書かれたチョコレートが一箱届いた。彼はまたもや死にかけた。警察に届け出たところ、チョコレートひとつひとつにヒ素が注入されていたことが判明した。警察はこれら二件の事例から判断して、フルレンの教会墓地に埋葬されていたミセス・アークライトの遺体を掘り出すよう命じた。

ガルブレイス医師は検査結果に仰天した。「彼女が消化不良を起こしているのは承知していましたが、こんな原因が隠されていようとは思ってもみませんでした」と彼が言った。

ミスター・アークライトは妻の資産を利用するため、胃弱者用補助食品《ベンジャーズフード》に、タンポポを駆除する目的で買ってあったヒ素を混入したのだ。ヘレフォードの裁判所で彼の有罪が確定し、グロスターで絞首刑が執行された。

「アークライトが死刑になったよ」ルイスが父親の目の前で『ニュース・オブ・ザ・ワールド』紙を振りながら報告した。

「えっ?」エイモスはだいぶ耳が遠くなっていた。

「アークライトが絞首刑になったって言ったんだよ」ルイスが大声で言った。

「生まれたときに絞首刑になればよかった男だ!」そう言い捨てたエイモスの口から唾液が溢れて、あごを濡らした。

発作が再発する兆しが出ないか、メアリーはいつも注意していたが、エイモスは結局、別の原因で死ぬことになる。


オルウェンとデイジーは〈面影《ザ・ヴィジョン》〉で暮らす重量級の繁殖用雌馬で、一年おきに交互に出産した。ルイスはこの二頭が大のお気に入りだった。微光を放つ脇腹をほれぼれと眺め、ブラシでこすり、櫛でとかし、馬具を磨き、ひずめの上に生えた白い「房毛」をふんわりふくらませてやった。

雌馬は毎年五月の末に発情期に入り、種馬の到来を待ち望む。マーリン・エヴァンズという飼い主に連れられてやってくるのは、スパンカーという名前の堂々たる種馬で、この季節になると黒ヶ丘周辺の農場を巡回するのである。

マーリンは亜麻色の髪の、やせて屈強な男で、三角形のあばた面が口を開くと、茶色い乱杭歯が覗いた。首には女性用のシフォンのスカーフを何枚も巻いており、ずたずたにちぎれるまで決して捨てなかった。片方の耳たぶに金の輪のイヤリングをつけていた。彼は双子に、女を口説き落とした手柄話をして驚かせた。口説かれた相手はチャペルへ通う信心深い女性ばかりで、彼は歯を見せて笑いながら、「パントグラスの狭い谷間」や「家畜小屋で立ったまま」起きたことを語って聞かせた。

彼はある夜は干し草の山の陰で眠り、別の夜はちゃんとしたシーツにくるまって眠った。噂によれば、スパンカーよりもマーリンが産ませた子どものほうが数多いのだそうだ。事実、家系に新鮮な血を補給するために、妻とマーリンだけを屋根の下に残して席を外す農夫も複数いた。

マーリンは毎年、クリスマスの前にロンドンで一週間の休暇を過ごすことにしていた。あるときルイスが、種付け料としてマーリンに二十五シリング支払うと、相手は手の平にコインを並べて、「ロンドンだとこれだけの金で女がひとり買える」と言った。「もっとも、アバガベニーでなら五人買えるがね！」

一九二六年の春、マーリンはロスゴッホで女に引き留められたせいで、〈面影《ザ・ヴィジョン》〉に到着するのが例年よりも一週間遅れていた。

切れ切れの雲が動かずに空に掛かっていた。丘々は日射しを浴びて銀色に輝き、生け垣はサンザシの花で真っ白になり、牧草地にはキンポウゲが金色の霞を掛けた。柵で囲った小牧草地は、メエメエ鳴く羊の群れでいっぱいだった。カッコーが大声で呼びかけ、スズメたちがおしゃべりし、ニシイワツバメが空気を切り裂いた。二頭の雌馬は馬小屋の馬房にたたずんで、オート麦の袋に鼻を突っ込みながら、蠅がうるさいので後ろ脚で蹴っていた。

ルイスとベンジャミンは、羊の毛刈り人が今来るかと待ち構えていた。

ふたりは午前中いっぱいかけて、囲いをひもでつないで檻をこしらえ、タールを深鍋に入れて沸騰させ、錆びたハサミに油を引き、干し草を入れた納屋の屋根裏から、脂じみたオークの毛刈り用作業台を取り下ろしたところだった。

母屋ではメアリーが、毛刈り人たちに飲んでもらうために、レモン風味の大麦湯をつくっていた。エイモスはうたた寝をしていた。そのとき門のところで鋭い声がした。「進め、さあ、行け！　おなじみの色魔がやってきたぞい！」

ひづめの音がエイモスの目を覚まさせた。彼は起き出して、何が起こるか見物に出た。

日射しがとてもまぶしかったので目がくらんだ。エイモスの目に雌馬たちは入っていないようだった。雌馬たちも、エイモスが足を引きずりながら、馬房と種馬の間にできた影の内側へ入って来たのが、見えていなかった。それにくわえてエイモスの耳には、マーリン・エヴァンズが「気をつけろよ、じいさん！」と叫んだのが聞こえなかった。

手遅れだった。

オルウェンが蹴り上げた蹄がエイモスのあご先を直撃した。スズメたちはぺちゃくちゃおしゃべりを続けていた。

30

階段に一歩足を載せた瞬間、葬儀屋のミスター・ヴァインズが疑いの表情を見せた。階段の親柱と廊下の壁の間の幅をプロの目で見たとき、疑いはさらに大きくなった。彼は巻き尺を取り出して遺体を計測した後、食堂兼居間《キッチン》へ下りた。

「大柄な方ですので」と葬儀屋が言った。「ご遺体をこちらへ下ろして納棺したいと思います」

「わかりました」とメアリーが言った。黒いクレープのハンカチが袖口にたくし込んであったが、涙は少しも出なかった。

その日の午後、彼女は食堂兼居間《キッチン》の床をこすり磨き、ラベンダー水を振りかけたシーツを壁の額長押《がくなげし》に引っ掛けて、額絵や写真が見えないようにした。それから庭へ行き、月桂樹の枝を折り取ってきて、つやつやした葉を生かした帯状装飾《フリーズ》をこしらえた。

天気はずっと蒸し暑かった。双子たちは羊の毛刈りを続けた。近隣のひとも五人手伝いに来てくれた。一日で誰が一番多くの羊を刈るか全員で競った。優勝者には賞品として、サイダーを入れる腰下げ瓶が用意されていた。

ベンジャミンが檻から雌の羊を引き出してくるのを見て、デイ・モーガン老人が、「わしはベンジャミンに賭ける」と言った。彼はルイスよりも五頭リードしていた。手の力が強く、動作も素早い、優れた刈り手だった。

羊たちはハサミの下でじっと責め苦に耐えていた。やがてクリーム色がかった白になった羊は――中には乳房のあたりを切られて血を出しているものもいたけれど――柵で囲った小牧草地へ飛び出していった。羊たちが空中へ跳び上がる姿は、見えない塀を飛び越して自由を目指すかのようだった。毛刈り人は誰ひとりとしてエイモスの死を話題にしなかった。

ルーベン・ジョーンズの孫息子がふたり手伝いに来ていて、羊毛をまとめ、首から刈り取った羊毛を縒って細縄にした毛糸で縛る作業をした。ときどき、緑色の長いドレスを着たメアリーがレモン風味の大麦湯を入れた水差しを持って、戸口に姿を見せた。

「皆さん、喉がからからでしょう」彼女はにこにこしながら、ひと息入れてくださいと言った。

ミスター・ヴァインズが四時に自動車でやってくると、双子は道具を置き、棺を担いで張り出し玄関から家へ入った。ふたりとも手は脂だらけで、仕事着には羊毛脂《ラノリン》がべったりついて黒光りしていた。ふたりは父親をシーツにくるんで階段を下りた。それから食堂兼居間《キッチン》のテーブルの上に横たえ、その後は葬儀屋に任せた。

メアリーはひとりでコッカロフティーの野原まで散歩に出た。凝乳のような空の上で、チョウゲンボウが翼を震わせながら一箇所に留まっているのが見えた。日没の時間になると、羊が出産する季節のカラスみたいに真っ黒な服を着込んだ女性たちが、お悔やみを言うためにやってきて、死者にキスをした。

　棺はテーブルの上に置かれていた。ロウソクが二本点けられて、その光がベーコン用の格子棚を明るく照らし出し、屋根裏の梁に格子模様の影をつくった。メアリーも黒い服に着替えた。女性たちの中には泣いているひともいた。

「立派なひとでしたよ」

「いいひとでした」

「神様のお恵みを！」

「神様のご加護がありますように！」

「神様が彼の魂にお恵みを与えますように！」

　棺の内側には詰め物が施され、白の綿フランネルで内張りがしてあった。あご先の挫傷を隠すために、顔の下半分に白いスカーフが巻かれていた。弔問客たちの目に、死者の鼻孔から赤っぽい毛がはみ出しているのが見えた。室内はラベンダーとライラックの香りがした。メアリーは泣くことができなかった。

「そう」と彼女は返事をした。「彼はいいひとでした」

　彼女は弔問客たちを客間に通し、温めたエールにレモンの薄切りを浮かべた飲み物をひとりひとりに差し出した。この地域ではこれを飲むしきたりなのだと思い出して、彼女が用意した飲み物だった。

ずんでいた。

「ほんとうに」と彼女はうなずいた。「古い友達ほどよい友達はありません」

双子は父親の遺体に会いに来たひとびとを眺めながら、食堂兼居間《キッチン》の壁を背にして黙ったままたたずんでいた。

メアリーはフルレンへ行き、葬式に着るための黒いビロードのスカート、黒の麦わら帽子、それから、シフォン地のひだ襟がついた黒いブラウスを買ってきた。家へ戻って寝室で着替えているうちに、葬儀用馬車が到着してしまった。食堂兼居間《キッチン》は弔問客でいっぱいになり、棺がひとびとの肩に担がれた。それでもメアリーはまだ寝室の姿見の前でゆっくり横を向いて、自分の横顔を見つめていた。シユニール織りの水玉模様のベールの下で、彼女の頬はしわが寄ったバラの花びらのようだった。

葬式と埋葬が終了するまでメアリーは気丈にふるまい、振り返らずに墓から帰宅した。だが一週間もしないうちに彼女は絶望に陥った。

まず第一に彼女はエイモスの脳卒中を自分のせいだと考えた。次に、かつて彼女を最も苦しめた彼の性格も、自分が至らなかったせいだと思い込んだ。彼女は楽しみを求めようとする気持ちを失った。服をまったく買わなくなった。おまけにユーモアのセンスをなくし、毎日の暮らしを明るく照らす、ちょっとしたばかばかしさを喜ぶ気持ちも失ってしまった。そうしてエイモスの母親のハンナのことまで、愛着を持って思い出すようになった。

彼女は極端に信心深くなり、敬虔さが昂じて奇癖に近くなった。

上着に継ぎ当てをし、靴下のほころびをつくろい、食卓には四人目の席をいつも用意して、食べ物を皿に大盛りにした。エイモスのパイプ、彼の刻みタバコ入れ、メガネ、聖書にいたるまで、すべてがいつもの場所に置かれた。愛用した彫刻刀一式も、本人が使いたくなるかもしれないと考えて、箱に入れて定位置に置かれた。

メアリーとエイモスは週に三度会話を交わした。心霊術とか降霊術の方法を使ったわけではない。死者は死なずに生きていて、呼びかければ答えるものだという、いたって単純な信心に基づいて会話を交わしたのである。

メアリーはエイモスの承認を得られない限り、何事も決断しなかった。

十一月のある日の夜、〈下《ロウアー》ブレフヴァ〉の農場の一部をなす牧草地が売りに出るのを知ったメアリーは、カーテンの隙間から暗闇にささやきかけた。そしてその後、彼女は息子たちに向き直って告げた。「お金の工面はどうすればいいかわからないけれど、父さんはあそこを買うべきだって言っているわ」

その一方で、ルイスがマコーミック社の新型刈り取り結束機を欲しがったとき——彼はもはや機械嫌いではなかった——には、メアリーは唇を固く閉じて、「絶対にいけません！」と言った。

だが少し経ってからぐらついて、「いいわよ」と前言を翻した。

さらにその後、「父さんは『やめなさい！』って言っているわ」とつぶやいた。

しばらくしてから、「いいわよ」とまた言った。だがその頃にはルイスのほうも気持ちがぐらついてしまっていたので、その問題は棚上げにした。彼らが結束機購入に踏み切るのは、第二次世界大戦後の話である。

彼らは何ひとつ――ティーカップひとつさえも――取り替えなかった。その結果、家の中が博物館のようになりはじめた。

双子はまったく外出しなくなった。外の世界への恐怖というよりも、生活習慣としてそうなっていったのだ。そうして一九二七年の夏、とても忌まわしい事件が起きた。

31

〈岩〉のジムが戦争から戻ってきて二年後、彼の妹分のエセルが男の子を産んだ。アルフィーという名前がつけられたが、この子は賢くならなかった。エセルは、アルフィーの父親が誰なのかは口をつぐんでいた。しかし、男の子はジムの赤毛とつぶれた形の耳を受け継いでいたので、口さがないひとびとは、「兄弟から生まれた子だよ。無理もないだろ？　子どもが低能なのも不思議はないさ！」と言った。だがジムとエセルにはそもそも血縁関係はなかったので、これは不当な言いがかりだった。

アルフィーは厄介な子どもだった。彼はいつも服を脱いで、素っ裸になって家畜小屋で遊んだ。ときどき数日間行方不明になることもあった。そんなときエセルは肩をすくめて、「そのうち帰ってくるよ」と言った。ある夏の日の夕刻、アルフィーが丘の上で浮かれ騒いでいるのをベンジャミン・ジョーンズが見つけ、ベンジャミンも童心に帰って、日没までふたりで遊んだことがあった。

だが、アルフィーの真実の友はひとりだけで、それは掛け時計だった。

泥炭の煙でガラスがいつも燻されていたその掛け時計は、白いエナメルの文字盤にローマ数字が書かれていて、暖炉の上の壁に掛けられた木箱の中に住んでいた。

アルフィーは椅子に背が届くようになるやいなや、座面につま先立ちになり、掛け時計の小さな窓扉を開いて、振り子がチクタク、チクタクと音を立てながら向こうこっち、向こうこっちと揺れるのを見つめた。それから暖炉の火格子の前にしゃがみ込んで、まるで自分の冷ややかな目で残り火を消せるとでも言わんばかりに、舌を突き出してチクタク、チクタクと唱えながら頭を左右に振った。

彼は掛け時計が生きていると信じていたので、きれいな小石、苔の小片、鳥の卵、死んだ野ねずみなど、よくおみやげを持って帰宅した。また彼は時計に、チクタク以外のことばをしゃべらせたいと願っていたので、針や振り子をいじったり、ネジを巻こうとしたりした。そうやってあげくのはてに壊してしまった。

ジムは時計を壁からはずし、機械部分だけをフルレンの町へ持っていった。時計修理人はそれを見て――十八世紀製の上等な機械だった――五ポンドで買い取りましょうと言った。ジムは上機嫌で口笛を吹きながら店を出て、パブへ向かった。その一方で小さなアルフィーは大いに悲しんだ。

真実の友を失った彼は泣き叫びながら納屋を探し、小屋を探し、燃えるような赤毛の頭を白塗りの石壁にどすんどすん叩きつけた。やがて時計は死んだのだと理解して、彼はどこかへ姿を消した。

エセルはとくに探しもせず、三日間行方不明になった後でも、アルフィーは「どっかへ行っちまって……」とつぶやくだけだった。

クレイギーフェドウの下の泥炭地に、ハシバミの木立に隠れた池があった。ベンジャミンはよくそこへクレソンを摘みに行くのだが、その日は、キンポウゲの草むらにアオバエがぶんぶん飛んでいた。泥土から二本の足が突き出しているのが見えたので、ベンジャミンは家へ飛んで帰ってルイスに知らせた。

警察が現場に到着したときには、〈岩〉のエセルはヒステリーの発作を起こし、ベンジャミンが殺したと言い張って泣き叫んでいた。

「知ってるんだ」と彼女は怒鳴った。「あいつはそういう奴だって知ってるんだから」エセルはそこから先、ベンジャミンがアルフィーを寂しい場所へ連れ出したという話を勝手にでっち上げて語った。

ベンジャミンはあきれてものが言えなかった。警官たちが間近にいる光景が、彼の心を一九一八年の恐ろしい日々へと連れ戻した。〈面影《ザ・ヴィジョン》〉で事情聴取を受けた彼はうなだれてしまい、筋の通った受け答えを返すことができなかった。

いつものように、窮地を救ったのはメアリーだった。「おまわりさん、ぜんぶまったくの作り話だってことはわかるでしょう？　ああかわいそうなミス・ワトキンズ！　彼女は少し取り乱しているんですよ」

取り調べは結局、警官たちがヘルメットを脱ぎ、釈明をして終了した。検死官は「偶発事故による死」という評決を出した。その結果、〈面影《ザ・ヴィジョン》〉と〈岩〉の関係は再び険悪になった。

32

メアリーはエイモスの未亡人として、少なくともひとりの嫁と何人かの孫が欲しいと思うようになった。双子の母親としてはふたりとも手元に置いておきたかった。彼女はときどき、自分自身が死ぬ光景をありありと思い描くようになった。

枕に銀髪を一房載せて、干からびた殻みたいな老体になって横たわり、パッチワークのキルトの上に両手だけ出している自分。寝室には光が溢れて鳥の歌声が聞こえている。そよ風がカーテンを揺らし、寝台の両側に双子がたたずんで、左右対称の光景になっている。まるで美しい絵！ だがこんなふうに想像を巡らすのが罪深いということもメアリーはよく承知していた。

彼女はベンジャミンに、「家に引きこもってばかりいてどうするんだろうね？ 若い女の子を見つけてきたらどうなの？」とよく小言を言った。ベンジャミンが唇を固く結んで話を聞く間、彼の下まぶたはぷるぷる震えていた。それを見てメアリーは、どうやらこの子は結婚しそうにないと思った。また別のときには、彼女はつむじ曲がりを演じてルイスの肘をつかみ、ベンジャミンも結婚しない限り絶対に結婚しない、とルイスに約束させた。「約束するよ」懲役刑を宣告されたかのようにうなだれたルイスが答えた。彼は喉から手が出るほど女性が欲しかったのである。

ある年の冬の間、ルイスはずっと神経過敏で、やたらに口答えをし、弟に意地悪を言い、食も進まなかった。メアリーは彼がエイモスのようなふさぎの虫を抱えてしまうのを恐れて、五月に一大決心をした。双子をフルレン共進会に行かせることにしたのである。

「だめよ」メアリーがベンジャミンをきつい目でにらみつけた。「言い訳は聞きません」

「わかったよ、ママ」元気なく彼が答えた。

彼女はふたりに弁当を持たせ、張り出し玄関で手を振って見送った。

「かわいい娘をつかまえてくるんだよ!」と彼女が大声で言った。「暗くなる前に帰ってこないこと!」

彼女は果樹園のところまで出て、谷間の反対側を行く二頭のポニーを見送った。一頭はキャンターで輪を描くように駆け回り、もう一頭はトロットで歩いて、やがて地平線の向こうへ消えていった。

「やれやれ、少なくともふたりを家から出すことはできたわ」メアリーがルイスの牧羊犬の耳の後ろを掻いてやると、犬は尻尾を振り、スカートに頭をすりつけた。彼女は母屋へ戻って本を読みはじめた。

最近彼女はトマス・ハーディの小説に目覚め、ぜんぶの作品を読んでみたいと思うようになった。彼女自身、小説に描かれた生活をよく知っていたからだ。テスの搾乳室の匂いや、寝室やビート畑でのテスの悩みは、メアリーにも親しいものだったし、木を削って移動式編み垣をこしらえたり、松の若木を植えたり、干し草の山に屋根を掛けたりする作業も知り尽くしていた。違いがあるとすれば、ウェセックスでは機械化以前の農業がもう見られなくなったかもしれないのに対して、ラドノーの丘々ではいまだに古いやり方が残っていた。

「〈岩〉をごらんなさい」と彼女はひとりごとを言った。「あそこでは暗黒時代以来何ひとつ変わっていないわ」

メアリーは今、『キャスタブリッジの町長』を読んでいたが、前の週に読んだ『森に住むひとたち』ほど熱中できなかった。ハーディ特有の「不思議な巡り合わせ」が鼻につきはじめていた。彼女はさらに三章読み進んでから膝の上に書物を伏せて、エイモスがいた頃の寝室での夜や朝の様子を夢想しはじめた。すると突然エイモスがあらわれて彼女と交わった――燃えるような赤毛と光の筋が彼の肩を浮き立たせていた。彼女はうとうとしたのだと気がついた。太陽が西に傾いて、ゼラニウムを照らした光線が彼女の両脚の間に射していたのだ。

「この年になって！」彼女は微笑みを漏らしながら頭を振った。その瞬間、中庭に馬の蹄の音が聞こえた。

双子が門のところに立っていた。ベンジャミンは大げさな怒りをあらわにし、ルイスのほうは隠れる場所を探すかのように後ろを振り返っていた。

「で、どうだったの?」メアリーは思わず噴き出しながら尋ねた。「若い娘はひとりもいなかったの?」

「全然おもしろくなかった」とベンジャミンが言った。

「おもしろくなかった?」

「最低だった!」

双子が最後にフルレンを訪ねたときには、スカートの丈はくるぶしまであったのに、今や膝上まで短くなっていた。

その朝十一時、ふたりは丘のてっぺんに立ってフルレンの町を見下ろしていた。共進会はすでに大いに盛り上がっていた。人混みのざわめきや、ウーリッツァー・オルガンの甲高い調べや、移動動物園の動物たちのうなり声や吠え声が聞こえてきた。町へ入ってルイスが数えたところによれば、本通りだけでメリーゴーランドが十一基も設置されていた。市場には観覧車が据えられ、バベルの塔を模したらせん形滑り台も出現していた。

ベンジャミンが、引き返そうと繰り返し訴えた。

「母さんにはわかりゃしないよ」と彼が言った。

「俺が母さんに言いつけるよ」とルイスが返し、ポニーの脇腹を蹴った。

二十分後、ルイスは我を忘れて広場をさまよい歩いていた。

農場から来た若者たちが七、八人ずつ連れだって通りをそぞろ歩き、タバコをふかし、物欲しげな目で娘たちをじろじろ眺めた。そして、ひとりずつ〈ザ・チャンプ〉――赤いサテンのトランクスをつけた黒人のボクサーである――にスパーリングを挑んだ。ジプシーの占い師がスズランの花を差し出して、運勢を見ていけと強引に迫った。射的場からはピン、ピンという音が聞こえてきた。見世物小屋では〈世界一小さな雌馬とその子馬〉とともに、大女も展覧に供せられていた。

ルイスは正午までに、象の背中に乗り、〈回転空中ブランコ〉に乗り、ココナッツミルクを飲み、ぺろぺろキャンデーをなめ終わって、次なるお楽しみを物色していた。

他方ベンジャミンは人間の脚しか見ていなかった。素足の脚。シルクのストッキングをつけた脚。網タイツをつけた脚の数々が蹴り上げ、ダンスし、闊歩する情景を見たベンジャミンは、かつて一度だけ訪れた食肉処理場で、断末魔に苦しむ羊たちが脚を蹴り上げていた姿を思い出した。

一時頃ルイスは、〈テアトル・ド・パリ〉の前で足を止めた。ラズベリー色のビロードの衣装で全身を覆ったカンカン娘たちが四人、客寄せのために正面でサワリの部分を踊って見せていた。その一方で、絵が描かれたカーテンの奥では、マムゼル・デライラと名乗る女性が、目をぎらぎらさせた大勢の農夫たちを前にして、〈七つのベールのダンス〉を演じていた。

ルイスがポケットに入っている六ペンス玉を手探りしていると、誰かに手首をつかまれた。振り向くと弟の冷酷なまなざしがあった。

「こんなところに入りやしないだろうね！」

「止められるもんなら止めてみろ！」弟はそう言って兄の脇へ一歩寄った。その拍子に六ペンス玉はベンジャミンのポケットの中へ滑り落ちた。

半時間ほどすると、ルイスのうきうきした気分はどこかへ消え失せてしまった。彼は見る影もない表情を浮かべながら屋台店を冷やかして歩いた。ベンジャミンは数歩後ろからついて行った。飲み物一杯の代金で至福の絶景が見られるチャンスだったのに！　ルイスはくよくよしながら脇道へ逸れた。でもどうして？　なぜだ？　なぜだ？　自分にその問いかけを百回ほど繰り返した末に、どうやら俺はベンジャミンを傷つけるのが怖いんだ——俺はあいつを恐れているんだ——と気がついた。

輪投げの屋台で、フラミンゴの衣装をぴっちりつけた娘が輪を投げようとしていたので、ルイスは思い切って、うまいこと投げて五ポンドをせしめろよ、と言ってやろうと思った。だが山積みされた紅茶セットと金魚鉢の向こうから、弟の目が光っているのに気がつくと、喉まで出かかった軽口が引っ込んでしまった。

「もう帰ろう」とベンジャミンが言った。

「くたばっちまえ」とルイスが返した。だがいざふたりの娘に話しかけられてみると、ルイスはふと弱気になった。

「タバコ吸わない？」年上のほうがずんぐりした指をハンドバッグに突っ込んで尋ねた。

「どうもありがとう」とルイスが答えた。

娘たちは姉妹だった。片方は緑色のワンピースを着ていた。もう片方は、ヒップのあたりにオレンジ色のサッシュがついた、柔らかそうな藤色のジャンパースカートを着ていた。ふたりとも頬紅をつけて髪はショートで、鼻孔が奥深く見えた。姉妹はおそろいの薄青い瞳でウインクし合っていた。ルイスの目で見ても、背が低くて胸が重そうなこのふたりが、短くて露出度の高いスカートを履いているのはばかげているように見えた。

彼は姉妹と別れようとしたが、ふたりはついてきた。

少し離れたところからベンジャミンが見ている前で、ルイスはふたりにレモネードと生姜クッキー《ブランデー・スナップ》をおごった。ベンジャミンは先の進展がなさそうなのを見極めたところで仲間に加わった。双子と一緒に歩くのははじめてだわと言って、姉妹は大笑いした。

「なんて楽しいの！」と藤色のほうが言った。

「〈死の壁〉へ行こうよ」と緑色のほうが言った。

キャッスル通りの起点に巨大な円筒形のアトラクションがあり、すぐ隣で蒸気エンジンが稼働していた。ルイスが窓口の垢じみた若者に料金を支払い、四人は円筒の中へ入った。

他に数人の乗客がはじまるのを待っていた。窓口の若者が、「壁ぎわに立ってください！」と叫んだ。ドアが音を立てて閉まり、円筒が回りはじめ、速度がどんどん速くなった。それとともに床が上昇し、乗客を押し上げて、しまいには彼らの頭が上縁とほとんど並ぶくらいまで高くなった。それから床が下がりはじめたが、遠心力が強いために皆、十字架に掛けられたような姿勢で円筒の内壁に貼りついたまま、体を動かすことができなかった。

ベンジャミンは目玉が頭蓋骨の背面に押さえつけられたように感じた。永遠かと思われた三分間のあいだ、苦悶が続いた。円筒の回転速度がしだいに緩くなるに従って、娘たちはずるずる下へ滑り落ち、ワンピースがコンサーティーナの蛇腹みたいにヒップの上までたくしあがって、ストッキングとガーターベルトの間の肌があらわに見えた。

ベンジャミンはふらつきながら通りへ出て、側溝に吐いた。

「もうたくさんだ」彼はしどろもどろになって、あごを手でぬぐった。「帰るよ」

「つまんないひと！」緑色のほうが甲高い声で叫んだ。「彼ったら大げさすぎるわよ」姉妹は両側からルイスに腕を絡めて、通りのほうへ引っ張っていこうとした。ルイスはふたりの手を振り払ってきびすを返した。そして、ポニーをつないだ場所へ向かって、人混みの中をずんずん歩いていくツイード帽子を追いかけた。

その夜、メアリーは階段のところでベンジャミンの頰に自分の頰をかるくつけて、いたずらっぽい微笑みを浮かべながら、ルイスを連れて帰ってきてくれてありがとうね、と言った。

33

メアリーは、双子の三十一歳の誕生日にハーキュリーズの自転車を買い与え、地元の遺跡に興味を持つようしむけた。ふたりは最初のうち、日曜日に近場を走ってみるくらいだったが、やがて冒険心のおもむくままに縄張りを広げ、その昔国境地帯で祖国を裏切った男爵たちの城跡を、見て歩くようになった。

スノッドヒルで、ふたりは石壁からキヅタを剝がして矢狭間を見つけ出した。ユリシェイでは、錆びた小鍋を「中世の何か」と勘違いした。クリフォードでは、麗しのロザリンドが恋に泣き、ベールをかぶっている姿を想像した。ペインズカースルを訪れたときには、ベンジャミンがウサギ穴に手を突っ込んで玉虫色のガラスの破片を見つけ出した。

「酒杯《ゴブレット》かな？」とルイスが言った。

「瓶だよ」とベンジャミンが訂正した。

彼はフロワサール年代記や、ウェールズのギラルドゥスや、アスクのアダムの簡約版をフルレンの公共図書館から借りてきて、次々に音読した。するとにわかに、十字軍に遠征した騎士団の世界が、自分たちが生きている世界よりもリアルに感じられた。ベンジャミンは貞潔を誓った。ルイスは、美しき乙女の記憶を守り抜くと誓った。

ふたりは声を上げて笑った。そして自転車を生け垣の背後に倒し、川べりでのんびりした。彼らは破城槌や、落とし格子門や、瀝青の入った坩堝や、膨れた死体が壕に浮いている場面を思い浮かべた。ウェールズ人の弓兵がクレシーの戦いで活躍した話を聞いたルイスは、イチイの枝の樹皮を剝がし、火であぶって硬くして、腸線《ガット》を張った弓をこしらえ、矢には、ガチョウの風切羽でつくった矢羽根をつけた。

二本目に放った矢が果樹園を横切って鶏の首に命中した。

「しまった」とルイスがつぶやいた。

「危なすぎるよ」とベンジャミンが言った。彼は同じ頃、非常に興味深い記録に行き当たった。クミーア修道院の修道士が書き残した文書によれば、金の棺に納められたカドウォラダー司教の遺体が、グラスコイドの聖キノグの泉の脇に埋葬されているというのである。

「どこにあるんだ?」ルイスが尋ねた。彼は『ニュース・オブ・ザ・ワールド』で、ツタンカーメンの墓の記事を読んだことがあった。

「ここだよ!」英国陸地測量部の地図を広げて、ゴシック体の地名の下あたりをベンジャミンが指さした。その場所はフルレンから八マイル離れたところにあり、ランドリンドッドへ向かう道路からはずれた地点だった。

次の日曜日、チャペルでの礼拝の後、ミスター・ナントリス・ウィリアムズは双子の自転車が二台、杭を巡らした柵に立てかけて止めてあるのを見た。ルイスの自転車の上パイプには踏鍬がくくりつけてあった。彼がやんわり、安息日には働かぬようたしなめると、ルイスは顔を赤らめて身を屈め、ズボンクリップをつけた。

グラスコイドに到着したふたりは、苔むした岩の裂け目から湧き出す聖泉を見つけ、ゴボウの間を縫うように進んだ。薄暗い日陰だった。泥土に牛糞が混じり、アブがブンブンうるさかった。ズボン吊りをつけた少年が怪しいふたりを見て、あわてて逃げた。

「どこを掘ればいい？」ルイスが尋ねた。

「あそこだ！」イラクサの藪に半ば隠された小山を指さして、ベンジャミンが答えた。

土は黒くねばねばしていて、ミミズが多かった。半時間ほど掘ったところで、ルイスがベンジャミンに、穴だらけの骨片を差し出した。

「雌牛だな」とベンジャミンが言った。

「雄牛だよ」ルイスが反論するのに合わせたかのように、牧草地の向こう側から、「そこから立ち去りなさい！」という声が飛んだ。

ズボン吊りの少年が父親を連れてきたのだ。灌木の茂みの反対側でぷりぷり怒っている農夫が見えた。散弾銃もちらりと見えた。双子は棺のワトキンズを思い出し、這うように日陰から日なたへ出た。

「その踏鍬はもらっておこう」と農夫がつけくわえた。

「はい、わかりました」とルイスが答え、踏鍬を地面に置いた。「どうもありがとう」

ふたりはそう言い残して自転車で走り去った。

金に目がくらんだのが諸悪の根源だったと気づいた双子は、ケルト教会の聖人たちに興味を移した。ベンジャミンはキャスコブの教区司祭が書いた論文を読んで、これらの「霊的な運動家たち《スピリチュアル・アスリート》」は、自然と神と一体になることを求めて山中に引きこもり、聖デイヴィッドそのひとはホンドゥ谷に「苔と葉で覆った粗末な小屋」をこしらえて庵《いおり》としたのである、という記述を見つけた。自転車で行ける範囲内にこの種の伝承地が何箇所かあった。

モッカスで双子は、白い雌豚が子豚たちに乳を与えているところを聖ドゥブリキウスが見た、と伝えられる場所を確認した。ランフリナッハを訪れたときには、ある女が「トリカブトその他のみだらな材料を用いて」聖人を誘惑しようとたくらんだ、という物語をベンジャミンが話して聞かせて、ルイスをからかった。

「そのおしゃべりな口を少しつぐんでくれたら感謝してやるよ」とルイスが言った。

ランヴィノイ教会では、たくましい若者が木に吊るされている場面がサクソン石に刻まれているのを見た。この教会の守護聖人聖バイノが、キツネを料理するのを拒んだ男に呪いを掛けたという話が浮き彫りになっているのだ。

「キツネ料理は俺の喉も通りそうにないがなあ」しかめっ面をしてルイスがつぶやいた。

双子は、隠者暮らしをはじめたらどうだろうと考えた。キヅタの木陰で小川のせせらぎを聞き、スグリや野生タマネギを食べ、クロウタドリのさえずりに耳を傾ける生活である。あるいはまた、殉教者になる場面を想像したりもした。大勢のデーン人が略奪にやってきて、強奪し、放火し、女たちをひっさらっていく片隅で、ホスチアにしがみついている自分の姿。現実世界ではこの年、世界大恐慌が起きていた。また、革命が起きそうな気配も濃厚だった。

八月のある日の午後、双子がワイ川のほとりを全速力で自転車を漕いで走っていたとき、低空を飛んできた飛行機が速度を緩めて合図をよこした。

ルイスは即座にブレーキを掛けて、道の真ん中で自転車を止めた。

飛行船R101の墜落事故は彼のスクラップブックを大いに分厚くさせたが、ルイスが今最も興味を持っているのは女性飛行士だった。レディ・ヒース……レディ・ベイリー……エイミー・ジョンソン……ベッドフォード公爵夫人……彼は祈りの文句をとなえるように、それらの名前をそらんじていた。中でも一番のお気に入りはもちろん、アメリア・イアハートだった。

合図をよこしたのは銀色の機体のタイガーモスだった。二度目に旋回したときには、パイロットが会釈して手を振るのがはっきり見えた。

ルイスは、もしかして飛行士が女性かもしれないと思って熱烈に手を振り返した。飛行機が爆音を立てて三度目に急降下してきたとき、パイロットがコックピットの中でゴーグルを外し、日焼けした顔で微笑んでみせた。女性だった。飛行機は至近距離まで下りてきたので、ルイスは後々パイロットの口紅を見たと言い張った。タイガーモスは急上昇し、太陽の中へ消えて行った。

夕食のときルイスは、自分も飛んでみたいと語った。ベンジャミンは「ふーむ」とうなった。彼の心には、空を飛ぶ機会がルイスにやってくるかどうかよりも、隣近所の住人と兄との関係のほうが、はるかに重く掛かっていた。

34

〈下《ロウアー》ブレフヴァ〉の農場は風当たりがとても強い場所にあるので、周囲を取り巻く松の木立が斜めに傾いていた。所有者のグラディス・マスカーは健康で恰幅のいい女性で、つやつやした頬とタバコ色の目をしていた。十年前に夫に先立たれた彼女は家をこぎれいに保ち、リリー・アニーという名のひとり娘と、自分の母親のミセス・ヤップを養っていた。

ミセス・ヤップは癇癪持ちの居候で、リューマチのために手足が少し不自由だった。

ジョーンズ家が〈下《ロウアー》ブレフヴァ〉の一角にある牧草地を購入した直後のある日、ルイスが隣家との境目の生け垣を直していると、ミセス・マスカーが家から出てきて、ハンマーで杭を地面に打ち込む作業をまじまじと見つめた。あまりにもじろじろ見るので、ルイスは落ち着かない気分になった。彼女はふうっとため息をついて、「人生は働きづめだねえ」とつぶやいた。そして、うちの門も直してくれないかしらと頼んだ。ちょっと食べていってと言われたので、彼はミンスパイを六つ平らげた。彼女はその日、夫候補のリストにルイスをくわえた。

夕食のとき、ミセス・マスカーは菓子づくりの名人だとルイスが言うのを聞いて、ベンジャミンは母親に不安げな目くばせをした。

ルイスがミセス・マスカーに親切にしたので、彼女はあれこれルイスに頼った。彼はマスカー家の麦わらを山に積み、食用豚を解体処理した。そんなある日、ミセス・マスカーが息せき切って牧草地を駆けてきた。

「ルイス・ジョーンズ、助けて欲しいの。雌牛が大変なのよ！　一緒に来て！　悪魔に蹴られたみたいに元気がなくなっちゃって」

雌牛は疝痛を起こしていた。だがルイスがうまく処置をしたおかげで回復した。

ミセス・マスカーはときどき、ルイスに二階を見せて寝室へ誘い込もうとしたが、彼は決してその誘いには乗らなかった。暖かい空気がこもった食堂兼居間《キッチン》に腰掛けて、彼女の話を聞いているほうが気楽だったからである。

リリー・アニーは子ギツネを飼っていた。ベンと呼ぶと反応するその子ギツネは、金網で囲った檻をねぐらにしていた。ベンは家の残飯を食べ、とてもよく人慣れしていたので、リリー・アニーは人形と同じように扱った。ベンは一度逃げ出したことがあったけれど、木が茂った谷間まで彼女が行って「ベニー！　ベニー！」と呼ぶと、茂みの中から飛び出してきて、彼女の足元に丸くなった。

ベンは地元で有名になり、〈お城〉のミセス・ナンシーまでがひと目見ようとやってきた。「でもベンはとってもえり好みが激しくてね」とミセス・ヤップが自慢した。「誰にでもなつくわけじゃないんだ。ちょっと前、ミセス・ナンシーがヘレフォードの司教様とご一緒に見えたんだけど、うちのベニーったらマントルピースに飛び上がって、おしっこしたの。とってもキツネ臭かった」

母親とは異なり、ミセス・マスカーは単純な人物で、男が近くにいれば幸せだった。そして男が親切なふるまいを見せれば、親切で返礼した。彼女のところへやってくる男たちの中には、〈レッド・ダレン〉のヘインズや〈岩〉のジムもいた。ヘインズは彼女に小さな子羊をあげたからで、ジムは彼女を大いに笑わせたからだった。

ルイスは、ヘインズとジムがミセス・マスカーをちょくちょく訪れていると考えただけで嫌な気分になったし、彼女自身にも失望させられた。彼女はいつもにこにこ顔で出迎えるとは限らず、ひどく不機嫌な日もあって、「あら、また来たの！　うちの母親とでもしゃべっていったらどう？」と言い放つこともあった。だがルイスは、金銭のことしか話したがらないミセス・ヤップには飽き飽きしていた。

ある朝、散歩の途中に〈下《ロウアー》ブレフヴァ〉の前を通りかかったルイスは、納屋の羽目板にキツネの毛皮が釘で打ちつけてあるのを見た。そして、ヘインズがいつも乗っている灰色のウェルシュ・コブが門につないであった。彼はそのまま立ち去り、ミセス・マスカーには二月まで会う機会がなかった。馬道で出くわした彼女は、首にキツネの毛皮を巻いていた。

「そうよ」と彼女は舌を鳴らした。「これは不憫なベンなのよ。リリー・アニーの手に噛みついたの。破傷風の危険があるってミスター・ヘインズが教えてくれたもんだから、お願いして撃ち殺してもらったわけ。あたしが自分で、肉に硝石をくわえて保存加工したのよ。これ、素敵でしょう！　木曜日に毛皮加工の店からとってきたばかりなんだから」

彼女はおもねるような微笑みを浮かべながら、今、家には誰もいないのだと言った。

ルイスは二日間待った後、吹き溜まった雪を踏みしめて〈下《ロウアー》ブレフヴァ〉へ行った。水晶のような空を背に、松の木立が黒々とたたずんでいた。夕陽の光はまるでピラミッドの頂上めがけて昇っていこうとしているように見えた。ルイスは両手に息を吹きかけた。彼は彼女をものにしてやろうと決心していた。

家の北側には窓がなかった。雨樋から下がった氷柱《つらら》からしずくが垂れて、ルイスの首筋に当たった。家の端まで回り込むと見覚えのある灰色の馬がつながれていた。そして寝室から男女のうめき声が聞こえてきた。犬が吠えたので彼は走った。牧草地の真ん中あたりまで逃げたところで、ヘインズの怒鳴り声が背中をどやしつけた。

四ヶ月後、郵便配達人がベンジャミンに、ミセス・マスカーはヘインズの赤ん坊をみごもっているとささやいた。

彼女は恥ずかしいのでチャペルへは顔を出さなかった。ただ家にこもって女の宿命を呪いつつ、ヘインズがちゃんとした対応をしてくれるのを待っていた。

だが待ったのは無駄だった。ヘインズにはハリーとジャックというふたりの息子がいたが、両方とも父の再婚に断固反対しているので、金で解決させてくれと言ってきたのである。

ミセス・マスカーは怒って拒絶した。チャペル仲間は彼女を軽蔑するかと思いきや、あふれんばかりの同情と親切で彼女を圧倒した。老いたルース・モーガンは助産婦役を買って出た。足踏みオルガン奏者のミス・パーキンソンはきれいなグロキシニアを一鉢持ってきた。ミスター・ナントリス・ウィリアムズまでやってきて、ベッドの脇で祈りを捧げてくれた。

「わが子よ、悩むことはありません」と彼がなぐさめた。「子を産めるのは女性の特権なのですから」

馬車でフルレンへ行き、誕生した娘をわが子として届け出た日、ミセス・マスカーは堂々と胸を張っていた。

役場で渡された用紙に大文字で、「マーガレット・ベアトリス・マスカー」と書いた。ヘインズが娘を見たいと言ってやってきて、玄関扉をノックしたが、彼女は即座に追い払った。一週間後、彼女は態度を和らげて、男に半時間だけ娘を抱かせてやった。それ以後、ヘインズはとりつかれたように娘に夢中になった。

彼は自分の母親の名にちなんで、娘をドリス・メアリーと名付けたがった。だがミセス・マスカーは、「この子はマーガレット・ベアトリスです」と言って譲らなかった。彼女は、ヘインズが持参したポンド紙幣の束を突っ返し、抱きつこうとする彼を平手で叩いた。ヘインズは彼女に許しを請い、結婚して欲しいとひざまずいて懇願した。

「遅すぎる！」ミセス・マスカーはそう言って、ヘインズを永遠に閉め出した。

彼は農場の周囲をうろついて、恨み言や脅しをかけ続けた。赤ん坊を誘拐するぞとまで言ったので、ミセス・マスカーは警察を呼んでやると言い返した。ヘインズはひどく気性が荒い。何年も前、彼は兄と素手で殴り合いのけんかを三日間続けたあげく、兄のほうが行方をくらましてしまったことがある。彼の血統にはどこかで「黒人の血が混じっている」と言われていた。

ミセス・マスカーは怖くなって、家を出たいと思った。年鑑のページを破ってルイス・ジョーンズに伝言を書き、郵便配達人に頼んで持っていってもらった。

ルイスがやってきた。だが門までくると、雑種の猟犬を連れたヘインズが家畜小屋のところに待ち伏せしていた。

ヘインズが、「出しゃばりなてめえの鼻面を引っ込めろ！」と怒鳴った。猟犬はだらだらよだれを垂らしていた。ルイスは引き下がり、午後の間じゅうずっと警察を呼ぶべきかどうか迷った末に結局思いとどまった。

夜は風が強くなった。松の古木がぎしぎし鳴った。窓ががたがた音を立て、折れた小枝が飛んできて寝室の窓に当たった。夜中の十二時頃、誰かが玄関へやってきたのをベンジャミンが聞きつけた。ヘインズではないかと思った彼は兄を起こした。

扉をドンドン叩く音は止まなかった。そして、びゅうびゅううなる風音に混じって女の声が、「人殺し！　人殺し！」と叫んでいるのが聞き取れた。

「大変だ！」ルイスがベッドから飛び起きた。「ミセス・ヤップの声だ」

双子は彼女を食堂兼居間《キッチン》へ招き入れた。暖炉には燃え残りの火がくすぶっていた。ミセス・ヤップはしばらくの間、うわごとのように「人殺し！……人殺し！」とつぶやき続けた。彼女はやがて気を静めて、恐ろしいことを口にした。「あの男、殺してから、自殺したよ」

ルイスはカンテラに火を点けて、散弾銃に弾を込めた。

「お願いだから」とメアリーが言った。彼女はガウンをはおって階段の途中まで下りてきていた。

「お願いだから、気をつけてね！」双子はミセス・ヤップの後について暗闇の中へ出ていった。

〈下《ロウアー》ブレフヴァ〉の家は、食堂兼居間《キッチン》の窓が破られていた。カンテラの光の中にぼんやりとミセス・マスカーの死体が浮かび上がった。茶色いホームスパンのドレスを膨らませて、揺りかごに覆いかぶさった彼女の体から血の池が広がっている。部屋の隅にリリー・アニーが黒っぽいものを抱えてうずくまっている。その赤ん坊は生きていた。

ミセス・ヤップが、玄関扉を叩くヘインズに応対したのは午後九時だった。いつものように玄関へ出てみると、扉口に待っているはずの男はいなかった。彼はこっそり壁沿いに回り込み、銃床で窓を破り、至近距離から恋人を狙って二発の弾を発射したのだ。

ミセス・マスカーは最後の機転を利かせて揺りかごをわが身で覆い、赤ん坊を助けた。散弾はリリー・アニーの両手にも当たって傷を負わせた。彼女は祖母と一緒に階段下の物置に隠れた。半時間後、ふたりの耳にまた二発、銃弾の音が聞こえ、その後は静かになった。ミセス・ヤップは二時間待ってから助けを呼びに出た。

「豚野郎！」ルイスがつぶやいて、カンテラの光を頼りに外へ出た。

ヘインズの死体は血潮が飛び散った芽キャベツ畑で見つかった。猟銃が脇に転がり、男の頭は吹き飛んでいた。引き金に麻ひもを引っ掛けてから銃床の先をひと巻きして、銃身を口に咥えてひもを引いたのだ。

「豚野郎！」ルイスは死体を蹴った。一回、二回。だが三回目に蹴る直前、あんまりだと思ってやめにした。

マサーフェリンの信徒会館で検死がおこなわれた。ほぼ全員が泣いていた。皆が黒服を着てきた中で、ミセス・ヤップだけが深紅のビロードの帽子をかぶって、涙の痕もない顔を見せた。彼女がうなずくのにあわせて、帽子についたピンクのシフォンのイソギンチャクが触手を揺らした。

検死官が低くこもった悲しげな声で、ミセス・ヤップに尋ねた。「チャペルの信徒さんたちは、ミセス・マスカーが困っているときに助けてくれなかったのですか？」

「いいえ」とミセス・ヤップが答えた。「わざわざわが家へやってきて、娘にとても親切にしてくださった方々もありました」

「つまりこの、非国教徒のための小さなチャペルに集う皆さんは、ミセス・マスカーを見捨てなかったということですね！」

検死官は「計画的殺人に引き続いて自殺がおこなわれた」という文面の評決を出すつもりでいたが、父親が書き残したというメモをジャック・ヘインズが読み上げるのを聞いて思い直し、「一時の激情による予謀なき殺人」という表現に書き改めた。

検死が終了し、弔問客たちはぞろぞろ葬式に向かった。身を切るような風が吹いていた。礼拝の後、リリー・アニーは母親の棺に付き添って墓地まで歩いた。両手の怪我を覆い隠した黒いショールが風にはためいた。埋葬が終わると彼女は、赤い盛り土の上にラッパ水仙の花輪を置いた。

ミスター・ナントリス・ウィリアムズは会葬者全員に、教会墓地の反対側の隅でもうひとつの埋葬式がおこなわれますので、どうかお残りくださいと言った。ヘインズの棺の上には月桂樹の葉でこしらえた輪がひとつ載せられ、「愛するパパへ、HとJより」というカードが添えられていた。

ミセス・ヤップは家中を探し回って現金に換えられそうな品物をかき集め、リリー・アニーを伴ってレミンスターに住む姉妹のところへ転居した。彼女は死んだ娘のために「びた一文」出すつもりはないと言い切っていたので、墓石の代金はルイス・ジョーンズが負担する他なかった。彼は質素な石の十字架を選び、スノードロップを一輪と、「平和を！　全き平和を！」ということばを彫り込んでもらった。

一ヶ月に一度、ルイスは墓地の砂利を熊手で掻き起こして雑草を摘み取った。毎年、彼女の命日頃に満開になるよう、ラッパ水仙をひと抱え植えた。ルイス本人は決して認めようとしなかったものの、そういう世話を買って出ることで、彼は確かにいくばくかの慰めを得た。

35

ミセス・ヤップは去り際に近隣のひとびとに向かって、「ああいう結びつきでできた子ども」の面倒を見るつもりはないと言い切った。ルイスは母と弟に相談せずに、その子を〈面影《ザ・ヴィジョン》〉に引き取ろうと決めて、ミセス・ヤップにそう話した。

「考えておくよ」と老女が答えた。

その後しばらく何の音沙汰もないと思っていたら、郵便配達人が、リトル・メグは〈岩〉に預けられていると知らせた。ルイスがあわてて〈下《ロウアー》ブレフヴァ〉へ行ってみると、ミセス・ヤップとリリー・アニーが荷物をまとめて荷馬車に積み込んでいるところだった。〈岩〉は赤ん坊を育てられるような場所じゃない、と彼は抗議した。

「あの子はあそこの子なんだよ」老女がきっぱりと言い返した。それから彼女の見るところでは、赤ん坊の父親はヘインズではなくジムなのだとつけくわえた。

「そういうことなら」ルイスはうなだれて家へ帰り、お茶を飲んだ。

ルイスの言うとおりで、〈岩〉は赤ん坊を育てるには適さない家だった。老いて、薄汚れたしわの塊みたいな顔になったアギーはすっかり衰えて、火掻き棒で暖炉の火をかき回すことぐらいしかできなかった。一方、ものぐさなジムは煙突掃除すらしなかった。そのため風が強い日には、煙が室内へもうもうと逆流して、何も見えなくなるほどだった。三人の養子——セアラ、ブレニー、リジー——は目を痛め、寒さで鼻水を垂らし、シラミがたかっているのでむずがゆさにも悩まされていた。この家の働き手はエセルしかいなかった。

家中の人間たちの腹を満たすために、彼女は日没後にこっそり他所の農場へ忍び込んで、アヒルの子や騒がないウサギなどを盗んだ。彼女が〈面影《ザ・ヴィジョン》〉にも盗みに入ったことは、翌朝ベンジャミンが粗挽き粉の収納小屋の扉を開けたときにはじめて判明した。中から犬が飛び出して、彼の両脚の間をすり抜けて牧草地へ走り抜け、クレイギーフェドウのほうへ消えたのだ。逃げたのはエセルの飼い犬だった。穀物置き場が荒らされていた。ベンジャミンは警察を呼ぼうと思った。

「よしなさい」とメアリーが言った。「何もしないでおきましょう」

動物の命にたいする強い畏敬のせいで、〈岩〉のジムは食肉用の家畜を一頭たりとも出荷しなかった。そのため彼が所有する牛や羊の群れはどんどん老衰していった。最年長は角膜が白く濁ったドリーという雌羊で、二十歳を越えていた。ほかの動物たちもすでに子を産まなかったり、奥歯を失ったりしており、冬場に餌が不足するとばたばた死んでいった。雪融けの時期になると、ジムが死骸を集めて合葬墓をこしらえた。長年の間に彼の農場は大きな共同墓地みたいになっていた。あるときエセルが我慢の限界に達して、ジムにフルレンへ雌羊を売りに行かせた。ところが町のすぐ近くまでたどりついたところで、他の羊の鳴き声を聞いたジムは意志が折れてしまい、「娘っ子たち」を連れて帰ってきてしまった。

また別のとき、家畜の競売が終わった後、ジムはひとり居残って誰も——廃馬処理業者でさえ——欲しがらない駄馬がいないか事務員に尋ねた。彼は引き取り手のない馬を見つけると鼻面をなでて、「こいつをもらっていくよ。たくさん食わせればシャンとするさ」と言った。

ジムはいつも案山子のような身なりで荷馬車を操り、近くの谷間を走り回っては金属のスクラップや廃棄された機械を拾って歩いた。彼はそれらを売ってもうけるのではなく、〈岩〉を要塞化するのに役立てた。

ヒットラーの戦争がはじまると、母屋とそれに付随した建物群の周囲が、錆びた干し草用フォークや、犂の刃や、手回し脱水機や、寝台架や、荷馬車の車輪や、歯を外側に向けた砕土器などを積み上げた砦柵で囲われた。

ジムは鳥や動物の剝製を集めることにも異常に熱心で、屋根裏部屋には虫が食った剝製が無数に詰め込まれていたので、三人の少女たちは眠る場所にも事欠いた。

ある朝、メアリー・ジョーンズが九時のニュースを聞きながらふと目を上げると、食堂兼居間《キッチン》の窓ガラスにリジー・ワトキンズが鼻をくっつけていた。少女のまっすぐで柔らかい髪は脂じみていた。

衰弱した体につんつるてんの花柄のドレスを着たリジーの歯は、寒さのあまりガチガチ音を立てていた。

「リトル・メグが大変なの」人差し指で鼻を拭きながら少女がだしぬけに言った。「死にそうなの」

メアリーは冬用のコートをはおって強い風の中へ出た。彼女はこのところ一週間ばかり体調がよくなかった。ちょうど彼岸嵐が起きる季節で、丘ではヒースが紫の花を咲かせていた。リジーとメアリーがクレイギーフェドウのすぐ近くまでたどり着くと牧羊犬たちが吠え立てたので、ジムが出てきて、犬たちを静かにさせた。「こら、黙れ！　うるせえぞ！」メアリーがまぐさをくぐって暗い家の中へ入った。

アギーが力なく暖炉の火を扇いでいた。エセルは両脚を開いて箱寝台に腰掛けていた。リトル・メグはジムの上着に半分くるまって、青緑色のきれいな瞳を天井の梁に向けて見開いていた。両頬はまっ赤だった。キンキンした音の咳が止まらず、高熱のために息が荒くなっていた。

「気管支炎ね」とメアリーが言い、専門家のような口調でつけくわえた。「この煙が来ないところへ移動させないと肺炎になります」

「連れて行ってくれ」とジムが言った。

メアリーは彼の目を真っ直ぐに覗き込んだ。リトル・メグの目とそっくりだった。彼の懇願ぶりをみて、メアリーは、ジムがこの子の本物の父親だと確信した。

「もちろん連れて行くわよ」彼女が微笑んだ。「リジーも一緒に来てもらいます。じきによくなるわ」

彼女はユーカリ油の吸入薬をこしらえた。メグはその薬を一、二回吸い込んだだけで、ずいぶん呼吸が楽そうになった。メアリーは小麦のシリアルをスプーンに載せてメグに与え、鎮静剤としてカモミールも飲ませた。彼女はリジーに、水を含ませたスポンジの使い方を教えて、熱が下がるようにした。そうしてメグの体を火のそばで暖めながら、気管が真っ直ぐになるように支えて、一晩徹夜で看病した。メアリーは看病の合間に黒ビロードの星形をいくつか、パッチワークに縫いつけた。翌朝には容態は峠を越した。

ずっと後年、ルイスが母親の晩年に思いを巡らしたとき、記憶の中にありありと残るイメージは、母親がパッチワークのキルトをこしらえている情景だった。

彼女はある年、麦の脱穀作業の日にパッチワークの作業をはじめた。ルイスはその日喉が渇いたので、服と髪にもみ殻がたくさんついたまま母屋へ入っていくと、母親のいちばんいい黒ビロードのスカートが食堂兼居間《キッチン》のテーブルに載せかけてあった。彼は、もみ殻で黒い服地が汚れないか心配そうな表情を見せたメアリーのことを覚えていた。

「わたしはあと一回しか葬式には行かないから」と彼女が言った。「しかもそれは自分の葬式だからね」

母親のハサミがスカートを細く切り裂いた。次に彼女は、派手な色のキャラコのドレスを何枚も——衣装箱に四十年も入ったままになっていたのでどれも防虫剤の匂いが染みついていた——切り裂いた。それから彼女は、自分の人生の前半と後半――インドでの若き日々と黒ヶ丘での暮らし――を縫い合わせはじめた。

彼女は、「これをつくっておけば、わたしのことを思い出してもらうのにちょうどいいから」となんべんも言った。

キルトはクリスマスまでにできあがった。ルイスは、キルトが完成する前にメアリーが腰掛けている椅子のうしろに立ったとき、母親の息づかいが速く、両手に青い血管が太く浮き出ているのに気づいた。彼女の見た目は、七十二歳という年齢よりもはるかに若かった。顔にしわがなかったせいもあるし、年とともに髪が茶色っぽく変色してきたおかげでもあっただろう。だがそのときルイスは、息子ふたりと母親の間に結ばれてきた関係がもうじき終わるのだと悟った。

「そうなんだよ」とだるそうに母親がつぶやいた。「心臓がちょっとね」

ここしばらくの間、家の中には心配事がいくつかあって三人の関係がぎくしゃくしていた。

ルイスは、母親と弟が組んで、自分にたいする陰謀を企んでいるのではないかと感じていた。自分がいまだに女性と縁がないのはふたりのもくろみにはめられたせいではないか、と考えていたのだ。ふたりが組んで、農場の収支がどうなっているのか自分には見せないようにしているのも、腹立たしかった。自分だって言うべきことは言うべきではないか？　そう考えた彼は出納帳をチェックしたいと言いだした。ところが貸方と借方が並んでいる帳面を見てもさっぱりわけがわからなかった。メアリーはルイスの頬を服の袖で軽くなでて、やさしくささやいた。「あなたには数字の頭がないの、それだけよ。恥ずかしいことじゃない。ベンジャミンに任せておけばいいじゃない?」

ルイスは、母親とベンジャミンが金銭を出し惜しみするのにも腹を立てており、理にかなっていないと感じていた。彼が新しい機械を導入したいと提案するたびに、母親は両手を揉み絞るようなしぐさをして、「お金を出せたらいいんだけど。あいにくうちにはお金がないの。来年まで待つしかないわね」と言った。ところが土地を買う話になると、いつだって必要な金額が工面できた。

メアリーとベンジャミンは熱心に土地を買い足した。新しい土地が一エーカーでも増えると、そのぶんだけ敵意ある世界との境界線が退くとでも言わんばかりだった。土地が増えれば作業だって当然増える。それなのに、ルイスが馬に代えてトラクターを導入しようと提案すると、ふたりは驚いた顔をしてみせるのだった。

「トラクター?」とベンジャミンがつぶやいた。「正気かい?」

母親とベンジャミンがある日、フルレンの事務弁護士の事務所から帰ってきて、〈下《ロウアー》ブレフヴァ〉を購入したと報告したとき、ルイスは激怒した。

「何を買ったって?」

「〈下《ロウアー》ブレフヴァ〉だよ」

ミセス・マスカーの死から三年がたち、彼女の小自作農地は荒れ放題だった。牧草地をギシギシとアザミが浸食し、中庭はイラクサの海になった。屋根のスレート瓦は落ち、寝室にはメンフクロウが巣をつくっていた。

「おまえが耕せばいいさ」ルイスがぴしゃりと言った。「死んだ女の土地を横取りするのは罪だぞ。俺はあそこへは足を踏み入れない」

だが結局、ルイスはいつものように態度を和らげて、懲りずに自分なりの罪を重ねた。パブをはしごして酒を飲み、近所に新しく住みついたひとびとと親しくなった。

フルレンの市場でふと気がつくと、二、三フィート離れたところに、口紅を塗り、爪も赤くして、白いベークライトのフレームがついたサングラスを掛けた、足の長い見慣れない女が立っていた。女は大きな枝編み細工のかごを手に下げていた。隣には彼女よりも若い男が一緒にいた。その男がうっかり卵を地面に落としたのを見た彼女は、サングラスを額にあげて、太くしゃがれた声でものうげにつぶやいた。「あらまあ、ドジね……」

36

ジョイとナイジェルのランバート夫妻は芸術家の妻と芸術家で、〈ギリフェノグ〉の一角に小さな田舎家を借りて住んでいた。ナイジェルはロンドンで個展を開いて評判をとった画家である。個展の直後、絵の具箱とイーゼルを持ってこの地方へやってきて、雲や陽光が丘々にもたらす効果をスケッチするようになった。彼は、金髪の巻き毛が「天使のよう」だった時期もあったに違いないとはいえ、すでに急速に太りはじめていた。

ランバート夫妻はジンを一緒に飲む癖はあったものの、ベッドはともにしていなかった。地中海地方を五年間放浪した後、戦争がはじまりそうなのを見越してイングランドへ戻ってきた。ふたりとも周囲からブルジョア的だと見なされるのを恐れながら暮らしていた。

ふたりは農夫——「昔びと《ジ・アーリーズ》」と彼らは呼んだ——が好きなので、週に三晩、〈羊飼いの憩い〉亭で酒を飲んだ。ナイジェルは店で地元の者たちに、スペイン内戦での体験談を熱心に語って聞かせた。雨の夜には、前身頃に茶色い染みがついた、分厚いウールの肩マントを着て店へ来た。ナイジェルの話によれば、この染みは共和国軍の兵士が彼の腕の中で死んだときについたものだという。ジョイは、そういう話はぜんぶ聞いたことがあったので飽き飽きしていた。「ほんとなの、ダーリン？」と彼女は口をはさんだ。「ぞっとする話ね。気味が悪い！」

ジョイは田舎家の室内を飾りつけるのに夢中で、近所のひとびとに注意を払う暇はなかった。ジョーンズ家の双子についても、「お母さんと暮らしているふたり兄弟」という程度に覚えているだけだった。

彼女は趣味のよさと、お金を掛けないで「工夫する」能力に恵まれていた。一面の白壁に薄い青を塗り重ね、別の面には黄土を薄く塗り重ねた。ダイニングテーブルには壁紙貼り職人が使っていた架台を用いた。詰め綿を縫ってカーテンにし、ソファーは馬用毛布で覆い、クッションは馬具用の格子縞の生地でこしらえた。「楽しさを押しつけるような」ものは決して使わない主義だった。一点だけ所有していた芸術作品はピカソのエッチングで、ナイジェルの絵はアトリエに使っている納屋以外には掛けさせなかった。

ある日、部屋を見回して彼女がつぶやいた。「この部屋には……なんかいい……椅子が足りない！」それから彼女は、イグサ編みの座がついた農家の椅子をおそらく何百脚も見た後で、見事に美しく使い古された究極の一脚を〈岩〉で発見した。

その日ジョイは、〈岩〉で一日中スケッチをしていた夫を呼びに行ったのだが、家の中へ足を踏み入れるか入れないかのうちに、「わあ！ わたしの椅子、見いつけた！ いくらなら売ってくれるか、ここの娘さんに聞いて！」とナイジェルにささやいた。

別の日に、彼女は〈面　影《ザ・ヴィジョン》〉へ、メアリーの自家製バターを買いに来た。彼女は豚肉煮用《ブローン》の古壺ががらくたの山に混じっているのをめざとく見つけて、「まあ！ なんてすごい壺なの！」と声を上げ、貫入が入った灰色の釉薬を指でなでた。

「使えるんなら持っていっていいよ」ルイスが疑わしげに言った。

「お花を生けるのに使うわ」ジョイがにこやかな顔を見せた。「野の花を！ 園芸種は嫌いなのよ」そう言いながら、ベンジャミンが丹精しているパンジーやニオイアラセイトウに向かって、それらを払いのけるように腕を振った。

一ヶ月後、ルイスが馬道を歩いていたとき、両手にジギタリスを一本ずつ持ったジョイに出会った。

片方は異常なほど色が薄かった。

「こんにちは、ミスター・ジョーンズ、あなたの意見を聞かせて欲しいの。どっちを選ぶ？」

ルイスはどう応対したらよいかわからなくて、「どうもありがとう」と言った。

「そうじゃないの！　どっちが好きかっていうこと」

「白いほう」

「そうよね」彼女はそうつぶやいて、色の濃いほうの花を生け垣の向こうへ投げ捨てた。「あっちはぜんぜんきれいじゃなかった」

庭も見て、と言われたので彼は従った。ピンクのセーラーパンツを履き、頭に赤いスカーフを巻いた彼女が、ライラックをばっさり切り倒し、何本かまとめてひきずっていって焚き火にくべるのを見て、ルイスは驚いた。

「あなたはライラック、大嫌いじゃないの？」焚き火の煙が彼女の脚にまとわりついた。

「さあ、ちゃんと考えたことなかったんでわからねえなあ」

「わたしはちゃんと考えたわよ」と彼女が言った。「匂いを嗅ぐだけで一週間くらいむかむかが続くんだもの」

その日の午後遅く、ナイジェルがマグカップでお茶を一杯飲むために戻ってきたのをつかまえて、ジョイが言った。「ねえ、ちょっと？　わたし、ルイス・ジョーンズがなんとなく好きになっちゃった」

「ほう？」とナイジェルが答えた。「どのひとだっけ？」

「ダーリン、ホントに？　あなたってどこまで観察力がないの？」

彼女が次にルイスに会ったのは〈羊飼いの憩い〉亭で、羊の群れを追い立てて移動させる日だった。農夫たちは朝七時から馬の背に乗って羊を丘から追い立てた。その甲斐あって、メエメエ鳴く白い群れが全頭エヴァン・ベヴァンの農場の、柵で囲った小放牧地に納まり、昼食後に選別作業がおこなわれた。

その日は暑く、丘には靄が掛かって、とげのある低木の藪は点在する毛玉みたいに見えた。ナイジェルはやけに陽気で、その場にいる全員に飲み物をおごると豪語していた。ルイスは窓を背中にして、テーブルに両肘を突いていた。肩の辺りでレースのカーテンがふわりとふくらんでいた。真ん中で分けたつやのある黒髪には白髪が一筋か二筋交じっていた。彼はスチールフレームのメガネの奥で目をぱちくりさせながら、ナイジェルの話についていこうとしていた。

ジョイはジンのグラスから目を上げた。彼女はルイスの白くて強そうな歯が好きだった。コーデュロイのズボンのウエストを、ベルトがぎゅっと締めつけているのも好ましかった。ビールジョッキのくぼんだ部分を触る大きな手もいいと思った。彼女は、自分のグラスについた口紅をルイスが見つめているのに気づいていた。

「お澄まし屋のわたし、聞きなさい！」――ジョイは自分自身に向かって宣言し、タバコをもみ消した。結論はふたつ。ルイス・ジョーンズは童貞。したがって今回は長期戦が予想されます。以上。

羊の刈り込み作業が中盤にさしかかった頃、ナイジェルが〈面影《ザ・ヴィジョン》〉へやってきて、作業中のひとびとをスケッチしてもいいか尋ねた。

「どうぞご自由に」ベンジャミンが上機嫌で答えた。剪毛小屋の中は涼しくて薄暗かった。屋根の狭い隙間から埃っぽい空間に光が射し込み、蠅が何匹か輪を描いていた。画家は午後じゅうずっと干し草の梱《こり》に腰掛けて、スケッチブックを膝に置いて絵を描き続けた。やがて日没になり、サイダーの小樽が出された。ナイジェルは鶏小屋へ行くベンジャミンについて腰を上げ、相談したいことがあると言った。

彼は、「羊飼いの一年」を描いたエッチングを十二点連作で制作してみたいのだと打ち明けた。「ロンドンに詩人の友達がいるので、十二ヶ月の絵ができあがったら、彼が一編ずつソネットをつけてくれるはずです。ミスター・ジョーンズ、モデルとしてポーズをとってくれませんか?」と。

ベンジャミンは難しい顔をした。彼は無意識のうちに、「よそから来た」人間は信用できないと考えた。彼はソネットがどんなものかは知っていたが、エッチングが何かはよくわからなかった。

彼は首を横に振った。「わたしらはちょうど今忙しくてね。時間が取れるかどうか見通しがつかねえもんで」

「時間は掛かりませんよ!」ナイジェルが口をはさんだ。「普通に仕事をしてくれたらいいんです。

ぼくがあなたの後を追いかけてスケッチするだけですから」

「なるほど」ベンジャミンが理解を示してあごをなでた。「そういうことならたぶん問題はねえかな」

一九三八年の夏から秋にかけて、ナイジェルはベンジャミン・ジョーンズをスケッチした。犬たちと。羊飼いの杖を持って。去勢用のナイフを持って。丘の上で。谷間で。古代ギリシアの彫像のように羊を肩に担いで……。

ナイジェルは雨の日には、例のスペイン製肩マントを着て、ブランデーを入れたフラスクを携行した。彼は酒が入ると自慢する癖があったが、スペインのことを何も知らない人間に話を聞かせる分には、細部のあら探しをされないので気が楽だった。

ベンジャミンはいくつかの話を聞いて、営倉で暮らした数週間を思い出した。守備隊の連中に強要された、下劣で屈辱的な行為を連想したのだ。彼はルイスにさえ話さなかったことを、今、ナイジェルになら打ち明けられると思った。

「そう。連中はしばしばそういうことをするんだ」目を上げ下げしてベンジャミンを見つめ、背景に目を配りながらナイジェルが答えた。

ランバート夫妻の存在はメアリーをいらいらさせた。彼女はこのふたりが危険な人物だとわかっていたので、あのひとたちはゲームをしているだけなのだと双子に伝えようとした。お上品な口ぶりに労働者階級のスラングを交えてしゃべるナイジェルを軽蔑した彼女は、ベンジャミンに、「あれはつまらないひとだよ」と言った。そしてルイスには、「あなたがどうしてあんな女に親切にするのかわからない。べたべた化粧なんかして！　オウムじゃあるまいし！」

ほとんど毎週、ミセス・ランバートはルイスを案内人として雇い、馬の遠乗りに出かけた。霧が濃いある日の夕刻、ふたりが丘からまだ帰ってこない時間に、ナイジェルがひとりで〈面影《ザ・ヴィジョン》〉にあらわれて、翌日ロンドンへ戻らなければならなくなったと報告した。

「あっちにはどれくらい滞在するのかね？」とベンジャミンが尋ねた。

「未定なんです」とナイジェルが答えた。「ジョイの都合しだいなので。いずれにしろ、羊が出産する時期までにはこっちへ戻ります」

「なるほど、わかったよ」砂糖大根搾り器のクランクを回しながら、ベンジャミンがつぶやいた。


同じ日の午後二時、濃いブラックコーヒー三杯で軽食を腹に流し込んだジョイは、家の外へ出て、そわそわしながらルイス・ジョーンズの到着を待ちわびていた。

「遅い！　何やってんだろう、あいつ！」彼女は乗馬用鞭をびゅうと振って、枯れたアザミを叩いた。

谷間は霧に閉ざされていた。露がついて白くなった蜘蛛の巣が枯れ草の上で揺れていた。生け垣に沿って目を凝らしても、順々に遠くへ霞んでいくオークの樹影しか見えなかった。ナイジェルはアトリエにこもって蓄音機でベルリオーズを掛けていた。

レコードが終わったとき彼女は、「ベルリオーズは嫌い！」と大声で叫んだ。「ベルリオーズなんて退屈！」

彼女は食堂兼居間《キッチン》の窓ガラスに映った自分の姿をまじまじと見た。乗馬用半ズボンをはいた脚が長くて格好がよかった。ズボンの股がしっくりおさまるように両膝を屈伸し、赤褐色の乗馬用上着のボタンをはずしてみた。中には薄いグレーのメリヤスセーターを着ていた。この服装は快適で、もりもり元気が湧いてきた。頭には白いスカーフをかぶり、その上に男物のフェルト製ソフト帽をピンで留めていた。

彼女は小指で口紅を伸ばした。「うーん！　こういう悪ふざけをするには年を取り過ぎてるかなあ」ひとりごとをつぶやいていると、芝土の上を駆けてくるポニーの足音が聞こえた。

「遅いわよ！」彼女が歯を見せて笑った。

「すみません、奥さん！」帽子のつばの下からルイスの微笑みが覗いた。「ちょっと弟とやりあっちまってね。天気が悪いから遠乗りはやめとけなんて言うもんだから。霧に巻かれて迷うぞなんて」

「あなたは迷うのは怖くないってことかしら？」

「もちろんですよ、奥さん！」

「それじゃあ出かけましょ。上まで行けばたぶん晴れるわよ。まあ見てなさいって！」

ルイスは葦毛の馬の手綱をジョイに手渡した。彼女は片脚を振り上げて鞍にまたがった。彼女が先に立ち、ルイスが後を追った。二頭の馬は、〈上《アッパー》ブレフヴァ〉方面へ向かう踏み跡をたどった。

サンザシがふたりの頭上にトンネルをつくっていた。彼女の帽子に枝が引っかかって水晶のようなしずくを降らせた。

「ヘアピンが外れませんように」彼女はそうつぶやき、馬の速度を上げてキャンターにした。

ふたりは〈羊飼いの憩い〉亭の前を走り抜けて、登山道がはじまる門のところで馬を止めた。ジョイがいったん馬を下りて乗馬用鞭で閂《かんぬき》を開けた。彼女がルイスの後ろで閂を閉めると、彼は「どうもありがとう」と言った。

山道はぬかるみで、ふたりのブーツをハリエニシダがちくちく刺した。ジョイは鞍頭に体をこすりつけるほど前屈みになった。湿った山の大気が彼女の肺を満たした。ノスリが飛んでいた。前のほうはすでに霧が晴れてきつつあった。

カラマツの林がはじまるところで彼女が叫んだ。「見てよ！　言ったとおりでしょう？　お日さまが出たわ！」白みがかった青空を背景にして、カラマツの金色の髪が照り映えた。

そこからは日なたをめがけてキャンターで進んだ。眼下に雲が広がる世界を数マイルほど駆けた後、彼女が小さな谷間でポニーを止めた。そこは風が当たらないくぼ地で、アカマツが三本生えていた。

ジョイは馬を下りて、芝土の上に落ちた松笠を蹴りながら三本松のほうへ歩いた。

「わたしはアカマツが好き」と彼女が言った。「とても、とても年を取ったら、わたしもアカマツみたいになるの。わかるでしょ？」

彼は彼女の隣に立って、ゴム引き防水布《マッキントッシュ》の下で身を火照らせていた。彼女が爪で樹皮をこじると、剝がれた樹皮が手の平に落ちて、ハサミムシがあわてて逃げた。ついにその瞬間がきたと判断した彼女は、マニキュアを塗った指を樹幹から離して、ルイスの顔をなでた。

彼女が田舎家へ戻ってきたとき、すでに日は暮れていた。ナイジェルは火のそばでうとうとしていた。彼女はばしんと音を立てて、乗馬用鞭をテーブルに置いた。乗馬用半ズボンには緑の苔の染みがついていた。「賭けはあなたの負けよ、ダッキーちゃん。ゴードンズ一瓶はわたしのもの」

「あいつとやったのか？」

「松の古木の下でね！　とってもロマンチックだった！　ちょっとじめじめしてたけど！」

ルイスが家の敷居をまたいだ瞬間、メアリーは何が起きたかすべてがわかった。

彼はいつもと歩き方が違っていた。家の中を見回す目がよそ者みたいだった。彼はよそ者がよそ者を見るような目つきで母親を見つめた。メアリーは震える手で鶏臓物のパイを差し出した。銀のスプーンがきらりと光った。湯気が一筋ゆらりと上がった。ルイスは、人生ではじめて夕食のテーブルに腰掛けたひとのような目をしていた。

メアリーは皿の上の食物をいじるばかりで何も喉を通らなかった。彼女はベンジャミンが感情を爆発させるのを息を詰めて待った。

ベンジャミンは何も気づかないふりをしていた。彼はパンをちぎって皿の上の肉汁を拭った。それからかすれた声を上げた。「ほっぺたについてるのはなんだ？」

「なんでもない」ルイスが口ごもって答えながら、ナプキンを手探りして口紅を拭いた。ベンジャミンは食卓をまわってルイスの脇へ行き、彼の顔をつかんで上を向かせた。

ルイスは平常心を失っていた。彼は右手のこぶしで弟の歯を殴りつけ、そのままどこかへ走り去った。

37

家を出たルイスは、ヘレフォードシャーのウェブリーに近い養豚場で働いた。二ヶ月後、家がある方角へ帰りたい気持ちに引きずられてフルレンまで戻り、農業用品を取り扱う商社で門番の仕事を得た。彼は店舗内に寝泊まりし、誰とも話さなかった。事務所へやってくる農夫たちは、ルイスの目つきがあまりにも虚ろなので驚いた。

ルイスは母親に何も連絡しなかったので、メアリーのほうが心配して、ある日の午後知り合いの馬車に乗せてもらって町までやってきた。

身を切るような風が音を立ててキャッスル通りを吹き抜けた。メアリーの潤んだ目の中で、商店や家屋の正面や、歩行者の姿が灰色に滲んだ。彼女は帽子を手に持って舗道を歩き、風を除けて左折して、ホースシュー・ヤードに入った。商社の前に荷車が止まり、粗挽き粉の袋が積み込まれているところだった。

両開きの扉の奥から袋を担いだ男が出てきた。

メアリーは、汚れたデニムの労働服を着て、頬がこけ、目が落ちくぼんだその男を見て、自分の目を疑った。ルイスの髪は白くなっていた。片方の手首には紫色の痛ましい傷跡があった。

「どうしたの、その傷は？」周囲に誰もいなくなったときメアリーが尋ねた。

「もし、右の手汝をつまずかせば、切り捨てよ……」とルイスがつぶやいた。

母親は息を呑んで口を押さえ、息をゆっくり吐き出した。「片手を切り落とさないでよかった！」

彼女はルイスの手に自分の手を重ねて川のほうへ歩いた。橋のたもとからワイ川を見ると増水していた。浅瀬にサギが一羽たたずみ、遠い対岸では漁師が鮭を釣っていた。ラドノーの丘々のてっぺんには雪が積もっていた。ふたりは風に背を向けて、橋脚を越えて橋の上まであふれ出た川水を眺めた。

「だめよ」メアリーはぶるぶる震えていた。「まだ帰ってきちゃだめ。あなたの弟のあんな姿は見せたくないから」

ルイスに対するベンジャミンの愛は、人殺しをしかねないところまで昂じていた。

春が来た。クサノオウが生け垣に星々を輝かせた。ベンジャミンの怒りは依然としておさまるきざしを見せなかった。メアリーは心労から気を紛らわそうとして、くたくたになるまで働いた。毛布にできた虫食い穴を徹底的につくろい、息子たちのために靴下を編み、戸棚には生活用品をすべて常備し、目につかない隙間の汚れまできれいに落として、まるで長旅に出る準備をしているみたいだった。

そしてついにやるべき仕事がなくなると、彼女は揺り椅子に倒れ込むように身を預けて、自分の心臓の音に耳を澄ませた。

インドの心象が目の前を次々によぎった。微光を放つ氾濫原や靄の中に浮かぶ白いドームが見える。ターバンをつけた男たちが、布でくるんだ大荷物を川岸へ運んでいる。いくつもの焚き火がくすぶり、上空にはトビがらせんを描いて舞っている。一艘の船が川下へ流れていく。

「川！　川！」メアリーはそうささやいて、夢想からわれに返った。

九月第一週のある朝、目覚めたときに腹に膨満感を感じたので、消化不良だと思った。彼女はベンジャミンの朝食のためにベーコンを二、三枚炒めた。ところが、炒め終えたベーコンをフライパンからフォークで皿に移す力が出なかった。急な痛みが胸を襲った。ベンジャミンは、発作が起きる前に母親を寝室へ連れて行った。

彼は自転車に飛び乗ってマサーフェリンの電話ボックスまで行き、医者に電話を掛けた。

同じ日の午後六時、ルイスは荷馬車一台分の牛糞堆肥の配達を終えて店へ戻った。事務員はラジオにかじりついて、ポーランドの最新ニュースを聞き漏らすまいとしているところだった。彼はルイスの顔を見ると診療所へ電話するよう告げた。

「おたくのお母さんが心臓発作を起こしたんだ」とガルブレイス医師が言った。「あまりよくない。モルヒネを投与したからなんとか持ちこたえているがね。なるべく早く行ってあげてください」

ベンジャミンはベッドの足のほうにひざまずいていた。夕方の日射しがカラマツ林を通して射し込み、「世の光」の銅版画の黒い額縁を照らしていた。母親は汗をかいていた。肌は黄色みを帯びて、据わったような目つきでドアの取っ手を見つめていた。ルイスという名前が唇の上で枯葉のような音を立てた。両手は黒いビロードの星々の上に置かれたまま動かなかった。

馬道をやってくる自動車の音がした。

「来たよ」とベンジャミンが言った。屋根窓から下を見ると、兄がタクシー運転手に代金を支払っているところだった。

「来たのね」母親が繰り返した。枕の上にメアリーの頭が横ざまに落ちたとき、ベンジャミンは彼女の右手を、ルイスは左手を握っていた。

翌朝、ふたりは、蜜蜂の巣箱に黒いクレープの喪章を掛けて、蜜蜂たちに母親の死を知らせた。

葬式がすんだ夜は週一度の入浴日だった。

ベンジャミンが裏の炊事場で銅釜に湯を沸かし、暖炉の前の敷物の上に布を重ねた。そうしてふたりはお互いの背中に石鹸を塗り、ヘチマで背中をこすり合った。双子が一番気に入っている牧羊犬が両前足に頭を載せて、たらいのそばにうずくまった。犬の瞳に揺らめく炎が映っていた。濡れた体を拭き終えたルイスはテーブルの上に、無漂白の白いキャラコのシャツ寝間着が二枚畳んであるのを見つけた。かつて父親が着ていた寝間着だった。

ふたりは各々寝間着を着た。

ベンジャミンが両親の寝室のランプを点けた。それから「シーツを敷くのを手伝ってくれ」と言った。

双子は衣装ダンスの引き出しから洗いたてのリネンのシーツを二枚出した。ラベンダーのポプリがルイスの足元にこぼれた。ふたりでベッドメイキングをして、パッチワーク・キルトのしわを伸ばした。ベンジャミンが枕を膨らませた。すると布地の目の間から飛び出した羽根がひとひら、ランプの光の中で舞った。

ふたりはベッドによじ登った。

「おやすみ!」

「おやすみ!」

母親の記憶で結ばれ、ついに和解した双子は、ヨーロッパ全土が炎に包まれているのをすっかり忘れていた。

38

戦争はやってきたけれど、双子の独居を邪魔しなかった。

敵の爆撃機の鈍い爆音や煩わしい配給制が、モールバーン丘陵の彼方でおこなわれている戦闘をときどき思い出させた。しかし、対独英国防空戦《バトル・オブ・ブリテン》はルイスのスクラップブックに納めるには大きすぎる事件だった。英本土侵入に対する恐怖は根強く、ドイツ軍の落下傘部隊がブレコン・ビーコンズの山あいに降下するという情報が流れたものの、誤報に終わった。十一月のある夜、地平線が赤くなり、焼夷弾で空が燃え上がっているのをベンジャミンが見つけた。コヴェントリーの空襲だった。彼は「ざまあみろだ!」とひとことつぶやいてベッドに戻った。

ルイスは国防市民軍に加入することを考えたが、ベンジャミンにやめるよう説得された。

双子はチャペルでは、両親と座っていた家族専用席に並んで座り続けた。礼拝の前にはいつも一時間ほど墓前で黙想した。日曜日、とりわけ聖書研究会が開かれる日曜日には、〈岩〉のリトル・メグが乳姉に連れられて顔を見せた。虫食いの穴だらけのベレー帽をかぶり、浮浪児のようにやせたその姿を目にすると、ルイスの心に破れた恋と悲しみの記憶がまざまざとよみがえった。

風が強いある朝、寒さで真っ青な顔をしたリトル・メグが、スノードロップの花をひとつかみ持って、聖書研究会へやってきた。説教者はいつも賛美歌の最初の詩節をまず自分が朗読した後、子どもたちのひとりを選んで一行ずつ繰り返させるようにしていた。賛美歌第三番――ウィリアム・クーパーの「開かれた泉を讃えよ」――と告げた説教者がメグを指さした。

血に満たされた泉があった
インマヌエルの血の泉

罪びとたちは飛び込んで
罪の汚れをすべて浄めた

スノードロップの花をぎゅっとつかんで、メグは一行目を乗り切った。だが「インマヌエルの」のところで、ことばに詰まって黙り込んでしまった。花びらが散って足元にこぼれ、彼女は親指をしゃぶりはじめた。

学校の先生は、「あの子は手の施しようがない」とあきらめていた。ところが、読み書きはおろか簡単な計算さえもできないメグは、さまざまな動物や鳥の鳴き真似をするのが得意で、白いローンのハンカチを花や葉の刺繡で飾ることもできた。

「そうですね、メグはお針子としては手先が器用です。ミス・ファイフィールドが教えたのでしょう」と先生がルイスに打ち明けた。そして、ゴシップですがと断った上で、息子さんのビリー・ファイフィールドが英国空軍のパイロットとして出征しているため、ロージーはひとりきりで〈小山〉の留守番をしてますが、気管支炎を患って寝込んでいるのですと語った。

昼食後ルイスは、食料を詰め込んだかごと、搾りたての牛乳を入れた缶を持って家を出た。灰青色の太陽が黒ヶ丘の上に低く昇っていた。歩くリズムに合わせて、牛乳が缶の中でボチャボチャ音を立てた。ロージーの家の裏のブナの木立は灰色に見えた。飛び去っていくミヤマガラスの翼端が氷のかけらのように光った。庭にはクリスマスローズが咲いていた。

ふたりが出会ってから三十年の歳月が流れていた。

ロージーは男物の外套をはおって玄関扉へ出てきた。瞳は相変わらず青かったとはいえ、頬はこけ、髪はすっかり白くなっていた。玄関に背の高い白髪交じりの訪問者を迎えた彼女は、驚いてあんぐりと口を開けた。

「困ってるらしいって聞いたもんで」とルイスが言った。「ちょっとものを持ってきた」

「ルイス・ジョーンズじゃないの！」ぜいぜい言いながら彼女がつぶやいた。「さあ入って、暖まって」

部屋は狭苦しく、みすぼらしくて、石灰水を塗った白壁が剝がれ落ちていた。暖炉の上棚にはお茶の缶と、双子座の像がついた置き時計がある。森の小道で花を摘むブロンドの娘が描かれた多色石版刷りの絵が一枚、背後の壁に掛かっている。肘掛け椅子の上には、やりかけの刺繡見本が投げ出されていた。日射しに驚いたヒオドシチョウが埃まみれの蜘蛛の巣に引っかかったまま、窓ガラスの内側でぱたぱた羽ばたいていた。床には書物が散乱していた。食卓にはタマネギのピクルスが入った広口瓶がいくつか載っていた。食べられそうなものはそれしかなかった。

ロージーはかごの中味を広げ、目をらんらんと光らせながら、蜂蜜、ビスケット、豚肉煮《ブローン》、ベーコンなどを並べた。ありがとうのひとこともなかった。

「そこに掛けて。今、お茶を淹れるから」彼女はそう言って流し場へ行き、茶碗を洗いはじめた。

ルイスは壁の版画を見ながら、ふたりでした川沿いの散歩を思い出した。

ロージーがふいごで火を煽り、煤けたやかんの底をようやく炎が舐めはじめると、はおっていた外套がはだけて、ピンクの綿ネルの寝間着が肩からずり落ちそうになっているのがあらわになった。ルイスはリトル・メグのことを尋ねた。

ロージーの顔がぱっと輝いた。「あの子はいい子だよ！　とても正直でね。他の子たちはみんな泥棒するけど、あの子だけは違う。ああ！　あの家で子どもたちが受けている扱いを思うと腹が立ってしかたがない！　あの子は生き物を決して傷つけないんだ。この家の庭へ来たとき、あの子の手からアトリが餌をもらってるのを見たよ」

お茶はやけどするほど熱かった。彼は落ち着かない気持ちで黙ったまますすった。

「死んだんでしょ？」鋭くとがめるような声で彼女が言った。ルイスは間合いを取ってお茶をひとすすりしてから口を開いた。「お悔やみ申します」

「あなたは痛くもかゆくもないよね？」

「墜落したのかな？」

「息子の話をしてるんじゃないの！」ロージーがぴしゃりと言った。「ビリーは生きてるわ。父親のことだよ！」

「レジー・ビッカートン？」

「そうよ、あいつ！」

「ああ、確かに死んだはずだよ」とルイスが答えた。「アフリケーでね。そう聞いてる。飲み過ぎだったって」

「ざまあみろだ！」とロージーが言った。

ルイスは帰る前、一週間ほど放ってあったらしいロージーの羊たちに飼い葉を与えた。それから空のミルク缶を持って、木曜日にまた来ると約束した。

ロージーは彼の手をしっかり握ってささやくように言った。「それじゃ木曜にまた」

彼女は寝室の窓からルイスを見送った。一列に植えたサンザシに沿って歩いていく後ろ姿の正面に太陽があって、両脚の間から逆光が射した。ルイスの背中が黒い染みみたいになって見えなくなるまでに、彼女は窓ガラスについた結露を五回拭った。

「だめだ、だめだ」ロージーが声を上げてつぶやいた。「男なんか嫌い。全員嫌いだ！」

木曜日にはロージーの気管支炎がだいぶ回復して、前よりも自由にしゃべれるようになった。だが彼女が興味のある話題はただひとつだけだった。ラーケンホープの城館を最近アメリカ軍が接収したというのである。


城館は五年間、空き家のまま放置されていた。

レジー・ビッカートンはケニアで、彼が所有するコーヒー農場が倒産した年に死んだ。飲酒家譫妄が原因だった。農園は遠い親戚の手に渡ったが、相続税がかなりの額にのぼった。イゾベルはインドで死んだ。ナンシーは厩の上階へ引っ越した。彼女の父親によれば、厩は城館そのものよりもつくりがいいという話だった。彼女は、南フランスで拘禁されている母親のことを心配しながら、パグ犬たちとそこで暮らしていた。

ナンシーは黒人のアメリカ軍兵士たちのためにディナーパーティーを催し、近隣住民に噂話の種を提供した。

フルレン共進会で黒人ボクサーを見たのを除けば、双子は黒人を見たことがなかった。ところが今では、馬道を三々五々連れだって歩く長身の黒人兵士たちを見かけない日はほとんどなかった。

ベンジャミンは城館から聞こえてくる話にショックを受けたようなふりをした。兵士たちが床板を剝がして暖炉で燃やしているというのは本当だろうか？

「ふうう！」彼は両手をすりあわせた。「あの連中はよっぽど暑い国から来たに違いねえ」

とても寒い日の夕暮れ、マサーフェリンから帰ってくる道で、ベンジャミンは身ぎれいな服装の大男に声を掛けられた。

「やあ、こんちは、元気？　チャックだよ！」

「元気です、どうも」ベンジャミンははにかみながら答えた。

相手の表情はいたってまじめだった。彼は立ち止まり、戦争について、さらにはナチズムの恐ろしさについて語りはじめた。ところがベンジャミンが、「アフリケーで」暮らすのはどんな感じかと尋ねた途端、相手は顔を崩して笑い出し、いつまでも腹を抱えて大笑いし続けた。ようやく笑いがおさまった彼は、コートの立てた襟越しに白い歯を見せてにっこり微笑み、暗闇の中へ消えて行った。

もうひとつ、英連邦内の自治領からたくさんの部隊がやってきてビッカートンの前こぶで突撃訓練をした日のことも、忘れがたい思い出になった。

その日、双子が〈下《ロウアー》ブレフヴァ〉で子牛たちに水薬を飲ませて帰ってくると、農場の中庭が「黒っぽい」男たちでいっぱいになっていた。一方に傾いた帽子をかぶっている者があるかと思えば、頭に「タオルみたいなのを巻いた」者たちもいた。彼らはグルカ人とシーク教徒で、「どいつもこいつも猿みたいにキーキーさえずったもんだから、鶏たちをおびえさせ」た。

だがなんといっても戦時中の一大事件は、飛行機の墜落事故だった。

アブロ・アンソンのパイロットが偵察飛行の帰途、黒ヶ丘の標高を判断し間違えた結果、失速を起こし、クレイギーフェドウの上の断崖に激突したのだ。生存者がひとり自力で急斜面を下り、〈岩〉のジムの目の前にあらわれて仰天させた。ジムはその後、捜索隊とともに墜落現場まで登り、パイロットの死亡を確認した。

「パイロットは死んで冷たくなってた」とジムが後に話して聞かせた。「顔が裂けて、べろんとぶらさがっとったよ」

国防市民軍が現場周辺を立ち入り禁止にして、荷馬車七台分の残骸を運び出した。

ジムは事故現場を見たのに、ルイスは見る機会に恵まれなかったのでたいそうがっかりした。ヒースの野原を歩いて彼がようやく見つけたのは、帆布の切れ端がいくつかと、ボルトがついたアルミニウム板の破片ひとつだけだった。彼はそれらをポケットにしまい込んで大切に持ち帰った。

その一方でベンジャミンは、下落した不動産相場に乗じて、六〇エーカーの農場を彼らの土地所有リストにくわえた。

〈水場〉は谷を半マイルほど下ったところにある農場で、小さな川の両岸に大きな耕地が広がっていた。耕してじゃがいもを植えつけたところ、非常によい収穫が得られた。さらに収穫作業を応援するためという名目で、役所がドイツ人捕虜を一名割り当ててくれた。

マンフレッド・クルーゲと名乗る、ピンク色の頰をした太った男がやってきた。バーデン＝ヴュルテンベルクの田園地帯の出身で、村住まいの木こりだったという父から虐待を受けた経験があり、母親とはすでに死に別れていた。入隊後はアフリカ軍団に所属し、エル・アラメインの戦いで捕虜になったのは彼の人生における数少ない幸運のひとつだったという。

双子は、この男が語る話をいくら聞いても飽きなかった。

「わたし総統《フューラー》を我が目で見ました。ヤー！　わたしジークマリンゲンの町おります。ヤー！……たくさんのひとびとおります！　とーてもたくさんたくさんのひとびと！　ヤー！　『ハイル・ヒットラー！』ヤー？……わかります？　そしてわたし言います、『バーカ！』オオキイ声ね!!　人混みでわたしの隣いる男のひと……とてもオオキイ男ね。赤い顔のオオキイ男……わかります？　その男わたしに言います、『おまえ、バーカ言うた！』わたしその男に言います、『ヤー、とてもバーカ！』その男わたしを殴ります。ヤー？　他のひとびとみんな殴ります！　わかります？　そしてわたし走ります……！　はははは！」

マンフレッドは働き者だった。一日の終わりにはお仕着せの作業服の脇の下に、汗染みの輪が幾重にもできた。息子を溺愛する親のように、双子はマンフレッドに普段着を与えた。張り出し玄関には三つ目の帽子が掛かり、三足目の編み上げ靴が置かれ、食卓にも三人目の席が設けられた。こうやって暮らすうちに双子は、人生に置き去りにされたわけではなかったのだと感じた。

マンフレッドは大食漢で、たっぷりした食事を食べられる見通しさえあれば、つねに豊かな情愛を示した。日常生活の習慣はこぎれいなほうだった。彼はサムじいが使っていた屋根裏部屋で寝泊まりした。そして毎週木曜日に兵営へ出頭した。双子は木曜日が来るたび、マンフレッドがよそへ配置換えになりはしないかとびくびくした。

マンフレッドには家禽を扱う才能があったので、双子は彼にガチョウの群れを与え、儲けが彼のポケットに入るようにしてやった。彼は自分のガチョウを愛し、果樹園では、ガチョウたちと彼がおしゃべりする声が聞こえた。「コム、マイン・リーゼリ！　コム……ショーン！　コム・ツー・ファーティ！」

そして気持ちのいい春の朝、『ラドノーシャー・ガゼット』紙に載った太字の見出しとともに、戦争が終わった。

コールマンの淵で釣果あり
五一ポンド半の鮭

准将、三時間にわたる巨大魚との格闘を語る

国際情勢に遅れまいとする読者のために、ページの片隅に短信欄があった。「連合軍ベルリンに入る――ヒットラー地下壕に死す――パルチザン部隊によりムッソリーニ射殺さる」マンフレッドはドイツの崩壊に対してはあいかわらず無関心だったが、その二、三ヶ月後、『ニュース・オブ・ザ・ワールド』紙で、ナガサキの空に浮かんだキノコ雲を見たときには顔が輝いた。

「よかったね、ヤー？」

「よくないよ」ベンジャミンが首を振った。「恐ろしいことだ」

「ナイン、ナイン！ よかったよ！ ジャパン終わり！ 戦争終わり！」

その夜、双子は同じ悪夢を見た。ベッドカーテンについた火で髪が燃え上がり、ふたりの頭がくすぶる切り株みたいに燃え落ちる夢だった。

捕虜たちが本国へ送還されはじめても、マンフレッドは帰国したいそぶりをまったく見せなかった。その代わりにこの土地に住んで結婚し、養鶏場を持ちたいと言いだしたので、双子はその計画を応援することにした。

残念なことに彼は、酒が入るとたいそうだらしなくなる男だとわかった。戦時体制が終わるやいな

や、彼は〈岩〉のジムと飲み友達になった。勝手な時間に酔っぱらって帰宅し、翌朝、わらの上で泥酔していることが何度もあった。ベンジャミンは、マンフレッドがワトキンズ家の娘たちの誰かとややこしいことになっていやしないかと疑い、そろそろ彼を追い出したほうがいいかもしれないと思案した。

ある夏の午後、双子は、雄のガチョウがガアガア鳴いて、マンフレッドがドイツ語で何かまくしたてているのを耳にした。

ふたりが張り出し玄関へ出てみると、茶色のコーデュロイのズボンを履いて青い木綿のシャツを着た中年女性が中庭にいた。片手に地図を持っていた。ふたりを見て彼女の顔が輝いた。

「あら！」と彼女が叫んだ。「双子さんね！」

39

長身で体格がいいその女性はロッテ・ツォンスと名乗った。つり上がった目を持ち、金髪を太い綱のように編んでいる。決心するのが一ヶ月遅かったらウィーンから逃げ出せないところでした、と彼女は語った。父親は外科医だったが病気のせいで逃げ出す体力がなく、姉は迫っている危険に気づかなかった。一九三九年の春、彼女は家政学の免状だけをポケットに入れて、ひとりでヴィクトリア駅にたどり着いた。当時、イングランドへ入国するには、召使いとして入るのが唯一確実な道だった。彼女がイングランドを愛する気持ちは英文学に由来していた。アルプスの陽光の中でまぶしさをこらえながら、ジェーン・オースティンの小説の真っ白なページを繰った記憶と、フォアアールベルク州の山を歩き回ったときに見たリンドウの花や松の木の香りの記憶が、いっしょくたになっていたのである。

彼女はサラエボ事件以前の時代にあった、淑女特有の豊かな気品を保っていた。戦時中のロンドン暮らしは彼女にとって暗澹きわまりない経験だった。

まず最初に一定期間拘留された。次に、心理療法医になるための訓練を受けていたのが評価されて、スイス・コテージの診療所で空襲の被害者を治療する仕事が与えられた。給料はわびしい借間の家賃を支払えば消えてしまった。コンビーフと粉末ポテトの食事が続いたせいで体力も失せた。料理器具はガスコンロがひとつしかなかった。

ハムステッドの軽食堂で他のユダヤ人避難者とときどき会った。だがその店のナッツタルトはとても不味くて、陰口をきいてもみじめになるばかりなので、灯火管制が敷かれた霧の街路を手探りするように帰宅した。

戦争が続いているあいだ、彼女は希望を持つというぜいたくを自分に許していた。ところが勝利がはっきりした今、希望は消え失せた。ウィーンからは何の音沙汰もなかった。ベルゼン強制収容所の写真を見た後、気力が完全に失せた。

診療所の院長にしばらく休暇を取ったほうがいいと言われた。

「はい、わかりました」ためらいながら彼女が答えた。「でもどこへ行けば山がありますか?」

彼女は汽車でヘレフォードまで行き、バスに乗り換えてフルレンに着いた。それから何日間も、エリザベス女王の時代から変わっていない緑陰の馬道をぶらぶら歩いた。樽抜きのサイダーに酔いしれた。キヅタに覆われた教会の境内でシェイクスピアを読んだ。

だいぶ元気を回復した彼女は、滞在の最終日に黒ヶ丘の山頂まで登った。

「ああ!」彼女は英語でためいきをついた。「ようやくここまで来て、息ができる……!」

下山の途中、彼女がたまたま〈面 影《ザ・ヴィジョン》〉の敷地内を横切ったとき、マンフレッドがガチョウにドイツ語で話しかけているのを小耳にはさんだのだ。

ルイスは不意の訪問客に握手を求め、「一休みしていけばいいさ」と言った。お茶を飲んだ後、彼女はベンジャミンがこしらえたウェルシュケーキのレシピを書き留め、ベンジャミンは家の中を案内した。

彼は気恥ずかしさのかけらも見せずに寝室の扉を開けた。レースの縁取りがついた枕カバーを見て、彼女の眉がよけいにつり上がった。「まあ、おふたりとも、お母様をとても愛してらっしゃるのね?」

ベンジャミンは少しうつむいた。

帰り際に彼女は、また来てもいいかしらと尋ねた。

「気が向いたときにいつでも来たらいいさ」とベンジャミンが答えた。彼は彼女の物腰に、メアリーに通じるところがあると思った。

その翌年、九月の末に、彼女は小さなグレーのクーペを運転してやってきた。「わたしの若いお友達のマンフレッド」はどこにいますか、と彼女に尋ねられたベンジャミンは苦笑いして、「出ていってもらわにゃならん事情ができたもんでね」と答えた。マンフレッドは〈岩〉のリジーを妊娠させた。だが彼は「紳士らしいふるまい」を守って彼女と結婚し、その結果英国に居残る権利を得た。若夫婦はキングトンに住んで養鶏場で働いていた。

ロッテは双子を、田舎を巡るドライブに何度も連れ出した。彼らは巨石墓や修道院の廃墟や、いばらの冠の聖遺物を所蔵する教会を訪ねた。また、大昔マーシア王オッファが築いた防壁に沿って歩いたり、カラクタクスがローマ人に抵抗した旧跡ケア・クラドックに登ったりもした。

双子の古物趣味が再び燃え上がった。ロッテは冷たい秋風に備えて、大きなパッチポケットと肩パッドがついた、コーデュロイの暗紫色の上着を着ていた。彼女は双子が語る蘊蓄をバックラム装のノートに書き留めた。

ロッテは公共図書館の蔵書をすべて読破しているように思われた。地方史に関する彼女の知識にははかりしれぬものがあり、ときにすさまじい情熱を垣間見せた。

ペインズカースルを訪れたとき、長半ズボン《プラスフォーズ》を履いた年配の素人古物研究家が、壕の寸法を測っているところに出会った。彼は話のついでに、この城は一四〇〇年、オーエン・グレンダワーが守り抜いたのだと語った。

そのことば尻をとらえてロッテが、「間違っています！」と口答えした。戦闘がおこなわれたのはペインズカースルではなくピレスで、年代も一四〇〇年ではなくて一四〇一年ですよ、と。相手は面食らったような顔で暇乞いをして、その場を去った。

ルイスは大笑いした。「ほほう！　たいしたもんだね！」ベンジャミンもうなずいた。

ロッテはフルレンのB&Bに腰を落ち着けたまま、ロンドンへ帰るそぶりを見せなかった。そして徐々に、内気な双子と打ち解けていった。彼女はいつしか三人目とでもいうべき地位を獲得して、ふたりの内奥に秘められた部分を引き出せるようになった。

彼女がこれほど深く入りこんだのは、双子に個人的な興味があったからではない。彼女の話によれば、彼女は戦前のウィーンで、決して離れて暮らすことのない双子たちに実地調査をおこなっていた。その研究の続きをしてみたい、と言うのだった。

双子はほとんどの神話体系において重要な役割を果たしているのだと彼女は語った。ギリシア神話のカストールとポリュデウケースはゼウスと白鳥の間に生まれた双子で、ひとつの卵から生まれたのよ、と。

「あなたたちみたいに！」

「すごいね！」双子は居住まいを正した。

彼女はさらに、一卵性双生児と二卵性双生児の違いを説明し、生き写しの双子とそうでない双子の違いについて語った。とても風が強い夜で、煙突を煙が逆流するほどだった。ふたりは必死になって、多音節の専門用語ばかりが出てくる、めくるめくような解説についていこうとしたが、耳から入ってくることばはナンセンスとの瀬戸際を浮遊するばかりだった。「……精神分析……アンケート調査……遺伝的形質と環境的要因をめぐる諸問題……」一体全体どういう意味なのか？　ベンジャミンは聞きながらついに立ち上がって、「一卵性」という単語を紙に書いてくれと頼んだ。彼女が書いてくれた紙切れを、ベンジャミンは折りたたんでチョッキのポケットに入れた。

彼女は締めくくりに、生き写しの双子の多くは別れて暮らすことができなくて、死ぬのも一緒なのだと説明した。

「そのとおりだよ！」空想に耽るような声でベンジャミンがため息をついた。「いつだってそう感じてきたさ」

ロッテは胸の前で両手を組み、ランプの光に身を乗り出して、ひと揃いの質問があるのだけれど答えてもらえないか、とふたりに頼んだ。

「断るつもりはねえよ」とベンジャミンが答えた。

ルイスは背筋を伸ばして木製長椅子に腰掛けたまま、暖炉の火を見つめていた。彼は質問に答えたくなかった。「この女のひとは外国人だから気をつけなきゃだめだよ！」と注意する母親の声が聞こえた気がしたからだ。だが結局、ベンジャミンを喜ばせるために承諾した。

ロッテは、ふたりの日々の暮らしについてまわった。ふたりとも自分のことをあれこれ語るのは慣れていなかった。だが彼女の温かい理解と喉音のきついアクセントが、親近感と距離感の絶妙なバランスをつくっていたのが功を奏した。彼女はじきに、かなり充実した人物調査書類をつくりあげた。最初のうちベンジャミンは、聖書根本主義者のように思われた。

彼女は、「地獄の火についてはどのように想像しますか?」と質問した。

「ロンドンみたいなもんだろうと思うがね」彼は鼻をうごめかしてくすくす笑った。だが彼女がさらに突っ込んだ質問をすると、ベンジャミンが考える死後の世界、つまり天国と地獄は、まっさらで希望がない空白なのだとようやくわかってきた。自分自身の魂が――仮に魂というものがあるとしての話だが――朝食のテーブルの向かいに腰掛けている兄のイメージだとすれば、永遠の魂などというものをどうして信じることができるだろう?

「それなのにどうしてチャペルへ通うのですか?」

「母のためだよ!」

双子は異口同音に、兄弟と間違われるのは嫌だと言った。またふたりとも、鏡に映った自分の姿を兄弟の姿と間違えた覚えがあると語った。ルイスが、「あいつの声を俺の声のこだまだと勘違いしたことだってあるよ」とつけくわえた。ところが性的なことに質問が及ぶと、ふたりはほぼ同様の無邪気な答えしか返さなかった。

ロッテは、ベンジャミンがお茶を淹れ、ルイスがパンを切るのに気づいた。犬に餌をやるのはルイスで、家禽に餌をやるのはベンジャミンの役目だった。ふたりがどんなふうに仕事の役割分担をしているのか尋ねると、兄弟とも、「ふたりでやってるだけだと思うけどな」と答えた。

ルイスは学校に通っていた頃、現金をすべてベンジャミンに預けてしまったのを思い出し、あれ以来、小切手帳は言うに及ばず六ペンス玉ひとつでも自分が持つことは考えられないと語った。

ある日の午後、茶色い丈長の作業コートを着たルイスが牛舎にいるのをロッテが見つけた。干し草用フォークでわらを荷車へ投げ上げているところだったが、顔をまっ赤にしていたので、いらだっているのがわかった。ロッテは声を掛ける間合いを巧みに計った上で、ベンジャミンに腹が立つことでもあるのかと尋ねた。

「どうかしてるんだ、あいつは！」と相手が答えた。ベンジャミンはまた土地を買い足すために、フルレンへ出かけたのだという。

これ以上土地を買い込んでどうするつもりなんだろう、とルイスがこぼした。働き手を増やさなくちゃやっていけないんだよ。それなのにあいつときたら締まり屋で、給料は支払いたくないときてる！　トラクターを買うべきだ。それ以外に道はない、と。

「トラクターを買えってあいつに忠告してくれよ！」ルイスがぶつぶつ文句を言った。「俺はときどき、ひとりで暮らしたほうが裕福になれるんじゃねえかと思うんだ」

ロッテの悲しげなまなざしがルイスの目と交差した。彼は干し草用フォークを置き、胸の中では怒りが静まっていった。

ルイスはベンジャミンをどれほど愛していただろう！　彼はこの世界のいかなるものよりも弟を愛していた。誰が見てもそれは明らかだった。ところがルイスはいつも、自分がのけ者にされていると感じていた……「カヤの外って言うだろ、まあそういうことだね……」

彼はひと息ついて続けた。「俺は力が余ってて、あいつは腰抜けの弱虫だった。ところがあいつのほうがいつだって頭が良かった。基礎ができてるっていうのかな。母親は当然、あいつをひいきしてたわけさ！」

「続けて！」とロッテが言った。ルイスは泣きそうだった。

「だから、それが悩みの種だったんだよ。俺はときどき、眠れないときなんかに、弟がいなかったらどうなってただろうって考える。あいつがいなくなったら、とか……死んだとしたら、なんてね。そしたら俺は自分の人生を送れたんじゃねえかって。子どもだっていたかもしれねえよ」

「わかります、わかります」彼女が静かに言った。「でも人生ってそれほど簡単じゃないですよね」

ロンドンへ帰る前の日曜日、ロッテは双子と一緒にバクトンへドライブして、エリザベス女王の女官だったデイム・ブランチ・パリーの記念碑を見た。

教会の中庭には息苦しいほどアカバナが繁茂していた。袖廊へ向かう小道の両側には、赤いかさぶたみたいなイチイの実が落ちていた。記念碑は内陣の奥にあり、側柱をあしらった半円形アーチに守られていた。右手のチューダーローズの花鎖の下に白大理石で彫られているのが、宝石をまとった女王の彫像。デイム・ブランチは脇にひざまずいて横顔を見せていた。やつれてはいても美しく、手には祈禱書。ひだ襟の下の胸をリボンにつけた十字架で飾っていた。
教会の中は肌寒かった。ロッテがノートに碑文を書き写している間、ベンジャミンは退屈そうに車で待っていた。

……かくしてわが人生は過ぎ去った
男に嫁がず、宮廷にあり
女王エリザベスの女官として
宣誓を立て、処女王のおそばに
つねにお仕え申した、わが人生が終わった。

ロッテは全文を書き写した。彼女の手から鉛筆が落ち、祭壇上のじゅうたんから板石敷きの床へころがった。その瞬間、ひとり寝の細いベッド、オーストリアを捨てた罪悪感、それから診療所での苦い口論の数々がいっせいに襲ってきて、彼女を窒息させようとした。ロッテの人生は孤独だった。ルイスが屈み込んで鉛筆を拾い上げた。彼もみじめな失恋のいくつかを思い返し、とりわけ三番目の恋の無惨さをかみしめていた。彼はロッテの手を取って自分の唇に押しつけた。
彼女はやんわりと手を引っ込めた。

「いけません」と彼女が言った。「違う気がするわ」

早めの夕食を摂った後、ロッテはベンジャミンに向かってきっぱりと告げた。ルイスのためにトラクターを買うべきです、と。

40

アギー・ワトキンズは一九四七年の厳しい冬の最中に死んだ。九十歳を越えていた。雪が吹き溜まった屋根の下の、暗がりの中で死んでいった。

ジムは干し草を切らしていた。雌牛がうるさく鳴くので眠れなかった。犬たちはくんくん鼻を鳴らし、猫たちは空腹で目をらんらんと光らせて家を出たり入ったりした。七頭いるポニーは丘のどこかへ消えてしまった。

ジムは母親を袋に押し込んで薪の山の上に置き、冷たく硬くなるにまかせた。そこなら犬は手を出せないが、猫やネズミは防げなかった。三週間後、春暖がはじまったので、彼とエセルは間に合わせの材料でこしらえたソリに遺体を乗せてラーケンホープまで下ろし、埋葬を頼んだ。墓掘り人は遺体の状態を見てたじろいだ。

その二、三日後、ジムは岩場のくぼ地で七頭のポニーをいっぺんに見つけた。馬たちは円陣を組み、鼻面をスポークみたいに中心へ向けて、立ったまま死んでいた。ジムは墓を掘ってやりたいと思ったが、エセルに言われて思いとどまり、家まわりの作業を優先した。

切妻壁に大きく膨れた箇所ができて、壁全体が倒れそうに見えた。雪の重さで垂木の一部がへたったせいで、屋根裏に集めた剝製の動物たちに氷水がしみこみ、食堂兼居間《キッチン》へしたたり落ちた。ジムは「スレート瓦を手に入れてきっちり直す」と言ってはいたものの、実際には、屋根に水漏れしやすい防水帆布をかぶせただけだった。

いよいよ春が来たので、ジムは石積みと線路の枕木を使って切妻壁を支えようとした。だが土台の浸食がすでに進行していたため、壁は完全に崩壊した。次の冬は、家の東半分に寝泊まりする者は誰もいなかった。もっともその必要もなかった。ワトキンズ家の娘たちはリトル・メグを除いて、皆すでに独立していたのだ。

リジーはマンフレッドと結婚し、〈岩〉など存在しないかのようにふるまっていた。ブレニーはアメリカ軍兵士の「黒っぽい」男とどこかへ消えてしまい、やがてカリフォルニアからハガキが届くまでは消息不明だった。セアラは、フルレンで五月におこなわれる恒例の共進会で運送請負業をやっている男に出会い、今はベグウィンズの丘々の背後に彼が持つ、小さな農場で暮らしていた。

セアラは骨太で血色のいい女に育ち、もつれた髪は黒く、何をやらかすかわからないところがあった。彼女は貧しくなることを極端に恐れていて、そのせいでときどき冷酷になったりがめつくなったりした。しかし彼女はリジーとは異なり、〈岩〉の食料が切れてしまわぬようつねに見守っていた。

一九五二年、〈岩〉はまたもや嵐に襲われた。エセルは、人間が住めなくなった食堂兼居間《キッチン》をめんどりとアヒルのねぐらとして明け渡し、すべての家具を唯一残った部屋に詰め込んだ。

この部屋はくず物屋の物置みたいだった。ねじ曲がった木製長椅子の背後にオークの収納箱が置かれ、その上に重ねダンスと段ボール箱が積み上がっていた。テーブルの上には深鍋、平鍋、マグカップ、ジャム壺、汚れた皿、さらには家禽の飼料を入れたバケツまで置いてあった。三人の住人は箱寝台に寝た。腐りやすい食べ物はかごに入れて梁から吊るされていた。マントルピースにはひげ剃り用の碗から羊毛刈りばさみまで雑多な品物が山積みになって、錆と虫食いとロウソクの蠟と蠅の糞にまみれていた。

窓の下枠には、頭がとれた鉛の兵隊がずらりと整列していた。

壁の漆喰がぼろぼろになった部分には、ジムが古新聞や屋根ぶきフェルトを釘で打ちつけた。

「ほら」とジムが暢気に言った。「こうやっとけば風が吹き込んでも心配ねえぞ」

煙突から逆流する煙が室内のあらゆるものに茶色い樹脂の薄膜をかぶせた。やがて壁という壁がべとべとになったので、カリフォルニアから届いた絵はがき、ハワイのパイナップル缶詰のラベル、リタ・ヘイワースの脚など、気に入った絵を壁にぴしゃりと押し当てさえすれば、そのまま貼りついた。

ジムは見慣れない者が近づいてくると、旧式の先込銃——弾も火薬もなかったが——に手を伸ばした。課税査定官が「ミスター・ジェイムズ・ワトキンズ」を訪ねてきたときには、囲い柵から首を出して、頭を横に振りながら、「ずいぶん長いこと姿を見てねえなあ。フランスへ行ったきりだよ！ドイツ軍と戦ったっていう話だがね」としらばっくれた。

市が立つ日には、エセルは肺気腫を押して町まで徒歩で出かけた。薄汚れたオレンジ色のツイードコートを着て、首に掛けた馬の腹帯の両端に手提げ袋をくくりつけて、馬道の真ん中を威勢良く闊歩していくのだった。

ある日、新しいトラクターに乗ったルイス・ジョーンズが分水丘《ケフン・ヒル》の頂上にさしかかったとき、エセルが手を振ってルイスを止め、ステップに足を掛けて乗り込んできた。

それ以来、彼女はルイスの出発時間に合わせて町へ出るようになった。彼女はルイスに、ありがとうのひとことを述べるでもなく、毎回、戦没者記念碑のところで下りた。そうして午前中はずらりと並んだ屋台店の店先を物色し、正午頃になるとプラゼロ食料雑貨店を訪れた。

ミスター・プラゼロはエセルの手癖の悪さを知っていたので、店員にめくばせして、「その女から目を離さんでおいてくれ」という指示を伝えた。顔をてかてか光らせた、オランダのチーズみたいな禿げ頭の店主は思いやりのある男だったので、サーディン缶やココアくらいの万引きはいつも見逃してやっていた。だが彼女が図に乗って、ハムの大缶にまで手を出したような場合には、即座にカウンターから出て、出口の前に立ちはだかった。

「ミス・ワトキンズ、ちょっとこちらへ！　今朝は何をお求めで？　そのお品がバッグに入っているのは何かの間違いではないですか？」追い詰められたエセルは毎回頑固な顔で窓の外を見つめた。

何年も同じことが繰り返されていくうちに、ミスター・プラゼロは引退し、店の所有者が新しくなった。エセルのことは大目に見てやって欲しいという話は新しい店主にも伝わっていたのだが、彼女が最初にアイデアルミルクを一缶盗んだとき、公明正大な怒りに燃えた店主は警察に通報した。二度目に万引きしたときには五ポンドの罰金を科され、三度目にはヘレフォード刑務所に六週間服役しなければならなかった。

彼女は元に戻らなかった。夢遊病者みたいに市場をさまよい歩き、タバコの空き箱を拾っては手提げ袋にため込むようになってしまった。

小雨が降る十一月の夜、終バスを待つひとびとが、待合所の片隅に前屈みに腰掛けているエセルを見つけた。バスがやってきたので、ひとりの男が「起きなさい！　起きなさい！　乗り遅れるよ」と声を掛けた。揺り起こされた彼女はすでに息絶えていた。

メグはそのとき十九歳になっていた。引きしまった小柄の娘で、頰にえくぼがあり、まなざしに力があった。

彼女は朝日とともに起き出して一日中働き、コケモモの実を取るために丘へ上がるときを除けば、決して〈岩〉を離れなかった。バケツを持った小柄な姿が池のほとりに立っているところや、白いアヒルの縦列が彼女をめざしてよちよち歩いてくる場面などを、ハイカーたちがときどき目撃した。近づいてくる人影があると、彼女は家の扉に閂を掛けた。

メグは服や帽子を決して脱がなかった。帽子はグレーのフェルトのクローシュだったが、古びているのと、脂の手で触ったのとで、牛糞の丸い塊そっくりに見えた。彼女はベージュの膝丈ズボンの上に、茶色い膝丈ズボンを重ね履きしていた。膝まわりを小さく波打たせ、編み上げの裾はゲートルのように締めて、股上から腰にかけて大きくふくらませていた。丸首セーターは常時五、六枚重ね着していた。どれも穴だらけだったのでところどころ肌が見えた。着つぶして形がなくなったセーターも捨てずにとっておき、毛糸をほどいて使った。ほどいた毛糸でセーターにできた無数の穴をふさいだので、セーターの表面が緑色の蝶結びだらけになった。

メグがこんな服装でいるのを見るとセアラは無性に腹が立った。彼女はブラウスやカーディガンや防寒上着を持ってきて与えた。ところがメグは、緑の蝶結びのセーターしか着ようとせず、セーターがずり落ちそうになっていてもまるで頓着しなかった。

ある日、セアラが様子を見に来ると、ジムがぬかるみにくるぶしまで浸かって、ガボガボ音を立てて歩いていた。

「元気か？」と彼がつぶやいた。「どうかしたか？　なんでほっといてくれねえんだ？」

「メグに会いに来たの！　あなたなんか知らない」セアラにぴしゃりと言われたジムは、小声でののしりながら去っていった。その前の週、メグが腹痛を訴えていたのだ。

めんどりの群れを押し分けて家へ入ると、メグが暖炉のそばにうずくまって、くすぶる火をものうげに扇いでいた。彼女の顔は痛みで歪み、両腕にも触れると痛いところがあった。

「一緒に来なさい」とセアラが言った。「お医者さんのところへ行くのよ」

メグは身震いして前後に体を揺らしながら、低い声で悲しげなことばを繰り返した。

「いやだよ、セアラ。あたしはここから動かない。親切にありがとね、セアラ。でもあたしはこの家から離れない。ジムとあたしはずっと一緒。一緒に働いてきた。飼い葉与えて、鳥にも餌食べさせて、一緒に暮らしてきたよ。あたしがいなかったらアヒルがお腹空かしちゃうもの。ひよこたちだって飢え死にしちゃう。あっちの巣箱には若いめんどりだっているの！　弱ってたのを治してやったんだ。あたしがいないと死んじゃうよ。小さい谷には小鳥たちもいてね、あたしが餌をあげなかったら死んじゃうんだよ。猫だっているでしょ？　あたしが行っちゃったら猫はどうなる……」

セアラは反論しようとした。診療所は三マイルしか離れていないフルレンにあるんだから——「ばかなこと言ってちゃだめ！　お医者さんの家は丘から見えるんだよ。診療所で診てもらったら、すぐにここまで連れて帰ってあげるから」

メグは帽子の縁を指でなぞり、両手の平で顔を覆った。「いやだよ、セアラ。ここからは一歩も動かない」

一週間後、メグはヘレフォード病院に入院していた。

金曜日の明け方、セアラは、マサーフェリンの電話ボックスから掛かってきた、料金受取人払いの電話で起こされた。相手は〈岩〉のジムだった。取り乱した様子でまくしたてる声を聞いて、死にかけているのではないにせよ、メグが重病なのだとわかった。

クレイギーフェドウ周辺の牧草地がかちかちに凍っていたので、セアラは門の前まで車を乗り入れることができた。家と付属の建物はすべて霧に覆われていた。犬たちが吠えたてて、囲いの外へ出ようとした。ジムが扉口で足踏みしている姿は傷ついた鳥みたいだった。

「具合はどうなの？」とセアラが尋ねた。

「悪い」とジムが答えた。

玄関の間では止まり木に止まっためんどりたちがまだうとうとしていた。メグは糞まみれの床に目を閉じたまま横たわり、かすかにうめいていた。ふたりで彼女を板に乗せて、バンまで運んだ。

丘からの下り道を半分ほど走ったところで、セアラは、メグをこんな状態で医者へ連れて行くのはたいそう恥ずかしいことだと思いついた。そこでいったん家に寄って石鹸とお湯でメグを洗い、まともなコートを着せかけて、妹分の身だしなみをほんの少しだけましなものにした。診療所に着いたとき、メグは意識が混濁していた。

若い医師が出てきて、バンの後部で患者を見た。「腹膜炎です」彼は吐き捨てるようにそう言うと大声で秘書を呼んで、救急車を呼ばせた。医師は、なぜこんな状態になる前に患者を連れてこなかったのか、とセアラをきつく責めた。

メグは病院に数週間入院したのだが、その期間のことはほとんど思い出せなかった。金属のベッド、さまざまな薬、包帯、明るい光、エレベーター、ワゴン、ぴかぴかの器具が載ったトレーなどはどれも、日頃の暮らしからあまりにかけ離れていたため、悪夢のかけらだと見なして、記憶の中からぜんぶ追い出してしまったのだ。医師たちは彼女の子宮を摘出した。しかしそのことは本人には黙っていた。彼女が克明に覚えているのは、耳にした短いことばだけだった。「止まるぞ！　そう叫ぶ声が聞こえたんだけど、あたしはホントに止まりかけてた。止まるぞ！　あたしはあのとき、そんなことばじゃ言い表せないくらい、くたくただったんだよ」

41

〈面影《ザ・ヴィジョン》〉にはじめてやってきたトラクターは、フォードソン・メジャーである。ボディはブルーでホイールはオレンジ、ラジエターの両側面にオレンジ色の立体レタリングで、〈フォードソン〉という名前が書いてあった。

ルイスはトラクターがお気に入りで、トラクターを女性とみなしていたので、女性名をつけたいと思っていた。最初「モーディー」という名を思いついたが、「マギー」のほうがいいと考え直し、気が変わって「アニー」と名づけようと決めた。しかしどの名前も彼女の個性には合わないような気がして、結局名前はつけずに終わった。

まず第一に、彼女は操作するのがたいそう難しかった。すぐに横滑りして溝へはまるので、ルイスは戦々恐々だった。ブレーキと間違えてクラッチを踏んだときには、放り出されて生け垣に突っ込んだ。だがいったん操作のこつを覚えると、犂で耕す競技会に出場しているような気分にさせてくれた。ルイスは、彼女が、八つのシリンダー内で混合気を燃焼させている音を聞くのが何よりも好きだった。ギアがニュートラルに入っているうちはブーンという快音だが、犂を引っ張って丘を登るときにはガラガラ音を轟かせた。

彼女のエンジンの構造は女性のからだのそれにも似て、彼を当惑させた。ルイスは彼女のプラグをチェックしたり、キャブレターをいじったり、グリース注入器で乳頭状接管にグリースを突き入れたり、全体的な健康状態についてあれこれ悩んだりして、いつまでも飽きなかった。

少しでも異音が混じると整備マニュアルを取り出して、不調の原因リストを音読した。「チョーク弁の調整不良……ガソリンが濃厚すぎる混合比……加鉛ガソリンの不良……フロート室への異物混入」ベンジャミンは、卑猥な表現を次々に聞かされているような気がして顔をしかめた。

ベンジャミンはトラクターの維持費について繰り返し不平を述べ、「やっぱり馬に戻すしかなさそうだな」とつぶやいては、それとなく脅しを掛けた。犂と種まき機とリンクボックスはとりあえず揃えてやったが、彼女のアクセサリーの数と金額には際限がないように思われた。ルイスはなぜ芋掘り機《ポテトスピナー》が必要なんだろう？　干し草梱包機《ベーラー》を購入する意味はどこにあるのか？　肥料散布機《マックスプレッダー》の必要性は？　いったいどこまで買えば気がすむのか？

ルイスは弟のしつこい追及を受け流した。そして、彼らが破産などしておらず裕福なのだという説明は、会計士にまかせることにした。

一九五三年、彼らは内国歳入庁との間で不愉快ないざこざを経験した。双子はメアリーの死後、税金を一銭も納付していなかった。調査官は彼らのケースを親身に取り扱いはしたものの、今後は専門家の助言を受けるべきだと主張した。

双子の会計簿を監査しにやって来た若者はにきび面で、下宿生活者にありがちな栄養不良の顔色をしていた。その彼でさえ、双子の倹約ぶりには驚きを見せた。衣服はすべて一生使うのが前提で、食料雑貨の請求書から獣医、農業用品まで支払いはぜんぶ小切手で支払っていたので、双子はほとんど現金を扱うことがなかったのだ。

「臨時費の欄にはどのくらいの金額を書き込んだらよいでしょう?」若い会計士が尋ねた。

「小遣いっていうことかな?」とベンジャミンが返した。

「そうです、ポケットマネーです!」

「二十ポンドくらいかな?」

「一週間で、ですか?」

「いや、いや、とんでもない……二十ポンドもあれば、ふたりの分を一年間まかなえるよ」

若い会計士が、赤字経営にしておくのが望ましいのだと説明しようとすると、ベンジャミンは顔をしかめて、「そいつはまっとうじゃねえな」とつぶやいた。

一九五七年までには、〈面影《ザ・ヴィジョン》〉の収支決算に課税対象となるかなりの額の収益が計上され、会計士も「肥えた」。彼は綾織ズボンのベルトの上にビール腹を膨らませ、ツイード上着と黄色い靴下とチャッカブーツで服装を決めていた。そして四六時中、ナセル氏とかいう人物の悪口を言っていた。会計士はテーブルをこぶしで叩いて言った。「五千ポンドで農機具を買うか、さもなければその同じ金額を政府にプレゼントするか、という選択を迫られているわけです！」

「そんなら、もう一台トラクターを買ったほうがいいな」とベンジャミンが言った。

ルイスが何種類かの仕様書を読み比べて、インターナショナル・ハーベスター社の機械に決めた。彼は、新しいトラクターの車庫にするために馬小屋をきれいにし、晴れた日の午後を選んでフルレンへ行き、トラクターを運転して帰ってきた。

彼女はルイスが今まで使ってきたトラクターとは別種の存在だった。ルイスは彼女のタイヤをこすって洗い、車体をから拭きし、ときどき馬道を走らせて風に当てた。だがそれ以外のときは馬小屋に大切にしまい込み、鍵を掛けておいた。ルイスはその後長年にわたって、少年が売春宿を覗き込むみたいに、扉板の割れ目から中を覗いては、深紅色の塗装で目を楽しませた。

一九五〇年代は大きな航空事故が多発した時代だった。コメット旅客機が二機立て続けに墜落し、ファーンボロー航空ショーの墜落事故では観客三十人が犠牲になった。ベンジャミンはヘルニアを患い、〈面影《ザ・ヴィジョン》〉には電気が通った。年寄り世代がひとりまたひとりと病気になって死んでいった。チャペルで葬式がおこなわれない月はほとんどなかった。ミセス・ビッカートンが南フランスで死去したときには、教区教会で立派な追悼ミサがおこなわれた。享年九十二歳、プールでの溺死だった。〈お城〉のミセス・ナンシーは、古い借地人と屋敷の使用人を全員招待して着席昼食会を開いた。城館は廃墟同然になっていた。ある年の八月の夜、少年が忍び込み、弓矢で野ねずみを射て遊んでいる最中に、火が点いたタバコを落としたのがきっかけで燃え落ちた。そして一九五九年四月、ルイスが自転車事故を起こした。

その日ルイスは墓地にニオイアラセイトウの花を供えるため、自転車を漕いでマサーフェリンへ向かっていた。午後の空気はとても冷たかった。オーバーのベルトのバックルがゆるんで、前輪のスポークにからんだのが悪かった。彼はハンドル越しに前方へ飛んだ。曲がった鼻はヘレフォード病院の整形外科で真っ直ぐに治せたが、それ以降彼は片耳がやや聞こえにくくなった。

六十歳の誕生日は双子にとって悲嘆の日と言っても過言ではなかった。

カレンダーを破るたびにみじめな老年時代が予感された。ふたりは家族の写真が掛かっている壁を見た。縦横何列にも並んだ顔また顔が皆微笑んでいた。それらのひとびとは全員すでに物故者だった。どうしてふたりぼっちになってしまったんだろう、とふたりは考えた。

彼らはもうけんかなどしない。子どもの頃ベンジャミンが病気で寝込んだことがあったが、あのときよりも前のような、切っても切れない関係がふたりの間に復活していた。双子はこの世のどこかに信頼できる親戚が存在しているはずだと確信していた。跡継ぎがいなければ土地やトラクターを所有する意味などないからだった。

ふたりは壁に掛かったアメリカインディアンの油絵風石版画を見つめて、エディおじさんのことを思った。たぶん彼には孫がいるはずだ。でもカナダに住んでいるだろうから、ここへは戻ってこないだろう、と。ふたりは旧友マンフレッドの息子さえ考慮の対象にした。ときどきここへもやってくる彼は、目に光のない若者だった。

マンフレッドは、ポーランド難民のために建てられたかまぼこ型組み立て兵舎を利用して、養鶏場を立ち上げていた。そして、喉音のきついアクセントにもかかわらず、今や「イングランド人よりもイングランド人らしく」なっていた。平型捺印証書によりクルーゲからクレッグに改名をすませ、緑色のツイードを着て、クロスカントリー競馬へ必ず顔を出し、地域の保守党協賛会の会長におさまっていた。

彼は意気揚々と双子を案内して自分の養鶏場を見せた。鶏舎の金網や鶏糞の臭いや、魚粉や、羽をむしられて赤肌がむき出しになった首を間近に見たベンジャミンは、吐き気を催した。そして二度とここへは来たくないと思った。

一九六五年十二月、カレンダーの写真ではノーフォークの湖沼が氷結していた。双子にとって忘れられない日となったその月の十一日、ポンコツのフォードのバンが中庭へ乗り入れて停車した。車からゴム長靴を履いた女性が下りてきて、ミセス・レッドパスですと名乗った。

42

赤褐色の頭髪に白髪が交じり、ハシバミ色の目をした女性である。ほのかなローズピンクの頬が年齢とは不釣り合いに見えた。彼女は少なくとも一分間、庭へ通じる門の脇に立ったまま、不安そうに掛けがねをいじっていた。それからようやく口を開いて、大事なお話があるのですと言った。

「さあ中へ入って！」ルイスが手招きした。「お茶でも飲んでいったらいいさ」

相手は長靴が泥だらけなのを詫びた。

「泥なんか気にせんでいいよ」ルイスが愛想良く言った。

相手は、「わたくし、バターつきパンは遠慮しておきます」と言ったが、フルーツケーキは拒まなかった。細長く切り分けた小片をひとつずつ、几帳面に舌の上に載せて食べた。それから部屋を見回して、「こんなにたくさんの骨董品」に埃ひとつついていないなんて、きっとお掃除が大変でしょう、と声を上げた。それから水道局で働いている夫の話をした。また、穏やかな天気でいいですねと言い、クリスマスの買い物で物入りですとも述べた。「はい」、と彼女はベンジャミンに言った。「遠慮なくもう一杯いただきます」彼女はさらに角砂糖を四つカップに入れて、本題に入った。

彼女はずっと、自分の母親は大工の夫に死に別れたのだと信じていて、自分の少女時代がみじめだったのは、家に下宿人を何人か置かないと暮らしていけなかったせいだと思っていた。ところが去年の六月、老いた母親が死の床で、彼女は私生児で、本当の母親は別にいるのだと告げた。産みの親は黒ヶ丘の農場生まれの娘で、一九二四年、赤ん坊だった彼女を置き去りにして、アイルランド男とふたりで外国航路の船に乗ってどこかへ行ってしまったのだ、と。

「レベッカの娘だ」とルイスがつぶやき、彼のスプーンがソーサーに当たって音を立てた。

「ええ」ミセス・レッドパスはそうつぶやいて、感極まったようなため息を漏らした。「わたくしの産みの親はレベッカ・ジョーンズです」

彼女は自分の出生証明書を調べ、教会区戸籍簿を確認した。かくして長年行方不明だった、双子の姪があらわれたのだ。

ルイスは、目の前に腰掛けている礼儀正しく平凡な女性を、まぶしそうに見つめた。そして彼女のしぐさの端々に、母親とよく似たところを見いだした。ベンジャミンは押し黙ったままだった。裸電球のきつい光の下で、彼は彼女のとっつきにくそうな唇に目を留めていた。

「うちのケヴィンにぜひ会ってやっていただきたいの！」彼女はナイフに手を伸ばし、ケーキをひと切れ切って自分の皿に載せた。

「あの子ったら、あなたたちと生き写しなんですよ」

彼女は、翌日にでもさっそくケヴィンを〈面影《ザ・ヴィジョン》〉へ連れてきたそうだったが、ベンジャミンは少しも喜んでいなかった。「いや、いや。わたしたちのほうから出向いて、そのうちお会いするようにしますよ」

翌週のあいだずっと、双子の口げんかが続いた。

ルイスは、ケヴィン・レッドパスは神がくれた贈り物だと考えた。他方、ベンジャミンは、聞かされた話がぜんぶ真実で、ケヴィンが彼らの姪の息子だったとしても、ミセス・レッドパスが双子の財産を目当てにしているかもしれない以上、結局ろくなことにはならないだろうと疑っていた。

十二月十七日、「クリスマスおめでとう！　ミスター&ミセス・レッドパス、そしてケヴィンより」と書かれた、サンタクロースとトナカイのソリの絵がついたクリスマスカードが届いた。ミセス・レッドパスが再びやってきて、再びお茶が供された。彼女はその日の晩、ランフェハンで上演されるキリスト降誕劇に、ケヴィンがキリストの父ヨセフそのひとの役で出るので、双子を車に乗せて案内したいのだと持ちかけた。

「そうかい、それじゃ連れてってもらうよ」とルイスが即座に答えた。そして暖炉内部の横棚からやかんを下ろし、弟にうなずいて見せてから、ひげを剃り、着替えをするために二階へ上がった。

食堂兼居間《キッチン》に取り残されたベンジャミンは、ばつが悪くて顔から火が出そうだった。そこで彼も仕方なく二階の寝室へ上がった。

双子の準備が整ったときには日が暮れていた。空はきれいに澄んで、星々がちっぽけな火の車みたいに回転しているのが見えるようだった。霜の毛布をかぶった生け垣と白い粉が掛かったさまざまな形が、ヘッドライトに照らされて浮かび上がった。バンは急な曲がり角にさしかかるとスリップしたものの、ミセス・レッドパスの運転は慎重だった。ベンジャミンはわらを詰めた麻袋にぐったり身を預けたまま、チャペル付属の信徒会館に車が到着するまで歯を食いしばって耐えた。ミセス・レッドパスはケヴィンがちゃんと衣装に着替えているか確かめるため、そそくさと行ってしまった。

ホールの中は震えるほど寒かった。パラフィンストーブが二台しかないので、後列のベンチまではとても暖まりきらなかった。隙間風が扉の下からヒューヒュー吹き込み、床板は消毒剤の臭いがした。観衆はマフラーとコートにくるまって腰掛けていた。アフリカでの伝道を終えたばかりだという説教者が会衆ひとりひとりに握手をして回った。

舞台の上には陸軍払い下げの、虫食い穴だらけの毛布を三枚接ぎ合わせた幕が掛かっていた。ミセス・レッドパスがふたりのおじたちの席へ戻ってきた。舞台を照らす明かりだけが残されて、客席の照明が消えた。幕の奥から子どもたちのささやき声が漏れてきた。

幕の隙間から学校の先生が出てきて、ピアノ椅子に腰掛けた。先生がかぶっている毛糸帽子は、アザレア模様がついたピアノの掛け布と同じくすんだピンク色だった。先生の指が鍵盤を叩くのに合わせて帽子が上下に揺れ、アザレアの花びらが小刻みに震えた。

「クリスマス祝歌第一番」と先生が口を開いた。「『おおベツレヘムの小さな町』。この歌は子どもたちだけで歌います」

数小節の前奏の後、甲高くて頼りない歌声が幕の奥から聞こえてきた。ルイスとベンジャミンの目には、幕の虫食い穴の背後で何か銀色のものがきらきら光っているのが見えた。銀紙でこしらえた天使たちの光輪だった。

歌が終わると、白い寝間着を着たブロンドの少女が舞台中央に出てきた。寒さでぶるぶる震えていた。彼女がかぶっている王冠には銀紙の星がついている。

「わたしはベツレヘムの星です……」少女の歯がガチガチ音を立てた。「神様が空にひとつの、大きな星を上げてから一万年が経ちました。その星がわたしです……」

少女が前口上を語り終えた。滑車がきしる音とともに幕が開く。青い衣をつけた処女マリアが赤いひざつき台にひざまずいている。ナザレのマリアの家である。彼女が床をごしごしこすって掃除をはじめると、天使ガブリエルがすぐ脇に立っていた。

「わたしは天使ガブリエルです」あえぐような声で天使が言った。「わたしは、あなたが子どもを授かったのを告げるために来たのです」

「まあ！」処女マリアはまっ赤に顔を染めて答えた。「どうもありがとうございます！」ところが天使が次のせりふを間違え、マリアも答えをとちったせいで、ふたりともどうしたらいいかわからなくなって、舞台の真ん中で立ち往生してしまった。

先生がふたりにせりふをささやいた。ところが、いくらせりふをつけようとしても埒が明きそうにないとわかったので、先生は「カーテン！」と声を上げ、観客全員に向かって、「あるときダビデ王の町に」をご一緒に歌いましょうと告げた。

観客は皆、その歌なら賛美歌集を開かずに歌うことができた。そして幕が再び開いたとき、舞台の上には子どもがふたり入ったロバの着ぐるみがいて、後ろ脚を蹴り上げたり、いないたり、張り子の首を大きく縦に振ったりしたので、客席は大笑いになった。道具方がふたりで、わらの梱《こり》と子牛のための飼い葉桶を舞台上へ運んできた。

「あれがうちのケヴィンよ！」ミセス・レッドパスがベンジャミンのあばら骨をつついてささやいた。緑のタータン柄のガウンを着た幼い少年が舞台の上にあらわれた。頭にはオレンジ色のタオルを巻いている。あごには黒いひげを貼りつけていた。

ベンジャミンとルイスは背筋を伸ばして舞台を見た。ところがヨセフは観客から目をそらし、背景幕に向かってせりふを述べはじめた。「一夜の宿を頼めませんか？　わたしの妻は今にも赤ん坊が生まれそうなのです」

「あいにく今夜は部屋がいっぱいです」と宿屋の主人のルベンが答えた。「町中、税金を支払いに来たひとたちでごったがえしているのです。責めるなら、わたしではなくローマ帝国を責めてください！」

「でもこの馬屋なら空いていますよ」宿屋の主人は飼い葉桶を指さしながら続けた。「もしよければここへお泊まりなさい」

「おお、ありがとうございます！」マリアが明るく礼を言った。「わたしたちはつつましい暮らしに慣れているので、ここでじゅうぶんです」

彼女は敷きわらを整えはじめた。ヨセフはまだ背景幕とにらめっこしている。彼が右腕を上げて、ぎごちなく空を指さした。

「マリア！」勇気を絞り出して彼が叫んだ。「空の上に何か見えるぞ！　十字架のようだ！」

「十字架？　ああ！　そのことばを言わないで。そのことばを聞くとアウグストゥス皇帝を思い出すから！」

ルイスは、コーデュロイ二枚分の厚さを隔てて、弟のひざ小僧ががくがく震えているのがわかった。ヨセフが振り向き、双子が座っている方向を向いてにっこり微笑んだ。

「ほんとうに」最後の場面が終わりに近づいた頃、マリアが言った。「これほどかわいい赤ちゃんは見たことがないわ」

ジョーンズ家の双子老人の心はベツレヘムにあった。だが彼らが見ていたのはプラスチック製の人形ではない。宿屋の主人も羊飼いも彼らの目には入らなかった。張り子のロバも、わらをかじっている生きた羊も。チョコレートの箱を捧げ持ったメルキオールも。シャンプーのボトルを持ったカスパールも。赤いセロファンの王冠をかぶって糖菓壺を捧げる、黒い顔のバルタザールも。智天使《ケルビム》も、熾天使《セラピム》も、ガブリエルも、処女マリアも目に入っていなかった。ふたりが見つめていたのは、タオルのターバンから一房の黒髪をはみ出させ、厳粛な目つきをした楕円形の小さな顔である。「あなたを揺すってあげましょう、揺すって、揺すって、あげましょう……」と天使の合唱隊が歌いはじめたとき、ふたりもリズムに合わせて頭を揺すっていた。そしてふたりが身につけた懐中時計の鎖に、涙のしずくがぽたぽた垂れた。

劇が終わった後、牧師がフラッシュを焚いてスナップ写真を何枚か撮った。ルイスとベンジャミンは、母親たちが子どもたちを着替えさせているチャペルには入らず、外で待った。

「ケヴィン……ケヴィン!」甲高い声が聞こえた。「こっちへこないとお尻ぺんぺんだよ……!」

43

彼は気立ての良い少年だった。元気な上に情感が豊かで、ベンジャミンおじさんのフルーツケーキを好み、ルイスおじさんのトラクターに乗せてもらうのを喜んだ。

学校が休みのとき、母親は息子を何週間も続けて農場に泊まらせた。ケヴィンに劣らずルイスとベンジャミンも、新学期がはじまるのを嫌がった。

トラクターの泥よけの上にちんまり納まったケヴィンは、犂の刃が切り株へ食い込んでいくのを観察し、掘り返されたばかりの犂道の上に鋭い声で鳴くセグロカモメたちが舞い降りるのを見つめた。

彼はまた、子羊の誕生やじゃがいもの収穫や牛の出産をつぶさに見聞し、ある朝、生まれたばかりの馬の子が牧草地に立っているのも見た。

双子は、これらぜんぶがやがてお前の物になるんだよと言った。

彼らは大騒ぎして、ケヴィンを小さな王子のように扱った。食卓で給仕し、チーズやビートは無理に食べさせないようにし、屋根裏で上機嫌の蜜蜂みたいな音を立てるうなり独楽《ごま》を見つけてやった。彼らはまた、自分たちの子ども時代をたどりなおすために、この子を海へ連れて行こうとさえ考えた。

ケヴィンはときどき、眠たくなりすぎた夜に、両手で顔を覆ってあくびをして、「ねえねえ、ぼくをベッドへ連れてってくれる?」と言った。双子は彼を抱いて二階の古い寝室に運び、服を脱がせ、パジャマを着せて、常夜灯だけは点けたままにして忍び足で階段を下りた。

ケヴィンは小さな畑にレタスとラディッシュとニンジンを植え、スイートピーも一列植えた。彼は袋の中で種がシャカシャカいう音を聞くのが好きだったが、二年生の植物は植えたがらなかった。「二年なんて」と彼はつぶやいた。「長すぎて待ちきれない!」

少年はバケツを腕に掛け、何かおもしろいものはないかと生け垣の周辺を探索して、ヒキガエルやカタツムリや毛虫を見つけた。トガリネズミを捕まえて帰宅したこともあった。飼っていたオタマジャクシが小さなカエルになると、古い石の飼い葉桶の真ん中に石を据えつけて、カエルの城をこしらえた。

ちょうどこの頃、〈カム・クリリン〉の農家がポニー乗馬センターを開業したので、夏場ににぎわうようになった。多い日で五十人ほどの子どもたちがポニーにまたがり、〈面影《ザ・ヴィジョン》〉の敷地内を通って丘へ登っていくのが見られた。子どもたちはしばしば門を閉め忘れたまま行ってしまい、泥饅頭のようになった牧草地が残った。そこでケヴィンは、「無断侵入者は告訴されます」という看板をこしらえた。

ある日の午後、豚の飼育場の脇の雑草を刈っていたルイスは、牧草地を走ってくるケヴィンの姿を見つけた。

「おじさん！　おじさん！」彼は息を切らして叫んだ。「とてもおもしろいひとを見たよ」彼がルイスの手を引っ張ったので、木が茂った谷間の近くまで歩いて行った。

「シーッ！」ケヴィンが唇の前に指を一本立てた。それから木の葉を分けて下生えの中を指さした。

「見て！」と彼がささやいた。

ルイスは言われたとおりにしたが何も見えなかった。

太陽がハシバミの葉を透かして射し込み、小川の土手をいろんな色の光で染めていた。せせらぎの音が聞こえた。ワラビの若芽が〈?〉の字を描いて、群生したノラニンジンから突き出していた。モリバトがクークー鳴いた。カケスが間近でけたたましく鳴いた。苔むした切り株あたりで小鳥たちがチュンチュン、チチチとさえずった。

カケスが木の枝から切り株へ舞い降りると、小鳥たちはちりぢりになった。切り株が動いた。〈岩〉のメグだった。

「シーッ！」ケヴィンがまた指を立てた。メグがカケスを払いのけると他の小鳥たちが戻ってきて、彼女の手から餌を食べた。

彼女の肌には赤っぽい泥がこびりついていた。膝丈ズボンは泥んこ色だった。腐りかけた切り株に見えたのは彼女の帽子だった。苔やつるやシダに見えていたのは、何枚も重ね着していたるところをとじ合わせた、ぼろぼろの丸首セーターだった。

彼らはひとしきりメグの様子を眺めた後、歩いて帰った。

「すてきなひとだね」フランス菊に足首まで埋もれながらケヴィンが言った。

「そうだね」ルイスおじさんが答えた。


クリスマス休暇がはじまったとき、ケヴィンは〈鳥おばさん〉にプレゼントをあげたいと言いだした。彼は自分の小遣いで砂糖衣を掛けたチョコレートケーキを買った。ジムが市場へ出る日は毎週木曜なので、ルイスは〈岩〉を訪問するのは木曜日にしようと決めた。

農場を取り囲む砦柵の隙間を縫って敷地内へ入ろうとしたとき、スレート色の雲が丘の上を転がるように流れていった。風が池の水面を叩いた。メグは家の中で、犬の餌を入れたバケツに肘まで手を突っ込んでいた。訪問客が来たのを知ると、彼女はすくみ上がった。

「ケーキを持ってきました」ケヴィンはそうあいさつした次の瞬間、悪臭に顔をしかめた。メグは視線を落として返事をした。「そうかい、そりゃありがとう！」そして彼女はバケツを外へ持って出た。

「うるせえぞ、おまえら！」と怒鳴るメグの声が聞こえた。彼女は家の中へ戻ってきてつぶやいた。

「犬どもがどえらく暴れるもんだから」

視線をケーキから少年に移した彼女の顔がぱっと明るくなった。「ちょっとお茶でも沸かそうかね？」

「はい」

彼女は鉈で小枝を何本か割って火を点けた。来客にお茶を飲ませたことなど久しくなかった。ミス・ファイフィールドからテーブルセッティングのしかたを教わったのをぼんやり思い出した。彼女はダンサーのような敏捷さで部屋の中を動き回り、ひびの入ったカップや欠けた皿をかき集めて、三人分のナイフとフォークを卓上に置いた。それから茶葉をひとつまみポットに入れ、コンデンスミルクの缶を開けた。彼女はパン切りナイフを膝丈ズボンで拭いてから、ケーキを分厚く三人分スライスし、切りくずを二羽のバンタム鶏に投げ与えた。

「よしよし」と彼女が言った。「こいつらは寒さでくたばってたから、家へ入れて餌食わせてるんだ」はにかみが彼女から消えた。今日はアヒルを売るために、セアラがジムに付き添ってヘレフォードへ行ったのだと言う。「けど、そうは言っても」と彼女が両手を腰に当ててつぶやいた。「アヒルたちは年取ってるから、きっと金にはならないよ。生かしておいたらいいってあたしは言ってるんだけどね。生かしとけ！　穴ウサギを生かしとけ！　野ウサギも生かしとけ！　オコジョは遊ばしとけってね。あたしはキツネなんかも決して傷つけない。神様がおつくりになったもんはぜんぶ生かしておいたらいいんだよ……！」

彼女はティーカップを両手でしっかりつかみ、頭を左右に揺らした。ポニーで乗馬遊びをするひとたちのことをルイスが話題にすると、彼女の頰が楽しそうに輝いた。

「ああ、よく見てるよ」と彼女が言った。「たんと酔っぱらってわめいて叫んで、あげくのはてに馬から落ちてるよね」

ケヴィンは彼女のむさくるしさに恐れをなして、帰りたくてうずうずしていた。

「もうひと切れ切ろうか？」と彼女が言った。

「いいえ、だいじょぶです」と少年が答えた。

彼女はさっきよりもいっそう分厚く切った一枚を、自分の皿に取って一気に食べた。切りくずはバンタム鶏にやらずに、指先で集めて自分の口へ入れた。それから指先を一本一本舐め、げっぷをして、自分の腹をぴしゃりと叩いた。

「そろそろ帰るよ」とルイスが告げた。

メグのまぶたが重く垂れ、しおれたような声で尋ねた。「ケーキのお返しはどうしたらいい？」

「プレゼントです」とケヴィンが答えた。

「でも残りは持って帰ってくれるだろ？」彼女はケーキの残りを箱に戻し、悲しげにふたを閉めた。

「ジムに、ケーキをもらったのを見られたくないんだ」

中庭へ出たルイスはメグに手を貸して、干し草の梱《こり》から防水帆布を剝がした。溜まった雨水がどっとあふれ出して、ケヴィンのゴム長靴にはねかかった。納屋の屋根のゆるんだトタン板が風に煽られて、バタバタ音を立てていた。突然強風が吹いてトタン板が舞い上がり、怪鳥みたいに空を飛んで向かってきたと思ったら、ものすごい音を立ててゴミの山の上に落ちた。

ケヴィンは泥土の上で転んだ。

「どえらい突風だ」とメグが言った。「トタン板をすっとばしたねえ！」

起伏の多い牧草地に出て帰路をたどりはじめたとき、ケヴィンはルイスの腕にしがみついた。彼は泥んこになった上におびえてべそをかいていた。雲が裂けて、頭の上あたりに青空が見えた。犬たちは徐々に吠えるのをやめた。振り返ると、メグが柳の木の下でアヒルの子たちを呼び集めていた。彼女の声が風に乗って聞こえてきた。「ほーい！　ほーい！　寄ってこーい！　ほーい！　ほーい！

……」

「ジムはメグを殴ると思う？」少年が尋ねた。

「さあ、どうかな」とルイスが返した。

「きっととっても意地悪なひとなんだよ」

「ジムはそれほど悪い奴じゃない」

「ぼくはあの家へはもう行きたくないな」

44

ケヴィンはふたりのおじが考えたよりもはるかに早く大きくなった。ある夏、彼の歌声はボーイソプラノだった。ところが次の夏――だったと思われるのだが――には、髪を長く伸ばした命知らずの若者になっていて、ラーケンホープの共進会で暴れ馬を乗りこなした。

彼が十二歳のとき、ルイスとベンジャミンは彼に便宜をはかれるよう、遺言書を書いた。事務弁護士のオーエン・ロイドは、〈面影《ザ・ヴィジョン》〉をケヴィンに譲るつもりなら、ふたりが生きているうちに贈与したほうが有利だと助言した。ふたりの考えに口をはさむつもりは毛頭ないが、贈与した後五年以上生きれば相続税は支払わなくてよいのだから、と。

「税金がただになるってことかね？」ベンジャミンはにわかに活気づいて、弁護士の机越しに首を突き出した。

「印紙税のみになります」とミスター・ロイドが返した。

少なくともベンジャミンにとって、お上を出し抜くのはたまらない魅力だった。しかも彼の見るところでは、ケヴィンは非の打ちどころがなかった。ケヴィンにもし欠点があるとすれば、ルイスの欠点とそっくり同じだった。それゆえ欠点さえもますますいとおしく感じられた。

ミスター・ロイドは説明を続けた。ケヴィンにはもちろん、ふたりの老後の面倒を見る義務が生じる。「とりわけ」と言ってから、弁護士は声を低めてつけくわえた。「おふたりのどちらかがご病気になられたような場合には……」

ベンジャミンはルイスをちらりと見た。ルイスはうなずいた。

「それではこれで決まりということで」ベンジャミンがそう宣言し、弁護士に贈与証書の作成を依頼した。ケヴィンが二十一歳になったときこの農場を受け継ぐことになる。双子はそのとき八十歳になる計算だった。

書類に署名がされるやいなや、ミセス・レッドパスが双子の頭痛の種になった。遺産の行方が不確かなうちは、彼女はずっと距離を保ち、礼儀にも気を遣っていたのだが、一夜にして突然態度が変わった。彼女はまるで、農場は本来彼女自身の相続財産で、双子がだまし取っていたと言わんばかりにふるまった。彼女は双子に現金をせびり、引き出しをかき回し、ふたりがひとつの寝台に寝ていることをからかった。

「あの旧式のレンジで料理するなんて考えられない！　何をつくったって煤《すす》の味がするに決まってる！　今はもう電気コンロの時代なのよ！……石敷きの床だってあきれちゃう！　何時代の遺物なのかしら？　第一不潔だし！　防湿材とビニールタイルで貼り替えをしなくちゃどうしようもないわよ」

ある日曜日、彼女は昼食のテーブルをだいなしにしたい一心で、自分の母親は健在で、カリフォルニアで裕福な未亡人になっているのだと言い放った。

ベンジャミンはフォークを落とし、首を横に振った。

「そいつは怪しいね」と彼は言った。「レベッカがもし生きてれば、手紙くらい寄越したはずだ」ミセス・レッドパスはそれを聞いて空涙《そらなみだ》をはらはらと流した。そして、自分を愛してくれたひとは誰もいないし、必要としてくれたひともいなかった。いつだってのけ者にされ、甘く見られて生きてきたのだと言いつのった。

ルイスは彼女を慰めようとして、緑のベーズ布で内張りした銀食器の箱を開き、レベッカの命名記念スプーンを進呈した。彼女は、「他に母のものはないの?」とうるさく尋ねた。

双子は彼女を屋根裏部屋へ案内してトランクの鍵を開け、妹の所持品をぜんぶ広げて見せた。天窓から射し込む陽光がタータン柄のコートや、シルクの白いストッキングや、ボタンつきのブーツや、ポンポンがついた縁なし帽や、レースをあしらったブラウスを照らした。

双子は黙りこくったまま、これらの悲しいしわだらけの遺物を見つめた。そして大昔の日曜日、家族揃って朝の祈りに出るために、いつも軽装二輪馬車で出かけたのを思い出した。ミセス・レッドパスはそれら一切合切を抱えて、さよならも言わずに帰っていった。

ケヴィンも双子をがっかりさせるようになった。

彼にはひとを喜ばせる魅力があった。ベンジャミンにうまく持ちかけてバイクを買ってもらうことさえできた。ところが性根は怠け者で、生かじりの専門用語をごまかしに用いて、自分の怠け癖を隠そうとする傾向があった。彼は双子が実践する農業の方法論を小馬鹿にしており、貯蔵生牧草や受精卵の着床などということばをいたずらに振り回して、彼らの心配を煽った。

ケヴィンは週に二日〈面影《ザ・ヴィジョン》〉で働き、三日間は地元の技術専門学校へ通う予定を組んでいたが、実際にはそのどちらもこなしていなかった。彼は気が向いたときだけ農場にあらわれた。サングラスを掛け、飾り鋲としゃれこうべがついたデニムの上着をはおり、手首からトランジスターラジオをぶらさげていた。腕にはヘビの入れ墨をして悪い友達とつきあっていた。

一九七三年の春、ジョニーとレイラという名前のアメリカ人カップルが〈ギリフェノグ〉の古い農家を買い取って、〈コミューン〉を立ち上げた。ふたりは資産家だった。彼らがキャッスル通りに開店した健康食品専門店は、すでにひとびとの話題になっていた。試しに覗いてみたルイスによれば、その店は「粗挽き粉の収納小屋そっくり」だった。

コミューンで暮らすひとの中には、ゆったりしたオレンジ色の外衣をまとって頭を剃ったひとたちがいた。髪をピッグテールにしたり、ヴィクトリア朝時代の服を着たひとたちもいた。彼らは白山羊の群れを飼い、ギターとフルートを演奏した。彼らはときどき果樹園に円陣を組み、地面にあぐらをかき、目を半開きにしたまま何もせず、何も語らずにじっとしていることもあった。ヒッピーのひとたちは「豚みたいに」かたまって寝る、という噂を広めたのはミセス・オーエン・モーガンである。

その年の八月、ジョニーは菜園に奇妙な深紅色の塔を建てた。その塔を中心にして、ピンクの花と黒い文字を刷ったリボンみたいな小旗がたくさん連なったひもが掲げられた。ミセス・モーガンによれば、その旗は宗教運動のシンボルだという話だった。「インドのだと思う」と彼女は言った。

「ローマ教皇がどうかしたって？」とルイスが聞き返した。トラクターの音がうるさくて、彼女の話がよく聞き取れなかったのだ。

ふたりはマサーフェリンのチャペルの前で立ち話をしていた。

「違うわ」と彼女が叫んだ。「それはイタリアでしょ」

「そうだね！」とルイスがうなずいた。

その一週間後、ルイスは赤いひげを生やした大男をトラクターに乗せた。手織り布でこしらえた袖無し胴着を着て、袋用麻布でつくったズボンを履いたその男は、自分は信仰上の理由で獣の皮をまとうことはできないのだと語った。

ルイスは男を門のところで下ろすとき、小旗に書いてある文字はどういう意味なのか尋ねた。すると相手は頭を下げ、両手を合わせてゆっくりと祈りの文句をとなえた。「オム・マニ・ペメ・フム」その後同じくらいゆっくりした口調で、意味を翻訳して聞かせた。「かくあれかし、蓮の中の宝石！魔よ去れ！」

「どうもありがとう」帽子の縁に手を触れて、変速レバーを動かしながらルイスが礼を述べた。

この出会い以降、双子はヒッピーたちに対する意見を修正し、ベンジャミンは、彼らは「一種の休息をとっているんだ」と考えるようになった。とはいえ彼は、あのひとたちと若いケヴィンが関わり合いにならないよう願っていた。夕陽が緑色がかって見えた日、ケヴィンが庭の小道をふらつきながら歩いてきた。食堂兼居間《キッチン》へ入ってきた彼は千鳥足で、瞳はどんよりと夢を見ているようだった。彼は黄色いヘルメットを安楽椅子にどさっと落とした。

「飲んできたのか？」とベンジャミンが尋ねた。

「そうじゃないよ、おじさん」と彼が歯を見せて笑った。「キノコを食ってきたんだ」

45

七十代になった双子は思いがけずナンシーと親しくなった。ビッカートン家唯一の生き残りである彼女は、今はラーケンホープの古い司祭館に住んでいた。

ナンシーは関節炎を患い近視だったが、アクセルやブレーキならかろうじて踏めるので、運転免許交付係の役人を説得して「おんぼろのサンビーム」を運転する許可をもらい、いつも愛車を乗り回していた。彼女は、ずっと昔から名前だけしか知らなかった〈面影《ザ・ヴィジョン》〉をわが目で見たいと思い立った。そうしてある日突然やってきた。その日以後、彼女はしばしば前触れなしに双子を訪問するようになった。来るのはいつもティータイムで、ロックケーキをおみやげに持ち、騒がしい五匹のパグ犬を引き連れてやってきた。

彼女は郷紳《ジェントリー》階級とつきあうのはもう飽き飽きしていた。おまけにジョーンズ家の双子とは、第一次世界大戦前の幸せな時代の記憶を共有してもいたのである。彼女は、〈面影《ザ・ヴィジョン》〉ほど美しい農家は見たことがないと言い、ミセス・レッドパスが「厄介事を起こす」ようなら追い出すしかないわねと言い切った。

彼女は双子にしつこく、司祭館へいらっしゃいと勧めた。ふたりはチューク牧師が亡くなって以来、司祭館に足を踏み入れたことがなかった。何週間か迷った末、ようやく訪ねてみようと決心した。

多年生の花を植えた花壇に沿って半分ほど歩いたところで、双子はナンシーを見つけた。ピンクのスモックを着てラフィアの帽子をかぶり、クサキョウチクトウの発育を妨げているサンシキヒルガオを引き抜いている最中だった。

ルイスが咳払いをした。

「あら、いらっしゃったのね！」彼女は双子に顔を向けた。どもりはずっと昔に治っていた。

ふたりの老紳士は横一列に並び、緊張したようなそぶりで帽子のつばに指を触れていた。

「ようこそ、うれしいわ！」そう言って彼女はふたりのために庭を案内した。

厚化粧をしているので顔のしみは隠されていた。ふたつ組みの腕輪がやせ衰えた腕を上下に動いて、手首に落ちるとじゃらんと鳴った。

「あれを見て！」彼女が満開の白い花を指さした。「あれがクランベ・コーディフォリア！」彼女は庭の手入れが行き届いていないのを何度も詫びた。「よい庭師は聖杯と同じくらい見つけにくいものなのよ！」

あずまやの柱が倒れ、岩石庭園は雑草が茂る小山に成り果て、シャクナゲは徒長して枯れかかっていた。さらに、かつて牧師が丹精した灌木の植え込みは、「原始の密林に戻って」しまっていた。苗を鉢植えで育てる小屋の扉には、双子がかつて幸運を願って釘で打ちつけた蹄鉄が昔のまま残っていた。

そよ風が吹いて、アザミの冠毛を睡蓮池の向こう岸まで吹き飛ばした。双子は池の端にたたずんで、睡蓮の葉の下を泳いでいく金魚を眺めながら、その昔、ミス・ナンシーが弟の漕ぐ舟に乗って、湖岸へ近づいてくるのに出くわしたときの記憶を反芻していた。家政婦が呼ぶ声が聞こえたので、ふたりは司祭館へ向かった。

フランス窓から室内に入ると、思い出の品々が浮かぶ大海原が広がっていた。

ナンシーは物を捨てられない性分なので、城館の五十二部屋にあった品々を司祭館の八室に詰め込んだのだ。

応接室の一方の壁に、トビトを描いた虫食いだらけのタペストリーが掛かっている。別の壁にはノアの箱舟とアララト山を描いた巨大な油絵が掛かり、糖蜜をかぶせたようなキャンバスの表面は、ワニス層がみみず腫れのように引きつっている。「ゴシック様式」の戸棚がいくつも並び、ナポレオンの胸像があり、半分しか揃っていない甲冑が置かれ、象の足を筆頭にさまざまな動物の皮や頭や角が飾られている。鉢植えのテンジクアオイが、山と積まれた小冊子や『カントリーライフ』誌の上に黄色くなった葉を落としている。鳥かごに入った一羽のセキセイインコがくちばしで横木を嚙んでいる。自家製酒が入ったかご入りの細口大瓶がコンソールテーブルの下で発酵している。じゅうたんのあちこちには、何代にもわたるパグ犬たちの粗相の跡が染みになって残っている。

お茶道具がワゴンに載って運ばれてきた。

「中国の、それともインドの？」

「母はインドに住んでいました」ベンジャミンがうわの空で答えた。

「それだったらあなた、わたしの姪のフィリッパに会わなくちゃいけません。あの子はインドで生まれたのよ！　インドが大好きなの。年中あちらへ行っているわ！　でも今お尋ねしたのは、お茶の好みについてですよ」

「ありがとうございます」と彼が返した。ナンシーは無難な選択肢を採って、ふたりのティーカップにインド茶を注ぎ、ミルクをくわえた。

午後六時、三人はテラスへ出た。彼女は双子にニワトコの自家製酒を供し、三人で腰掛けて昔の話をした。双子はナンシーに、ミスター・アーンショウが育てた桃を思い出させた。

「あのひとこそ」と彼女が言った。「本物の庭師よ！　近頃ではああいうひとはもういないわね」

酒がルイスの口を軽くした。彼は顔を紅潮させて、少年時代、木の幹の陰に隠れて、馬上のナンシーが行き過ぎるところを見つめたのを告白した。

「まあ本当なの」と彼女がため息をついた。「知っていさえしたら……」

「そうですよ」ベンジャミンがくすくすわらった。「こいつが母親に言ったことばをお聞きになったらよかったんです！」

「教えて！」ナンシーがルイスを真正面から見つめた。

「だめ、だめ」ルイスがまごついて笑いながら返した。「そんなこと、言えません」

「この男はね」とベンジャミンが引き継いだ。「『ママ、僕は大きくなったらミス・ビッカートンと結婚するよ』って言ったんですよ」

「あらまあ？」ナンシーがしわがれた声で笑った。「もうじゅうぶん大きくなってるわよね。何をぐずぐずしてるのかしら？」

腰掛けた三人の間に沈黙が流れた。軒下でイワツバメたちがおしゃべりしていた。ヨルザキアラセイトウが咲いているあたりで蜜蜂が羽音を立てていた。ナンシーは悲しげに弟の話をはじめた。

「わたしたちは皆、彼を気の毒に思っていました。脚のことです、覚えているでしょ？　でもあの子は悪人でした。例の娘さんと結婚すべきだったのよ。彼女があの子を成功に導いてくれたかもしれなかったのにね。わたしがもっとしっかりしていたらよかったのよ、わかるでしょ？」

ナンシーは長年にわたって、ロージーとの関係を何度も埋め合わせしようと試みたが、ロージーの田舎家の扉はいつもナンシーの鼻先でばたんと閉じられた。

沈黙が再び、三人の間を流れた。夕陽がトキワガシの輪郭を金色に縁取った。

「あのひとの肝っ玉の据わり具合は」と彼女がつぶやいた。「本当に見事だわ！」

ナンシーは前の週に、自動車の中からロージーの姿を見かけたばかりだった。背筋が曲がった人影が毛糸帽子をかぶり、内股で歩いてきて司祭館の扉を叩き、週に一度もらうことになっている五ポンド札二枚が入った封筒を受け取っていたのである。その封筒の意味を知っているのは、今では教区司祭とナンシーだけだった。ロージーがよけいな疑いを抱かないように、彼女はあえて金額を据え置きにしていた。

「またぜひいらっしゃい」ナンシーが双子に固い握手をして言った。「とても楽しかったわ。きっとまた来ると約束してちょうだい！」

「わたしらの家へもまた来てもらえますか？」ベンジャミンが言った。

「もちろんまたおじゃまするわ！　今度の日曜にまた！　姪のフィリッパを連れて行きますよ。インドのお話をたっぷりなさったらいいわ」

フィリッパ・タウンゼンドを迎えてのお茶会は、万事とてもうまくいった。

ベンジャミンは母親のチェリーケーキのレシピを忠実に再現しようとして苦心を重ねた。そして当日、柳の模様がついた陶製のふたを開けた瞬間には主賓が拍手して、「まあ、シナモントーストだわ！」と声を上げた。

テーブルの上の食器を片づけた後、メアリーがインドで描いたスケッチブックをルイスが取り出した。フィリッパは絵を一枚ずつめくりながら画題を言い当てた。「これはベナレス！　サールナートもある！……見て！　フーリー祭だわ。赤い粉がきれいにまき散らされているのが描かれている！……召使いが動かしているこの吊り扇、なんて美しいんでしょう！」

フィリッパはとても勇気のある小柄な女性で、銀髪の前髪を切り下げにしていて、笑うと灰青の目尻にしわが寄った。彼女は毎年数ヶ月間、ひとりでインドを訪れ、ほうぼうを自転車で回っている。スケッチブックのほとんど最後のページで、彼女の手が稲妻に打たれたかのように止まった。ヒマラヤ山脈と針葉樹林を背景に、塔のようなものが描かれた水彩画だった。

「これは信じられない」フィリッパが声を張り上げた。「この寺院を見た白人女性はわたし以外にいないと思っていたのに！」メアリー・ラティマーは一八九〇年代にそこを訪れていたのである。

フィリッパは、十九世紀の女性旅行家たちに関する本を書いているところなのだと語った。そして本の挿絵に載せるために、その絵を複製する許可をもらえないか頼んだ。

「いいですよ」とベンジャミンが言い、その絵を持ち帰るよう強く勧めた。

三週間後、スケッチブックが書留郵便で送り返されてきた。包みの中には『英国インド統治時代の輝き』と題された美しいカラー図版入りの書物も同封されていた。双子にはそれがどういう本なのか今ひとつぴんとこなかったけれど、その書物は家宝のひとつになった。

ラーケンホープの地域集会所で、ラドノー古物研究協会がほぼ毎月会合を開いていた。スライドレクチャーがあるときには必ず、ナンシーが「お気に入りのボーイフレンドふたり」をひきつれて聴講した。彼らは「ヘレフォードシャーにおける初期イングランド様式の洗礼盤」や「サンチアゴへの巡礼」などに関する講演を聴いた。フィリッパ・タウンゼンドがインドへの旅行者たちをめぐるレクチャーをしたときには、〈面影《ザ・ヴィジョン》〉が所蔵する「魅力的なスケッチブック」について聴衆に語り、ボタンホールにお揃いのクリンザクラを挿した双子は最前列で喜びに顔を輝かせた。

講演の後、ホールの後ろで軽い飲食物が供された。ルイスは、紫色のストライプのシャツを着た太った男と話しているうちに、部屋の隅に追い詰められる形になった。男はとても早口で、変色した歯の間から不明瞭な発音のことばを矢継ぎ早に放ち、瞳は抜け目なさそうにあちこちを見回していた。彼は生姜クッキー《ブランデー・スナップ》をコーヒーに浸けて、しゃぶるように食べた。

男はルイスに名刺を差し出した。名刺には「ヴァーノン・コール　ロス＝オン＝ワイ、ペンドラゴン骨董店」と書いてあった。そうして彼は、農場を訪ねてもいいかと聞いた。

「ああいいですとも」とルイスが答えた。彼は〈骨董店《アンティークス》〉と〈古物研究家《アンティクエリアン》〉が同じ意味だと考えていたのだ。「どうぞおいでなさい」

ミスター・コールはすぐ翌日、フォルクスワーゲンのバンを運転してやってきた。

小ぬか雨が降り、丘は雲に隠れていた。見知らぬ男がタフィー色の水たまりを縫って歩いてきたので、犬たちが大騒ぎした。ルイスとベンジャミンは牛舎を掃除している最中だったのでいらだった。だが礼儀を優先し、湯気が立っている汚物の山に熊手を突き刺して、客人を家に招き入れた。

骨董屋はじつに落ち着きはらっていた。部屋中をくまなく見回し、ティーカップのソーサーをひっくり返して「ドルトンですね」と言った。次に〈アメリカインディアン〉の絵をじっと見つめて、石版画に過ぎないと品定めした。それから、柄に使徒像をあしらったスプーンなんかもあるかもしれないと考えた。

三十分後、バターを塗ったパンにストロベリージャムを塗りつけながら、骨董屋が、ノストラダムスという名前を聞いたことがないかと尋ねた。

「予言者ノストラダムスの名前を聞いたことがない？　こりゃあ驚きですな！」

骨董屋の説明によれば、ノストラダムスは何世紀も前のフランス人だが、ヒットラーの登場を「ずばり言い当てた」人物である。彼の予言に照らし合わせると、カダフィー大佐は悪魔《アンチキリスト》で、一九八〇年に世界が終わるというのだった。

「一九八〇年？」とベンジャミンが聞き返した。

「一九八〇年です」

双子はがっかりした顔でお茶道具を見つめた。

ミスター・コールは講釈をしめくくり、ピアノのところまで歩いていき、メアリーが愛用したライティング・キャビネットに両手を置いて、「これはひどい！」とつぶやいた。

「美しい寄せ木細工なのに！　これでは神聖冒瀆ですぞ」

収納部分のふたの化粧貼りが反り返り、ひびが入って、寄せ木の小片がひとつふたつ欠けていた。

「修理が必要です」と彼は続けた。「わたしは修理ができる人間を知っております」

双子はキャビネットを門外に出すのは気が進まなかったものの、母親の遺品を放置したために損壊を招いたと考えるといっそうみじめな気持ちになった。

「こうしましょう」骨董屋がまくしたてた。「わたしがお預かりして知り合いに見せます。一週間以内に直せないようならすぐにお返ししますよ」

彼はポケットから預かり証の用紙を出して、読めない字で何か殴り書きした。

「で……その……どれくらいの数字にしましょうかね？　百ってとこですか？……百二十ならいいでしょう！　大事を取るということで！　ここに署名をお願いできますか？」

ルイスが署名し、ベンジャミンも署名した。男はカーボン紙の下の紙を引き抜いて渡し、「掘り出し物」を持ち出した。そうして、さよならを告げて去って行った。

眠れない夜が二晩続いた後、双子はケヴィンに頼んで、キャビネットを取り戻しに行ってもらおうと決心した。ちょうどそこへ百二十五ポンドの小切手が郵送されてきた。

ふたりはめまいがして椅子に崩れ落ちた。

ケヴィンが車を借りてロスまで連れて行ってやると言ってくれたが、双子の勇気は萎えていた。ナンシー・ビッカートンが、「その男の耳を張り飛ばしてやるわよ」と息巻いたものの、なにぶん御年八十五歳だった。双子は結局、ロイド弁護士に相談しに出かけた。彼は預かり証を手にとって文字を判読した。「シェラトン作ライティング・キャビネット一基。残品引き受けの約定つき買い取り」

——弁護士は首を横に振った。

ロイド弁護士は骨董屋にあてて、弁護士特有の堅苦しい手紙を送ったが、ミスター・コールの弁護士はいっそう堅苦しい文面の返書を送ってきた。わが依頼人の職業上の誠実さが非難攻撃されるのであれば当方は告訴も辞しません、と。

もはや手の施しようがなかった。

苦杯をなめ、心を踏みにじられた双子は、自分たちの殻に閉じこもった。キャビネットが盗難や火事によって失われたというならまだあきらめもついただろう。だが原因は自分たちの愚かさにあった。自分たちが招き、メアリーのテーブルに座り、彼女のティーカップからお茶を飲んだ人間にキャビネットを取られてしまった。そう考えただけで双子の心はむしばまれ、体調が悪くなった。

ベンジャミンは急性気管支炎の発作に襲われた。ルイスは内耳の感染症を患い、治るまでに——完治したとはいえなかったかもしれないが——長期間かかった。

それ以後、ふたりは盗難におびえて暮らすようになった。夜分は扉の内側に物を置いて防御し、ルイスが弾薬を一箱購入して、12口径散弾銃の脇に常備した。十二月の嵐の夜、双子は扉を叩く音を聞いた。ノックが止むまでふたりはベッドから動かなかった。翌朝、明るくなったとき、張り出し玄関の軒下にゴム長靴を履いた〈岩〉のメグが眠っているのを、双子は見つけた。

寒気のために彼女は感覚を失っていた。双子がメグを家に入れて、炉辺の腰掛けに座らせると、彼女は両手を頬に当てて両脚を少し開いた。

「ジムが逝っちまった」沈黙を破ったのはメグだった。

「逝っちまったよ」抑揚のない一本調子で彼女が続けた。「両脚が萎えて、両手は燃えてるみたいにまっ赤だった。ベッドに寝かせてやったら眠ったよ。夜、犬たちがキャンキャン吠え立てたから、あたしは目を覚ましたんだ。そしたらジムがベッドじゃなくて床に転がってて、頭に血が上ったみたいになってた。でもまだ生きてて、しゃべれたから座らせてやった。

『じゃあ、さいなら！』ってジムが言った。『餌やってくれ！』って。『雌羊たちに餌やってくれ！ 干し草があればあるだけ、あいつらに食わせろ！ 食わせろ！ 食わしてやれ！ ありったけの飼料をポニーにやってくれ！ セアラが売りたいって言っても言うこと聞くな！ 餌食わしとけばみんなだいじょぶだから……』

『コッカロフティーにプラムがなるぞって、ジョーンズの双子に言ってやれ！ プラム取っていいぞって！ 俺は見たんだ……きれいな黄色いプラムだよ！ 太陽だ！ お日さまだよ！ 俺は見たんだ！ プラムの向こうに太陽が光ってたんだ……』

ジムがそう言ってたよ——あんたたちにプラムはあげるって。ジムの脚に触ってみたら冷たかった。

上のほうも触ってみたら、どこもかしこも冷たくなってた。犬たちが遠吠えして、悲しそうに長吠えして、ウウーンッていって鎖をガタガタいわせたから……ジムが逝っちまったってわかったんだよ……！」

46

ジムの葬式の一時間後、主要な会葬者四人が〈レッドドラゴン〉亭の喫煙室に陣取ってスープとシェパーズパイを注文し、体が暖まるのを待っていた。霧雨が降り、じめじめと寒い日だった。雪が融けかけた墓地にずっと立っていたせいで、皆の靴は濡れそぼっていた。マンフレッドとリジーは黒とグレーの服を着ていた。セアラはスラックスに青いナイロンの雨合羽《あまがっぱ》を着ていた。運送屋をやっているフランクは体格のいい男だったが、数サイズ小さいツイードのスーツに体を押し込んで、ばつが悪そうにうなだれていた。

バーのカウンターでは、サイダーで酔っぱらった男がジョッキをどすんと置き、げっぷをひとつして、「あああ！　サイダーは西のワインだ！」と声を上げた。ひと組の男女が夢中になっている、コンピューターゲームのピコピコいう音が室内に鳴り響いていた。マンフレッドは妻とセアラとの間に口論がはじまらないよう知恵を絞った。そしてわざわざ、ゲームをしているカップルのほうへ首を向けて、「そのゲームはなんていうんだい?」と尋ねた。

「スペースインベーダー」娘は無愛想にそう答えて、袋入りのピーナッツを口の中へざらざらと空けた。

リジーは血の気が失せた唇をきつく結んでいた。暖炉の火のおかげですでに頬を上気させたセアラは、雨合羽のジッパーを開き、黙り込むまいと決心していた。

「オニオンスープ、おいしい」と彼女が言った。

「フレンチオニオンスープよ」とやせたほうがつぶやいた。

それ以上、誰も何も言わなかった。山登りの恰好をしたひとたちが入ってきて、リュックサックを片隅に積み上げた。フランクはスープに口をつけずに下を向き続けていた。彼の妻が再び会話をはじめようとした。

マントルピースの上に、ガラスケースに入った巨大なブラウントラウトが飾ってあるのを見て、セアラが、「あれは誰が釣り上げたのかしらね」と言った。

「さあね」とリジーが肩をすくめ、スープスプーンをふうーっと吹いた。

バーマンの女友達がシェパーズパイを運んできた。「はい、あのマスは」と強いランカシャーなまりで彼女が答えた。「よくお客さんの目に留まるんですけど、アメリカ人のひとがロスゴッホ貯水池で釣り上げたもんです。空軍のひと。腸を抜きさえしなかったら、ウェールズの最大記録になるとこだったんですよ。剝製にしてくださいって、お店にくれたの」

「たいした魚だね！」マンフレッドがうなずいた。

「雌です」と女友達が続けた。「あごの形でわかるの。おまけに共食いするの！　それでこんなにでかくなるわけ！　剝製師のひとは、この魚にちょうどいいほどでかい目玉を探すのがたいへんだったのよ」

「なるほど」とセアラが言った。

「一匹いたからにゃ二匹いるぞって。漁師はみんなそう言ってます」

「また雌？」セアラが尋ねた。

「こんどは雄って言いたいとこだけど」

セアラは腕時計をちらりと見た。二時になるところだった。三十分後に夫婦でロイド弁護士と会う約束をしてあった。言っておくべきことが残っていたので、彼女はリジーを鋭い目で見た。

「メグは？」とセアラが言った。

「メグがどうしたの？」

「メグはこれからどこで暮らすの？」

「わたしが知るわけないじゃない？」

「どこかに住まなくちゃならないでしょ」

「寝泊まりできるバンと鳥が二、三羽いればあの子は幸せよ」

「そうかな」マンフレッドが口をはさんだ。彼の頬も赤らんできていた。「メグはそれじゃ幸せになれない。〈岩〉から引き離したらメグは狂ってしまう」

「でもあんな汚い家に住み続けるのは無理よ」リジーがぴしゃりと言った。

「なんで無理なんだい？　あの子はずっとあそこで暮らしてきたのに」

「売りに出すのよ。だから無理なの！」

「えっ、今なんて言ったの？」セアラが首を回したのをきっかけにして、口論がいきなり燃え上がった。

セアラは、〈岩〉は自分のものになるのが当然だと考えていた。彼女は二十年間、ジムをあれこれ手助けしたので、ジムは農場を彼女に譲ると約束していた。彼女は何度もジムの腕をつかんで、「弁護士のところへはもう行ってくれたんだよね？」と尋ねた。するとジムは、「セアラ、心配はいらねえ。ロイド弁護士のとこへ行っておまえの言う通りにして来たよ」といつも答えた。

セアラはジムが死んだら、農場をすぐに売却するつもりでいた。フランクの運送請負業が倒れそうなので、十代になった娘アイリーンにつぎ込む「虎の子代わり」として期待していたのだ。彼女は買い手を想定してさえいた。スウェーデン式の別荘《シャレー》を建てたがっているロンドンの実業家に心当たりがあったのである。

一方、リジーはリジーで、〈岩〉で育った皆と同様、あそこは自分の家なのだから、正当な取り分を主張する権利はあると考えていた。そのためセアラとの間で丁々発止のやりとりがはじまった。セアラのほうが涙ぐんで感情的になった。自分がどれだけ犠牲を捧げ、お金を使い、雪の吹きだまりと格闘して同居人たちの命を守ったかを縷々語った彼女は、「いったいあたしの努力はなんのためだったの？　こんなに冷たい仕打ちを受けて、それっきりっていうわけなのね！」と叫んだ。

そこから先はリジーとセアラの間で金切り声の応酬になってしまい、マンフレッドが「頼むよ、頼む！」と言おうが、フランクが「わあ！　もうよせよ！」と声を上げようが、もうおさまらなかった。パブでの昼食会は、姉妹ふたりの殴り合いで終わりかねない雲行きになった。

バーマンはやむなく、四人に出て行ってくれと言った。

フランクが会計をすませて、一同は本通りに出た。それから、半融けの雪が縞になった通りを歩いて弁護士事務所の前まで来た。「遺言書はありません」とミスター・ロイドが言うのを聞いて、姉妹は青くなった。しかも、セアラもリジーもメグもジムの血縁ではないので、ジム名義の不動産は公的管財人の手に委ねられてしまうというのだ。弁護士は、メグはずっとあそこで暮らしてきて、今もあの家に住んでいるのだから、彼女が引き継ぐのが一番順当だろうとつけくわえた。

かくしてメグがひとりで〈岩〉に住み続けることになった。「死んだひとには頼れないから、ひとりでなんとかやっていくよ」と彼女は言った。

霜が降りた朝、メグはひっくり返したバケツに腰を下ろして、マグカップのお茶で両手を暖めながら、両肩にシジュウカラやズアオアトリを止まらせていた。緑のキツツキが手から餌を食べてくれたときには、鳥は神様からのお使いなのだと考えて、彼女は主を讃える賛美歌を一日中、調子っぱずれに歌い続けた。

彼女は日が暮れると火の前に屈み込んで、ベーコンとじゃがいもを炒めた。ロウソクの蠟が溶けてしまうと箱寝台で眠った。お供は一匹の黒猫でコートが毛布代わり、シダの葉を詰めた袋が枕代わりだった。

現実世界と夢の世界を隔てるものがあまりにも少なかったので、彼女は自分がアナグマの子熊たちとじゃれあったり、タカと一緒に丘の上空を舞ったりできると思い込んでいた。ある晩、彼女は、見知らぬ男たちに襲われる夢を見た。

「音が聞こえたんだ」彼女がセアラに言った。「若い男と年取った男。屋根の上で何かやってた！　そうだよ！　屋根瓦を剝がして入ってきたんだ。あたしはロウソクを点けて叫んだ。『こら、泥棒！　ここに鉄砲があるんだから、あんたたちの頭をふっとばしてやるよ』って。そう言ってやったらしーんと静かになって、それっきりだった」セアラはこの話を聞いて、メグは「紙一重向こうへ行きかけてる」と確信した。

セアラはプラゼロ食料雑貨店に頼んで、メグのために必要な食料雑貨を配達した場合には、馬道の脇に置いた石油用のドラム缶に入れて置いてもらうようにした。ところがこの隠し場所はじきに、〈バン〉のジョニーに知られてしまった。この男は近所に放置された古い物売り車に住みついた、赤い目のごろつきである。この男のせいでメグは空腹のために気を失いかけ、犬たちもひもじくて、夜昼となく吠え続けるはめになった。

春が来るとセアラとリジーが、メグのご機嫌を取ろうとしはじめた。彼女たちはそれぞれケーキやチョコレートを持ってメグのところへやってきたが、メグのほうでは下心を見透かしていたので、「みんな、どうもありがとね。また来週会おうね」としか言わなかった。姉妹は、メグの署名以外全部書き込んだ書類を持ってきて署名を求めたりもした。だが彼女は、まるで鉛筆に毒がしこまれているとでも言わんばかりに、いつまでも鉛筆を見つめているだけだった。

ある日、セアラがトレーラーを車につないでやってきて、何頭かのポニーを自分のものだと言い張って連れ去ろうとした。端綱を持って家畜小屋へ入ろうとするセアラを、腕組みしたメグが扉の前でさえぎった。

「ポニーが欲しけりゃ連れてくがいいよ」と彼女は言った。「けど、犬たちはどうしたらいい?」

ジムは十三頭の牧羊犬を残した。その犬たちはトタン囲いの掘っ立て小屋に閉じ込められ、パンと水しか与えられていなかったせいで、汚れて、飢えきっており、鎖を外すのは危険だった。

「犬たちは凶暴だよ」とメグが言った。「撃ち殺さなくちゃならないんだ」

「獣医に連れて行ったほうがいいのかな?」セアラがためらいがちに返した。

「だめだよ」とメグが言った。「犬殺しのバンに渡したりはしないよ！　おたくのフランクに鉄砲持って来てもらうんだ。そしたらあたしが墓穴掘ってみんな埋めてやる」

犬たちを撃つ日の朝は、湿気が多くて霧が深かった。メグは犬たちに最後の餌を与えてから外へ出した。それから牧草地に生えている一本の野生リンゴの木に、二頭ずつ組にして鎖でつないだ。午前十一時、フランクはウイスキーをがぶりと飲み込み、弾薬ベルトをきつく締めて、霧の中へ出て行った。

メグは耳栓をつけた。セアラも耳栓をつけた。娘のアイリーンはランドローバーに乗ったまま、カセットプレーヤーにヘッドホンをつないで、ロックを聴いていた。火薬のかすかな臭いが風下に届いた。最後の一頭のくんくんいう鳴き声に続いて銃声がひとつ聞こえた。霧の中からフランクが戻ってきた。げっそりやつれて、嘔吐しそうな顔色だった。

「ありがとね」とメグが言い、シャベルを肩に掛けた。「みんな、ほんとにありがとね」

その翌朝、メグは、ルイス・ジョーンズが赤いインターナショナル・ハーベスターを運転していくのを遠目に見た。彼女が生け垣まで走って行くと彼はエンジンを止めた。

「みんながやってきて犬たちを殺したよ」息を整えながら彼女が言った。「犬たちはなんにも悪いことしてないんだ。羊だって人間だって追い回したりしなかった。でも犬たちはみんなお腹がぺこぺこで、もうじき夏が来るでしょ。そしたら暑いし、犬小屋が臭くなるし、鎖が首に食い込んでね……だから！　そしたらよくないよ！　蠅が飛んできて、卵生みつけて、犬の首にウジが湧くから！　犬たちかわいそう！　だからあたしは頼んで、犬たち殺してもらったんだ」

彼女の瞳がきらりと光った。「でもひとつだけ言わせてよ、ミスター・ジョーンズ。悪いのは犬じゃなくて人間なんだ……！」

その少し後、フルレンの町の薬局の前で、セアラとリジーが偶然出会った。ふたりとも信じがたい風評を耳にしていたので、相手がそれを否定してくれるのを期待して、ハフォッド・ティールームでコーヒーを飲むことにした。ふたりの耳に聞こえていたのは、メグにいいひとができたという噂だった。

47

〈テント〉のテオというのが男の名前である。赤ひげを生やした大男で、ルイス・ジョーンズとは馬道で出会っていた。〈テント〉というのは、カバノキの若木と帆布でこしらえたドーム状の住まいに住んでいたのでついた呼び名である。彼は黒ヶ丘の小放牧地にテントを張り、マックスというラバとその相棒のロバをお供にしてひとりで暮らしていた。

彼の本名はテオドールである。抜け目のないアフリカーナーの出で、一族はオレンジ自由州で果樹園を経営していた。労働者の追い立てをめぐって父親とけんかしたのをきっかけに、南アフリカを飛び出してイングランドへ流れ着き、「ドロップアウト」したのだった。グラストンベリーのフリーフエスティバルで仏教徒のグループに出会い、彼も仲間になった。

黒ヶ丘僧院のコミューンで達磨《ダルマ》を手本とした日々を送り、生まれてはじめて平穏で幸せな心境になった。彼はあらゆる重労働を引き受けた。そして、より高度な瞑想の指導をするためにときどきやってくる、チベット仏教の教師《リンポチェ》から教えを受けるのを喜びとした。

外見のせいでテオを敬遠するひとがときどきいた。そういうひとたちは、彼が蝿一匹殺せない人間だとわかったとたん、おとなしくて信じやすい彼の性格を利用した。彼は母親から少しまとまった額の仕送りをもらっていた。コミューンのリーダーたちはそのお金をあてにしていた。僧院が経済的に困ったとき、彼らは一年分の仕送りの全額を銀行で下ろして、現金で持ってくるようテオに命じた。

テオはフルレンへ歩いていく途中、松の植林地の端で立ち止まり、草の上に長々と寝そべった。空には雲ひとつなかった。イトシャジンがさらさら音を立てた。暖まった石の上に止まったクジャクチョウが、眼状紋のある翅を開いたり閉じたりしていた。そのとき突然、僧院がらみのすべてが厭わしく感じられた。紫色の壁、線香とパチョリ香油の匂い、けばけばしい曼荼羅とにやにや顔の聖像——それらぜんぶが俗悪で安っぽく思えたのだ。そして、どれほどがんばって瞑想し、『チベットの死者の書』を精読しても、悟りへの道が開けることは決してないと気づいてしまった。

彼は少ない所持品をまとめてコミューンを離れた。その直後、他の信者たちは僧院を売り払い、アメリカへ移っていった。

彼はワイ川を見下ろす急な傾斜地に小放牧地を購入し、そこに、アジア高地関係の本に載っていた図面を参考にこしらえたテント――というよりは移動式住居《ユルト》――を立てた。

彼はいつもラドノーの丘々を歩き回り、ダイシャクシギに笛を吹いて聞かせ、『老子』に説かれた信条を暗記した。そうして心に俳句が浮かぶと、岩や門柱や樹幹に一句三行の詩句を刻み込んだ。

彼はアフリカで、カラハリ砂漠を移動するブッシュマンの暮らしぶりを見て、人間はおしなべて彼らのように、また聖フランチェスコのように、放浪者となるべく運命づけられているのだと確信した。

さらに彼は、人間は宇宙の道《タオ》につながることによって、いたるところに大霊を見いだせると信じた。雨後のワラビの匂いに。ジギタリスの鐘花から聞こえる蜜蜂のうなりに。飼い主の不器用な動きをじっと見守るラバの瞳にも。

彼はときどき、自分が道《タオ》と合一できないのは、簡素とはいえ住まいに定住しているせいだと感じた。

三月のある荒れた天気の日、クレイギーフェドウから登ったガレ場に立ったテオは、かさばる柴を背負ったメグの小さな人影を見つめていた。

メグのほうでも彼の存在に注目していたのには気づかぬまま、テオは彼女を訪問しようと決意した。灰色の氷雨の中、彼が山を越えてくるのをメグは承知していた。重たい雲が垂れ込める地平線を背にしたテオから、彼女は目を離さなかった。メグは腕組みして扉口に立ったまま、到着したテオがラバをつなぎ止めるのを見守った。このよそ者を避ける必要はない、と何かが彼女に告げていたのだ。

「いつ来るかと思っていたんだ」と彼女は言った。「お茶の準備はできてるよ。中へ入って腰掛けるといい」

テオは、煙がもうもうとした部屋の中で、彼女の顔がほとんど見えなかった。

「あたしが毎日どんなふうに暮らしてるか話すとね」と彼女が続けた。「まず朝日とともに起きて、羊に飼い葉をやるんだ。馬には干し草。そう！　次に雌牛に餌をやる。鶏にも餌。それから薪を担いできてお茶を淹れる。で、ひとりでお茶を飲みながら、そろそろ家畜小屋を掃除しなくちゃいけないぞって考えるわけよ」

「手伝うよ」とテオが言った。

黒猫が彼女の膝に飛び乗り、膝丈ズボンに爪を立て、太ももがあらわになった部分を引っ掻いた。

「あ、痛い！」彼女が声を上げた。「どこへ行きたいんだ、チビ黒猫？　いったい何を追いかけてるんだい？　黒い小さなお人形かい？」彼女が笑いながらつぶやくうちに黒猫は騒ぐのをやめ、ゴロゴロ喉を鳴らしはじめた。

家畜小屋は何年も掃除されていなかったため、糞が床から四フィートの高さまで盛り上がり、若い雌牛たちの背中が天井裏の梁をかすりそうになっていた。メグとテオは熊手とシャベルで作業をはじめた。そして午後の中頃には、茶色の大きな山が中庭に築かれた。

彼女は少しも疲れを見せなかった。扉越しに熊手で汚物を放り出すとき、丸首セーターの蝶結びがところどころほどけた。テオはそれを見て、着衣に隠された体は清潔で、スタイルもいいのに気がついた。

彼は、「メグ、君はたくましいね」と言った。

「当然だよ」彼女が歯を見せて笑い、両眼がきゅっと細くなった。


三日後、テオがまたやってきて窓を修理し、扉をつけなおした。メグはジムのポケットに入っていたコインを引き継いでいたので、テオに礼金を払うと言い張った。仕事をしてもらった分はそのつど賃金を支払わなくてはいけないと考えていたからだ。彼女は結んだ靴下をほどいて、十ペニー硬貨をひとつ手渡した。

「ほんのちょっとだけど」と彼女が言った。

彼は大金を押し戴くようなしぐさでコインを受け取った。

テオは掃除用の竿一式を借りて煙突の煤を払った。内部を途中まで上ったところで、硬い塊がブラシに触れた。力任せにその塊を押すと、大きな煤玉が下まで落ちた。

テオの顔とひげが真っ黒になったのを見て、メグは楽しげに大笑いした。「あんた、悪魔になったのかと思ったよ」

心優しい大男が近くにいるときだけ、メグは、セアラやリジーやその他の脅威におびえずに過ごせた。「もう懲り懲りだよ」と彼女は何度もつぶやいた。「うちの雛鳥たちには、あいつらの指一本触れさせないからね」

テオが一週間ほど姿を見せないとメグはみるみる気弱になって、「お役所のひとたち」が彼女を連れ去ったり、殺しに来たりするのではないかとおびえはじめた。「わかってる」と彼女は陰気な声でひとりごとを言った。「そいでもって、新聞に記事が載るんだよ」

テオでさえ、メグが「見えないものを見ている」と感じることがあった。「町の衆が飼ってる犬を二、三匹見たんだ」と彼女が言った。「罪の権化みたいに真っ黒だった！」「死んだ子羊を見つけたとき、寒さで凍え死木が茂った谷間を走り抜けて子羊たちを追いかけてた！　死んだ子羊を見つけたとき、寒さで凍え死んだと思ったんだけど、本当は、町の衆の飼い犬が怖くて死んだんだね」

メグは、いつかテオが去ってしまうと考えるのが嫌だった。

彼は炉辺で四時間ぶっ続けに、メグの話し声が奏でる荒々しくて土臭い音楽に耳を傾けた。彼女は天候について語り、鳥や動物や星や、月の満ち欠けについて語った。彼は彼女のボロ服にはどこか神聖なところがあると感じて、それを讃える三行詩をつくった。

五枚の丸首セーターに
千個の穴が空いている
その穴ひとつひとつから天の光が射している。

テオはフルレンの町でチョコレートケーキやナツメヤシの実など、ちょっとしたぜいたく品を買ってはメグに持っていった。そのついでに石垣を積んだりする作業をして、彼女から一、二ポンド受け取った。

テオはメグの手助けをしはじめた頃、彼女に頼まれた用を足すために〈面影《ザ・ヴィジョン》〉へ行った。農場に到着したとき、ケヴィンが豚小屋にトラクターをバックでつけようとしているところだった。

ケヴィンはもはや双子のお気に入りではなかった。

農場は一年半後にケヴィンのものになる予定だったが、彼は本気で農業をするつもりはなさそうだった。

彼は「州」の名門筋のひとびとと交際し、大酒を飲み、借金を重ねた。銀行の支店長に貸し付けを断られると、命など惜しくないと言わんばかりにパラシュートクラブに加入した。おまけにひとりの娘を妊娠させて、悪評に輪を掛ける結果を招いた。

ケヴィンは愛敬のある男だったので、双子は彼の笑い顔に免じてなんでも大目に見てやった。ところが今度ばかりは本人が不安で青い顔になった。妊娠させたのはセアラの娘のアイリーンだ、とケヴィン自身が打ち明けた。それを聞いたベンジャミンは彼を家から追い出した。

アイリーンは十九歳で、かわいさの中に芯の強さを秘めた娘だった。鼻の周囲にそばかすがあり、赤褐色の髪を派手にカールさせていた。いつもふくれっ面をしていたが、何か欲しい物を見つけると、聖女めいた純真な気配をまとった。馬に目がない彼女は、馬術競技会でトロフィーをいくつも獲得した経験があり、馬好きの例に漏れず何かとお金が掛かる人物でもあった。

彼女がケヴィンと出会ったのは、ラーケンホープ共進会のときである。後ろ脚を蹴り上げるポニーの背に、引き締まった体つきのケヴィンが凜々しくまたがった姿を目にして、アイリーンは鳥肌が立った。彼が賞を手にするのを見たときには、喉に塊が詰まったような気分になった。彼が――少なくとも将来的には――裕福だと聞いて、アイリーンは綿密な計画を立てることにした。

一週間後、〈レッドドラゴン〉亭でカントリー・アンド・ウエスタン・ナイトが開かれたとき、ずっといちゃついていたふたりは途中で会場を抜け出して、セアラのランドローバーの後部座席へ行った。さらにその一週間後、ケヴィンはアイリーンに結婚を約束した。

彼は彼女に、双子のおじさんにじゅうぶん気を遣うようあらかじめ言い含めた上で、将来結婚するかもしれない相手として〈面影《ザ・ヴィジョン》〉へ連れて行った。アイリーンのテーブルマナーは申し分なく、家中の古い物ひとつひとつを上手に誉めることもできた。さらに、ルイスに、「けっこうかわいい娘じゃないか」と思わせることにも成功した。ところがベンジャミンだけは、彼女がワトキンズ家の一員だと考えただけで苦々しい気持ちになった。

九月初旬のある蒸し暑い日、ベンジャミンは、ビキニで自動車を運転しているアイリーンを見かけて驚き、通り過ぎざまに彼女が投げキスを送って寄越したので大いに憤慨した。やがて十二月、計画的だったのかどうかは不明だが、彼女はピルを飲み忘れた。

結婚式はセアラのたっての希望により国教会の教会でおこなわれたので、ベンジャミンは欠席した。

ルイスはひとりで出席し、ほろ酔い気分で披露宴から帰宅して、「できちゃった婚」――ということばを列席者から聞き覚えたのだ――とはいえいい結婚式だったし、花嫁は白いドレスがよく似合っていたと報告した。

カップルはカナリア諸島へ新婚旅行に出かけた。ふたりがきれいに茶色く日焼けして帰ってくると、ベンジャミンは態度を和らげた。それでもアイリーンは、ベンジャミンを味方につけることはできなかった。彼は彼女が使うたぐいの手練手管にまったく反応しなかったのだ。だが彼は、アイリーンの常識感覚には好印象をいだき、彼女の健全な金銭感覚でケヴィンの暴走を押さえられそうだと考えた。

双子は、〈下《ロウアー》ブレフヴァ〉の農場に新婚夫婦のための小住宅を建てるのを許可した。

新居にはアイリーンの両親も一緒に引っ越してきた。フランクのトラックに必要なスペアパーツがヘレフォードでしか手に入らないとか、セアラの障害飛越競技用の馬がねんざしたとか、アイリーンが燻製ニシンを突然食べたくなったりしたときなど、ケヴィンが使い走りをするようになったせいで、彼はいつも忙しくなった。

その結果、アイリーンの出産が近づいた数週間のあいだ、ケヴィンはほとんど〈面影《ザ・ヴィジョン》〉へ来る時間がとれず、羊の駆り集めと、羊毛の刈り込みと、干し草の刈り入れ作業に全然参加しなかった。その人手不足を補うために、双子はテオを雇った。

テオはほれぼれするような働きを見せたが、彼は厳格な菜食主義者だったので、家畜を出荷するときにはいつもひと悶着起こした。トラクターの運転を拒み、簡単な機械の操作さえも拒否し、二十世紀文明を真っ向から批判するテオの姿を見て、ベンジャミンは自分が案外現代的なのだと思わされた。

ある日、ルイスが、テント住まいはどこが賢明なのか尋ねた。するとテオはたいそういらいらした様子を見せ、イスラエルの神はテント住まいだったが、神にとってテントがじゅうぶんな住まいであったとすれば、自分にとってもじゅうぶんであるに決まっているのだと答えた。

ルイスは疑問ありげにうなずきながら、「でもイスラエルは、ここよりも暖かい土地だと思うがなあ」とつぶやいた。

ともあれテオと双子は、さまざまな違いを乗り越えてお互いを認め合うにいたった。そして八月第一週の日曜日、テオは双子を昼食に招いた。

「どうもありがとう」とルイスが言った。

双子はクレイギーフェドウを見下ろすところまで登った地点でひと息ついて、額の汗を拭った。

暖かい西風が草の茎を梳くように吹き、ヒバリが頭上でさえずり、クリームみたいな雲がウェールズの方角からゆっくり動いてきた。青く霞む丘々が、起伏する地平線を遠くに描いていた。その景色は、七十年前に双子が祖父と一緒にこの場所に立ったときからほとんど変わっていなかった。

ジェット戦闘機が二機、ワイ川の上を低く飛んでいった。その轟音が、彼方に存在する破壊的な世界を双子に思い起こさせた。だが双子の弱い視力で見渡せたのは、赤や黄色や緑色に彩られた畑が網の目のように広がる大地と、そこここに点在する真っ白な農家だけだった。彼らは、そうした農家で暮らし、死んでいったウェールズ人の父祖たちのことを考えながら、ケヴィンが言ったことを信じるのは――不可能ではないにせよ――とても難しいと思った。世界はいつ何時大爆発で破滅しても不思議はないだなんて、と。

小放牧地へ入る門は、棒きれと針金とひもを寄せ集めてこしらえてあった。手織り布でつくった袖無し胴着を着てオーバーシューズをつけたテオが、門のところで双子を出迎えた。彼の帽子のてっぺんにはスイカズラのつるが巻きつけてあったので、まるで古代人みたいに見えた。

ルイスはポケットをさぐって砂糖の塊を見つけ出し、ラバとロバに与えた。

テオは門から斜面を下り、小さな畑を過ぎて、移動式住居《ユルト》の入り口へ双子を案内した。

「テオはここに住んでるのかい？」双子が声を合わせて言った。

「そうだよ」

「すごいね！」

ふたりはこれほど奇妙な家は見たことがなかった。

カバノキの枝を組んでつくった円形の枠組みに黒い防水帆布を括り合わせ、その上にもう一枚、緑色の防水帆布がかぶせてあった。テントの真ん中から金属製の煙突が突き出し、室内で火を焚いているのがわかった。

テオの友達の詩人が、風に吹かれる心配なしに米を炊き、野菜を鍋で煮付けていた。

「さあ中へどうぞ」とテオが言った。

双子は入り口の穴からしゃがんで中へ入り、漢字の模様で覆い尽くされた青いじゅうたんの上に腰を下ろし、クッションで体を支えた。防水帆布の穴から鉛筆みたいに細い日射しが射し込んでいた。迷い込んだ一匹の蝿がブーンと羽音を立てていた。テント内はとても静かで、すべてのものが場所を得ているように見えた。

移動式住居《ユルト》というのはそれ自体宇宙のイメージを体現しているのだとテオが説明した。南側には「体に関わるもの」——食物、水、道具、衣服——を置き、北側には「精神に関わるもの」を置くのだ、と。

彼は双子に天球儀と天文学関係の図表、砂時計と葦ペン、それから竹笛も見せた。赤く塗られた箱の上に金色の小像が座っていた。その像は広大無辺の慈悲を表した菩薩で、観世音《アヴァロキテシバラ》と呼ばれるのだと彼が説明した。

「おもしろい名前だね」とベンジャミンが言った。

赤い箱の側面には、ステンシルで刷りだした白文字で詩句が書いてあった。

「なんて書いてあるんだい？」とルイスが尋ねた。「老眼鏡を掛けないと見えねえなあ」

テオは左右の脚を蓮華座に組んで座り、目を半眼に開いて、詩句の全文を暗誦した。

野心を捨てて
陽を浴びて暮らし

食うものは自分で探し
見つかったもので満足するひと。
こっちへ来い、こっちへ来い、こっちへ来い。
　ここには
　　敵なんかいない
　荒れはてた冬の天気を除いては。

「いい詩だね」とルイスが言った。

「『お気に召すまま』の一節です」とテオが返した。

「俺も冬の天気は嫌いだよ」

テオは本立てに手を伸ばし、お気に入りの詩を朗読した。詩を書いたのは中国人で、山をほっつき歩くのが好きな男だったのだと彼が説明した。詩人の名前は李白《リーポウ》、と。

「李白《リーポウ》」双子がゆっくり繰り返した。「たったそれだけの名前?」

「そうです」

テオは、この詩はめったに会えないふたりの友達のことを書いているのだけれど、これを読むたびに南アフリカにいる自分の友達を思い出すのだと語った。詩の中にはおもしろい響きの名前がたくさん出てきたが、内容は双子にはちんぷんかんぷんだった。終わりの部分はこんな詩行だった。

語ってもしかたがない。語っても語り尽くせない。
胸の思いは果てしないから。
わたしは少年を呼び
ここにひざまずかせて
この詩に封印をさせ
君のことを思いつつ、千里の彼方へこれを送る。

テオがため息をついた。ルイスとベンジャミンも、何千マイルも離れたところにいるひとを思うかのようにため息をついた。

昼食後、双子は、「とてもおいしかった、どうもありがとう！」と礼を言った。午後三時、テオは徒歩で、彼らをコッカロフティーまで送って行った。三人は羊の踏み跡に沿って縦一列に歩いた。誰も何も言わなかった。

石垣の踏み越し段のところまで来て、ベンジャミンは不安そうに唇を噛みながらテオに打ち明けた。

「金曜のことをあの子は忘れてるんじゃないだろうか？」

「ケヴィンですか？」

次の金曜日は双子の八十歳の誕生日なのだ。

「だいじょうぶ」テオは帽子のつばの下で微笑んでみせた。「彼は忘れちゃいませんとも」

48

八月八日金曜日、双子は音楽で目を覚ました。

シャツ寝間着のまま窓辺へ行き、レースのカーテンを開くと、中庭にひとがたくさんいた。太陽はすでに高かった。ケヴィンがギターをかき鳴らしている。テオは笛を吹いている。アイリーンはマタニティドレスを着てジャックラッセルテリアを抱いている。ラバは庭のバラの茂みのあたりで何かむしゃむしゃ食べている。納屋の脇に赤い自動車が止まっていた。

朝食のテーブルでテオが双子に贈り物を手渡した。木製の鎖でつながったふたつのウェルシュ・ラブスプーン。テオがイチイの一枚板から削りだした作品だった。カードには「誕生日おめでとう！三百年のご長寿に恵まれますように！〈テント〉のテオより」と書いてあった。

「どうもありがとう」とルイスが言った。

ケヴィンからのプレゼントはまだ届いていなかった。十時に準備が整う予定なので、一時間ほど掛けて車で取りに行こうと彼が言った。

ベンジャミンは目をしばたいた。「どこへ行くんだい?」

「秘密だよ」ケヴィンがテオに向かってにやりと笑った。「ミステリーツアーなんだ」

「動物たちに餌をやらないと出られないよ」

「餌はもうやったよ」とケヴィンが言った。しかもテオがここに残って留守番をしてくれるのだという。

「ミステリーツアー」ということはつまり、どこかの大邸宅を見学に行くのだと思ったので、双子は二階へ行き、糊のついた純白のカラーをつけて、一番いい茶色のスーツを着て下りてきた。それから懐中時計をビッグベンの時報に合わせて、「さあ準備が整った」と言った。

「誰の車で行くのかな?」ベンジャミンが疑り深そうに尋ねた。

「借りたんだよ」とケヴィンが答えた。

ルイスが後部座席に座ると、アイリーンのテリアがスーツの袖口に嚙みついた。

「このちび助は短気だね」と彼が言った。車がゆっくり発進して狭い道を進んだ。

彼らはフルレンの町を通り抜け、ずんぐりした丘々を上り下りした。ベンジャミンはブリン＝ドレノグと書かれた標識を目に留めた。その後彼は、ケヴィンが運転する車が曲がり角へさしかかるたびにしかめ面になった。やがて岩がむき出していない丘が増えてきて、オークの木の樹高が高くなり、白黒に塗り分けた木骨造りの邸宅が何軒か見えた。キングトン本通りでは配達用の小型バンの後ろにぴったりくっついて走ったが、じきに赤いヘレフォード種の食用牛がいる牧草地を縫って走る田舎道へ出た。そこから先は一マイルかそこら走るごとに、大きな赤レンガの田園屋敷が姿をあらわした。

「クロフト城へ行こうとしてるのかな?」ベンジャミンが尋ねた。

「たぶんね」ケヴィンが答えた。

「だったらまだずいぶん遠いね?」

「何マイルも先だね」彼はそう返したものの、半マイルほど先で幹線道路からはずれて小道に入った。そうしてでこぼこの多いアスファルト道を揺れながら走った。ルイスの眼に最初に入ったのはオレンジ色の吹き流しだった。「おっ! 飛行場だぞ!」

黒塗りの格納庫が見えてきた。それからかまぼこ型組み立て兵舎が何棟かあらわれ、滑走路も見えてきた。

ベンジャミンは早くも身が縮む思いがした。一挙に年を取ってか弱くなったように見え、下唇がわなわな震えだした。「だめだ。やめとく。飛行機は遠慮するよ」

「おじさん、飛行機は自動車よりも安全なんだよ……」

「確かにおまえが運転する車よりは安全に違いない。でもやっぱりやめとくよ……飛行機には絶対乗らない」

ルイスは車が止まると同時に外へ飛び出して、アスファルト舗装の地面に呆然とたたずんだ。

芝生の上には約三十機の軽飛行機が整列していた。ウェストミッドランズ飛行クラブのメンバーが所有する飛行機で、ほとんどがセスナ機だった。白いものや派手な色に塗られたものや、ストライプに塗り分けられたものもあって、どの飛行機も飛びたくてうずうずしているかのように翼端がかすかに震動していた。

すがすがしい風が吹いていた。滑走路を雲の影と日射しのまだらが滑っていく。管制塔を見上げると、風速計の黒いカップがくるくる回転している。飛行場の向こう端ではポプラ並木が枝を揺さぶっていた。

「ちょうどいい風だ」ケヴィンの目の上で髪が揺れた。

ジーンズを履いて緑のボマージャケットを着た若者が、「ハーイ、ケヴ！」と叫んだ。そしてブーツの踵を引きずりながら、アスファルトの上を歩いて近づいてきた。

「みなさんのパイロットを務めます」そう言って彼はルイスと握手した。「アレックス・ピットです」

「どうもありがとう」

「ハッピーバースデー！」今度はベンジャミンのほうを向いた。「空へデビューするのに遅すぎることはありませんよ、ようこそ！」それから彼はかまぼこ型組み立て兵舎を指さして、ついてきてくださいと言った。「ひとつふたつ形式的な手続きをしてから離陸しましょう！」

「アイアイサー！」とルイスが声を上げた。彼は、パイロットにはそう告げるのが正しいと思い込んでいた。

手前の部屋はカフェテリアだった。バーカウンターの上の壁には、第一次世界大戦時の飛行機の木製プロペラが掛かっていた。壁のいたるところに対独英国防空戦《バトル・オブ・ブリテン》を描いたカラーポスターが掛かっていた。この飛行場はかつて落下傘訓練センターだった。その役割は現在も存続していた。「落下傘降下《ドロップ》」の装備を身につけた若い男たちが数人、コーヒーを飲んでいた。ケヴィンを見つけると肉づきのいい男が立ち上がり、ケヴィンの革ジャンをパンパンと手で叩いて、一緒に来るかと尋ねた。

「今日は違う用事なんだ」とケヴィンが答えた。「おじさんたちと飛ぶんだよ」

パイロットは一同を会議室へ案内した。ルイスは掲示板や、航空路線が書かれた地図や、教官の走り書きが残る黒板をくいいるように見つめた。

航空管制官のオフィスから黒いラブラドールリトリバーが飛び出してきて、ベンジャミンのズボンに前足でじゃれついた。犬と目を合わせたベンジャミンは、行くなというメッセージだと解釈した。彼はめまいがして、椅子に腰を下ろさなければならなかった。

パイロットは青いフォーマイカ張りのテーブルに三枚の用紙を並べた。それから一、二、三と数えながら、彼は全員に署名を求めた。

「保険です！」と彼が言った。「牧草地に不時着して、年老いた農夫が飼っている雌牛を下敷きにしてしまった場合のための用心です」

ベンジャミンはびくっとしてボールペンを取り落としそうになった。

「うちのおじさんを脅かさないでくれよな」ケヴィンが冷やかした。

「脅かすつもりなんかこれっぽっちもないよ」とパイロットが返した。ベンジャミンは気を取り直して署名した。

アイリーンはテリアを抱いたまま、芝生を横切ってセスナへ向かう一行に手を振った。セスナの頭から尻尾まで太い茶色のストライプが一文字に描かれ、固定脚のスパッツには細いストライプが描かれていた。登録番号はG－BCTKと読めた。

「TKというのはタンゴ・キロの略称です」とアレックスが告げた。「この飛行機の名前なんですよ」

「おもしろい名前だね」とルイスが言った。

アレックスは次に機体外部の点検をしながら各部分の機能について説明した。ベンジャミンは翼端のあたりにしょんぼりたたずんで、ルイスのスクラップブックに集められた航空事故の記事をあれこれ思い起こしていた。

一方、ルイスは、リンドバーグ氏になりきっているように見えた。

彼はしゃがみ込み、背伸びをした。両眼は若いパイロットの一挙手一投足に釘付けになっていた。着陸装置の点検方法をつぶさに見、下げ翼《フラップ》と補助翼《エルロン》の動作確認を観察し、失速の危険を知らせる警告ブザーのテスト方法に目を凝らした。

彼は垂直尾翼の小さな凹みに目を留めた。

「たぶん鳥が当たったんでしょう」とアレックスが言った。

「おお！」とベンジャミンがつぶやいた。

搭乗時間になると、彼はいっそうがっかりした顔になった。それから後部座席に座り、ケヴィンが彼の安全ベルトを締めた。ベンジャミンはいままでにないくらい、八方ふさがりでみじめな気持ちになった。

ルイスはパイロットの右側の座席に座り、すべての文字盤や計器の意味を理解しようとした。

「これは?」と彼が思いきって口を開いた。「操縦桿だと思うんだが?」

彼らが乗った飛行機は練習機なので、助手席にも操縦装置が一式ついていた。

「近頃は操縦ハンドルと呼ぶんですよ。こっちはわたし用で、そちらはわたしが気を失った場合、あなたに操縦してもらうためのハンドルです」

後部座席ではベンジャミンのしゃっくりがはじまっていたが、プロペラの音にかき消されていた。

飛行機が待機点までタキシングしはじめると、彼は目を閉じた。

「タンゴ・キロ、離陸準備完了」パイロットが無線機に語りかけた。それからスロットルをひと押しすると飛行機は滑走路に出た。

「タンゴ・キロ、西へ周遊飛行に向かいます。四十五分後に帰還の予定。繰り返します、四十五分」

「了解、タンゴ・キロ」インターコムから返信の声が聞こえた。

「時速六〇マイルで離陸します!」アレックスがルイスの耳元に大声で伝えた。ガタガタ鳴っていたエンジン音が爆音に変わった。

ベンジャミンが再び目を開けたときには、飛行機は一五〇〇フィートまで上昇していた。

下界には花が満開のカラシ畑が広がっていた。温室が陽を浴びてきらりと光った。白い埃が風に流されているのは、農夫が耕地に肥料を撒いているところだ。森が飛び去った。浮き草で覆われた池も。黄色いブルドーザーが何台も稼働している採石場も。ベンジャミンは、黒い車は甲虫そっくりだと思った。

彼はまだ少し吐き気がしたものの、こぶしはもう握りしめていなかった。行く手に黒ヶ丘が見え、山頂に垂れ込めた雲が風に流されていた。アレックスはさらに一〇〇〇フィート高度を上げ、少し揺れるかもしれないと皆に警告した。

「乱気流です」と彼が言った。

分水丘《ケフン・ヒル》の松林は光の当たり具合によって青緑に見えたり、黒っぽい緑に見えたりした。ヒースは紫に見えた。羊たちは大きさといい形といい、ウジ虫そのものだった。葦が縁をぐるりと取り巻いている、真っ黒な池もいくつか見えた。草を食んでいるポニーの群れに飛行機の影がさしかかると、ポニーたちはおびえて四散した。クレイギーフェドウの絶壁が真っ正面から近づいてくる瞬間があって、恐ろしくなった。だがアレックスは巧みに方向転換し、谷間に沿って飛行機を飛ばした。

「見ろよ！」とルイスが叫んだ。「〈岩〉だ！」

確かに〈岩〉の農場だった。さび色の砦柵、池、壊れた屋根、そしてメグのガチョウたちが慌て騒いでいるのが見えた。

そしてその左に〈面影《ザ・ヴィジョン》〉があった。テオの姿も見えた。

「いるいる！　テオが留守番しているぞ」今度はベンジャミンが興奮する番だった。彼は窓に鼻をくっつけてちっぽけな茶色い人影に目をこらした。飛行機が二度目に旋回し、両翼を少し下げてみせると、果樹園にいたテオが帽子を振って答えた。

五分後、飛行機は丘から離れ、ベンジャミンは心から楽しんでいた。

アレックスは肩越しにケヴィンを見やり、ケヴィンはウインクで返した。アレックスはルイスに向かって叫んだ。「さあ、今度はあなたの番ですよ」

「俺の番って？」ルイスは怪訝な顔をした。

「操縦するんです」

ルイスは、両手を操縦ハンドルに注意深く載せて緊張した。それからアレックスのことばをひとことも聞き漏らさないように、よく聞こえるほうの耳をそばだてた。アレックスが操縦ハンドルを手前に引くと機首が上がった。ハンドルを押すと機首が下がった。そしてハンドルを左に傾けると、地平線が傾いた。彼はハンドルをいったん水平に戻してから、右に傾けた。

「今度はひとりでやってみて下さい」とアレックスが静かに言った。ルイスは、アレックスがやって見せたのとまったく同じ動作をひとりでおこなった。

ルイスはふいに感じた。もし今エンジンが止まって、飛行機が急降下して皆の魂が昇天することになったとしても、心の底からやってみたかったことを十分間やれたのだから、今までの窮屈でつましい人生で感じた欲求不満はぜんぶ帳消しになったぞ、と。

「8の字飛行をしてみましょう」とアレックスが言った。「左へ切って！……それでよし！……水平に戻して……今度は右へ！……簡単でしょう！……よろしい！……もう一度大きな輪を描いて締めくくりましょう」

操縦ハンドルをアレックスに返してはじめて、ルイスは自分が8の字と0を空に描いたのだと実感した。

飛行機は着陸態勢に入り、滑走路が近づいてきた。最初は長方形だったのが台形に変化し、パイロットが滑走路への「最終進入」を無線で告げるのと同時に、先端を切り詰めたピラミッド型に変形して、飛行機は無事着陸した。

「どうもありがとう」ルイスがはにかんだ微笑みを見せて礼を言った。

「わたしのほうこそ光栄です」パイロットはそう言いながら、飛行機から降りる双子に手を貸した。

アレックスはプロの写真家でもあって、十日前にケヴィンの依頼を受けて、〈面影《ザ・ヴィジョン》〉のカラー航空写真を撮影していた。

額装された航空写真が、誕生日プレゼントの一部として双子に進呈された。ふたりは駐車場で包みを開き、若いカップルにキスを返した。

その航空写真を壁のどこへ掛けるかが大問題になった。

食堂兼居間《キッチン》の、写真がたくさん掛かっている壁に掛けるのが最適なのは明らかだった。エイモスの死以来、その壁には何も掛けくわえられていなかったので、額縁の間の壁紙は色あせていたけれど、額縁に隠れた部分はまっさらなままだった。

たっぷり一週間のあいだ、双子は議論を重ねて、過去六十年間移動したことがなかったおじさんやいとこの写真を掛けたり外したりして試行錯誤した。しまいにはルイスがくたびれ果てて、ピアノの上の、「広い道と細い道」の色刷り宗教版画の隣に掛けることでよしとしよう、と妥協しかけた。ところがベンジャミンが妙案を思いついた。エディおじさんとハイイログマの写真を上へずらし、ハンナとサムじいの写真を横へ少しずらせば、両親の結婚記念写真の脇にちょうどぴったりのスペースができると気がついたのである。

49

だんだんと日が短くなってきた。電線でおしゃべりしていたツバメたちがいっせいに南へ向かう旅支度をはじめ、強い夜風が吹きはじめたときには姿を消していた。初霜が降りる頃、ミスター・アイザック・ルイスが双子の家を訪問した。

ふたりは近頃ほとんどチャペルへ行っていなかったので、良心の重荷を感じていた。それゆえ牧師の来訪はふたりを緊張させた。

ミスター・アイザック・ルイスはフルレンから分水丘《ケフン・ヒル》を越えて、はるばる徒歩でこの家までやってきた。ズボンの裾は泥まみれで、泥落としで靴底をこすったにもかかわらず、食堂兼居間《キッチン》の床には足跡がついてしまった。牧師の左右の眉の間に長い前髪が垂れていた。信仰の光で輝く大きな茶色の瞳は、吹きすさぶ風に立ち向かったせいで涙目になっていた。彼は季節外れの荒天にふれて、「九月にしてはだいぶ荒れ模様ですな」と言った。

「大荒れですね！」とベンジャミンがうなずいた。「冬がはじまったかと思うくらいで」

「神の家も荒れ果てています」牧師が陰気な声で続けた。「ひとびとが神から遠ざかっています……費用のことを考えるひとは誰もいません……！」

ミスター・アイザック・ルイスはウェールズに熱烈な思いを抱くナショナリストである。ところが彼はいつも、ものの言い方が遠回しなので、話にしっかり耳を傾けていても、何を言いたいのかがわかる人間はほとんどいなかった。牧師は資金援助を頼みにきたのだ、と双子が理解するまでに二十分かかった。

マサーフェリン・チャペルの経済状態は危機に瀕していた。六月、屋根瓦を修理していた屋根職人が木部の蒸れ腐れを見つけた。さらに、戦前の配線工事は火災を起こす危険があり、屋内は青ペンキで重ね塗りされたままになっていた。

暖炉の火に気恥ずかしさが手伝って、牧師の顔はまっ赤になっていた。牧師は不体裁なこの会見に人生のすべてが懸かっているかのように、歯の間から深く息を吸い込んだ。彼は物質偏重主義と信心のない時代を熱っぽく批判した。それから徐々に、土建業者のミスター・トランターに支払いを迫られている事情をほのめかしはじめた。

「五十ポンドという金額を、わたしは自分のポケットから出しました。ところがその五十ポンドにどれほどの力があったでしょうか？　わたしはあえて問いたいのです」

「それで、請求書の金額はいくらなんですか？」ベンジャミンが口をはさんだ。

「五百八十六ポンドです」彼は祈りで疲れ果てたかのようにため息をついた。

「それではわたしのほうから、ミスター・トランターに直接お支払いしましょうか？」

「彼に直接……」牧師は驚いてそれ以上ことばが出なかった。

彼の目は小切手に金額を書き込むベンジャミンのペンを追った。そして受け取った小切手を几帳面に折りたたんで紙入れに納めた。

いとまごいのときに強風が吹いて、カラマツ林を揺さぶった。牧師は張り出し玄関で振り返り、金曜日の三時に収穫祭をおこないますと念を押した。

「まさに感謝の祈りを捧げる時節です！」彼はそう言い置いてコートの襟を立てた。

金曜日の朝早く、ルイスはトラクターで〈小山〉へ行き、ロージー・ファイフィールドを誘った。

「誰に何を感謝するっていうんだい？」彼女はそうぴしゃりと言い、音を立てて扉を閉めた。午後二時半、ケヴィンが自動車でルイスとベンジャミンを迎えにやって来た。彼は新しいグレーのスーツがよく似合っていた。アイリーンは臨月で、赤ん坊がいつ生まれても不思議はなかったので家に残った。

ベンジャミンは座骨神経痛のせいで足を引きずっていた。

チャペルの外では日焼けした元気な顔の農夫たちが、ミセス・サッチャーの政府のやり方にたいし、静かな声で不平を述べあっていた。中ではくるぶし丈の白いソックスを履いた子どもたちが、信者席でかくれんぼをしていた。若いトム・グリフィスが、「収穫の季節のための賛美歌集」と題された小冊子を配布していた。女性たちはダリアと菊の花を飾りつけていた。

〈カム・クリリン〉のベティ・グリフィス――みんなから「ファティ」と呼ばれていた――が小麦の束の形をしたパンを焼いて持ってきた。聖餐台にはリンゴや梨がうずたかく積まれていた。蜂蜜とチャツネの壺や、熟したトマトとグリーントマトや、緑と紫のブドウや、ペポカボチャや、タマネギや、キャベツや、ジャガイモや、ノコギリの刃と同じくらい大きいサヤインゲンも持ち込まれた。

デイジー・プラゼロが、「果樹園の収穫」と書かれたラベルを貼ったかごを持ち込んだ。通路の柱にわらで編んだ飾り人形がピンで留められ、説教壇はセンニンソウのリースで飾られた。

「別のほうの」ジョーンズ家のひとびとがやってきた。ミス・セアラはあいかわらず、マスクラットの毛皮のコートとパルマスミレ色の帽子をこれ見よがしに着てきた。エヴァン・ベヴァン夫妻、〈ヴロン〉のジャック・ウィリアムズ、〈軍隊ラッパ〉のサム、モーガン家の末裔一同もやってきた。〈レッド・ダレン〉のジャック・ヘインズが杖にすがるようにしてあらわれると、ルイスが立ち上がって握手を求めた。ミセス・マスカー殺人事件以来、ふたりがことばを交わしたのはこれがはじめてだった。

テオがメグと一緒にやってきたときには、一同が水を打ったように静まりかえった。病院に入院していたときを除けば、メグは三十年以上の間、クレイギーフェドウの農場を離れたことがない。彼女が人前に姿をあらわすこと自体がひとつの事件だった。くるぶし丈のコートに身を包んだ彼女は恥じらいを見せながら、南アフリカ出身の大男の隣に腰掛けた。彼女は恐る恐る目を上げ、ひとびとの顔が微笑んでいるのを確認すると、しかめっ面を和ませて微笑みを浮かべた。

ガチョウの糞のような緑色のスーツを着たミスター・アイザック・ルイスが、信徒を出迎えるためにドアの脇に立っていた。彼には、両手の平を杯状にして口の前にかざす奇妙な癖があるので、口に出したばかりのことばを歯の間に詰め戻そうとしているみたいに見えた。

彼はテオのところへ行って、第二日課にヨハネの黙示録二十一章を朗読してくれるよう頼んだ。

「十九節と二十節は省略してけっこうです。難しい単語がたくさん出てきますから」

「いえ、大丈夫です」テオがひげをなでつけながら答えた。「新しいエルサレムを築き上げているさまざまな宝石のことならわかっていますから」

最初の賛美歌――「美しい大地のために」――は、合唱隊と足踏みオルガン演奏者が繰り出したテンポと旋律がともに食い違っていたので、たいそう危なっかしく聞こえた。曲がりなりにも最後までたどりついたのは、確信を持って歌いきった数人の声だけだった。次に説教者が、伝道の書の一章を読み上げげた。

「生まれるとき、死ぬとき、植えるとき、植えたものを抜くとき……」

ルイスは暖房器具《ラジエーター》の強烈な熱気の直撃を受けて、ズボンのウール地が焦げる匂いがしたので、ベンジャミンをひじで突いて、ベンチに座る位置を少しずらしてもらった。

ベンジャミンは、ケヴィンのカラーの襟足にまとわりついた黒い癖毛を見つめていた。

「求めるとき、失うとき、保つとき、放つとき……」

ベンジャミンは「収穫の季節のための賛美歌集」に目を落とした。紙面には聖地の写真――鎌を持つ女たち、種を蒔く男たち、ガリラヤ湖の漁師たち、泉に集まるラクダの群れ――が印刷されていた。彼はガリラヤ湖を訪れた母親のことを考えていた。それから来年が来て農場をケヴィンに譲ったら、針の穴を通ってメアリーがいる天国へ入るのもずっと楽になるだろう、と考えた。

「愛するとき、憎むとき、戦いのとき、平和のとき……」

小冊子の裏ページには「皆が無事に集うとき」という説明文があり、その下の写真にはテントを背景にして、微笑みを浮かべた坊主頭の少年たちがブリキのマグカップを持って集合した姿が写っていた。

ベンジャミンは説明文を読んで、これらの少年たちがパレスチナ難民だと知った。そしてこの子どもたちにクリスマスプレゼントを送れたらどんなにいいだろうと思った。彼らにクリスマスを祝う習慣がないとしても、プレゼントぐらいもらっても悪くないだろうと考えたのだ。

外では空が暗くなっていった。丘の上で雷鳴が轟き、突風があちこちの窓を揺らし、鉛で枠囲いした窓ガラスを雨粒が叩いた。

「賛美歌第二番」と説教者が言った。「われらは大地を耕して、良き種を土に蒔く……」会衆が立ち上がりいっせいに口を開いた。だがひとびとの細い声は後ろから聞こえてくる甲高い声に圧倒された。

メグのきしるような歌声のせいで会衆全体が活気づいた。「鳥たちは彼に餌をもらう」という歌詞が彼女の声で歌われるのを耳にして、ルイスの目に涙が溢れ、こぼれたしずくが頬のしわを伝って流れた。

次に会衆を魅了したのはテオだった。

「わたしはまた、新しい天と新しい地を見た。最初の天と最初の地は去って行き、もはや海もなくなった。さらにわたしは、聖なる都、新しいエルサレムが、夫のために着飾った花嫁のように用意を整えて……」

テオは碧玉、赤縞めのう、翡翠、青玉と、一音節も発音を間違えずに宝石の名を列挙しながら、黙示録を着実に読み上げていった。窓の近くにいたひとびとは谷間に虹の橋が架かったのを見、その下にミヤマガラスの群れを見た。

説教をする時間になったのでミスター・アイザック・ルイスが立ち上がり、印象深い聖書朗読を聞かせてくれた「キリストにおける兄弟」に謝意を述べた。そうして、「聖都がこれほどリアルに浮かび上がってくる朗読を聞いたのははじめてでした、手を伸ばせば触れそうな気がしたほどです」と絶賛した。

「とはいえ聖都は手で触れることができる都市ではありません！　レンガや石でできた都市ではないのです。ローマやロンドンやバビロンとは違います！　カナンの地に実在する都市でもありません。この聖都はアブラハムが遠望した都市。地平線に浮かぶ蜃気楼。彼が荒野でテントと幕舎に暮らしたとき……」

ベンジャミンは、「テント」ということばを聞いてテオを連想した。ミスター・ルイスは訥弁だったのを忘れたかのように、梁まで届けとばかりに両手を広げて説教を続けた。

「聖都は」と雷のような声が轟いた。「裕福な人間のための都市でもありません！　アブラハムを思い出してください！　ソドムの王が渡そうとした貢ぎ物を、アブラハムがいかに断ったかを思い出してください！　思い出してください！　彼はソドムから糸一本、靴ひも一本たりとも受け取らなかったのです……！」

ミスター・ルイスは息を継いだ後、感情を少し抑えて話し続けた。

「彼らはこの質素なチャペルに集い、じゅうぶんな糧を与えてくれた神に感謝を捧げました。神は彼らに食料を与え、衣服を与え、生きるために必要不可欠なものをみな与えたのです。神は苛酷な仕事を割り当てはしなかった。伝道の書のメッセージは苛酷ではありません。ものごとにはすべて、ふさわしいときと場所があるということ。楽しむとき、笑うとき、ダンスするとき、大地の美しさを愛でるとき、季節ごとに咲く花を愛でるときがそれぞれにあるのです……

その一方で、富が重荷ともなることを忘れてはなりません。この世の財産は、ひとびとが神の子羊の聖都へ赴こうとする旅のさまたげになる場合があるのですから……

わたしたちが求める聖都は永遠の都。安らぎを得ることができる別世界の場所です。ここ以外に安らぎの地はありません。わたしたちの人生はシャボン玉。ぷっくり生まれて、上へ上へと浮かんでいきます。そうして風のまにまに流されていく。陽を浴びて輝くこともあるでしょう。でもシャボン玉は突然破裂するものです。わたしたちは水しぶきとなって地面へ落ちます。わたしたちは、そこの花瓶で咲いているダリアと同じです。秋の初霜とともに切り取られたのです……」

十一月十五日の朝はよく晴れて強い霜が降りた。家畜用の水飲み場に一インチの氷が張った。谷間のはるか向こう側で、二十頭の去勢牛が腹を空かせて干し草を待っていた。

朝食後、テオがルイスに手を貸して、リンクボックスをインターナショナル・ハーベスターに取り付け、フォークで干し草の梱《こり》をいくつかボックスに載せた。トラクターの出足は遅かった。ルイスは青い毛糸のマフラーを首に巻いていた。彼は内耳の不調がぶり返したせいで、めまいがすると訴えていた。トラクターが揺れながら中庭を出て行くとき、テオが手を振った。それから彼は家へ入り、裏の炊事場でベンジャミンと雑談をした。

ベンジャミンはシャツの腕をまくり、卵の黄身がこびりついた皿を洗った。石の流し台に溜めた水の表面にベーコンの脂の輪がいくつか浮き上がった。彼は、ケヴィンが男の赤ん坊を授かったので大いに喜んでいた。

「そうだよ」と彼が微笑んだ。「あの子はまだ小さいのになかなか元気があって頼もしいよ」

ベンジャミンは皿洗いモップを絞ってから両手を拭いた。そのとき胸に痛みが走った。彼は床に倒れた。

テオが彼を助け起こして椅子に座らせた。「ルイスだ」ベンジャミンがかすれた声でつぶやいた。

テオは戸外へすぐに飛び出して、谷間の向こう側の霜が降りた牧草地に目をこらした。斜めの日射しの中で、オークの木立が長く青黒い影をつくっていた。根菜の畑からノハラツグミの鳴き声が聞こえた。アヒルが二羽、小川に舞い降りた。見上げると、空を真っぷたつに切り裂いていく飛行機雲が見えた。トラクターのエンジン音は聞こえなかった。

牧草地に干し草が撒かれたのは確認できた。一、二頭の去勢牛が干し草に気がついて、近寄って来はじめていた。

テオは、生け垣に沿って泥の筋がまっすぐ丘を下っているのを目で追った。ずっと下の生け垣の蔭に赤と黒の何かが見えた。横倒しになったトラクターだった。

ベンジャミンが張り出し玄関から出てきた。帽子もかぶらずに震えていた。「そこで待っててください!」テオは静かにそう言って走り出した。

ベンジャミンは脚を引きずりながら後を追ったが、途中から小道に入り、木が茂った谷間へ下りた。トラクターはスリップして横倒しになったらしい。ベンジャミンの耳に、先を走って行くテオの足音が聞こえた。水がはねる音が聞こえ、木立の向こうでカモメたちが騒がしく鳴き交わす声が聞こえた。

谷川沿いに生えているカバノキはすっかり葉を落としていた。紫色の小枝の先に、つんつん尖った霜が見えた。草は枯れて、茶色い一枚岩の表面を流水が舐めていた。ベンジャミンは土手にたたずんだまま動けなかった。

テオが、日射しを浴びたカバノキの幹の間をゆっくりと縫うように歩いてきた。「見ないほうがいい」と彼が言った。彼は両腕を伸ばして老人の肩を抱くように支えた。

50

マサーフェリン共同墓地の門の脇にイチイの古木がある。根がのたうつように広がっているせいで、敷石がでこぼこに浮き上がっている。敷石道の両側に墓石がたくさん並んでいる。ローマン体で文字が刻まれたものや、ゴシック体のものなどさまざまだが、どの墓石も地衣《ちい》でびっしり覆われている。石は案外柔らかく、強い西風が当たる表面は文字がほとんど風化している。死者の名前はやがて忘れられ、墓石もぼろぼろに朽ち果てて、土に戻る運命を背負っているのだ。

それとは対照的に、新しい墓石はどれもファラオの墓石と同じくらい固い石でこしらえたように見える。表面は機械ですべすべに磨かれている。献花はみなプラスチック製だ。墓石の周囲には小石ではなく、緑色のガラスの小片が敷き詰められている。一番新しい墓石は黒光りする御影石で、片面に碑文が刻まれ、裏側はまっさらのままだ。

ときおりチャペルの裏手へ迷い込んだツーリストが、コーデュロイの服を着てオーバーシューズをつけた、年老いた農夫を見かけることがある。近くの丘に住む彼は板石の隅に腰掛けて、墓石に映る自分の姿を眺めている。空を見上げれば、雲が風に吹かれて飛んでいるだろう。

事故の後、ベンジャミンの心は混乱を極めた。途方に暮れるあまり、シャツのボタンすら留められなくなってしまった。混乱をそれ以上助長しないため、周囲から共同墓地へ近づかないよう止められた。ケヴィンと妻と赤ん坊が〈面影《ザ・ヴィジョン》〉へ引っ越してきたとき、ベンジャミンは彼らと初対面であるかのように、真正面からじっと見つめた。

去年の五月、アイリーンが、おじさんは認知症が進んできたみたいだから、老人ホームへ入ってもらったほうがよさそうだと言いはじめた。

ベンジャミンは彼女が、家具をひとつずつ売り払いはじめたのに気づいていた。

彼女はピアノを売って洗濯機を買い、四柱式寝台を売って新しい寝室家具一式を買い求めた。彼女は食堂兼居間《キッチン》を黄色く塗り替え、壁の家族写真を屋根裏部屋へしまい、そのかわりに障害飛越競技用の馬にまたがったアン王女の写真を掛けた。メアリーの時代からあったリネンはほとんど、慈善バザーで売られてしまった。スタッフォードシャー陶器のスパニエルの置物が姿を消し、グランドファーザー時計もやがて消えた。旧式の鉄製レンジは裏庭に捨てられて、ギシギシとイラクサの間で錆びていった。

去年の八月のある日、家を出たベンジャミンが日没までに戻らなかったので、ケヴィンは捜索隊を出さなければならなくなった。

その夜は暖かかった。翌朝、捜索隊は、ベンジャミンが兄の墓に静かに腰掛けて、草の茎で歯をほじっているのを見つけた。

その日以降、マサーフェリンの共同墓地がベンジャミンの第二の家になった。おそらくそこは彼の心が求める唯一の場所なのだ。彼は毎日、墓場で一時間ほど過ごせば心が安らかになる。午後ときどき、ナンシー・ビッカートンが墓地に自動車を差し向け、彼を招待してお茶をごちそうする。

テオは、南アフリカのパスポートを返上して英国パスポートを取得し、小牧草地を売り払ってインドへ渡った。彼は目下、ヒマラヤ登山を目指している。

〈岩〉について新しいニュースはなく、メグがあいかわらずひとりで暮らしている。

ロージー・ファイフィールドも自分の田舎家に住み続けている。関節炎のせいで足を引きずるようになったので、家の中はずいぶんむさくるしくなった。しかし、地域の保険担当官から私設救貧院への転居を勧められたときには、「足腰が立たなくなったらおまえさんの言いなりになってやるよ」とぴしゃりと言った。

ロージーは八十二歳の誕生日プレゼントに、息子から陸軍払い下げの双眼鏡をもらった。彼女は週末になると、ビッカートンの前こぶの山頂から飛ぶハンググライダーを遠望するのが好きだ。彼女が

「ヘリコプターごっこ」と呼ぶハンググライダーの周囲には、ピンの頭ほどの人間がたくさん集まっている。色鮮やかな翼が舞い上がり、上昇気流に乗って悠々と滑空したかと思うと、トネリコの翼果みたいにらせんを描いて降下する。

今年、彼女はすでに死亡事故を一件目撃している。

訳者あとがき

ブルース・チャトウィン（一九四〇－一九八九）の守り神は、駿足のヘルメスだったに違いない。美男子で、モンブランの万年筆とモレスキンの手帳をつねに愛用し、ラッセルモカシンのブーツで足ごしらえをしたチャトウィンは、おしゃれで神出鬼没な旅人だった。世界中を飛び回ってインタビュー記事を書き、友人宅を渡り歩いては虚実入り交じった談話でひとびとを飽きさせなかったという。サザビーズの若手美術品鑑定士として成功した地位を放り出し、大学で考古学を学びはじめたが二年間で放棄。物書きになってからはテーマと文体を大胆に変化させせながらジャンルを横断する作品を次々に発表し、青年の面影を残したまま、生者の世界から急ぎ足で旅立っていった。

『黒ヶ丘の上で』（一九八二年刊）はチャトウィンが書いた三冊目の本である。ロンドンの文学出版社ジョナサン・ケープの名編集者、トム・マシュラーの肝いりで世に出され、ホイットブレッド最優秀処女小説賞とジェイムズ・テイト・ブラック賞を受賞した。一冊目は紀行物語『パタゴニア』、二冊目の『ウィダの総督』はブラジルに生まれ、西アフリカで奴隷貿易をおこなった男をめぐる評伝と小説の境界線上にあるような作品。これら二作によってチャトウィンは、旅を描く作家と見なされていた。彼はあるインタビューの中で、『黒ヶ丘の上で』を書いた動機についてこう語っている――「わたしはいつも紀行作家と呼ばれることにいらだちを感じてきました。そのせいで、決して旅などしたことのないひとたちについて書こうと決めたのです」。なるほど、無理もない。人生においても著作においても停滞や繰り返しを嫌い、つねに予想がつかない方向へ自らを導いていったチャトウィンはやはり、ヘルメスに守られていたのだ。『黒ヶ丘の上で』の舞台は、ウェールズがイングランドに接する国境沿いの農業地帯である。西側のウェールズに丘また丘を背負い、東側にくねったワイ川を流して、イングランドへ向かって開けたゆるやかな谷間に農場が点在している。ウェールズはスコットランドやアイルランド同様、ケルトの伝統文化を保持する土地だ。東部の国境地帯では日常語としてウェールズ語を使う話者はほとんどいないものの、地名などはウェールズ語ばかりである。

宗派的には、イングランドに対する不信にもとづく非国教主義が根強い。とりわけ一九世紀以降、地主階級と結びついていたイングランド国教会に対抗して、メソジスト教会、会衆派教会、バプテスト教会といった非国教会系の宗派が信者の数を伸ばした。非国教会信徒のほとんどは農夫たちで、彼らの「チャペル」は教会というより集会所に近いしつらえの建物である。礼拝のときには賛美歌の合唱が盛んにおこなわれる。

チャトウィンはウェールズ東部の国境地帯を繰り返し訪れ、土地感覚を養い、そこで暮らすひとびとを深く知るようになった。その結果、そこは自分にとって「本拠地、たとえればホームベースみたいなもの、大好きな場所なんですよ」、とインタビューで言い切れるほどになった。この土地に腰を据えて小説の構想を練りはじめた当初は、ひとびとから聞いた話を材料にして短編小説を書くつもりだった。あるとき、主人公の設定を単なる兄弟から双子にしようと思いついたとたん、もくろみは長編小説へと拡大したのだという。

小説は短い五十のパートでできている。主人公となる双子の兄弟、ルイスとベンジャミンは、二〇世紀とともに生まれる。だが家族の物語は、双子の父親が物心つく一八八〇年代頃までさかのぼって語り起こされ、双子兄弟が揃って八十歳の誕生日を迎える一九八〇年へと向かう。この小説を読むぼくたちは、黒ヶ丘を背にして生きたひとびとをめぐる、ほぼ百年間の年代記に耳を傾けることになるのだ。

ルイスとベンジャミンの双子兄弟は、イングランド国教会の牧師の娘で教養あるコスモポリタンとして育った母親と、郷党心が強いウェールズ人農夫の父親との間に生まれた。兄弟は階級と教育と文化背景を異にし、しばしばぶつかりあう父母の価値観に揉まれて育つ。じきに妹が生まれるが、彼女はやがてこの土地を去っていく。ルイスとベンジャミンは黒ヶ丘の農場に陣取り、平凡な日々をうまずたゆまず積み上げていく。年月が流れて頑固な父親が死に、やさしかった母親も死ぬ。双子は大好きな母親の思い出を大切にするために、室内の模様替えは一切せず、生活のスタイルも変えない。

どぎついほどの状況とドラマと登場人物たちがあふれかえる『ウィダの総督』とは正反対に、『黒ヶ丘の上で』が描き出す田園世界は表向き静謐そのものである。最初のうち、土地に貼りついて暮らすひとびとの日常を定点観測する物語の背景で、激動する二〇世紀は遠雷を響かせているだけのように見える。ところがじきに静寂とは正反対な、波瀾万丈の田舎暮らしが見えてくる。ふたつの戦争を起こし、景気や文化の変動をもたらす時代の積乱雲が、ときに黒ヶ丘に狙いを定めて、雷をぶつけてくるのだ。家族の葛藤や、近所づきあいの地獄や、戦争が心に残す傷跡を描写するチャトウィンの簡潔で緻密な文章には、土地と人間にたいする怜悧な観察力と深い愛着が同居している。

『黒ヶ丘の上で』が描き出す牧歌的世界と近代化の相克というテーマに、トマス・ハーディーやD・H・ロレンスに連なる文学伝統を見いだす批評家がいる。あるいはまた、フローベールの『ボヴァリー夫人』やアゴタ・クリストフの『悪童日記』との共振を感じ取る読者もいるようだ。いずれにせよこの小説が、〈個別に徹することで普遍へ突き抜ける〉という逆説をありのままに示す、力強い神話性を帯びた物語であることは間違いないだろう。

『黒ヶ丘の上で』は刊行後三十年以上を経た今日でも、ウェールズではカルト的人気が衰えないと聞く。この小説は映画化もされている。「僕の本を使って、君自身の作品をつくったらいい」というチャトウィンの承認を得て、ウェールズ出身の監督が撮った映画 *On the Black Hill*（アンドリュー・グリーヴ監督、一九八七年公開、イギリス版DVDにより入手可能）は、小説の舞台である国境地帯でロケーション撮影された秀作である。

＊

訳者はもっぱらアイルランド文学を読んできた人間である。ケルトのルーツに共通点があるとはいえ、ウェールズについては多くを知らない。彼の地をかいま見た記憶と言えば、ある夏、アイルランドのダブリンからフェリーボートに乗ってウェールズ西北端のホーリーヘッドに到着した後、港の駅からオックスフォードまで汽車で移動するときに、車窓から風景を眺めた思い出があるばかりである。だが、土地勘がゼロにもかかわらず、翻訳作業は苦行ではなかった。黒ヶ丘で営まれる田舎暮らしの描写が、ぼくがアイルランドで見聞したり書物を通じてなじんだりしている田舎暮らしと、驚くほど似ているのがわかったからだ。感情表現や行動のしかたに通底する人情の機微が、違和感なくこちらの心に染みこんできたのは望外の喜びだった。

訳者あとがきをしめくくるには少々異例かも知れないけれど、ウェールズとアイルランドを故郷愛でつなぐ詩を見つけたので、全文を日本語に吹き替えてご紹介したい。作者はアイルランド南部コーク州の出身で、オックスフォード大学で中世英文学を教える学者詩人、バーナード・オドノヒュー。「西へ向かって故郷へ帰る」と題されたこの詩は、ケルトの国ウェールズを西へ向かってドライブするうちに、アイルランドの面影が見えてくる経験を語る。語り手はアイルランド行きのフェリーに乗るために、自家用車で西へ向かっているのかもしれない。収録詩集『ここでもあそこでもない場所』（一九九九年）のタイトルが、最終行にこっそりあらわれる。『黒ヶ丘の上で』にときどき顔を出すノスリや、黒サンザシや、非国教会系のチャペルも見えてくるので、小説の世界と響き合う風景を楽しんでいただけたら、と思う。

どの地点からそうなるのかはっきりとは言えないのだが
ウェールズを西へ向かって車を走らせていると
アイルランドみたいになってくる。灰色に見える
透明な窓ガラスがついたチャペルがあちこちにあるからではないし
広い谷間の上空でノスリが睨みをきかせているせいでもないはずだ。

四月。黒サンザシの生け垣に霞がかかったように花が咲いているのは
何か関係があるのだろうか？　ことによると、一マイル進むごとに
ためらいが増すように見える自動車道路に秘密があるのかもしれない。
石積みの切妻屋根を持つ家々があって
上の階から見おろしている窓はどれも
眉を吊り上げている。だがそれらすべてよりも重大なのは
魂そのものがこういうつくりになっているということ。
忘れていたはずの、かすかにひきつるような痛み——
炎よりも煙、正直を言えば
涙よりも雨に近い。この現象が起きているのが
ここでもあそこでもない以上、その場所を故郷と呼ぶほかないのである。

(Bernard O'Donoghue, *Here Nor There*, Chatto & Windus, 1999, p. 51)

＊

翻訳についてひとこと。ウェールズ語のカタカナ表記については、朗読カセット（アンドルー・ジャックによる朗読、全八巻、ISIS Audio Books　一九九三年刊）の発音に準拠し、ＢＢＣ英国名詞発音辞典を補助的に使ってまとめた。英語化した発音とおぼしきものも混じっているけれど、語りの流れと慣用読みを

優先して、ウェールズ語の発音にもどすことはあえてしなかった。

最後に、チャトウィンの作品の中で唯一邦訳がない『黒ヶ丘の上で』を見つけ出して、翻訳する機会を与えてくださった、みすず書房の尾方邦雄さんに心から感謝を申し上げたい。美しい装丁のデザインも尾方さんの手になるものである。

二〇一四年　梅雨明け　　東京

栩木伸明

著者略歴

(Bruce Chatwin 1940-1989)

イギリスの作家．1940年5月13日シェフィールド生まれ．美術品国際競売会社サザビーズに勤務後，エジンバラ大学で考古学を修め，新聞雑誌の特派員記者経験を経て作家となる．第一作『パタゴニア』(1977) から数々の賞を受け絶賛された．『ウイダーの副王』(1980)，本書『黒ヶ丘の上で』(1982)『ソングライン』(1987)『ウッツ男爵』(1988) の5冊を遺して1989年1月18日に死去．没後ますます人気は高まり伝記や作品論の研究対象にもなっている．小文集『どうして僕はこんなところに』(1989) も邦訳され，日本にも愛読者は多い．『ウイダーの副王』はヘルツォーク監督により『コブラ・ヴェルデ』(1987) として，『ウッツ男爵』はシュルイツァー監督により『マイセン幻影』(1994) として映画化されている．本書を原作とするグリーヴ監督の映画 (1987) もある．

訳者略歴

栩木伸明〈とちぎ・のぶあき〉1958年東京生まれ．上智大学大学院文学研究科英米文学専攻博士課程単位取得退学．現在，早稲田大学教授．専攻はアイルランド文学・文化．主な著書に『アイルランドのパブから――声の文化の現在』(日本放送出版協会)，『声色つかいの詩人たち』『アイルランドモノ語り』(第65回読売文学賞随筆・紀行賞)『ダブリンからダブリンへ』(以上，みすず書房)，『アイルランド紀行――ジョイスからU2まで』(中公新書) 他．訳書にキアラン・カーソン『琥珀捕り』『シャムロック・ティー』『トーイン』(以上東京創元社)，J・M・シング『アラン島』，コラム・マッキャン『ゾリ』(以上みすず書房)，ウィリアム・トレヴァー『聖母の贈り物』『アイルランド・ストーリーズ』(以上国書刊行会)，コルム・トビーン『ブルックリン』(白水社) などがある．

ブルース・チャトウィン
黒ヶ丘の上で
栩木伸明訳

2014年 9 月 1 日　第 1 刷発行
2022年 5 月 13 日　第 2 刷発行

発行所 株式会社 みすず書房
〒113-0033 東京都文京区本郷 2 丁目 20-7
電話 03-3814-0131(営業) 03-3815-9181(編集)
www.msz.co.jp

本文組版 キャップス
本文印刷所・製本所 中央精版印刷
扉・表紙・カバー印刷所 リヒトプランニング

ISBN 978-4-622-07863-0
［くろがおかのうえで］